广西高等学校优秀中青年骨干教师培育工程（第二期）资助项目（编号：桂教人〔2014〕39 号）

2017广西艺术学院学术著作出版资助项目（编号：XSZZ201715）

传统与现代

20世纪以来文艺批评的嬗变

梁冬华　著

Tradition
Modernity

The evolution of
literary criticism
since twentieth Century

暨南大学出版社
JINAN UNIVERSITY PRESS

中国·广州

图书在版编目（CIP）数据

传统与现代：20世纪以来文艺批评的嬗变／梁冬华著．—广州：暨南大学出版社，2017.10

ISBN 978-7-5668-2234-5

Ⅰ.①传…　Ⅱ.①梁…　Ⅲ.①文艺批评—研究　Ⅳ.①I06

中国版本图书馆 CIP 数据核字（2017）第 256734 号

传统与现代——20世纪以来文艺批评的嬗变
CHUANTONG YU XIANDAI——20 SHIJI YILAI WENYI PIPING DE SHANBIAN

著　者：梁冬华

··

出 版 人：徐义雄
责任编辑：潘江曼
责任校对：李林达　苏　洁
责任印制：汤慧君　周一丹

出版发行：暨南大学出版社（510630）
电　　话：总编室（8620）85221601
　　　　　营销部（8620）85225284　85228291　85228292（邮购）
传　　真：（8620）85221583（办公室）　85223774（营销部）
网　　址：http://www.jnupress.com
排　　版：广州良弓广告有限公司
印　　刷：佛山市浩文彩色印刷有限公司
开　　本：787mm×960mm　1/16
印　　张：16.75
字　　数：296 千
版　　次：2017 年 10 月第 1 版
印　　次：2017 年 10 月第 1 次
定　　价：49.80 元

序一

梁冬华的新著《传统与现代——20世纪以来文艺批评的嬗变》出版了，作为她的博士生导师，我为她取得的新成果而高兴。冬华在厦门大学读博期间，刻苦努力，涉猎百家，有了广阔的视野和深厚的学养，最终以优良的成绩毕业，获得了博士学位。她毕业后从事艺术教育工作，短短几年又出版了专著，一个从偏远地方出来求学的女生，进步如此之快，令人感叹。

这本新著集合了冬华近年来的科研成果，展示了她对20世纪以来的文艺批评理论演变的思考。百余年来，文艺理论的变革可谓翻天覆地，从传统到现代，从现代到后现代，不断地否定之否定。这种态势似乎认证了后现代主义的观点，即文学艺术没有确定的本质，也没有确定的文艺理论，只有话语权力的塑造物。但如果是这样，文艺岂不是一种陷入历史黑洞中的虚无之物吗？文艺理论还有存在的必要吗？为了回答这个问题，冬华考察了文艺批评理论的传统和现代。她认同艾略特对传统的理解，即"过去与现在共存的历史意识"，而不是与现代完全割裂的过去。这种"古典"的理论虽然不那么时兴了，但仍然具有合理性。秉持这一理念，冬华继而考察了现代文艺理论的变革。她认为，现代文艺理论既是对传统的反叛，也是对传统的继承和发展。关于现代文艺理论，这本专著重点论述了三个问题：主体间性、艺术终结与艺术史扩容。可以看出，冬华并没有按照后现代主义的思路谈论现代文艺，而是在借鉴的同时也清醒地批判了后现代主义。其中重点谈论的主体间性理论，正是我近年来所致力于建设的现代文艺理论的关键问题。我借鉴和改造了胡塞尔的认识论的主体间性和哈贝马斯的社会学的主体间性，创立了本体论的主体间性，并且用来建设新的文艺理论。冬华在研读博士学位期间认真地领会了这一理论，以后又有所深化，因此对这个问题的分析比较准确、深刻。最后，冬华用现代理论考察了广西地方艺术传统以及当代的发展，可以看作是理论的实际应用，体现了现代艺术理论的现实意义。

这本新著有其特点，就是论述的问题是"点式"的，只是对几个重要问题展开论述，而没有全景式地展开论述，但其逻辑关系还是清晰的。作为一部年轻学者初涉学术界的著作，这是可以被允许的。相信经过更长时间的积累和思考，冬华会在现有的基础上进一步开拓和深化，写出更有分量的学术专著。

　　时光匆匆，学生已经成长起来，而我辈却走向暮年。但我辈的学术生命没有终止，在学生一代的身上得以延续，焕发出更强的力量。每思及此，暮气顿消，而朝气复生矣。

杨春时

2017 年 8 月 16 日

序二　享受人生　品味艺术

暑假伊始，冬华将其书稿《传统与现代——20 世纪以来文艺批评的嬗变》通过电子邮件发给我，嘱我为其作序。当时我丝毫没有犹豫，一口就应承下来了，个中缘由很简单：我 1999 年开始指导硕士研究生，迄今为止已指导近百名硕士研究生完成学位论文，拿到硕士学位，其中还有近 20 名学生经过自己的努力考上了博士研究生，冬华就是其中之一，而且她是第一个请我为自己的专著撰写序言的学生。看着自己的学生在学术研究的艰苦旅程中迈出了坚实的脚步，我甚为欣慰。在人心浮躁、学术日益功利化、精神探索愈发艰辛的当下环境，冬华能够坚持自己的学术探究初心，的确难能可贵。

冬华的这部新著分为上编：文艺批评理论中的"传统"；中编：文艺批评理论中的"现代"；下编：文艺批评中的传统美学与现代意识。她以这样的编排将其近年来的理论思考脉络清晰地呈现在大家面前，同时我们也能够由此看到冬华批评思考的逻辑考量："传统"使其思考具有坚实的理论基础，"现代"为其批评构建了一个开放与开拓的现代视野，而"传统美学与现代意识"则为其批评实践奠定了取之不尽、用之不竭的民族艺术源泉。冬华将现代与古典、民族与世界、西方与中国的各种因素有机地融为一体，化为自己思考批评、剖析升华文艺现象的理论资源，这样的理论建构无疑是科学的、开放的且具有勃勃生机的。批评要面向未来就必须立足于现实，立足于中国的民族文化与艺术的根基。冬华在其批评实践中始终坚持这样的理论立场，这就使得她在对广西少数民族的小说、诗歌、绘画等艺术形式的分析批评视野较宽广，收放自如，走出了单纯的文本分析的传统套路。例如，冬华在对有"2005 年文坛新面孔"之誉的广西作家朱山坡的评论中，有这样一段文字："在文学的想象世界中，福克纳以约克纳帕塔法县为中心对美国南方生活图景的细致描摹、马尔克斯对马贡多小镇的魔幻叙述，鲁迅对乡土中国的现实批判，以及沈从文对湘西田园的浪漫回眸，都无一例外地表明了'乡土'这一母题在文学领域中的重要地位。作为农民儿子的青年作家朱山坡，尽管户口已完成'农转非'的转变,并且至今还供职于政府机关,为维持城市的正常运转而工作,但他丝毫不掩饰对生其养其的乡村生活的亲近。与乡土的天然联系,使朱山坡的叙事紧紧地周旋在乡村'米庄'与城镇'高州'之间,尽情地倾诉着那片土地上被侮辱与被损害的底层人民的苦难。"就充分体现了冬华文学批评的这一特质。近年来,冬华多次到北京大学等国内名校充实自己的艺术修养,夯实批评的艺术禀赋,为其对广西民族地区绘画实践的批评奠定了良好的艺术基础。这较之时下一些只会对艺术作品进行空泛批评,只会说套话,完全不懂技法技巧的所谓的批评家,冬华的作品是更为扎实严谨、符合学术规范的真功夫。我更愿意读冬华这样的有自己真感悟、触及艺术真谛的批评文字,这样的批评对创作者来说才更有价值。

生活是美好的,批评是为了发现生活和作品中的美,同样亦是美好的。从玉林师院到广西师范大学,从厦门大学再到广西艺术学院,冬华的学术探究之路是扎实的,其努力的痕迹明晰,其发展的远大前景可期。祝愿冬华享受美好人生,期待看到她更多更睿智的理性思考成果。

莫其逊
于 2017 年教师节之夜

前言　传统与现代——文艺批评的两个维度

"传统"与"现代",本是两个含义相对的时间名词。在时间轴上,以某一时间节点为坐标系,坐标节点以前的时间是"传统",坐标节点以后的时间则是"现代",二者含义明确、边界清晰。

在文艺体系内部,传统与现代从两个单纯的时间名词演变成同一个事物内部具有不同时间指向的两个发展维度。一方面,文艺体系中的"传统",是立足当下对历史的回望,是对文艺经典的回归和依附,是对文艺遗产的传承。此传承,并非原封不动地复制文艺经典和历史遗产,而是在现代语境下对经典的重新表达,即艾略特所说的"过去与现在共存的历史意识","一个不断调整加入新花样的完整体系"。另一方面,文艺体系中的"现代",是在当下时间点上对未来的展望,是对传统文艺范式的扬弃和超越,是开创性的革新。此革新,始终以传统范式作为参照物,在现代语境下不断修正传统范式,推动文艺的发展。因此,传统与现代实际构成了文艺体系内部两个并行的发展维度,或通过传承回归经典,或通过革新走向未来。这两个维度并行不悖,共同推动文艺体系向前发展。

本书以"传统"与"现代"为关键词,着眼于 20 世纪以来文艺批评理论的研究,梳理出中外文艺批评理论继承传统与现代革新这两条发展线索,以期呈现中外文艺批评理论发展的历程。同时,本书以批评理论指导批评实践活动,深入柒万里、黎小强、冯艺、朱山坡等广西重要画家和作家的创作,挖掘其中蕴含的传统美学与现代意识,以此探寻艺术家在创作活动中所做出的回归传统或大胆革新的诸种努力。

英国著名学者大卫·休谟曾言:

> 鉴赏的普遍标准在人性层面是一致的,人们的判断迥异之处、某种功能上的瑕疵或偏移通常会表现出来,是源于偏见、实践或精巧性的缺乏,这就是赞成一种鉴赏而责备另一种的原因。但是在内部构架与外部环境的多样性存在的地方,两边都完全无可指摘,并未留下一方优于另一方的空间。那么判断的某种程度

的多样性就是不可避免的，我们力图找到一个可以整合相反情感
的标准就是徒劳的①。

这段话深入探讨了文艺批评（鉴赏）的标准问题，休谟强调，作品内部结
构（作品语言、形式技巧等）与作品外部环境（社会道德评价、时代观念
等）的多样性，造成了文艺批评标准的多样性，所以，既不存在唯一的批
评标准，也不存在多种批评标准孰优孰劣的问题。毕竟就文艺作品自身而
言，其本来就是立体而丰富的，那些针对文艺作品展开的艺术批评和鉴赏
活动，就更应该从不同的标准和角度进入作品，以最大可能地呈现作品本
然的多元面貌。从这个层面而言，本书关于文艺发展中的传统与现代两条
线索的梳理，还原了文艺多元发展的路径，从某种程度上便也达到了笔者
试图厘清文艺及其批评理论发展历程的目的。

梁冬华
2017 年 7 月

---

① 大卫·休谟：《论鉴赏的标准》，见大卫·戈德布拉特等编，牛宏宝等译：《艺术哲学读本》（第 2 版），北京：中国人民大学出版社 2016 年版，第 493 页。

目　录

上编　文艺批评理论中的"传统"

上编　文艺批评理论中的“传统”

第一章 重解不朽的"传统"

　　T. S·艾略特是一位不朽的文艺巨匠。他涉足文艺批评、诗歌和戏剧创作等多个领域，且都取得了举世瞩目的成就。在文艺批评界，他被誉为现代批评的创始人，是新批评流派的先驱；在诗歌界，他被视为欧美现代派诗歌的创建者，是后期象征主义最高成就的代表作家；在戏剧界，他为复兴英国诗剧所做的尝试，给当时的戏剧界带来了一股新鲜的气息。甚至在与文艺创作密切相关的文化出版界，他也颇有建树，由他精心管理的费伯—费伯出版公司（FABER & FABER）被业内人士称为 20 世纪诗歌出版行业的摇篮；由他主编的《水准》（*Criterion*）杂志因邀得不同国家撰稿人的参与而开创了国际性评论刊物的先河。艾略特一生荣誉满载，不仅荣获了包括 1948 年诺贝尔文学奖、美国自由奖等在内的多个奖项，还被哈佛大学、耶鲁大学等欧美 16 所著名大学授予名誉博士头衔。

　　在艾略特的文艺成长历程中，最早为其带来声誉的是他的评论文章《传统与个人才能》。此文以一句"诗歌不是放纵感情，而是逃避感情，不是表现个性，而是逃避个性"而语惊四座，不仅准确地向人们传达了艾略特强调扬弃个性归附"传统"的诗学观，也引起了人们对这位初涉文坛的青年学者的高度关注。客观地说，尽管艾略特后来在批评界、诗歌界、戏剧界和文化出版界等均取得了不俗的成果，但人们真正接受并记住了"T. S·艾略特"这个名字却是从他的文艺批评家身份开始的。

　　身兼数职的有利条件成就了艾略特极具魅力的诗学体系：一方面，他以诗人敏锐的直觉捕捉到了当时文坛最亟待解决的问题，并赋予文论激情以增强其感染力；另一方面，他以哲学家的冷静谨慎来论证自己的观点，使文论富于逻辑而更具信服力。艾略特围绕"传统"这一核心术语，详细探讨了文艺评价体系和文艺创作领域中的"传统"。他既要求文艺评价活动以文艺体系自身的传统作为评价准则，又主张逃避个人情感回归传统的"非个人化"创作。艾略特的"传统"诗学观对现代批评的贡献是巨大的，他的《传统与个人才能》被评价为"大概是 20 世纪用英文写的最有名的评论文章"①，而他本人更被尊称为"20 世纪英语世界至今为止最重要的批评家"②。

虽然 20 世纪已经过去，但这个批评名家纷繁迭出的"批评世纪"留给后人的财富却是无可估量的。智者说："站在巨人的肩膀上，我们才能看得更远。"前人的经验，让我们少走了许多弯路；前人的思考，给予我们前进的勇气；前人的探索，指引着我们继续前进的方向。从此层面考虑，研究艾略特的诗学应该能为我们当下的文论建设提供有价值的启示。

一、《传统与个人才能》：艾略特诗学的宣言书

如果说艾略特的哲学位置恰恰是传统基础之上的，那么仍然应当记住，他不断指出的那个词在当今的辩论中是怎样被普遍地误用着。"传统"这个词本身包含着运动的意思，包含着某种不可能是静止的，不断地为人传递并且吸收的意思。

——瑞典学院"诺贝尔文学奖授奖辞"

1917 年，英国一家专门刊载现代诗歌及现代文艺评论文章的杂志《个人主义者》（*The Egoist*）发表了艾略特的文艺评论《传统与个人才能》。尽管刊载此文的《个人主义者》是一份试验性的先锋杂志，其发行量和影响力都是有限的，但艾略特的《传统与个人才能》一经发表，立即语惊四座，在一潭死水的英国文坛掀起了阵阵巨浪，引起了人们对这位初涉文坛的青年学者的关注。此后随着艾略特论玄学派、马韦尔、德莱顿等诗人的系列评论文章的相继发表，人们逐渐接受并认可了其文章所论述的精辟而独到的见解，以及与看法极具个人魅力的行文风格。1920 年，艾略特以《传统与个人才能》作为核心论文，结集出版了他的 第一部个人评论集——《圣林》。《圣林》一书得到了学界的一致好评，作家 F. W·贝尔森曾回忆说："《圣林》一书几乎成了我们的圣书。"③ 也许正如诺贝尔文

---

① DAVID L. : 20th Century Criticism. London：Longman，1978：p70.

② 韦勒克著，章安祺、杨恒达译：《现代文学批评史》（第五卷），北京：中国人民大学出版社 1991 年版，第 255 页。

③ CAROLINE BEHR, ELIOT T. S. : A Chronology of His Life and Works, London：Macmillan, 1983：p20.

瑞典学院在给艾略特的授奖辞中所陈述的，他的作品中"有一种很特殊的声音，这种声音使我们这个时代不得不加以重视，这是以一种钻石般的锋利切入我们这代人的意识的能力"①。从此，艾略特以一位诗人批评家的身份登上了 20 世纪的文艺舞台，用诗论和诗歌改变了整整一代人的文艺价值取向，影响至今，被誉为"20 世纪英语世界至今为止最重要的批评家"②。

最早为其带来声誉的《传统与个人才能》，不仅被学界公认为艾略特诗学的核心文论，还被一些评论家称为"大概是 20 世纪用英文写的最有名的评论文章"③。在这篇著名的文论中，艾略特深刻地指出，现代英语写作在不知不觉中把"传统"贬到了考古学的词汇堆里，"传统"一词近乎等同于无独创性或死气沉沉。如果一个现代作家的作品被人们归属到以往传统的文艺流派中，则表明这个作家创造力的贫瘠以及个人能力的平庸。于是，为了证明自我才能，现代的人们都急切地要与传统划清界线，挣脱传统的束缚。他们逃离前人的创作轨道，另辟蹊径，推崇个性创作，认为最大限度地张扬个人特质的作品就是独创的作品，就是最好的作品。实际上，在这些作品中，"不仅最好的部分，就是最个人的部分也是他前辈诗人最有力地表明他们的不朽的地方"④。也就是说，无论承认与否，人们不可能完全脱离传统。传统在历代的传承过程中，早已根深蒂固地存在于人们的心里，成为人之所以为人的一个必不可少的精神组成部分。一切所谓破除传统的独创，都是建立在原有传统的基础上对其进行的创造性改造，人们永远处在传统的掌心中。任何后来新创作的作品都会受到原有传统的暗中制约，无一例外地闪耀着前辈诗人的"不朽"。因此，艾略特认为，现代作家实则无须畏惧传统，担忧"传统"与"独创"的相互冲突。事实上，遵循传统并非是完全否定个人独创，更不意味着个人才能的平庸；相反，只有"不断地消灭自己的个性"⑤，归附比自我个性更有价值的传统，作家才能创作出不朽的作品。这就是艾略特在《传统与个人才能》一文中集中阐述的"传统"诗学观。艾略特对此从以下三个方面予以论述。

---

① 安德斯·奥斯特林著，乔凌译：《授奖辞》，见艾略特著，裘小龙译：《四个四重奏》，桂林：漓江出版社 1985 年版，第 279 页。
② 韦勒克著，章安祺、杨恒达译：《现代文学批评史》（第五卷），北京：中国人民大学出版社 1991 年版，第 255 页。
③ DAVID L：20th Century Criticism，London：Longman，1978：p70.
④ 艾略特：《传统与个人才能》，见艾略特著，王恩衷编译：《艾略特诗学文集》，北京：国际文化出版公司 1989 年版，第 4 页。
⑤ 艾略特：《传统与个人才能》，见艾略特著，王恩衷编译：《艾略特诗学文集》，北京：国际文化出版公司 1989 年版，第 3 页。

首先，重新解释"传统"的含义，澄清其久被遮掩的真实面目。艾略特认为，传统是一个完美的、以整体状态出现的体系，它内含双重特征：

其一，"传统"是一种过去性和现存性结合的历史意识，一个历时性和共时性结合的复杂体系。首先从时间层面看，传统犹如一条线形的河流，发端于荷马，流淌至今，"决不会在路上抛弃什么东西，也不会把莎士比亚、荷马，或马格达林期的作画人的石画，变成老朽"①。因此，就时间发生而言，构成传统体系的诸多组成部分存在着时间上的先后次序，是历时性的。其次从存在层面看，构成传统体系的各个组成部分并不因时间层面的先后而决定存在层面的队列排序。这些组成部分使具有传统意识的作家在写作时，不仅感到"有他自己那一代的背景，而且还要感到从荷马以来欧洲整个的文艺及其本国的文艺有一个同时的存在，组成一个同时的局面"②。因此，就存在空间而言，构成传统的诸多组成部分超越时间的界限，在"现在"的时间维度上并列展开，它们是共时性的。总的说来，传统是一个同时存在的整体，一个同时存在的体系。

其二，"传统"是一个不断调整的完整体系。"现存的艺术经典本身就构成一个理想的秩序，……这个已成的秩序在新作品出现以前本是完整的"③。艾略特把"传统"定义为一个"完整的秩序"，意在描述传统体系内趋于稳定、初步成形的总体风格特征。此风格特征是历史选择的结果，传统虽然在代与代的传承过程中会发生些许变异，但它始终保持着一致的艺术取向，从而使得传统历代相传却总有一条共同的风格链条贯穿其中，呈现出持续、同一、稳定的完整面貌。同时，传统还是一个不断调整的动态体系。传统的调整源自其自身发展的需求。只有依托后来新鲜事物的能量补充，传统才得以获得源源不断的生命活力，从而继续它在代与代之间永无止境的传承之旅。但是，新鲜事物的加入必然会破坏传统原有的完整秩序，所以，当"加入新花样以后要继续保持完整，整个的秩序就必须改变一下，即使改变得很小；因此每件艺术品对于整体的关系、比例和价值

① 艾略特：《传统与个人才能》，见艾略特著，王恩衷编译：《艾略特诗学文集》，北京：国际文化出版公司 1989 年版，第 2 页。
② 艾略特：《传统与个人才能》，见艾略特著，王恩衷编译：《艾略特诗学文集》，北京：国际文化出版公司 1989 年版，第 2 页。
③ 艾略特：《传统与个人才能》，见艾略特著，王恩衷编译：《艾略特诗学文集》，北京：国际文化出版公司 1989 年版，第 2 页。

就重新调整了；这就是新与旧的适应"①。经过新事物和旧事物位置的相互变动，传统体系又回到了相对"完整"的状态，迎接下一个"调整"的到来。

其次，提倡归附传统的"非个人"创作。艾略特认为，传统的存在给文艺创作带来了规范：由于传统体系内的所有作品都由一条共同的艺术风格主线串连起来，因此任何后来新创作出来的作品，只有符合此艺术风格、能够与以往所有创作出来的作品组成有机整体，才算得上是真正不朽的作品。于是，艺术家为了创作出不朽的作品，他在创作过程中就必须不断消灭自我个性，回归传统。因此，在"非个人化"创作中，作家仅仅起到了媒介的作用。艾略特借用了一个化学实验来比拟诗人的创作：当氧气和二氧化硫单独在一起的时候，不发生任何反应；但在白金条加入后，这两种气体化合形成了一种新物质硫酸，而白金条却依然保持惰性、中性、无变化。如果把反应前的氧气和二氧化硫比拟为创作的素材（诗人个人感情），那么诗人的头脑就是仅充当媒介物的白金条，而新生的硫酸则是引发的新感情，但诗人的创作绝非仅是如实地表达他的个人感情，而是通过理性，把这些很可能是简单、粗糙、乏味的普通感情综合加工成为诗歌，用来表达那些也许并不存在于实际感情中的感受。于是，诗人的头脑就成了一个类似白金条的媒介。经过这个媒介，多样化的个人感情可以自由地形成新的组合（新的感情），而新的组合中却找不到任何原先个人感情的影子。因此，艾略特宣称："诗歌不是放纵感情，而是逃避感情，不是表现个性，而是逃避个性。"② 无论是个人感情的逃避，还是个性的消灭，都可视为诗人接近传统、融入传统的努力。

最后，强调艺术情感的"非个人"性质，主张文艺批评关注的焦点应当从作者转移到作品文本自身。艾略特认为，在文艺创作与日常生活这两个不同的情景下，诗人表现出来的状态是不一样的。在日常生活中，诗人更多关注的是个人存在，追求自我需求的满足；而在文艺创作中，诗人往往忽略了渺小的个人存在，把自己完全交付给了自身以外更具价值性的传统，以表达全人类共同的情感需求。于是，文艺创作实质上就是诗人在文艺传统中的游历。诗人在"传统"的长河中自由呼吸，随意畅游，感受着

---

① 艾略特：《传统与个人才能》，见艾略特著，王恩衷编译：《艾略特诗学文集》，北京：国际文化出版公司 1989 年版，第 2 页。

② 艾略特：《传统与个人才能》，见艾略特著，王恩衷编译：《艾略特诗学文集》，北京：国际文化出版公司 1989 年版，第 8 页。

其中每个鲜活跳跃的组成部分，进入一种"非个人的境界"。在"非个人境界"的创作阶段之后产生出来的作品当中蕴含的艺术感情，已绝非诗人创作前粗糙而简单的个人感情，而是一种经过了理性锤炼以及"传统"过滤的"非个人感情"。"这种感情的生命是在诗中，不是在诗人的历史中。"① 它与诗人无关，人们不可能在诗人的生活经历中找到它的影子。那些认为艺术作品是作家生活的摹本，认为作品与诗人生平之间联系密切的看法都是不符合"非个人化"创作规律的，是偏激而错误的。因此，无论是对于一般的文艺欣赏者或是专业的文艺批评家而言，"将兴趣由诗人身上转移到诗上是一件值得称赞的企图"②。只有撇开诗人的个人因素影响于不谈，静心专注于作品文本自身，人们才能领略到蕴含在其中的真挚、强烈的艺术感情，才能对作品是否有价值做出公允的评价。

《传统与个人才能》一文针对当时文坛盛行的历史实证主义思潮、浪漫主义表现论，重新解释传统，赋予其新的内涵，带领人们回归不朽的传统。全文以"传统"观为核心，分别从三个方面予以论述，循序渐进，逐层深入，严谨而富于逻辑，被学界公认为是艾略特诗学的宣言书。从《传统与个人才能》一文开始，艾略特以"传统"观作为基点逐步建构起自己的批评理论体系。在日后的批评活动中，他不仅从理论层面不断补充完善其在《传统与个人才能》中提出的"传统"观，而且还具体实践之，以此"传统"观来指导自己的文本批评和诗歌创作。因此，《传统与个人才能》也就成为打开艾略特诗学体系的一把最为关键的钥匙。

二、动荡年代：英国的危机与出路

20 世纪初的英国，正值世纪与世纪交替、时代与时代转化的间隙时期，旧时代的统治力量由盛而衰，行将走向灭亡；与此同时，新力量还处于萌芽阶段或上升时期，没有形成足够的势力取得完全的统治地位。英国正处在裂变的动荡年代，危机四伏。

首先，危机来自社会的变革。

英国是西方较早进行资产阶级革命的国家之一，有资料表明，"从 18

① 艾略特：《传统与个人才能》，见艾略特著，王恩衷编译：《艾略特诗学文集》，北京：国际文化出版公司 1989 年版，第 8 页。
② 艾略特：《传统与个人才能》，见艾略特著，王恩衷编译：《艾略特诗学文集》，北京：国际文化出版公司 1989 年版，第 8 页。

世纪 60 年代到 19 世纪 30 年代这 70 多年里，英国已经基本上完成了产业革命。各主要工业部门都用机器生产取代了手工业操作"[1]。在 20 世纪初，产业革命带来的机械化生产模式已经成为英国这一时期的主要生产特征。机械的引进彻底地改变了人类整个生活方式和生活节奏，著名的思想家别尔嘉耶夫曾评价说："机器的发明以及随之而来的生活机械化，一面使人发财致富，一面造成新的依附和奴役，这种奴役较之人从对自然界的直接依附所感觉到的那种奴役要厉害得多。"[2] 确实，机器出现以前，人类和自然界直接相对，在强大的自然力量面前，渺小的人类只能依附自然，受其奴役，人的整个社会生活也因此围绕着自然而形成。尽管当时受到人类自身力量的制约，人类只能有限地索取自然资源和小规模地进行生产，社会物质供应极其匮乏。然而，人们对自我充满信心，坚信人类有能力掌握、控制、统治自然。基于这种对人类力量的自信和骄傲，人们普遍对人类发展、社会进步抱着乐观的态度，崇尚知识，肯定理性，追求进步。可以说，此时的人们，富有理想，精神生活充盈。但是，机器的出现，彻底改变了人和自然的关系，改变了人的社会生活。机器横在人和自然中间，成为人类战胜自然、征服自然的有力武器。人类借助机器的力量，贪婪地索取自然的宝贵资源，开展大规模的工业生产，制造出数以万计的物质产品。表面看来，人类操纵机器，是机器的主人。实质上，却是机器反过来掌握了主动权，控制人类，奴役人类。这是因为在机械化的引诱下，人的自然实体与精神实体开始肢解分化：一方面，人们充分开掘自己的自然实体，把全部力量投入到物质财富的创造中；另一方面，人们忽略了精神层面的需求，精神实体逐步趋向衰竭。于是，在物质欲求得到满足后，人们面临的是精神层面的迷茫，许多传统的价值判断标准已不复存在，原来那种对生活的乐观态度、对理想的自信追求也已逐渐丧失。一切都变成了多元的和含糊的，人们犹如站在十字路口，不知何去何从。这个时候，迫切需要一股神圣的文化力量来引领人的精神实体，让迷惘的人们回归精神家园。

其次，危机来自文坛旧思潮遗风。

20 世纪之前，占据英国文坛主流的是浪漫主义思潮。这一思潮形成于 19 世纪初，它传承了文艺复兴时期对人的创造力全面释放的思想，并进一步发展为对人的独创性的推崇备至。英国浪漫主义者就曾明确指出："独

---

① 叶胜年：《西方文化史鉴》，上海：上海外语教育出版社 2002 年版，第 287 页。

② 别尔嘉耶夫著，张雅平译：《历史的意义》，上海：学林出版社 2002 年版，第 121 页。

创性的作品是，而且应当是，最受欢迎的作品。"① 自由地体验人的创造力，本是对人的力量的一种完全释放，理应促进艺术创造的繁荣。然而，当人们对创造力无限追求直至发展为苛刻地要求独创性时，就必然会走向极端，陷入误区。

误区一，独创意味着对传统的扬弃。对浪漫主义者而言，传统是先辈遗留下来的卓越典范，代表了一种知识的权威以及法则的规范。传统就如同一把打开的大伞，无时无刻不遮挡在人们的上空。生活在伞下的人们潜移默化地接受着传统的影响，遵循前人的创作道路，创造出来的多是与前人风格相近的艺术作品。因此，浪漫主义者鼓励伞下的人们走出传统的阴影，发掘自我独创力，开创自己的一片天地。他们否定对传统的模仿和训练，肯定天资禀赋，追求独创性，坚持"一点点的独创性要比最大的习得的才能更受人们的推崇，更为人们追求，因为它使事物以新鲜的面貌呈现出来，而且对于每个个体都是独特的"②，英国作家杨格甚至大胆宣称"我们越少抄袭古代知名作家，就越像他们"③。于是，在浪漫主义日渐兴盛的19世纪英国文坛，传统不再被人信仰，不再受人尊崇，而成为人们前进道路上的巨大障碍，渴求进步的人们纷纷斩断与传统相连的脐带，迫不及待地逃离传统的掌心。传统日渐失落，慢慢被瓦解直至完全崩溃。

误区二，独创意味着个性的凸显。当浪漫主义者把象征权威代表共性的传统打落脚下之后，取而代之的是个体与众不同的独特个性。他们相信，每一个个体都存在着一个内在自我，它是人的本质个性，代表着人最本真的声音。同时，内在自我又是独一无二的，正是由于每一内在自我的独立存在，个体才具有了与其他个体相异的独特个性，世界也才因个体与个体的不同而呈现出五彩缤纷的多样性。因此，浪漫主义者把内在自我个性视为人的独创力的源泉，认为越是具有表达自我个性的作品就越是具有独创性的作品。但由于外界传统力量的种种规范限制，内在自我常常得不到真实的表达，原本光芒四射的个性几乎被遮蔽了，人们逐渐趋向共性，人的独创力更无从谈起。于是，在打破传统的权威之后，人们迫切地希望返回自身寻求真实自我，表达内心世界的所思所想，以达到开启独创力大

---

① 爱德华·杨格：《论独创性的写作》，见拉曼·赛尔登编，刘象愚、陈永国等译：《文学批评理论——从柏拉图到现在》，北京：北京大学出版社2003年版，第155页。

② 威廉·赫兹列特：《论天才与常识》，见拉曼·赛尔登编，刘象愚、陈永国等译：《文学批评理论——从柏拉图到现在》，北京：北京大学出版社2003年版，第160页。

③ 爱德华·杨格：《论独创性的写作》，见拉曼·赛尔登编，刘象愚、陈永国等译：《文学批评理论——从柏拉图到现在》，北京：北京大学出版社2003年版，第156页。

门的目的。英国诗人华兹华斯在谈到诗人该具备哪些能力时曾说过，一位优秀的诗人"比一般人具有更敏感的感受性……能更敏捷地表达自己的思想和感情，特别是那样的一些思想和感情，它们的发生并非由于直接的外在刺激，而是出于他的选择，或者是他的心灵的构造"①。显然，浪漫主义信奉的是一种自我表现论，它张扬个性，抒发个人情感，强调人们在作品中最大限度地表达自我感受。于是，当浪漫主义的表现论成为文坛主流，成为人们创作主导理念时，自我个性被提高到了一种无以复加的程度，人们在艺术作品中享受个性自由，放纵个人情感。于是，在不知不觉中，人的情感逐渐挣脱了理性的缰绳，愈来愈朝着感性与直觉方向发展。

被浪漫主义思潮主导了整整一个世纪的英国文坛，昔日不朽传统日渐失落，个人声音此起彼伏。整个文坛处处弥漫着颓废、伤感的气息，混乱而无序。人们迫切期待一种更有力量的新诗学来替代旧浪漫主义思潮，以达到结束混乱局面、重建文坛秩序的目的。

总体而言，19 世纪末 20 世纪初的英国正处在剧烈激变的动荡年代。一方面是社会物质产品丰盈富足，人们精神生活空虚无聊；另一方面是文坛不朽传统的丧失，个人主义盛行。多重危机诱发了人们传统价值判断的瓦解、道德伦理的崩溃，整个西方社会就是一片丧失信仰、精神空虚、情欲肆虐的荒芜原野，来往行走的人们如"空心人"般徒有皮囊而腹中空无一物，昔日优良的西方文明传统日渐消逝。面对西方文化和社会的堕落衰败，富有使命感的艾略特期望"能从混乱的废墟中抢救出来一些残存的东西，借此秩序和稳定性也许得以恢复"②。这个能拯救西方社会的"残存的东西"，就是多次出现在艾略特诗学中的核心术语——"传统"。

何谓"传统"？美国社会学家希尔斯认为，"传统"最基本的含义是世代相传的东西，"包括物质实体，包括人们对各种事物的信仰，关于人和事物的形象，也包括惯例和制度"③。传统就像一根麻绳，由多股绳线相拧而成。这些绳线可以是一种艺术风格、一种宗教信仰或一种社会制度，它们在代代相传中除去变异而沉淀、保持了某些共同特征。这些共同特征紧密又结实地聚合在一起，构成一根粗壮而权威的传统麻绳，代代相传，不断延伸。于是，传统便"使代与代之间保持了某种连续性和同一性，构成

---

① 华兹华斯：《〈抒情歌谣集〉一八○○年版序言》，见伍蠡甫主编：《西方文论选》（下），上海：上海译文出版社 1979 年版，第 12 页。

② 艾略特著，裘小龙译：《四个四重奏》，桂林：漓江出版社 1985 年版，第 288 页。

③ 希尔斯著，傅铿、吕乐译：《论传统》，上海：上海人民出版社 1991 年版，第 16 页。

了一个社会创造与再创造自己的密码，并且给人类生存带来了秩序与意义"①。正是从此层面考虑，艾略特把目光投向了"传统"，希望以其权威的价值评判力和道德感召力来调整、规范当时混乱的文化、社会秩序。可以这么说，艾略特一生的文艺旅途就是一条寻找传统、回归传统的道路。尽管这条路充满曲折、坎坷不平，他依然走得坚定从容。借助他的诗作《荒原》，我们更能体味艾略特对心中理想传统的真挚向往和苦苦追寻。长诗《荒原》的主旨是寻找圣杯拯救荒原。相传从前有一鱼王，不仅他的土地因受到诅咒成为一片没有水的荒原，而且他和他的人民都同时丧失了生殖机能，无法繁衍后代，整个族群因此面临着灭绝的巨大威胁。只有寻回耶稣曾经在最后的晚餐中使用过但后来又遗失了的圣杯，才能解决这场灾难，拯救鱼王和他的子民与土地。艾略特借文艺形式上的"寻找圣杯拯救荒原"主旨来隐喻他在现实中为寻找"传统"，恢复稳定、和谐的文化和社会秩序所做的努力。

三、艾略特诗学的哲学基础和理论渊源

一位优秀的文艺批评家，除了要有敏锐的批评嗅觉，还应具备缜密的逻辑思维能力。这两个条件缺一不可，甚至可以说，后一个条件更为重要。对于批评家来说，敏锐的批评嗅觉仅是帮助他捕捉当时文坛出现的新动态或急需解决的问题，而环环相扣的逻辑推理能力以及严谨的行文风格则是帮助批评家获得了人们认可的关键所在。正因如此，在被诸多学者称为"批评的时代"的 20 世纪，西方文坛涌现的批评家不计其数，但真正得到人们肯定并载入史册的却为数不多，艾略特就是其中一位。在研究者的眼里，"若从文学史角度来研究两次大战之间的英美批评界情况，艾略特无疑是中心人物"②。作为批评家的艾略特受到如此推崇，除了其"传统"诗学观的提出顺应了动荡年代中混乱的西方社会和文坛对有序文化秩序的呼唤这一原因，更重要的还在于其批评文论所蕴含的强劲的、使人不得不信服的权威力量。艾略特的批评文章具有较强的理论化特点，这些文章判断精辟、分析冷静、论证严密，发散出一股穿透纸背、深入人心的信服力，权威而富感染力，读者在阅读过程中往往被其吸引并为之折服。

---

① 希尔斯著，傅铿、吕乐译：《论传统》，上海：上海人民出版社 1991 年版，第 3 页。

② 王佐良、周钰良主编：《英国二十世纪文学史》，北京：外语教学与研究出版社 1994 年版，第 287 页。

艾略特批评文论的这种清晰、严谨的行文风格源于自身深厚的哲学素养，源于青少年时代所受的系统而专业的哲学训练。1906 年艾略特考入哈佛大学哲学系，以哈佛大学为中心开始了他长达 8 年的哲学求学历程。他在哈佛大学曾先后得到了著名美学家乔治·桑塔亚纳、新人文主义美学大师欧文·白璧德的悉心指导，还利用游学巴黎的机会进行过短暂的柏格森哲学研究。最后，艾略特远赴英国，在牛津大学以《F. H·布莱德利哲学中的知识与经验》一文作为其博士学位论文而最终圆满完成了本科、硕士和博士这三个阶段的学习。显然，艾略特原本可以选择哲学教师作为他的终身职业，走上规范的学院派学术研究道路。然而，他却因为对文艺的执着迷恋而留在了英国，主动放弃了哈佛大学的哲学博士学位，也放弃了哈佛大学哲学教师的职位。可以说，这三个阶段的哲学研究为艾略特日后的文艺批评奠定了坚实的理论基础，对他"传统"诗学观的形成起到了深远的影响。例如，新人文主义强调继承传统的保守倾向直接影响了他对传统的坚持，而他的关于传统过去性与现存性并存的看法也多少带有柏格森时间观的影子。但对艾略特诗学体系的形成起决定作用的还是布莱德利的哲学思想。

布莱德利（F. H. Bradley）是 19 世纪末牛津大学新黑格尔派唯心主义哲学阵营中的核心人物，他信奉黑格尔提出的整体论，强调看待事物要从整体的宏观角度出发，"我们的推理原则整体，只有整体才能赢得我们的信仰和献身"[1]。在整体论的基调下，布莱德利分析了整体的组成因子——个体经验，他认为"没有任何一个孤立的经验'事实'是真实的，或可以作为证据来证明任何事物"[2]。也就是说，如果把事物视为一个大的有机体，那么个体经验就是组成这一机体的小分子。个体经验作为事物的有机组成部分之一，仅仅是事物整体的一个局部，其自身是片面的、零碎的、有限的。因而，从"局部不代表整体"这个层面来理解，任何个体经验都不能代表以整体面貌存在的事物。个体经验只有处于有机整体的大框架内并与别的个体经验发生联系且共同作用时，才可实现其作为机体组成分子的意义，从而体现出事物的整体面貌。很明显，布莱德利的整体论强调事物的整体性、主张个体在整体内的从属地位，这与艾略特强调文艺传统的

---

[1] 艾略特：《弗朗西斯·赫伯特·布莱德利》，见艾略特著，李赋宁译注：《艾略特文学论文集》，南昌：百花洲文艺出版社 1994 年版，第 172 页。

[2] 艾略特：《弗朗西斯·赫伯特·布莱德利》，见艾略特著，李赋宁译注：《艾略特文学论文集》，南昌：百花洲文艺出版社 1994 年版，第 180 页。

存在、主张作家个人归附传统的立场在本质上是相通的。可以说，艾略特借助布莱德利的整体论哲学理念，建构了自己的"传统"诗学观。对于这一点，艾略特自己也有所坦白。他曾在《F. H·布莱德利哲学中的知识与经验》一书的序言中说，在自己的这篇博士论文被出版商发掘出来以前的很长一段时期内，他似乎遗忘了布莱德利。但随着此文在 1964 年的成书出版，他才清楚地意识到布莱德利一直以来对自己潜移默化的影响，承认人们那些对于布莱德利哲学是理解他诗学关键钥匙的猜测是合理的。[①]

　　如果说布莱德利的整体论是艾略特建构自己诗学理论体系的哲学基础，那么，影响他诗学具体指向的则是休姆（T. E. Hulme）的理论。艾略特在《波德莱尔》一文中，大段引用了休姆的原话作为自己的立论依据。休姆曾说：

> 根据这些绝对价值，人类本身被判定在本质上有局限性而且并不完美。他的身上带有原罪。偶尔也能完成一些相当完美的事业，但他本人永远不是完美的。我们由此可以得到某些关于人类社会行为的次要结论。人在本质上是坏的，他只有在伦理或政治的约束下才能完成任何有价值的工作。因此秩序不仅只是消极的，而且还带有创造性和解放性。制度是必要的。[②]

休姆在论述中明确指出，人类"带有原罪"，"只有在伦理或政治的约束下才能完成任何有价值的工作"。这种"原罪"观原是一种带有浓厚宗教色彩的对人之本性的认识观，它认为人的本质是堕落的，人性是邪恶的，强调人生来有罪，尤其把那些身为罪人却不认罪的行为视作最大的罪恶。因此，人人都要赎罪，以仁慈、爱人、律己、恪守戒律、履行义务的方式净化灵魂，换取解脱。在这么一种苦修克己"原罪"观的影响下，休姆否定感性直觉而肯定理性规范，贬低个性自由而提倡传统权威。也正因为如此，休姆特别推崇昔日重理性的古典主义传统，他在《浪漫主义和古典主义》一文中写到："照古典主义来看，人是种非常非常固定和有限制的动

---

　　① RICHARD S：Eliot as philosopher，见莫迪编：《特·斯·艾略特》（英文版），上海：上海外语教育出版社 2000 年版，第 33 页。

　　② 艾略特：《波德莱尔》，见艾略特著，王恩衷编译：《艾略特诗学文集》，北京：国际文化出版公司 1989 年版，第 118 页。

物，他的天性是绝对不变的。只有通过传统和组织才能使他比较像样子。"① 然而，休姆所生活的 19 世纪末 20 世纪初却是一个断裂的时代，原来重理抑情的古典主义文化传统日渐崩溃，个人主义不断生长，狂飚冒进，这体现在文坛的浪漫主义思潮上。休姆分析说："一切浪漫主义的根源如下：人作为个人是个有无限可能的容器；如果能以破除压迫的秩序来重新安排社会，那么这无限的可能就有实现的机会以导致进步。"② 于是，浪漫主义过于突出强调个人自由而忽视了理性的控制，从而导致了文坛个人情感泛滥。休姆明确表示了对浪漫主义的否定："我对这种诗歌的邋遢伤感主义十分反感。好像一首诗要是不呻吟，不哭泣，就不算诗似的。"③ 在剖析了浪漫主义的弊病之后，休姆宣称将出现一个侧重智性、没有冗词赘语、形容精确、描述简练的古典主义新思潮，以替代浪漫主义过分华丽的辞藻和毫无节制的个人呼喊。

艾略特生活在与休姆同样的年代，相同的时代背景，休姆的"原罪"观和对浪漫主义的否定深深地触动了艾略特，确切地说，休姆让艾略特在迷惘的十字路口找到了走向光明的方向。因此，日后艾略特接受休姆的理论并不露痕迹地将其移植到自己的诗学体系中的举动也就在情理之中了。在 1916 年的"现代法国文学"课程讲授稿中，艾略特中不仅沿袭了休姆对古典主义的界定，将其特征视为"主要是信仰原罪说，即需要严格的戒律"④，而且在回应休姆关于古典主义新思潮替代浪漫主义的看法，明确指出当今文坛正进行的以 17 世纪古典主义为理想榜样的文化运动势必推翻浪漫主义的统治。此后在发表的《传统与个人才能》一文中，艾略特更是把矛头直指浪漫主义的领袖人物华兹华斯，极力谴责他关于"诗歌是强烈情感的自然流露"⑤ 的观点。在艾略特看来，诗歌固然是用来表现感情的，但它绝非是自然流露，因为此类情感未经过诗人的理性加工，是简单的、粗糙的、浮浅的、无节制的个人情感。相比以往传统英国诗歌中所蕴含的理性的声音，这种个人情感显然是不足称道的。因此，艾略特提倡创作的

① 转引自王佐良、周钰良主编：《英国二十世纪文学史》，北京：外语教学与研究出版社 1994 年版，第 260 页。

② 转引自王佐良、周钰良主编：《英国二十世纪文学史》，北京：外语教学与研究出版社 1994 年版，第 260 页。

③ 转引自郑敏：《英美诗歌戏剧研究》，北京：北京师范大学出版社 1983 年版，第 2 页。

④ 克罗伊德著，刘长缨、张筱强译：《艾略特传》，北京：国际文化出版公司 1989 年版，第 63 页。

⑤ 华兹华斯：《〈抒情歌谣集〉一八○○年版序言》，见伍蠡甫主编：《西方文论选》（下），上海：上海译文出版社 1979 年版，第 17 页。

"非个人"化，鼓励诗人以优良的古典主义传统为归附对象，逃离个人情感，强势回归理性传统，从而创作出不朽的作品。

在20世纪之前，英美文坛的文艺批评还仅仅是文艺创作的附属品，多具实践性质，它们或是作家对自己创作过程的感悟记录，或是帮助读者理解作品、评判作品价值。此种文艺批评产生于作品之后，为作品服务，没有自己独立的意义。20世纪初，文艺批评出现理论化倾向，学术探究、理性分析、哲学思辨的成分不断增强，文艺批评开始逐渐脱离文艺创作甚至走在了创作之前，合理地引导着文艺的总体走向。逐渐地，文艺批评走向规范，批评对象、目的、方法等都最终确立下来，从而成为一门专门的学科。可以说，艾略特的批评文论顺应了英美批评从偏重实践操作到转向理论思辨的潮流，同时也在一定程度上促进了这种转向的完成。纵观其批评生涯，艾略特批评论文强烈的理论化特征极大程度地归功于他青少年时期的哲学研究，这一阶段的学习赋予了他思想者的睿智以及逻辑学家的严谨，从而使他的批评文论富有哲学素养，内含哲理，处处闪烁着思辨的光芒、跳动着智慧的火花。正如诺贝尔文学奖所嘉奖的，"这位在写作形式上激进的先驱，当今诗歌风格整个革命的创始人，同时也是一个具有冷静推理和精细逻辑的理论家"[1]。艾略特也因其在推动文艺批评专业化进程中所做出的卓越贡献而名留文艺批评史册，被学界誉为开现代批评之始的文艺批评大师。

---

[1] 安德斯·奥斯特林著，乔凌译：《授奖辞》，见艾略特著，裘小龙译：《四个四重奏》，桂林：漓江出版社1985年版，第281页。

第二章　艾略特文艺评价体系中的"传统"

　　艾略特诗学的起点是文艺的评价问题，他从讨论文艺批评应该用什么参照物来评价作家与作品入手，从而将文艺"传统"提升到文艺批评研究的核心地位。艾略特对文艺"传统"的重视源于他对文艺自身体系与文艺体系以外的社会历史因素这两者之间关系的关注。在艾略特生活的 20 世纪初，受 19 世纪中后期实证主义的影响，批评界过多关注文艺作品的外在社会历史因素，用一种经院考据式的方法探究作品的历史背景或作家的生平，完全无视文艺体系自身蕴藏的审美功能及其所呼唤的对作品价值的审美判断。因此，艾略特在作为其诗学宣言的《传统与个人才能》一文中，首先便强调回到文艺自身，回到文艺"传统"的坐标体系中来衡量和评判作品的价值。

一、理论内涵：传统的过去性与现存性

　　不但要理解过去的过去性，而且还要理解过去的现存性。

——艾略特《传统与个人才能》

（一）回到文艺传统自身

　　无论是在文艺领域或是社会领域，"传统"都犹如一把双刃剑，在给人们带来权威的同时也暗含着强硬的规定性。一方面，传统作为一股强大的规范性力量，使代与代之间保持着同一的持续性，给不断交替的社会、代代生存的人类带来了秩序上的稳定。另一方面，传统作为一种权威，人们并不能先用科学方法检验它的合理性然后再考虑是否将其继承，而只能别无选择地接受祖宗传承下来的东西。因此，且不讨论传统本身蕴含着多少的合理成分，单是这种强硬规定的传承方式就引起了接受者的极大反感。从启蒙运动开始，本性崇尚自由的人们发出了"反传统"的呼喊。这

股反传统的潮流也波及文坛，尤其是在以个人独创为宗旨的浪漫主义思潮那里达到了顶峰。在"独创性"的大旗下，作家们把"传统"与"保守""古董"等词联系在一起，仿佛和传统哪怕是沾上那么一点点的关系都会被人视为无独创性或因循守旧。传统作为前进道路上的障碍，渐渐被人们抛弃。

艾略特以《传统与个人才能》一文驳斥了人们对传统的误解。在他看来，所谓纯粹意义上的个人独创是不存在的，任何"独创"都会受到原有传统的暗中制约。他在文中举例：人们在评价一位诗人的作品时，大多称赞的是这位诗人与前辈诗人或同辈诗人相比差异最大的部分，认为此部分是诗人个人特质的展现，是最具独创性的。事实上，"他的作品中，不仅最好的部分，就是最个人的部分也是前辈诗人最有力地表明他们不朽的地方"①。这"不朽的地方"，指的就是辉煌而伟大的传统。也就是说，人们不可能斩断连接传统的纽带，而永远生活在传统的掌心中。

为何人们无法逃离传统？艾略特进一步解释说：

> 新颖总比重复好，传统是具有广泛得多的意义的东西。它不是继承得到的，你如果要得到它，你必须用很大的劳力。第一，它含有历史的意识，我们可以说这对于任何人想在二十五岁以上还要继续做诗人的差不多是不可缺少的；历史的意识又含有一种领悟，不但要理解过去的过去性，而且还要理解过去的现存性。历史的意识不但使人写作时有他自己那一代的背景，而且还要感到从荷马以来欧洲整个的文学及其本国的整个文学有一个同时的存在，组成一个同时的局面。这个历史的意识是对于永久的意识，也是对于暂时的意识，也是对于永久和暂时的合起来的意识。就是这个意识使一个作家成为传统性的。同时也就是这个意识使作家最敏锐地意识到自己在时间中的地位，自己和当代的关系。②

在这里，艾略特把"传统"界定为一种过去性和现存性结合的历史意识，

---

① 艾略特：《传统与个人才能》，见艾略特著，王恩衷编译：《艾略特诗学文集》，北京：国际文化出版公司 1989 年版，第 2 页。

② 艾略特：《传统与个人才能》，见艾略特著，王恩衷编译：《艾略特诗学文集》，北京：国际文化出版公司 1989 年版，第 2 页。

一个历时性和共时性结合的复杂体系。首先，从时间上来看，传统由已经完成的历史构成，呈现出流线性的历时特征。比如荷马史诗、莎士比亚戏剧、玄学派诗歌等。这些构成不朽传统体系的单个因子发生在已经逝去的年代，它们按发生时间的先后次序排列着，展示出传统的沿革变化。因此，艾略特提醒人们要"理解过去的过去性"。其次，从空间上来看，传统的各个构成因子同时并存，呈现出横切面的共时特征。传统体系的各历史因子并不因为已经发生而结束自己的生命力，成为一段消极的处于供人选择的被动地位的历史；相反，各历史因子是积极活跃的，它们穿越历史的时间到达现在的维度，与正在发生的现在并列存在着。因此，传统的共时性强调的是"一个同时的局面"，不仅有当今人们生活的"那一代的背景"，也包含了"从荷马以来欧洲整个的文学及其本国的整个文学"，这也正是"过去的现存性"的意义所在。

正是在过去性与现存性的交汇点上，艾略特找到了"传统"的立论基点，建构了自己的传统诗学观。在他看来，传统不是已经完成的历史，不是一个封闭的僵硬体系，消极被动地等待后人的继承；相反，传统虽由过去发生的历史组成，但过去的历史主动积极地引导、参与甚至吸纳当下。传统因为当下的不断补充而时刻处于一种未完成的状态，成为一个既包含过去也包含现在的开放体系。在传统的体系内，过去与现在并存，两者处于一种特殊的张力关系中：过去潜移默化地引导着现在，成为现今人们行为的风向标；而现在在过去的暗中制约下前进发展，以自己的鲜活力量延续过去的生命。在过去与现在的这种相互制约、相互补充的复杂关系的作用下，传统获得了永恒的动力，生生不息，延绵不断，代代相传。

传统涵盖过去与现在并向未来延展，这就意味着无论前代的作家作品、现代的作家作品抑或后代的作家作品，都将置身其中，成为传统链条的一部分。因此，文艺评价活动只有回到传统自身，在传统的语境中才能彰显作家的价值。艾略特指出：

> 诗人，任何艺术的艺术家，谁也不能单独地具有他完全的意义。他的重要性以及我们对他的鉴赏就是鉴赏对他和以往诗人以及艺术家的关系。你不能把他单独评价；你得把他放在前人之间来对照，来比较。我认为这是一个不仅是历史的批评原则，也是

美学的批评原则。①

作家"不能单独地具有他完全的意义"强调的是评价作家必须将其放置到
传统的巨大链条中去进行。单个的作家仅仅是传统中的一个小小因子，只
有在传统的语境中，我们才可以清晰地观察到他在传统的沿革路途中处于
怎样的位置。传统的发展犹如一场接力比赛，需要每一代作家的共同参与
才能继续下去。虽然每一代作家都仅是参与了其中一小段的传承，但就是
这一小段的过程却苛求作家们付出艰辛的劳力。因为作家从上代人手中接
过传统，不能只停留在前人的地方原地踏步，这样只会导致传统的停滞不
前，直至僵硬退化。他必须竭尽全力在原有传统的基础上进行创造性改
造，以自己的个人创新继续推动传统的前进步伐，传承到下一代人的手
中。传统的这种传承方式呼唤作家对原有传统的创造性改造，拒绝作家继
承"传统的方式仅限于追随前一代，或仅限于盲目地或胆怯地墨守前一代
成功的方法"②。因此，只有对原有传统进行了个人创新的作家，才是真正
在传统发展道路上做出杰出贡献的作家，才是优秀的作家。对作家的评
价，自然也就不能脱离了传统单独进行，而必须回到传统发展的链条中，
"把他放在前人之间来对照，来比较"，这样才能判断出他是否进行了个人
创新，是否完成了自己的历史使命，是否在传统沿革的路途上留下了自己
的印记。

　　显然，艾略特将对作家作品的评价定位在文艺自身体系的范围内，坚
持文艺的独立性，强调作家作品的价值仅仅蕴含在文艺体系之内。批评家
在评价作家作品时，只需注重文艺的内在因素，文艺以外的社会历史背景
因素都是无须考虑的。艾略特的这种定位实际是对当时盛行的历史—实证
主义批评范式的反驳。这种批评范式主张一种非文艺的文艺观，采用科学
考据的方法，把文艺研究理解为文艺与社会、文艺与时代、文艺与民族等
关系的研究，极力发掘文艺的社会背景、历史根源、民族特征甚至是地理
环境等外在因素，文艺批评逐渐走向社会环境、历史背景、作家生平的固
定模式。这种历史—实证主义的文艺批评自十九世纪五六十年代登上文艺
舞台以来，统治了批评界大半个世纪。它以自然科学的方法对文艺产生的

---

　　① 艾略特：《传统与个人才能》，见艾略特著，王恩衷编译：《艾略特诗学文集》，北京：国
际文化出版公司1989年版，第2页。

　　② 艾略特：《传统与个人才能》，见艾略特著，王恩衷编译：《艾略特诗学文集》，北京：国
际文化出版公司1989年版，第2页。

社会历史渊源、作家个人经历对作品的影响等问题进行了深入的探讨。但是这种批评范式过于注重文艺外在因素的决定作用，而几乎忽略了文艺的内在发展轨迹。因此，随着文艺的不断发展，面对层出不穷的文艺现象，历史—实证主义范式越来越多地暴露出它的局限性，引起了批评界的普遍不满。人们纷纷要求一种新的文艺批评理论来揭示文艺自身的发展流变以及文艺自身的功能是如何决定文艺作品的。可以说，艾略特以"传统"为核心的文艺批评理论顺应了英美文坛 20 世纪初文艺发展对批评与理论的呼唤，开启了文艺研究回归文艺自身体系的历史性转向。

（二）活在现在的传统

艾略特对"传统"的研究，最重要的特点在于他抛弃了通常仅把传统视为属于过去的僵硬封闭体系的认定，而把"现存性"的概念引入传统体系中，从而赋予传统源源不断的生命活力，使传统成为一种过去性和现存性结合的历史意识，成为一个涵盖过去、活在现在、走向未来的动态开放的体系结构。

为了进一步说明过去性和现存性这两者的区别，艾略特以当下发生为划分参考值，把传统分为过去和现在两个部分。传统的过去性特征集中体现在过去这一部分，而现存性特征则体现在现在这一部分。当然，这种划分是相对的模糊的，仅是用来解释"传统"过去性和现存性而采取的一个方式。艾略特指出：

> 现在与过去的不同在于：我们所意识到的现在是对于过去的一种认识，而过去对于它自身的认识就不能表示出这种认识处于什么状况，达到什么程度。①

也就是说，当现在回首张望、认识过去时，它所能达到的高度以及深入的程度都是过去认识它自己时所无法企及的。这是因为，在现在的坐标刻度上，任一时间点的传统都凝聚着这一时间点以前所发生的全部历史事件。生活在现在的人们对于这些历史事件，不仅把它们视为一条按时间先后发生排列的线性序列，了解它们的变化轨迹，而且把它们视为一个与现在共时并存的秩序，从中汲取能量供给现在的创造。可以这样说，过去认

---

① 艾略特：《传统与个人才能》，见艾略特著，王恩衷编译：《艾略特诗学文集》，北京：国际文化出版公司 1989 年版，第 3 - 4 页。

识过去，目的仅在于探究过去的事实本质，弄清楚发生了什么。而现在认识过去，除了能从整体的角度把握过去的发生及变革过程，更重要的是与过去有意识地结合并用以指导当下人们的行为。

艾略特的努力是明显的，他在过去与现在的差异比较中，凸显了现在（也就是"传统"的现存性特征）的重要性，进而提醒人们重视传统的当下意义。在他看来，活在现在时间维度的传统具有两重功能：

功能一：过去的生命由现在延续。传统作为一个过去性和现存性结合的复杂体系，不仅是已经完成的历史沉淀更是永葆活力的推动进程，在这一进程中"决不会在路上抛弃什么东西，也不会把莎士比亚、荷马，或马格达林时期的作画人的石画，都变成老朽"①。这是因为传统中不朽的过去穿越时间的界限到达现在，与正在发生的现在结合并沉淀下来，成为当下文化结构的一部分，不断被现在的人们阅读、欣赏、研究，甚至潜移默化地规范、引导人们的行为，过去也就因为积淀在"现在"的结构中而获得了永恒的生命力。割断了过去与现在的联结纽带，就等于停止了过去的生命能量补给，于是，过去成为一段死去的历史，对活在现在的人们不具备任何价值意义，从而逐渐被人遗忘、抛弃。因此，艾略特在注重传统过去性的同时还特别强调了它的现存性，一再地提醒人们，虽然"诗人的重要性在于他自己的时代，而已故的诗人只有在我们拥有活着的诗人的情况下，对我们才有意义。……已故作家的生命力通过活着的作家得以维持"②。

传统延绵不止，过去的不朽作品跟随文化的传承得以代代相传。每一个时代的人们对于前代传统的继承都不会是原封不动的，这既是历史发展变化导致的结果，也是传统自身发展提出的要求。首先，从历史发展层面来看，人类社会永远处于变动的状态，无论这种变动是朝着前进方向或是后退方向，都无一例外地带来了时代与时代间相异的历史面貌。于是，在传统的传承链条上，每个时代链节上的人们所处的继承传统的语境都是不尽相同的，他们无法也不可能回到传统的源头或是上一个继承语境中分毫不差地接受传统。他们受自己时代社会状况、文化习俗的影响，在尽量维护传统本真面目的前提下继承传统，然后把已经打上其时代标识的传统接力棒交到下一代人的手中。其次，从传统自身层面看，传统的发展需要不

---

① 艾略特：《传统与个人才能》，见艾略特著，王恩衷编译：《艾略特诗学文集》，北京：国际文化出版公司1989年版，第3－4页。

② 艾略特：《传统与个人才能》，见艾略特著，王恩衷编译：《艾略特诗学文集》，北京：国际文化出版公司1989年版，第244页。

断补充鲜活力量才能保持旺盛的生命力，历代继承者以自己时代的价值取
向和审美标准接受传统、改造传统的行为，实则就是为延续过去不朽作品
生命力所做的努力。因此，跟随传统的动态开放结构，过去的不朽作品也
处在一种永未完成的状态，在代与代的传承中不断添加新的意义成分。这
正如艾略特之后的新批评干将韦勒克所总结的："一件艺术品的全部意义，
是不能仅仅以其作者和作者的同代人的看法来界定的。它是一个累积的结
果，也即历代的无数读者对此作品批评过程的结果。"①

　　功能二：现在从过去提取创造能源。传统由过去和现在两部分构成，
尽管过去和现在这两个部分在社会状况和文化习俗方面千差万别，但它们
是相汇相融不可分离的。当下，既不是与过去彻底脱离，也不是对过去完
全替换，而是在过去的根基上生长起来的。因此，对于现在来说，过去没
有消失、没有离去，它就沉淀在当下的文化结构中，存活在每个人的心灵
深处，成为当今人们取之不竭、用之不尽的珍贵文化资源。瑞典皇家学院
的古斯塔夫·赫尔斯特特洛姆也以一种肯定的语气说道："传统不是我们
抱在身上的死气沉沉的负担，在我们青年时代对于自由的向往中，我们曾
试图把这种负担甩掉。这恰恰是未来收获的种子将要撒下的土壤。"② 确
实，在文艺史上，以过去肥沃土壤为创造舞台，萃取精华与现实结合从而
收获成功的例子不乏其数，艾略特本人就是当中的杰出代表。他不仅以文
论的形式唤醒了今天人们对"过去"的重视，更是身体力行地通过自己的
诗歌实践来证明不朽文化遗产的永恒魅力。艾略特惯于旁征博引，他通常
把流传于世的神话传说、谚语歌谣以及被奉为经典的作家作品镶嵌到他的
作品中，采用一种过去与现在并行的结构方式来寻求历史和现实之间的契
合点，从而给予混乱的当代社会以意义，达到恢复秩序和稳定的目的。

　　过去作为传统体系中最为核心的部分，不仅是以往历史文明的见证，
更对后来的时代发挥着持续的影响。过去展现了先辈们卓越的智慧才干以
及丰富的生活经验，这些都给今天人们的创造、生活带来了无尽的价值意
义。为此，必须树立一种正确的传统观，即善于接受、挖掘过去以便更好
地服务现在。如果处于现在时代背景下的人们主动放弃了过去累积到今天
所达到的历史高度，那么也就意味着他失去了作为当代人所拥有的一切优
势。因此，艾略特不断强调："我们所必须坚持的，是诗人必须获得或发

____

　　①　韦勒克、沃伦著，刘象愚、邢培明、陈圣生等译：《文学理论》，北京：生活·读书·新
知三联书店 1984 年版，第 35 页。
　　②　艾略特著，裘小龙译：《四个四重奏》，桂林：漓江出版社 1985 年版，第 288 页。

展对于过去的意识，也必须在他的毕生事业中继续发展这个意识。"①

（三）不断建构的传统

过去性和现存性的相互作用，使得"传统"一方面保持着相对的完整性，另一方面又处于不断的调整中。艾略特描述说：

> 现存的艺术经典本身就构成一个理想的秩序，这个秩序由于新的（真正新的）作品被介绍进来而发生变化。这个已成的秩序在新作品出现以前本是完整的，加入新花样以后要继续保持完整，整个的秩序就必须改变一下，即使改变很小；因此每件艺术作品对于整体的关系、比例和价值就重新调整了；这就是新与旧的适应。②

在新作品加入之前，"传统"的原有秩序是完整的，是一个理想的秩序。"完整"意味着已经成形，意味着一种稳定性。艾略特用"完整"一词来描述"传统"，意在强调它那趋于稳定、初步成形的艺术风格。此艺术风格是历史选择的结果，经历了时间的考验而沉淀下来、稳定成形，它是不同时代的人们共同选择的结果。只有符合此艺术风格的作品才得以进入"传统"的体系中，而得以进入"传统"体系的作品反过来成为此艺术风格的有力表现，推动着此艺术风格的稳步向前。同时，"传统"还是一个不断调整的动态体系。"完整"在给"传统"带来稳定性的同时也带来了停滞不前的可能性，"传统"只有不断介入新鲜事物才能保持生命的活力。但需要强调的是，能够进入到"传统"中的作品除了符合传统艺术风格，还需拥有自己的独创特点，这一独创可以是对语言的革新或者是对新文艺形式的尝试，但必须是体系中原有作品所不具备的。所以，当"加入新花样以后要继续保持完整，整个的秩序就必须改变一下，即使改变很小；因此每件艺术品对于整体的关系、比例和价值就重新调整了；这就是新与旧的适应"。调整后的体系又回到了暂时的"完整"状态。传统就在"完整—调整—完整"的不断反复中逐步走向完善，走向成熟。

---

① 艾略特：《传统与个人才能》，见艾略特著，王恩衷编译：《艾略特诗学文集》，北京：国际文化出版公司1989年版，第4页。
② 艾略特：《传统与个人才能》，见艾略特著，王恩衷编译：《艾略特诗学文集》，北京：国际文化出版公司1989年版，第2页。

按照艾略特的理解，传统是一个不断变化、时刻建构的动态体系。一方面，建构传统的模式来自其自身，是体系内各感性现象的理性总结，脱离传统的具体表象根本无法抽象总结出建构模式；另一方面，传统的建构必须依据一定的模式来进行，传统只有在适合自身特点的建构模式的指引下才能不断向前。这两方面的需求交织在一起形成了一对矛盾体：建构模式只能从传统的发展进程中抽象而来并跟随其发展不断加以修正；同时，传统的向前发展只能根据其实际进程不断调整的建构模式来进行。也就是说，如果没有建构模式就无法建构和发展传统，但不根据传统实际发展进程产生的只能是僵硬的、无实际指导意义的建构模式。这样一来就进入了一个循环圈：建构模式来自传统发展进程，传统的发展依据建构模式而进行。艾略特认为这是一个可以逐步消解的良性循环。因为从传统发展进程中抽象出来的是一个暂定的建构模式，它一方面用以建构传统，另一方面又在传统的进一步发展延伸中不断修正自身；修正了的模式反过来又建构出另一个新传统。这种"建构—修正—建构"的循环运动不仅是传统永不停息的生命本质，也是导致其不断反复地呈现出"完整—调整—完整"表象的原因所在。

二、评价实践：对玄学派的重新解读

> 邓恩、克拉效、弗恩、赫伯·特和赫伯特勋爵、马维尔、金和考利的最佳作品直接属英国诗歌主流，他们的缺点也应根据这个标准加以谴责，而不因由于某种对古董的偏好而加以怜爱。
>
> ——艾略特《玄学派诗人》

作为一名优秀的文艺批评家，艾略特清醒地意识到仅从理论层面论述自己的诗学观是远远不够的，他还需要用具体的文艺作品批评来帮助人们了解、接受他的诗学理论。因此，继《传统与个人才能》发表后，艾略特推出了一系列论玄学派诗人安德鲁·马维尔、约翰·德莱顿等的文章，在具体分析各诗人作品的同时不留痕迹地把自己的观点传达给读者。可以说，艾略特的文艺批评实践就是其诗学观的另一种非理论化表达，他的诗学观与批评实践相互阐发、相得益彰。

艾略特强调传统，暗示着文艺体系自身延展着一股"传统"潮流，其源头可追溯到荷马时代，经莎士比亚，直至17世纪伊丽莎白时代晚期的玄学诗派。这一文艺传统潮流最突出的特征就是注重"机智"，当然，正如艾略特自己所承认的，"机智"这一词语的具体内涵是随着时代的变迁而变化的，它可以侧重表现在写作技巧方面，也可以侧重表现在词汇或句法方面，比如查理时代诗人的机智就不是莎士比亚的机智，也不是蔑视大师德莱顿的机智，更不是仇恨大师蒲柏或厌恶大师斯威夫特的机智。但是，就整体风格倾向而言，所谓"机智"实质就是"在轻快优雅的抒情格调下表现出来的一种坚实的理智"①。艾略特认为"机智"在17世纪的文坛呈现出一种感受力发展的态势，具体来说，这是"一种对思想直接的质感体悟，或是一种将思想变为情感的再创造"②。艾略特指出，玄学派诗人邓恩、考利、克拉效、马维尔等体现出来的正是这么一种理性思想与真挚情感相融的优良品质，因此，他给予了玄学诗派很高的评价，宣称他们的"最佳作品直接属于英国诗歌主流"③。

　　然而，长期以来，邓恩、考利、克拉效、马维尔等诗人一直被人们排斥在文艺主流之外。他们的作品，不仅被一般的读者批评艰涩难懂，就连专业的批评家约翰逊博士也用一种责难的口吻批评他们将"最异质的意念强行栓缚在一起"④。艾略特以约翰逊的批评定论为突破口，采用细读文本的方法，有力地驳斥了人们对玄学派的曲解，帮助玄学派在英国文学史上找到了属于自己的位置。

　　在常人的理解中，"玄学"一词多带贬义成分，通常被用来代表一种偏离主流、古怪而滑稽的文艺鉴赏趣味。约翰逊使用"玄学派诗人"这一略带非难色彩的称号称呼邓恩、考利、克里夫兰等人，是因为他认为以邓恩为代表的这类诗人将"最异质的意念强行栓缚在一起"。具体来说，约翰逊批评的是邓恩等诗人作品中意象联结的失败，这些意象仅仅是陈列、堆积出来的，给人一种被栓缚在一起的印象，而没有真正结合起来成为一个统一体。艾略特分析说，虽然在个别诗人的作品中存在着这种现象，但

---

　　①　艾略特：《安德鲁·马维尔》，见艾略特著，王恩衷编译：《艾略特诗学文集》，北京：国际文化出版公司1989年版，第36页。

　　②　艾略特：《玄学派诗人》，见艾略特著，王恩衷编译：《艾略特诗学文集》，北京：国际文化出版公司1989年版，第30页。

　　③　艾略特：《玄学派诗人》，见艾略特著，王恩衷编译：《艾略特诗学文集》，北京：国际文化出版公司1989年版，第34页。

　　④　艾略特：《玄学派诗人》，见艾略特著，王恩衷编译：《艾略特诗学文集》，北京：国际文化出版公司1989年版，第27页。

在大多数的作品中，"素材某种程度上的异质可以通过诗人的思想而强行结为一体"①。艾略特以邓恩的诗为例做了进一步说明。邓恩在《遗物》中写道："绕在白骨上的金发手镯。"在这个简短的诗句中，邓恩列举了两个看似完全联结不到一起的意象："白骨"和"金发"。"白骨"是"我"死后的遗骸，让人联想到冰冷的死亡；"金发"来自情人，让人感受到甜蜜的爱情。诗人将其并列在一起，形成鲜明而突兀的对照，促使人们引发对死亡和爱情的思考。的确，人的生命是有限的，无论现在多么鲜活的一个人最终都必将走向死亡；而产生在亲密爱侣间的神圣情感，却可以超越时间的界限走向永恒。即使人已作古，肉体腐烂，灵魂归西，但遗存下来的"白骨"与"金发"相互缠绕、不离不弃，依然向活着的人们诉说他俩不朽的爱情。因此，艾略特认为，邓恩等诗人确实比较擅长使用一种被称为"玄学"的诗歌技巧，他们或者"推敲锤炼（与凝缩相对）、巧用心计地将辞格延伸到其极致"②，或者"靠简短的语句和突兀的对比取得"③。于是，通过这些诗歌手法的运用，诗人巧妙地把各种不同类型的意象联结在一起，并将自己的思想加入其中，构成一个统一的整体。如此一来，人们在阅读玄学派诗歌时，除了能领略到其意象的奇特，还能像闻到玫瑰花的香味一样立刻感受到蕴含在真挚情感当中的思想，感受到诗人对一些事物的理性思考。

令人遗憾的是，这股强调机智、重视发展感受力的诗歌传统潮流虽然一代接一代地传承到了玄学派那里，但在玄学派之后，这股潮流却消失了。艾略特声称，从 17 世纪开始，出现了感受力的分裂，并且，这种分裂被那一时代最具影响力的两位诗人弥尔顿和德莱顿进一步加剧。虽然弥尔顿、德莱顿继承并发展了前人的语言，使诗歌的语言比起前辈诗人来说更能满足读者挑剔的要求，但是，必须指出的是，"语言虽然变得更为精细了，情感却变得更加粗糙了"④。情感变得粗糙是因为情感和思想的脱离，人们在诗歌中感受到了强烈的情感，却几乎没有感受到情感背后的思想。

---

① 艾略特：《玄学派诗人》，见艾略特著，王恩衷编译：《艾略特诗学文集》，北京：国际文化出版公司 1989 年版，第 27 页。

② 艾略特：《玄学派诗人》，见艾略特著，王恩衷编译：《艾略特诗学文集》，北京：国际文化出版公司 1989 年版，第 26 页。

③ 艾略特：《玄学派诗人》，见艾略特著，王恩衷编译：《艾略特诗学文集》，北京：国际文化出版公司 1989 年版，第 26 页。

④ 艾略特：《玄学派诗人》，见艾略特著，王恩衷编译：《艾略特诗学文集》，北京：国际文化出版公司 1989 年版，第 32 页。

类似的观点也重复出现在艾略特的另一批评论文《约翰·德莱顿》中。在这篇篇幅不长的文论中，艾略特毫不吝啬地把大量的笔墨花在了对德莱顿的称赞上，说他的诗歌具有"化腐朽为神奇"的技巧和"高度华美"的语言。然而，在文章的结尾处他还是不无遗憾地感慨，"尽管德莱顿有相当的知性，他的心智却是平凡的"①，"德莱顿缺乏洞察力，缺少深度"②。

更为严重的是，这种从17世纪出现的感受力分裂非但没有得到后继者的有效遏制，反而加剧发展。艾略特指出："18世纪早期，感伤时代开始并延续下去。诗人反对推理，反对描述；他们间歇性地思考和感受，极不平衡；他们只是思索。"③ 艾略特做出的这个判断并非空穴来风，他的理论来源最早可以追溯到18世纪席勒关于素朴的诗和感伤的诗的探讨。席勒在《论素朴的诗和感伤的诗》一文中写到，"素朴的诗人满足于朴素的自然和感觉，满足于摹仿现实世界"④，而"感伤的诗人沉思客观事物对他所产生的印象"⑤。这说明，素朴的诗以摹仿现实世界为主导，注重客观；而感伤的诗以创造主体的沉思为主导，注重主观。在两者孰优孰劣的比较中，席勒态度鲜明地表达了自己对素朴诗追求自然的肯定和对感伤诗的贬抑，他说："即使是现在，自然仍然是燃烧和温暖诗人灵魂的唯一火焰。……任何其他表现诗的活动形式，都是和诗的精神相距甚远的。"⑥ 在席勒的理解中，古代的诗多属于素朴的诗，近代的诗则多属于感伤的诗。因而，对于素朴诗和感伤诗探讨的实质就是对于古今文艺的争论。在席勒之后，德国浪漫派改进和发展了他的观点，首次使用了"古典的"和"浪漫的"这对概念来概括古今两种不同的文艺类型，逐渐地，这一公式化的阐述取得了人们的认同并迅速在各国文坛传播开来。⑦

----

① 艾略特：《约翰·德莱顿》，见艾略特著，王恩衷编译：《艾略特诗学文集》，北京：国际文化出版公司1989年版，第58页。

② 艾略特：《约翰·德莱顿》，见艾略特著，王恩衷编译：《艾略特诗学文集》，北京：国际文化出版公司1989年版，第60页。

③ 艾略特：《约翰·德莱顿》，见艾略特著，王恩衷编译：《艾略特诗学文集》，北京：国际文化出版公司1989年版，第32页。

④ 席勒：《论素朴的诗和感伤的诗》，见伍蠡甫主编《西方文论选》（上），上海：上海译文出版社1979年版，第490页。

⑤ 席勒：《论素朴的诗和感伤的诗》，见伍蠡甫主编《西方文论选》（上），上海：上海译文出版社1979年版，第490页。

⑥ 席勒：《论素朴的诗和感伤的诗》，见伍蠡甫主编《西方文论选》（上），上海：上海译文出版社1979年版，第489页。

⑦ 关于"古典的"和"浪漫的"的概念命名和内涵比较，详见杨冬：《西方文学批评史》，吉林：吉林教育出版社1998年版，第196－200页。

艾略特把古代文艺的艺术特征界定为"机智",这多少与席勒认为古代文艺注重自然、强调客观的看法存在差异,然而,在关于近代文艺的态度和理解问题上,两人却表现出惊人的一致。正如前面所说,艾略特认为,从18世纪开始,文艺呈现出感伤的倾向,诗人们反对客观描述,反对理性沉淀,突出个体,主张个人情感的表达。尤其到了19世纪,这股感伤潮流发展成为浪漫主义思潮,更张扬个性、追求独创、抒发主观感受,并占据了文坛的主导地位。该流派的代表诗人华兹华斯曾对诗歌下过这样的定义:"诗歌是强烈情感的自然流露。它起源于在平静中回忆起来的感情。"① 艾略特否定这个定义,在他看来,诗歌不是自然流露出来的,也不是平静中回忆起来的,而是"要自觉的,要思考的"②。所谓"要自觉,要思考",是指诗人在创作中要有意识地沉淀个人情感。因为诗人的个人情感通常由生活中的某些特殊事件引发,它们简单、粗糙、乏味,过多地抒发此类情感,必会造成情感的泛滥,从而导致文坛的混乱无序。只有经过诗人的沉淀提炼,再加入思想的力量,才得以在诗歌优雅而温柔的抒情曲调中听到坚实而刚劲的理性声音。

"传统"观犹如一个高高立起的风向标,指引着艾略特文艺批评实践的方向。艾略特的文艺传统是重理抑情的,要求诗富有"机智",思想与情感相融。这一艺术风格是跨过浪漫主义时代对之前的伊丽莎白时代甚至荷马时代的复归。符合这一艺术风格的玄学派受到了他的青睐,偏离这一风格的浪漫主义却遭到了抨击。对于艾略特文艺"传统"观所带有的明显个人喜好倾向,学界早有讨论,霍德斯就曾在《牛津简明英国文学史》中明确指出:"艾略特在那些他视为充实了他的'现代主义'这一特殊概念的作家的基础上形成了他的文艺传统。莎士比亚、本·琼森、米德尔顿、韦伯斯特、安德鲁森和狄更斯,符合他的要求而跻身于维吉尔、但丁和波德莱尔的行列;弥尔顿由于美学方面的原因没有入选,布莱克由于智力方面的原因没有入选,而斯温伯恩则由于在道德方面的原因没有入选。"③ 其实,严格地说,每一种文艺样式、思潮流派的产生与当时的社会生产力、

① 华兹华斯:《〈抒情歌谣集〉一八○○年版序言》,见伍蠡甫主编《西方文论选》(下),上海:上海译文出版社1979年版,第17页。

② 艾略特:《传统与个人才能》,见艾略特著,王恩衷编译:《艾略特诗学文集》,北京:国际文化出版公司1989年版,第8页。

③ 霍德斯著,高万隆等译:《牛津简明英国文学史》(下),北京:人民文学出版社2000年版,第787页。

人们精神生活有密切的关联，它们从一个侧面折射出那一个时期人们的精神需求。艾略特看不到文艺产生的客观性因素，仅以自己的个人喜爱偏好来肯定或否定文艺史上出现过的文艺流派。无论是对玄学派的重新定位，还是对浪漫主义的诸多责难，都是他用来表明自己心目中理想文艺传统艺术风格的举措。艾略特在晚年的时候也对自己早期的片面理解作了反省，他用类似检讨的语气说：

> 我预言在一世纪以后恐怕只有对我这一代的思想有兴趣的学者才会用历史眼光来研究我创造的那些名词了。我愿提出的是……这些名词是感情上爱好的概念象征。因之，我对传统的强调是由于我对十九世纪和二十世纪初英诗有反感而酷好十六世纪末和十七世纪初的诗剧和抒情诗。①

尽管艾略特的诗学理论带着浓厚的个人主观色彩，但不得不承认的是，艾略特的批评论文对当时的文坛产生了巨大的影响。艾略特之后的新批评循着其理论方向继续发展，同样认为"现代诗只有向玄学派回归，才能结束英语诗'感受性解体'的历史"②。甚至，艾略特还转变了研究者旧有的评价准则，迫使人们以一种艾略特式的眼光重新梳理整个文艺史。例如，著名英国批评家利维斯的《再评价：英诗的传统与发展》一书就显示出艾略特的影响，该书贬低了历来尊奉的斯宾塞、弥尔顿和雪莱，而把英诗的传统定为莎士比亚、本·琼森、17 世纪的玄学派诗人，直至 18 世纪的蒲柏、19 世纪的布莱克以及艾略特。③

可以毫不夸张地说，正如其所宣称的新作品的出现会改变原有作品的秩序一样，艾略特的出现就如一个巨大的变革因子冲击着英国文坛，改变原有秩序，引导最新走向。韦勒克在他的巨著《现代文学批评史》中客观地描述了艾略特对英国文艺产生的影响，他写道："他对他那时代的审美情趣造成的影响是十分显著的：他比任何别人都作了更大的努力来促成感

---

① 转引自王佐良、周钰良主编：《英国二十世纪文学史》，北京：外语教学与研究出版社1994 年版，第 289 页。

② 赵毅衡：《新批评——一种独特的形式文论》，北京：中国社会科学出版社 1986 年版，第60 页。

③ 关于艾略特对利维斯的影响，详见王佐良、周钰良主编：《英国二十世纪文学史》，北京：外语教学与研究出版社 1994 年版，第 305 页。

受的转变，从而脱离'乔治王朝时代诗人'的情趣；来重新估价英国诗歌史的主要时期和人物，他最强烈地反对浪漫主义，他批评弥尔顿和弥尔顿传统，推崇但丁，推崇詹姆士一世时代的戏剧家、玄学派诗人、德莱顿，以及法国象征主义者，认为他们是伟大诗歌的'传统'。"①

三、理论意义："审美形式主义"范式的转型

> 诚实的批评和敏感的鉴赏，并不注意诗人，而注意诗。
>
> ——艾略特《传统与个人才能》

　　文艺批评最为核心的工作是对作品做出评价，这也是文艺批评的目的所在。文艺批评的实质，就是批评家在一定价值尺度的统领下对文艺作品做出阐释、评价。因此，批评主体所持的价值尺度在一定程度上决定了文艺批评的总体面貌，决定了文艺批评的具体走向。

　　不同的时期有着不一样的评价准则。19 世纪中后期，盛行的是以泰纳（H. A. Taine）为代表的历史实证主义。此流派受孔德实证主义和达尔文进化论的影响，用自然科学的方法来解释文艺现象，研究文学艺术的发展史。他们认为文艺研究与自然科学研究所采用的方法应该是一样的，都必须强调客观，从存在的现象事实中探究事物发展的规律。根据泰纳的观察，文艺的创作和发展受种族、环境和时代这三种因素的制约，他认为"一部书越能表达了重要的感情，它在文艺上的地位就越高；因为一个作家只有表达整个民族和整个时代的生存方式，才能在自己的周围招致整个时代和整个民族的共同感情"②。甚至，泰纳还把文艺作品比作生物学研究中的化石，人们研究文艺就如同研究历史文献般，仅仅是为了考察那个时代的历史。显然，历史实证主义主张的是一种历史环境决定论的文艺史观，社会历史环境决定文艺发展，文艺发展与社会发展同步，文艺的功能是反映时代的风貌。因此，是否表现了当时的社会历史状况，就成为人们

---

　　① 雷内·韦勒克著，章安祺、杨恒达译：《现代文学批评史》（第五卷），北京：中国人民大学出版社 1991 年版，第 255 页。

　　② 泰纳：《〈英国文学史〉序言》，见伍蠡甫主编：《西方文论选》（下），上海：上海译文出版社 1979 年版，第 241 页。

评价一部作品是否有价值的准则，现代的研究者只需对当时的社会历史风貌进行考究，就可以轻而易举地判断出以往的作品是否有价值。

　　然而，按照历史实证主义的文艺评价方法，每个历史时期的社会状况不同，文艺评价的准则也会相应变动，这将导致批评观的混乱无序。一部文艺史由于没有一致贯穿的批评观就有可能出现支离破碎的面貌，每一时代都各自分裂成单个的部分。原本完整的文艺史就由这一个个孤立的部分拼凑而成，"文学史于是就降为一系列零乱的、终至于不可理解的残篇断简了"①。更为重要的是，历史实证主义关于社会历史环境决定文艺发展的看法忽略了文艺的独立性。文艺作为人们反映现实传达感受的一种方式，有自身的独特性。它以文字为表达工具，讲究语言技巧的运用，强调形象塑造的传神准确，要求抒发情感的真挚感人等。很明显，这些内在因素都不是社会历史环境所能够影响甚至决定的。因此，随着文艺研究的不断深入，注重以社会状况、阶级根源、时代背景以及地理环境来解释文艺现象的历史实证主义越来越不能满足人们的要求，人们期待一种更偏重文艺自身规律研究的理论范式出现。于是，文艺批评出现了由外向内的"审美形式主义"（姚斯语）的范式转型。

　　艾略特以"传统"观为核心的诗学引领了文艺批评领域的这场范式转型潮流，他一改历史实证主义机械外因决定文艺发展的看法，坚持文艺体系的独立自主，主张任何文艺评价活动都必须回到文艺体系内部，用文艺自身的"传统"作为评价准则，从而公允地衡量、评判作品的价值。因此，有学者评价说："与泰纳把诗比作化石对照起来，艾略特确实为文学批评打开了一条充满活力的新路。"② 艾略特的努力得到了瑞恰兹、布鲁克斯、沃伦等人的回应，就如韦勒克所指出的："像瑞恰兹（《实用的批评》）、布鲁克斯和沃伦（《理解诗歌》）这样一些非常不同的理论家们却一致认为诗的标准只有一个，并确切地强调，不能在鉴定诗本身之前先依据其作者、时代或流派等材料来决定诗的地位。当然可以说，这些文选编者兼批评家们所要求的大体上是一种艾略特式的标准。"③ 他们遵循艾略特回到文艺的诗学主张，把文艺以及作品文本视为一个自足的客体，关注文

---

　　① 韦勒克、沃伦著，刘象愚、邢培明、陈圣生等译：《文学理论》，北京：生活·读书·新知三联书店1984年版，第35页。

　　② 张隆溪：《二十世纪西方文论述评》，北京：生活·读书·新知三联书店1986年版，第39页。

　　③ 韦勒克、沃伦著，刘象愚、邢培明、陈圣生等译：《文学理论》，北京：生活·读书·新知三联书店1984年版，第286页。

艺内在因素，重视文艺的审美功能，将对文艺形式的研究放到了核心地位。在 1941 年的《新批评》中，兰色姆首次使用"新批评家"一词来称呼诗学倾向一致的艾略特、瑞恰兹、温特斯等人。此后，"新批评"便以形式主义批评流派的面貌登上了西方文艺批评界和文艺教学活动的舞台，促使文艺批评由历史—实证主义向审美形式主义批评范式转化，掀开了文艺批评由外向内转移的历史新篇章。

第三章　艾略特文艺创作领域中的"传统"

　　长久以来，从事文艺批评工作的，要么是作家本人，以此记录下其创作心得或审美感悟；要么是编辑、书评员，通过剖析作品以达到帮助读者理解作品的目的。此种类型的文艺批评，还停留在文艺创作活动附属产物的阶段，产生于创作之后，依靠作品存在，没有完全属于自己的、独立的学科体系。20 世纪初，尤其在 20 世纪 20 年代之后，文艺批评逐渐脱离文艺创作，走向了学科化的道路。虽然大多数的批评论文依然出自作家、编辑之手，但是，"批评家不再是艺术的佣人，而是同行，有其专门的知识和力量"①。他们用专业的术语撰写批评论文，注重从抽象理论层面探讨具体的文艺作品和各种文艺现象，从而达到设计文艺总体面貌以及引导文艺未来走向的目的。身处其中的艾略特也不例外，他的《传统与个人才能》在论述了文艺评价问题之后，紧接着把关注的焦点落在了文艺创作活动上。艾略特不仅阐述了创作领域中的"传统"观，还以具体的诗歌实践对理论层面的创作"传统"观做了进一步的补充。

一、理论内涵：归附传统的"非个人化"创作

　　　　诗歌不是放纵感情，而是逃避感情，不是表现个性，而是逃
　　避个性。

　　　　　　　　　　　　　　　　　　　——艾略特《传统与个人才能》

（一）源自传统的创造力

　　创造力源自何处，是创造主体身外神灵的赋予，还是创造主体自身有意识努力的结果？这历来是文艺界争论的焦点。从古希腊罗马时期至今，

---

　　①　转引自孙文宪：《现代批评的策略》，《文学评论》，1995 年第 2 期。

隐伏着一股虽然薄弱但从未间断的把文艺活动与理智相对立的反理性潮流。这一潮流认为，作家对创造力是无能为力的，作家创造力的得来在于神灵的凭附。在创作活动中，作家本人并没有参与创作，而仅是神灵的代言人，在神灵激发的灵感的驱遣下完成艺术作品的创作。柏拉图在《伊安篇》中写道："凡是高明的诗人，无论在诗史或抒情诗方面，都不是凭技艺来做成他们的优美的诗歌，而是因为他们得到灵感，有神力凭附着。"①在柏拉图看来，诗神与诗人的关系犹如磁石与铁环。磁石把磁力传给铁环，通过铁环又传给另一铁环，从而结成一条锁链。诗神如磁石般把神力传给处于迷狂状态中的诗人，诗人受到神力的激发产生灵感并将其物质化，用艺术作品的形式把神力固定下来。随后，通过作品这一媒介，神力传到了阅读作品的读者身上。于是，最终形成了"诗神—诗人—读者"这样一个链条。由此得出，柏拉图把作家创造力归因于神灵的禀赋，肯定神秘的灵感感应，否定理智的逻辑思维。朱光潜先生认为，柏拉图的灵感说突出了文艺的反理性特征，并深远地影响了后继的文论家。他在《西方美学史》中对柏拉图首开的反理性潮流进行了梳理：先是普洛丁推动了反理性学说的发展，把柏拉图的灵感说与东方宗教结合，形成中世纪的一个主要文艺流派——新柏拉图派；接着，这股潮流到了资本主义后期就与浪漫主义和颓废主义结合在一起；此后，德国狂飙突进时代的天才说、尼采的酒神说、柏格森的直觉说、弗洛伊德的下意识说、克罗齐的表现说以及萨特的存在主义等，都可视为此反理性潮流的支流。②

与这股反理性潮流迥异的是，艾略特把创作活动看作是创作主体有意识地消灭自我个性以回归传统的过程，是理性且非个人化的。艾略特强调传统的存在，认为作家个体并不具备完全的单独意义，作家只有置身在强大的传统语境中并与以往的作家进行对照和比较才能赢得他的地位。于是，为了获得自我地位和彰显价值，作家必须有选择地放弃自我狭小意识，而尽量增强自身历史意识、紧密与传统的联系。相应地，作家对传统了解得越深、拥有的历史意识越多，作家的个人成分就越少，那么，积淀在作品中的传统底蕴就会越厚重，作家也就更容易得到认可从而实现其个人价值。因此，艾略特断言，作家在创作中必须"随时不断地放弃当前的自己，归附于更有价值的东西。一个艺术家的前进是不断地牺牲自己，不

---

① 柏拉图：《伊安篇》，见伍蠡甫主编：《西方文论选》（上），上海：上海译文出版社 1979 年版，第 18 页。

② 朱光潜：《西方美学史》，北京：人民文学出版社 1979 年版，第 59 页。

断地消灭自己的个性"①。当然，艾略特所谓的"更有价值的东西"暗示的就是不朽的传统。

显然，根据艾略特非个人化的创作观，作家的创造力来自文艺体系自身源远流长的传统。在他看来，传统如同一座取之不尽、用之不竭的丰富宝藏，是创造力的源泉，无私地为前来索取财富的作家们提供资源。创作活动并非如柏拉图所言乃神灵附体的迷狂，而是作家有意为之的行为：他一方面控制个人情感、压抑自我个性；另一方面回归传统、从中获取源源不绝的创造力。可以说，艾略特的创作观摈弃了以往创作观的反理性因素，是一种偏重理智的理性主义创作观。这种创作观否定不可知的神灵赋予，肯定创作主体的能动把握；否定灵感的偶然得来，肯定创造力的有迹可循。在这一观点的支持下，创作活动掀开了其神秘的外衣，作家不需要苦苦地等待主宰文艺的缪斯女神的降临，而只要消灭个性发掘传统就能创作出不朽的篇章。于是，创作逐渐成为一种规律性活动，走向理性化的发展道路。

"非个人化"并非艾略特首次提出，浪漫主义文论家济慈也曾谈到过类似的"消极能力"的观点。济慈在《书信》中对"消极能力"这一术语进行了界定，他说"就是能够处于含糊不定、神秘疑问之中，而没有必要追寻事实和道理的急躁心情"②。显然，根据济慈的理解，消极能力注重的是一种疑惑而不确定的消极境界，不追究事实的真相和由来。如此不求甚解的"消极能力"自然会与之前浪漫主义宣扬的"张扬自我"的个性观相矛盾，因此，济慈进一步要求诗人的无个性，要求诗人放弃自我个性消极地接受其他主体的信息。他说，诗人"没有个性——他在不断地（带来信息）供给其他主体……如果我不用考虑自己大脑的创造而与大家同处一室时，那就不是我自己回家独处，而是屋内每一个人的个性开始强加于我，瞬间我便消逝了"③，他甚至大胆宣称，"让我们像花儿一样张开花瓣消极地等待、接受吧"④。很明显，在无个性这一点上，济慈和艾略特的看

---

① 艾略特：《传统与个人才能》，见艾略特著，王恩衷编译：《艾略特诗学文集》，北京：国际文化出版公司 1989 年版，第 4 页。

② 济慈：《致乔治·济慈·书信集》，见伍蠡甫主编：《西方文论选》（下），上海：上海译文出版社 1979 年版，第 61－62 页。

③ 济慈：《致伍德豪斯，1818 年 10 月 27 日·书信集》，见拉曼·赛尔登编，刘象愚、陈永国等译：《文学批评理论——从柏拉图到现在》，北京：北京大学出版社 2003 年版，第 307 页。

④ 济慈：《致 J. H. 雷诺兹，1818 年 2 月 19 日·书信集》，见拉曼·赛尔登编，刘象愚、陈永国等译：《文学批评理论——从柏拉图到现在》，北京：北京大学出版社 2003 年版，第 307 页。

法是一致的。韦勒克也曾指出他们两人的相同之处："我们确实应当分辨开两类诗人，即主观的和客观的诗人：像济慈和艾略特这样的诗人，强调诗人的'消极能力'，对世界采取开放的态度，宁肯使自己的个性消泯；而相反类型的诗人则旨在表现自己的个性，绘出自画像，进行自我表白，作自我表现。"① 但必须指出的是，济慈认为诗人掏空个性的目的是丰富对自然的感受力进而活跃想象力，这到底与艾略特消灭个性以增强历史意识深化传统知识的看法相距甚远。

（二）传统风格下的"非个人化"创作

说起文艺传统，人们通常会把过去的所有作品都归结到传统的名下，完全不理会这些作品的品质优劣。这样的传统观纯粹追求数量的巨大而忽视了自身风格的建构。没有统一风格作为纲领的传统，自然会呈现散而乱的局面：体系内个体的呐喊远远大于总体的声音，整个传统缺乏凝聚力。艾略特拒绝把以往作品简单累加的做法，他以"有机的整体"概念强调了一个以整体面貌存在的传统，他在《批评的功能》中描写到：

> 世界文学、欧洲文学、某一国家的文学，正像现在一样，并不把它当作某些个人写下的作品的总和来看，而是把它当作"有机的整体"，当作个别文学作品、个别作家的作品与之紧密联系，而且必须发生联系才有意义的那种体系来看。②

也就是说，"传统"是一个注重秩序、讲究条理的体系，每一个传统因子都有属于自己的位置。也只有在有条不紊、层次井然的结构布局下，庞大的传统体系才能复杂而不混乱，继续向前发展。因此，后继作家如想得到文坛的认可和肯定，就必须在文艺传统的体系中找到属于自己的位置。换句话说，如果作家在文艺传统的体系中赢得了自己的地位，则意味着他取得了大家的认同。而要进入传统体系，首要的便是使自己的作品符合体系的风格纲领。

那么，作家如何使自己的作品符合文艺传统风格呢？艾略特提出了

---

① 韦勒克、沃伦著，刘象愚、邢培明、陈圣生等译：《文学理论》，北京：生活·读书·新知三联书店1984年版，第71页。
② 艾略特：《批评的功能》，见艾略特著，王恩衷编译：《艾略特诗学文集》，北京：国际文化出版公司1989年版，第61页。

"非个人化"创作观来指导作家的创作。从字面上理解，"非"是一个否定前缀，它与"个人化"结合在一起，便构成了扬弃个性的词义。艾略特使用"非个人化"这一概念，要表达的正是这么一种扬弃个性、回归传统的创作理念，他坦言："诗人没有什么个性可以表现，只有一个特殊的工具，只是工具，不是个性，使种种印象和经验在这个工具里用种种特别的意想不到的方式来相互结合。"① 在《传统与个人才能》中，艾略特详细阐述了传统诗学观下的"非个人化"创作：

1. "非个人化"创作要求作家不断增强历史意识

任何创造都是从认知活动开始的，为了使自己创作出来的作品符合传统风格，作家首先要拥有大量的感性材料（具体的传统知识），这样才能清晰明了地把握传统的风格特征，而不至于偏离传统、误入歧途。于是，艾略特指出诗人掌握的历史知识越多越好。但掌握知识的目的不是应付考试，也不是提供与人交际的谈话材料，更不是用来作为攀登功名的垫脚石，而是为了更好地进行文艺创作。比如莎士比亚，虽然他没有古希腊罗马时代的生活经历，但他从那个时代的历史传记《类似的生平》中汲取素材，创作了三部罗马历史剧②。连艾略特本人，也极为注重从文艺传统中汲取营养。他的诗歌广征博引，典故之多令人叹为观止。《荒原》一诗虽仅有334行诗句，却有一半以上的诗句涉及典故，单是艾略特自己随作品附加的注释就有52条，更别说那些隐含在诗句中的古老传说、歌谣和谚语了。这些典故不仅数量多，而且时间跨度大，从《圣经》中关于人类先祖的故事到维吉尔、但丁、莎士比亚时代直至当代。因此，艾略特一再强调"诗人必须获得或发展对于过去的意识，也必须在他的毕生事业中继续发展这个意识"③。历史意识的不断涌入必然导致诗人自我个性的逐渐淡化。因此，诗人加强历史意识的过程，实质就是诗人把此刻的自己不断交给传统、消灭自我个性的过程，拥有强大历史意识的诗人所进行的创作自然也是无自我个性的"非个人化"创作。

必须指出的是，艾略特倡导增强历史意识，并非主张人们在作品中大量堆积经典作家作品，而是要求人们对经典经历要有一个消化的过程，即

① 艾略特：《传统与个人才能》，见艾略特著，王恩衷编译：《艾略特诗学文集》，北京：国际文化出版公司1989年版，第6页。

② 艾略特：《传统与个人才能》，见艾略特著，王恩衷编译：《艾略特诗学文集》，北京：国际文化出版公司1989年版，第5页。

③ 艾略特：《传统与个人才能》，见艾略特著，王恩衷编译：《艾略特诗学文集》，北京：国际文化出版公司1989年版，第4页。

深入经典作品、感悟其中蕴藏着的历史文化内涵再将其融入自己的作品中。这一点可以从他的诗歌创作中反映出来。艾略特的诗歌援引了大量的典故，这些典故并非孤立自成体系，而是镶嵌在诗中，与诗句融为一体，成为整首诗歌不可或缺的组成部分。就如他的诗作《荒原》中以脚注方式添加的52条注释，已不仅仅是用来向读者解释典故的内容和来源，它们自身隐藏的历史内涵还进一步扩展了诗句语言所不能达到的深远文化意境，从而起到了充实内容、升华主题的功用。可以说，这些诗句与其他诗句相互补充，缺一不可，共同构成了《荒原》一诗的内容文本。

2. "非个人化"创作要求作家消灭个性充当工具

艾略特认为，优秀的诗人必须是能纳入传统体系中，成为传统体系一因子的诗人。但由于个人心灵的容量是有限的，当作家回归传统时，他体内个性成分的占有量会因传统知识的不断增多而相应减少。也就是说，拥有强大历史意识的诗人几乎没有个性可言。艾略特进而指出，成熟的优秀作家的心灵和不成熟的普通作家的心灵相比，两者的不同之处并不在于个性价值的差异，也不在于哪一位作家更有内涵，而在于"哪个是更完美的工具，可以让特殊的，或颇多变化的各种情感能在其中自由组成新的结合"①。

艾略特借用了一个化学实验来说明作家心灵在创作中所起的工具媒介作用。一个瓶子里贮藏着氧气和二氧化硫两种气体，在催化剂加入之前，这两种气体各自存在，没有任何化学反应发生。然而，当白金条加入之后，氧气和二氧化硫化合形成了一种新物质——硫酸，其中充当催化剂的白金条却丝毫未受影响，依然保持中性，无任何变化。类似地，创作活动中作家的心灵就如同一根白金条，仅仅是一个催化剂，通过这一催化剂，作家的创作激情化合生成了另一类蕴含在作品中的新感情。艾略特总结道：

> 艺术家愈是完美，这个感受的人与创造的心灵在他的身上分离得愈是彻底；心灵愈能完善地消化和点化那些它作为材料的激情。②

———————————

① 艾略特：《传统与个人才能》，见艾略特著，王恩衷编译：《艾略特诗学文集》，北京：国际文化出版公司1989年版，第5页。
② 艾略特：《传统与个人才能》，见艾略特著，王恩衷编译：《艾略特诗学文集》，北京：国际文化出版公司1989年版，第5页。

"感受的人"与"创作的心灵"在创作主体身上的分离，是指成熟作家所达到的主观与客观平衡的完美境界。在这一平衡中，作家不仅拥有创作前感受生活的细腻、敏感，更保持着创作中处理情感的冷静、理智。具体来说，创作前，作家受到日常生活某些事件的触动而引发感想，产生创作的冲动。然而，这些由日常生活而引起的感情是贫乏的、粗糙的、单纯的，如果只是原样地记录下这些感情，那么只能说承载这些感情的作品并不足以构成不朽。因为不朽作品所蕴含的感情是复杂的，它源于日常生活的普通感情却又超越这些感情，它不仅凝聚着人类超凡的智慧更代表着人类永恒的情感需求。艾略特认为，作家若要产生此类不朽感情，就必须结束创作前感受生活的主观状态，进入创作中处理感情的客观状态。创作中作家的心灵实则就如实验中的白金条，它身置其中，是氧气和二氧化硫（一般感情）化合成新物质硫酸（不朽感情）必不可少的媒介；但它保持自身的独立，在生成物硫酸中完全找不到它一点儿影子。因此，艾略特不仅宣扬"感受的人"与"创作的心灵"的分离，而且一再重复："诗人的心灵实在是一种贮藏器，收藏着无数种感觉、词句、意象，搁在那儿，直等到能组成新化合物的各分子到齐了。"①

　　无论是"感受的人"与"创作心灵"分离的看法，还是"诗人的心灵"是"一种贮藏器"的说法，都是艾略特偏重理性的"非个人化"创作观的表现，这与他以"机智"为准则的文艺评价观是一致的。如同对感情和思想相融的文艺风格的特殊偏爱，艾略特倡导作家也应当在创作中加入理性的力量，学会思考，他明确指出："写诗……有许多地方是要自觉的，要思考的。"② 这里的"思考"，指的就是作家对创作激情的提炼。此提炼以文艺传统为目标，把粗糙的个人情感炼化成永恒的人类感情，从而获得不朽。因此，艾略特宣称："诗歌不是放纵感情，而是逃避感情，不是表现个性，而是逃避个性。"③ 显然，这里的"感情"和"个性"是对等的，说的都是作家个人化的特质属性，作家只有尽量地回避、抛弃所有个人化的东西，才能完全地回归传统、融入传统。

　　艾略特"非个人化"创作观的提出，实则是对当时占据文坛霸主地位

　　① 艾略特：《传统与个人才能》，见艾略特著，王恩衷编译：《艾略特诗学文集》，北京：国际文化出版公司1989年版，第5-6页。

　　② 艾略特：《传统与个人才能》，见艾略特著，王恩衷编译：《艾略特诗学文集》，北京：国际文化出版公司1989年版，第8页。

　　③ 艾略特：《传统与个人才能》，见艾略特著，王恩衷编译：《艾略特诗学文集》，北京：国际文化出版公司1989年版，第8页。

的浪漫主义的有力反驳。浪漫主义追求作家的独创力，主张最大限度地抒发个人主观情感。他们认为，"诗歌是强烈情感的自然流露。它起源于在平静中回忆起来的感情"①。显然，此诗歌定义的实质就是"个性说"，它认为文艺作品是作家主观情感的表达，是作家个性的表现。于是，在此种以个人为重的浪漫主义诗论的推动下，19 世纪的文坛逐渐挣脱了理性的缰绳，滑向了感性的极端。庞德曾评价说："我想我们会回顾 19 世纪，将它视作一个相当模糊混乱的时期，一个相当感伤和矫揉造作的时期。"② 艾略特推崇理性和秩序，他针对浪漫主义张扬个性的观点提出了一种关于作家个性和作品关系的新主张，即"非个人化"创作观，以达到停止情感泛滥、恢复文坛秩序的目的。艾略特特别指出："诗人的职务不是寻求新的感情。只是运用寻常的感情来化炼成诗，来表现实际感情中根本就没有的感觉。"③ 俨然，诗人对寻常感情的化炼，就是诗人在创作过程中对个人情感加以沉淀、提升，使之到达永恒、崇高的人类情感的高度，从而使承载这些感情的作品与其他文艺经典一起建构成为伟大而不朽的传统，代代传阅，生命活力永不枯竭。经化炼完成的作品当中蕴含的不朽情感，因其有别于化炼前的由实际生活而来的个人情感，自然也就被艾略特称为"实际感情中根本就没有的感觉"了。

（三）传统与个人独创

传统代代相传，权威而强大。在威严的传统面前，渺小的个人往往显得力不从心、无所适从。一方面，盲目地尊崇传统会造成个人才能的泯灭；另一方面，无视传统的存在放任个人自由则会陷入混乱的无序局面。传统与个人就犹如天平的两端，只要增加任意一端的分量都会导致天平失去平衡。何处才是天平的平衡点，传统与个人究竟该处于怎样的位置、建立怎样的关系才能达到两者的最佳平衡？这历来是诸多文论家争论不休的话题。以往的争论多以极端化、片面化告终：要么标榜传统牺牲个人，要么放纵个人抹杀传统。艾略特一改以往义论家的做法，把辩证法引到传统与个人关系的探讨中，从而以一种独到的视角提出了传统与个人相互作

---

① 华兹华斯：《〈抒情歌谣集〉一八〇〇年版序言》，见伍蠡甫主编：《西方文论选》（下），上海：上海译文出版社 1979 年版，第 17 页。

② 庞德：《语言》，见拉曼·赛尔登编，刘象愚、陈永国等译：《文学批评理论——从柏拉图到现在》，北京：北京大学出版社 2003 年版，第 309 页。

③ 艾略特：《传统与个人才能》，见艾略特著，王恩衷编译：《艾略特诗学文集》，北京：国际文化出版公司 1989 年版，第 7 页。

用、相互依存的全新诗学观，被誉为"第一个指出传统与独创性并不是互不相容的现代文学评论家"①。

艾略特的"传统"诗学观肯定文艺传统的存在，主张"非个人化"创作，把传统视为创造力的唯一源泉。但必须指出的是，他并没有要求艺术家为了融入传统而完全泯灭个人的天资。相反，他肯定个人独创，认为只有个人独创成分的加入才能给传统带来新鲜活力从而延续传统的生命。他在《传统与个人才能》中开宗明义地指出：

> 假若传统或传递的唯一形式只是跟随我们前一代人的步伐，盲目地或胆怯地遵循他们的成功诀窍，这样的"传统"肯定是应该加以制止的。②

也就是说，继承传统并非因循传统。如果后来作家创作出来的新作品仅仅符合或延续了以往作品的风格，那么，这样的继承方式是"盲目"的或"胆怯"的，是"应该加以制止的"。这是因为传统的生命虽然依靠延续旧有的、稳定的艺术风格来维持，但传统前进的动力来自新作品的独创风格。艾略特提倡传统风格下的个人创新，要求作家创作出来的作品不仅符合原有传统风格，还要显示出自己的特点。当然，传统体系也会因个人作品的新加入而修改自己的体系结构。这就如艾略特所说，这是一个涉及双方的相互建构过程："他之必须适合、必须符合，并不是单方面的；产生一件新艺术作品，成为一个事件，以前的全部艺术作品就同时遭逢了一个新事件。"③ 其中，"新事件"指的就是传统体系在新作品加入之后的重新调整，即把新作品中的独创成分纳入原来的艺术风格中去，从而使加入鲜活因素后的艺术风格充满生气、永葆生命活力。

那么，在漫长的文艺发展进程中，个人独创显现在哪些方面呢？艾略特认为，文艺发展中内容和形式突变的发生，是个人独创力推动的结果。他在《美国文学和美国语言》一文中详细描写了此类突变的发生以及突变对旧文艺产生的影响：

---

① 希尔斯著，吕乐等译：《论传统》，上海：上海人民出版社1991年版，第201页。

② 艾略特：《传统与个人才能》，见艾略特著，王恩衷编译：《艾略特诗学文集》，北京：国际文化出版公司1989年版，第2页。

③ 艾略特：《传统与个人才能》，见艾略特著，王恩衷编译：《艾略特诗学文集》，北京：国际文化出版公司1989年版，第2页。

　　在文学中时不时地发生着一种仿佛是革命的东西，最好把它叫做形式和内容的突变。在这种时期，过去一代或几代人遵奉的那种固定的写作方式会被新的、为数不多的作家解释为陈旧的、已经不适合于现代思维、感性认识和语言表达的方法。于是出现新的文学，起初这种新文学会遭到嘲讽，受到歧视；什么"传统眼看就要崩溃"，"混乱即刻就要降临"之类的叫喊，从四面八方袭来。经过一段时间之后，人们才逐渐发现新的写作方法并未引起毁灭，而是带来了创作上的革新。我们根本没打算放弃过去，……我们只不过加深了对过去的认识；而从新的经验看，这就意味着我们在过去的新规律中又看到了过去。①

"新的写作方法"是后人在旧传统写作方法基础上的革新，是一种个人独创。但革新并不意味着对原有传统的抛弃，"我们根本没打算放弃过去，……我们只不过加深了对过去的认识"。换句话说，这是人们站在新的高度，用新的眼光对原有传统做出的新阐释及新选择。

　　艾略特努力探寻传统与个人两者间的最佳平衡点，在他看来，传统与个人独创并不矛盾，独创是在传统前提下的独创，传统因独创而更加鲜活，更加持久。尤其在传统日渐衰落，个人主义日渐风行的背景前提下，艾略特的"非个人化"理论更加凸显出非同寻常的价值。他的那些关于传统与个人才能互不冲突的论述，有力地声援了那些正在继承优良传统却遭到"无独创性"攻击的艺术家，让他们得以更坚定地行走在传统的大道上。

二、创作实践："传统"的现代创新

　　……似乎他的现代派实践会同他的传统理论发生冲突，但并非如此，事实上，在一个作家能力所及的范围内，他一直不断地努力在这个鸿沟上架接桥梁，并取得了不同程度的成功；因为他必然充分地并且可能痛苦地意识到了这种鸿沟的存在。

——瑞典学院"诺贝尔文学奖授奖辞"

---

① 艾略特：《美国文学和美国语言》，见刘保瑞等译：《美国作家论文学》，北京：生活·读书·新知三联书店 1984 年版，第 204 页。

　　杰出的批评家往往又是优秀的作家，这似乎已经成为英国文坛的一个优良传统。在文艺批评正式走入大学课堂、成为一门专门学科的20世纪中期之前，这种批评家兼作家的倾向尤为明显，从19世纪的阿德诺、王尔德，直至20世纪的艾略特、伍尔芙，都清晰地显现并印证了这一文坛传统现象。对此现象，身置其中的艾略特曾解释道："一个受过训练、有技巧的作家对自己创作所作的批评是最中肯的、最高级的批评；……某些作家所以比别人高明完全因为他们的批评才能比别人高明。"① 而且，在谈到自己批评理论与诗歌创作关系的问题时，艾略特还以肯定的口吻说道："文学批评是我作诗的副产物或者说创作我的诗的思路的引申。"② 虽然出于其作为批评家的身份比作为作家的身份更早得到文坛认可这一事实的考虑，学界对艾略特本人关于"文学批评是作诗的副产品"的这一说法仍存在颇多疑问，尤其在他的批评观形成与诗歌创作孰先孰后的问题上更是见解各异、争论不休。但至少可以肯定的是，在艾略特身上，理论层面的批评观与实践层面的诗歌创作是相互阐释、相互作用的。他的批评观指导其诗歌创作；反过来，他的诗歌又辅以证明了其批评观。

　　作为1948年诺贝尔文学奖的获得者，艾略特的诗歌成就是举世公认的。艾略特最广为流传的诗歌有《普鲁弗洛克的情歌》（1915）、《荒原》（1922）、《空心人》（1925）、《四个四重奏》等。其中长诗《荒原》，不仅是艾略特个人诗歌创作的最高成就代表，而且是20世纪现代诗坛具有划时代意义的里程碑。自《荒原》开始，艾略特步入创作黄金期，他的诗歌不仅逐渐引领诗歌创作新潮流，而且打开了诗坛崭新的局面，其作为西方现代派诗坛领袖的霸主地位也进一步得到确立。《荒原》共有434行诗句，由"死者的葬仪""弈棋""火的布道""水里的死亡"和"雷霆所说的"五部分组成。全诗浸透着深厚的历史意识，又在一定程度上试验了新的创作技巧。可以说，《荒原》以诗歌文本的形式成功地诠释了艾略特归附传统的"非个人化"创作理论。

　　首先，《荒原》显示出艾略特回归传统的努力。

　　"非个人化"理论强调传统权威，坚持传统是创作力的唯一源泉，要求诗人增强历史意识，善于利用传统资源。《荒原》一诗蕴含着深厚的古

---

① 艾略特：《批评的功能》，见艾略特著，王恩衷编译：《艾略特诗学文集》，北京：国际文化出版公司1989年版，第67－68页。

② 转引自王佐良、周钰良主编：《英国二十世纪文学史》，北京：外语教学与研究出版社1994年版，第88页。

典历史意蕴：从古希腊罗马神话传说、荷马史诗到维吉尔诗史《伊尼德》，从西方《圣经》故事到东方佛门弟子的"火的布道"，从但丁《神曲》、莎士比亚戏剧到奥维德《变形记》，共引用了 35 位作家的 56 部作品，涉及英语、法语、德语、西班牙语、希腊语、拉丁语和梵文七种语言，使用通俗口语、书面语、古语、土语和外国语五种表达方式。艾略特对典故的使用极为巧妙，达到了"羚羊挂角"不留痕迹的高明境界。读者如果辨认不出蕴含于诗句中的典故，并不影响一般的阅读、欣赏；但在辨认并理解了典故后，则会领略潜藏其中的历史文化内涵，体会诗句表面字句所无法企及的深远境界。《荒原》第一部分"死者葬仪"中写道："一群人流过伦敦桥，这么多人，/我没想到死亡毁了这么多人。/叹息，又短又稀，吐出了口，/每一个人的目光都盯在自己足前。"① 根据注释，诗句直接引自但丁《神曲》中的"地狱"篇。但丁在描写地狱边境上的灵魂时写到："这样长的一队人，/我从未想到/死亡毁了这么多人。"② 艾略特以此来批判世界大战对无辜生命的摧残，同时也展示了现代人的生活状态，没有信仰，虽生犹死。而贯穿《荒原》始终、建构起整首诗框架的，则是源于魏登女士《从祭仪到神话》和人类学家弗雷泽《金枝》两书"寻找圣杯"的神话传说。据说鱼王因违背上帝旨意受到惩罚和诅咒而丧失繁殖能力，他的土地随之成为一片荒原，只有依靠少年寻回圣杯，才能医治鱼王复苏大地。在"寻找圣杯"传说的统领下，艾略特得以将各种有关死而复苏主题的神话、故事、歌谣、谚语拼接并糅合成为整体，构成诗歌的肌体，以此暗示西方社会的崩溃和人们精神的荒芜，并表达了寻找圣杯、寻找信仰以达到复苏荒原、挽救人类的美好愿望。可以说，诸多的历史典故镶嵌在诗句中，不仅拓展了诗歌的历史深度，还进一步扩充了诗歌的文化内涵，使整首诗歌展现出广阔的人类历史文化背景，传递着诗人渴望恢复理性、重建秩序、挽救社会的迫切心声。

艾略特旁征博引，以典故唤回传统，把众多属于过去的典故与当下的现代生活并列在一起呈现出来，促使人们在过去与现在的巨大撞击中重新思考生存意义、找回自我价值。凑巧的是，乔伊斯的小说《尤利西斯》，不仅发表的年份与《荒原》相同，在写作技巧方面也十分接近。艾略特在

---

①　艾略特：《荒原》，见艾略特著，裘小龙译：《四个四重奏》，桂林：漓江出版社 1985 年版，第 73 页。

②　艾略特：《荒原》，见艾略特著，裘小龙译：《四个四重奏》，桂林：漓江出版社 1985 年版，第 73 页。

谈到这部小说时一针见血地指出：

> 在使用神话，构建当代与古代之间的一种连续性并行结构的
> 过程中，乔伊斯先生是在尝试一种新的方法，……它只是一种控
> 制的方式，一种构造秩序的方式，一种赋予庞大、无效、混乱的
> 景象，即当代历史，以形式和意义的方式。[①]

反观之，这又何尝不是艾略特对自己诗歌用典技法做出的解释呢？正如学
者所评价的："艾略特的《荒原》正是这种创作新路在诗的领域内的一个
典型作品。乔埃斯的《尤利西斯》……则是小说领域内的这种创作方法的
代表。用神话结构在这两部作品之后得到奠定，在西方文学中成了新的
传统。"[②]

其次，《荒原》表现出艾略特创新传统的尝试。

"非个人化"理论并非仅要求作家把自我完全湮灭在传统的洪流之中，
它还重视作品的独创，作品的鲜活独创成分有力地补充了传统古老的生命
力，使传统不断向前发展。事实上，就诗歌的发展史而言，这一悠久的文
艺形式得以流传至今，与历代作家勇于创新的努力是分不开的，艾略特也
是这诸多推动诗歌发展的作家群中的一员。确切地说，他独具个人魅力的
诗歌对推动现代诗歌的发展起到了无可估量的作用，因此他被誉为"现代
英美诗歌中开创一代诗风的先驱"[③]。艾略特对英美诗坛的贡献在于他大胆
地把19世纪中后期盛行于法国的象征主义引进英语世界国家，并身体力行
地结合英语语言的特点实践此诗歌新手法，即以准确无误的具体意象表达
出含糊不定的抽象感情，成功实践这一技法的长诗《荒原》也就被奉为象
征主义的巅峰之作。

为了展示20世纪西方社会的荒芜以及西方文明的颓废，艾略特在
《荒原》中使用了一系列日常生活的意象进行刻画。诗中的伦敦城终日笼

---

① 艾略特：《尤利西斯：秩序与神话》，见艾略特著，王恩衷编译：《艾略特诗学文集》，北
京：国际文化出版公司1989年版，第286页。

② 郑敏：《从〈荒原〉看艾略特的诗艺》，见郑敏：《诗歌与哲学是近邻——结构—解构诗
论》，北京：北京大学出版社1999年版，第127页。

③ 裘小龙：《开一代诗风》，见艾略特著，裘小龙译：《四个四重奏》，桂林：漓江出版社
1985年版，第1页。

罩在"棕色雾"① 中，如同一座"飘渺的城"，虚幻而不实在，粗俗肮脏
的交易时刻在进行着；城中的人们过着行尸走肉般的无意义生活，上层社
会无所事事的女子坐在"潜伏着她奇特的合成香水"的房间里自言自语，
女打字员犹如一部"人肉发动机"，她在与长疙瘩的青年爱抚之后也仅是
用"机械的手"在留声机上放了一张唱片；荒芜而干裂的大地上，到处都
是"枯草""白骨""死水""坟墓""沉舟"，拥挤着"跌撞的人群"，回
响着"母性悲哀的喃喃声"。诗中大量阴冷灰暗的意象并列在一起，加剧
了整首诗歌悲观消极的感情基调，建构了一幅丑陋鄙俗的城市生活图景以
及一幅迷惘堕落的人类灵魂画像。同时，艾略特还用同一个意象象征不同
的事物。比如"火"的意象，在"对弈"部分，是上层社会女子闺房中
"七叉烛台之焰"，象征骄奢淫逸的生活，又是"袅袅香气将长长的烛焰变
得肥满"，因为火焰驱散了夜的黑暗，为庸俗不堪的罪恶行为提供了光亮
的背景；在"火的布道"部分，是佛门弟子苦行修炼以盼超越的"情欲和
性感的熊熊火焰"，象征毁灭；而在"雷霆所说的"部分，是但丁《神
曲》的"炼狱"篇中"炼他们的火"，象征磨难。象征意象的交错重叠，
不仅丰富了诗歌的内涵，使诗歌主题繁复而多变；还赋予了诗歌一股含蓄
凝练的审美张力，在简洁的诗句中透露出诗人深邃的哲理思想。

事实上，蕴含个人作品中的创新成分实则是作家个人风格的标识。
依靠这一个人风格鲜明的创新成分，作家才不至于淹没在庞大的传统体系
中，才得以在浩瀚无尽的作家群中脱颖而出。这也正是艾略特在"非个人
化"创作观中尤为重视个人创新的另一个原因所在。对于这一点，韦勒克
早有察觉，他在《现代文学批评史》中特别提到：

> 诗人的非个人化必须被理解成这样的意思：诗歌不是经验的
> 直接再现。但是这种非个人化不可能意味着诗歌没个人的、几乎
> 属于外观上的特征：否则我们就无法区分不同作者的作品，无从
> 谈起"莎士比亚的"或"济慈的"特质。②

的确，"非个人化不可能意味着诗歌没个人的、几乎属于外观上的特征"，

① 本段选用的艾略特《荒原》原文，均引自艾略特著，裘小龙译：《四个四重奏》，桂林：漓江出版社 1985 年版。
② 雷内·韦勒克著，章安祺、杨恒达译：《现代文学批评史》（第 5 卷），北京：中国人民大学出版社 1991 年版，第 265 页。

即使作家在创作中再怎样地努力归附传统，创作出来的作品还是难免会留有作家个人特质的痕迹，但也正是借助这些个人特质，读者才得以区分、辨认不同作家的作品。对于艾略特而言，他以对古老传统的现代创新实践着其"归附传统"的主张，他通过象征手法的使用，把复杂多变的意象与富含意蕴的典故结合在一起间接地表达现代人的情感需求，最终形成了独具特色的融现实、象征、哲理于一体的艾式风格。可以说，这一风格不仅推动诗歌继续向前，更进一步帮助艾略特确立了其在文艺史上的地位。

三、理论意义：现代派诗歌创作手法的全新实践

> 艾略特的"非个人化""客观对应物"理论，成了象征主义诗歌的理论核心和主要的创作手法。
>
> ——《欧美现代文学史》

文艺创作首先涉及创作对象的问题。文艺创作是真实反映客观世界，抑或直接抒写个人主观情感？对创作对象的不同界定形成了不同的创作流派。把文艺视为客观世界真实反映的是现实主义，此流派否定个人主观情感的介入，主张如实地再现自然客体和社会生活；而把文艺视为主观情感表达的是浪漫主义，此流派否定仿真描绘事物的做法，主张从个人角度再现自然或人的激情。现实主义和浪漫主义，一个强调客观，一个强调主观，虽然相互观点矛盾，但都有着各自的拥护者，并驾齐驱，成为长期统治文坛的两股强劲势力。

艾略特的创作观既非现实主义又非浪漫主义。他反对浪漫主义直抒胸臆式的创作观，提倡"非个人化"的创作，把作家的创作视为回归传统、逃避个性的过程，认为作家在创作中不该放纵个人情感而应将其隐匿起来，从而使创作出来的作品脱离作家的存在而成为一个自给自足的独立体。但是，"非个人化"又绝非完全制止个人情感的表达，艾略特主张使用客观对应物来承载作家的感受，以达到间接传递个人情感的目的。他说："用艺术表现情感的唯一方法是寻找一个'客观对应物'；换句话说'是用一系列实物、场景，一联串事件来表现某种特定的情感；要做到最

终形式必然是感觉经验的外部事实一旦出现，便能立刻唤起那种感情。"①
也就是说，作家在作品中并非直接宣泄情感，而是从旁观者的视角描述了
一些客观的事物、事件或情景。但这些事物、事件又绝非作家信手拈来而
是经过了精心筛选的，它们往往与寓意深远的典故、神话、歌谣、谚语相
结合，构成具有多层象征意义的繁复意象。于是，在阅读活动中，读者接
触到的是一些客观事物、情景，却能以此想象、联想到成片的意象，感
知、体味蕴含其中的深刻思想感情。这一阅读过程，就如艾略特自己所
说，是一个"像闻到玫瑰花香一样立刻感受到他们的思想"②的过程。《荒
原》中有这么一段描写："她转身在镜中看了一会/几乎毫不感到她离去的
爱人；/她的大脑听任一个刚成一半的思想通过：/'好吧，这件事是干
了；我高兴它算完了。'美丽的女人堕落的时候，又/在她的房间里来回踱
步，一个人，/她以机械的手抚平她的头发，又在留声机上放上一张唱
片。"③诗人以直陈的叙述方式，展现了现代社会人与人之间缺乏真情、互
不信任的普遍心理状态。维系女打字员与长疙瘩的青年关系的，是两者肉
体欲望的需求。甚至在经历了有欲无情的情爱之后，她"几乎毫不感到她
离去的爱人"，只是机械地让"好吧，这件事是干了；我高兴它算完了"
的想法通过她的大脑，再机械地"抚平她的头发，又在留声机上放上一张
唱片"。表面上看，诗句中几乎没有诗人喜怒哀乐个人情感的表达，有的
只是客观冷静的描写。事实上，诗人巧妙地捉住了这个现代社会男女日常
生活的场景，以此作为客观对应物承载自己的思想感情，隐晦地向读者传
递着其对现代社会人们冷漠的人际关系的痛心。可以说，因为"非个人
化"和"客观对应物"的合理运用，《荒原》在平静的叙述下蕴藏着无限
的深层意味，让人揣摩、玩赏，回味无穷。

　　显然，艾略特的"非个人化"和"客观对应物"相互补充，既直接描
述客观事物又间接抒发主观情感，综合了现实主义和浪漫主义两者的特
点。有别于现实主义纯粹描写客观事物的做法，艾略特主张托物言情，他
认为物体是有内在生命精神的，读者能够通过象征性艺术思维来引发对物
体自身蕴含的象征性意义的思考，从而达到作者和读者相互间的感情交流

---

　　①　艾略特：《哈姆雷特》，见艾略特著，王恩衷编译：《艾略特诗学文集》，北京：国际文化
出版公司1989年版，第13页。
　　②　艾略特：《玄学派诗人》，见艾略特著，王恩衷编译：《艾略特诗学文集》，北京：国际文
化出版公司1989年版，第31页。
　　③　艾略特：《荒原》，见艾略特著，裘小龙译：《四个四重奏》，桂林：漓江出版社1985年
版，第85页。

和沟通。同样，有别于浪漫主义纯粹抒发主观情感的做法，艾略特主张寓情于物，他采用象征、隐喻、暗示的方法，把内心深处的感受和体验投射到客观事物上形成象征性的意象，再以此渗透作家主观意念的意象寓意式地向读者传递情感、揭示主题。于是，在客观与主观的交汇点上，艾略特找到了突破口，实践出一种带有明显个人风格特征的现代诗歌创作手法——后期象征主义。此手法以"非个性化"和"客观对应物"作为理论支柱，把象征性作为艺术审美原则，通过暗示、象征、隐喻来表达作家的内心世界，讲究意象的建构，最大限度地挖掘语言文字的传情达意功能，以有限的意象表达无限的情感。确切地说，对于象征主义而言，"象征性成了联系客观世界、作者、作品和读者的纽带，极大地丰富和开拓了文艺艺术审美创作的新天地，加强了作家对内在生命的感受、理解、把握的深广度，有利于对作家审美意识的完整的、本质的展示"①。正因为象征主义如此突出的特点，其一经出现，便以势不可当的气势征服了大批渴求突破旧有创作手法的现代作家。从最初的发源地法国开始，象征主义不断拓展其势力范围，逐渐影响整个欧美大陆，成为西方现代派文艺生命力最长、影响最大、波及范围最广的一个创作流派。尤其经过艾略特的探索和努力，后期象征主义文艺取得了辉煌的成就，达到了最高峰，艾略特也因此当之无愧地成为象征主义成就最高的代表作家。

---

① 何仲生、项晓敏主编：《欧美现代文学史》，上海：复旦大学出版社2002年版，第235页。

第四章　余论：艾略特在中国

　　20 世纪初，虽然以中国与英美为代表的西方国家存在着地理、语言、国家社会状况等诸多障碍，但在一些学成归国有识之士的积极活动下，中国文坛密切关注着西方文艺世界的动态，并以一种直觉般的敏锐介绍、引进西方最前沿的思潮流派及文艺文本，借以改进本国的文坛现状。在这样的大背景下，在西方文坛掀起了浩然巨浪的艾氏飓风，飘洋过海，来到了中国，在中国的土地上停留了一个多世纪的时间，至今还余风未了。限于篇幅，以下将侧重列举二十世纪三四十年代活跃在文坛上的一些诗歌流派及批评家为例子，兼顾当代批评界出现的新转向，来表明艾略特对中国文坛的影响。

　　1932 年 11 月左翼批评杂志《新月》刊载了叶公超的文章《美国〈诗刊〉之呼吁》，简要介绍了发表在美国《诗刊》上的艾略特和意象派的诗歌。随后，叶公超又在 1934 年 4 月的《清华学报》上发表了《爱略特的诗》一文，文章虽以解读艾略特的诗歌为主要内容，但还是用一定的篇幅介绍了他的诗学观，尤其他的核心文论《传统与个人才能》。因为在叶公超看来，"要想了解他的诗，我们首先要明白他对于诗的主张"①，他甚至举例，"尤其是以《荒原》（*The Waste Land*）为代表作品，与他对于诗的主张确是一致的"②。由此看来，第一个把艾略特引进我国文坛的学者，应该是有过留学英国剑桥大学经历的叶公超先生。他自己也曾说："我在英国时，常和他（指艾略特，笔者注）见面，跟他很熟。大概第一个介绍艾氏的诗与诗论给中国的，就是我。"③ 不仅自己撰写介绍艾略特的文章，叶公超还鼓励身边的好友和学生翻译艾氏的著作，以便满足我国读者的需

---

① 叶公超：《爱略特的诗》，见叶公超：《叶公超批评文集》，珠海：珠海出版社 1998 年版，第 112 页。

② 叶公超：《爱略特的诗》，见叶公超：《叶公超批评文集》，珠海：珠海出版社 1998 年版，第 112 页。

③ 叶公超：《爱略特的诗》，见叶公超：《叶公超批评文集》，珠海：珠海出版社 1998 年版，第 266 页。

求。《传统与个人才能》第一个中译本的诞生，就是卞之琳在1934年应叶公超之约为《学文》月刊所做。继卞之琳之后，不断有学者重译《传统与个人才能》，如曹葆华的译本，李赋宁的译本等，由此可以窥见此文在中国文坛的重要地位。在这众多译本中，卞之琳的译本是最被人们认可的。此外，在叶公超的悉心指导下，他的学生赵罗蕤翻译了长诗《荒原》。赵罗蕤后来回忆说，在翻译的过程中，叶老师"透彻说明了内容和技巧的要点与特点，谈到了艾略特的理论和实践在西方青年中的影响与地位，又将某些技法与中国的唐宋诗比较"①。同时，叶公超还亲自撰写了《荒原》一书的序言，以增强广大中国读者对艾略特的进一步了解。在这篇名为"再论爱略特的诗"的序言中，叶公超首先客观地评价了艾略特在英美文坛的地位，他写道："就爱略特个人的诗而论，他的全盛时期已然过去了，但是他的诗和他的诗的理论却已造成一种新传统的基础。这新传统的势力已很明显地在近十年来一般英美青年诗人的作品中表现出来。"② 其次，叶公超再次强调了他先前提出的"爱略特的诗与他的理论是可以相互印证"的看法，并深入地分析了艾略特关于文艺传统过去性与现存性并存、客观对应物等诗学观点。最后，叶公超还把艾略特的诗学主张与中国传统诗学观作了比较，他以大量的材料证明："爱略特之主张用事与用旧句和中国宋人夺胎换骨之说颇有相似之点。"③ 从叶公超对艾略特的推崇备至，我们可以推断，他对艾略特的诗学观是大体认同甚至极其偏好的。由于叶公超及其他学者不遗余力的推动，艾略特的名字渐渐在二十世纪三四十年代的文坛传播开来，他的诗论和诗歌被人们接受、理解，对中国文艺发展进程产生了深远的影响。

在文艺世界里，批评、作者、读者形成一个三角状的循环圈，优秀的批评理论不仅能够帮助读者阅读，还可以指导作者的创作，促进文艺创作朝着良好的方向发展。艾略特的批评理论传入我国后，最先在诗歌创作上受到其影响的是"新月派"。新月派是二十世纪二三十年代活跃在中国诗坛上的一个重要流派，它的成员有徐志摩、闻一多、卞之琳、沈从文等。新月派的形成时间可以从《晨报·诗镌》的创刊算起，虽然他们自己并不

---

① 赵罗蕤：《怀念叶超公先老师·代序》，见叶公超：《叶公超批评文集》，珠海：珠海出版社1998年版，第2页。

② 叶公超：《再论爱略特的诗》，见叶公超：《叶公超批评文集》，珠海：珠海出版社1998年版，第121页。

③ 叶公超：《再论爱略特的诗》，见叶公超：《叶公超批评文集》，珠海：珠海出版社1998年版，第125页。

承认这一称谓，并坚持各自唯美主义、新人文主义等的不同信仰，但是在局外人看来，他们却有着共同的艺术风格。他们批评当时新文艺中所谓的伤感主义和浪漫主义，主张"反对感伤，反对放纵，主张理性和节制，必然要求合度的表现"①。徐志摩更是坦白道："我们看到人类冲动性的感情，脱离了理性的挟制，火焰似的进窜着，在这火焰里激射出种种的运动与主义。"② 他所指的"种种运动与主义"就是感情失去理性控制的浪漫主义。闻一多的诗作《死水》也表现出了作者克制个人情感的痕迹。有评论家说，"诗人感情也是一滩死水。在表现下层人民生活的命运时，闻一多的人道主义同情深藏在客观描写的文字中，或戏剧性的表现，诗人自己是不动声色的"③。无疑，新月派诗人的艺术倾向明显地受到了艾略特提倡理性反对个人情感泛滥的"非个人化"诗学观的影响。为了更有效地节制个人情感的外溢，新月派还模仿艾略特回归传统的努力，尝试从中国悠久的文字语言中寻找解决的办法。徐志摩说，新月派追求格律的尝试，"正是我们钩寻中国语言的柔韧性及至探检语体文的浑成，致密，以及别一种单纯'字的音乐'的可能性的较为方便的一条路：方便，因为我们有欧美诗作我们的向导与准则"④。

不仅是诗歌创作方面的影响，艾略特的批评观也深深地渗入了中国的文艺批评界。继叶公超之后，对艾略特批评观加以运用的是袁可嘉。与艾略特身兼批评家与诗人双重身份类似，袁可嘉既是"九叶派"诗人，也是一位杰出的诗人批评家。他十分推崇艾略特的传统诗学观，并把它具体融入中国的语境中。20 世纪 40 年代末中国诗歌界出现了"诗的现代化运动"，袁可嘉敏锐地洞察到了诗歌现代化进程中出现的问题，撰写了一系列文章提出自己的解决措施。有学者评价，这些文章"标志着 40 年代中国诗歌批评现代主义向度上所达到的最高水准"⑤。在这当中，最具影响力的要数《新诗现代化——新传统的追寻》一文。正如副标题所揭示的，袁可嘉认为新诗现代化的进程，就是追寻新传统的过程。这一进程，不是彻底抛弃原有的优秀古代文艺传统，而是在新的历史语境下古为今用，为新诗的现代化补充能量，他说，"为配合这一现代化运动的展开，新的文艺

---

① 蓝棣之：《新月派诗选》，北京：人民文学出版社 1989 年版，第 15 页。
② 徐志摩：《麦克士哈代》，《新月》创刊号。
③ 蓝棣之：《新月派诗选》，北京：人民文学出版社 1989 年版，第 28 页。
④ 蓝棣之：《新月派诗选》，北京：人民文学出版社 1989 年版，第 21 页。
⑤ 臧棣：《袁可嘉：40 年代中国诗歌批评的一次现代主义总结》，《文艺理论研究》，1997 年第 1 期。

批评必须克尽职责；它必须从新的批评角度用新批评语言对古代诗歌——我们的宝藏——予以重新估价，指出传统与现代化的关系，分析其绝不仅仅是否定的伟大价值"①。显然，他是受到了艾略特从"文艺传统"汲取力量的启发。在文章中，他列举了新诗应遵循的七个原则，这当中有几个就是从艾略特那里借来的。比如，"我们的批评对象是严格意义的诗篇的人格而非作者的人格"②，"绝对强调人与社会、人与人、个体生命中诸种因子的相对相成，有机综合，但绝对否定上述诸对称模型中任何一种或几种质素的独占独裁，放逐全体"③，"现实、象征、玄学的综合传统；现实表现于对当前世界人生的紧密把握，象征表现于暗示含蓄，玄学则表现于敏感多思"④；有的干脆把艾略特的原话直接引用过来，"文学作品的伟大与否非纯粹的文学标准所可决定，但它是否为文学作品则可诉之于纯粹的文学标准"⑤。由于袁可嘉大量采用了艾略特的批评观点，难免让人产生"翻版"的嫌疑。但是，正如臧棣所言，袁可嘉的批评"并不是单纯西方现代主义诗学回声"，他只不过是"比他的同代人更系统地显示了运用现代主义原则的批评能力，更敏感地捕捉到了中国现代主义诗歌在 20 世纪 40 年代亟待解决的理论问题"⑥。由此看来，袁可嘉绝非简单地照搬抄袭，而是在中国的具体语境下对艾略特批评观的合理运用。

　　艾略特对中国文坛的影响并非仅限于二十世纪三四十年代，即使在现在，其诗学仍对中国批评界有着巨大的启迪意义。近几年，当代批评界响起了挖掘本土资源推动新诗发展的呼唤，发出此呼唤的是兼诗人与批评家于一身，既在诗歌领域取得丰硕成果又在批评界颇有建树的郑敏先生。郑敏于 1939 年考入西南联大外国文学系，后转哲学系就读。当时的西南联大，聚集着叶公超、燕卜荪、冯至、卞之琳等一批学识渊博、声望颇高的

---

　　① 袁可嘉：《新诗现代化——新传统的寻求》，见袁可嘉：《论新诗现代化》，北京：生活·读书·新知三联书店 1988 年版，第 7 页。

　　② 袁可嘉：《新诗现代化——新传统的寻求》，见袁可嘉：《论新诗现代化》，北京：生活·读书·新知三联书店 1988 年版，第 6 页。

　　③ 袁可嘉：《新诗现代化——新传统的寻求》，见袁可嘉：《论新诗现代化》，北京：生活·读书·新知三联书店 1988 年版，第 6 页。

　　④ 袁可嘉：《新诗现代化——新传统的寻求》，见袁可嘉：《论新诗现代化》，北京：生活·读书·新知三联书店 1988 年版，第 7 页。

　　⑤ 袁可嘉：《新诗现代化——新传统的寻求》，见袁可嘉：《论新诗现代化》，北京：生活·读书·新知三联书店 1988 年版，第 7 页。

　　⑥ 臧棣：《袁可嘉：40 年代中国诗歌批评的一次现代主义总结》，《文艺理论研究》，1997 年第 1 期。

学者，他们积极引进最前沿的西方现代派文学，翻译、研究包括瓦雷里、叶芝、艾略特、奥登在内的象征派作品。在这样一种氛围中成长起来的郑敏，自然对艾略特的诗论和诗歌有所了解，甚至体会颇深。1952年，郑敏获美国布朗大学英国文学硕士学位，归国后一直从事英美文学的教学和研究工作。自20世纪末开始，郑敏接连发表系列论文《世纪末的回顾：汉语语言变革与中国新诗创作》《中国诗歌的古典与现代》《语言观念必须革新——重新认识汉语的审美与诗意价值》《试论汉诗的传统艺术特点——新诗能向古典诗歌学些什么?》等，指出中国新诗与母语传统的断裂直接导致了新诗整体成就不高的现象，并以中国传统诗学最基本的元素——汉语为反思对象，探寻新诗未来的方向。有学者评价："她的经历和学养，使得她的晚年选择显得别具深意。……徘徊于中外文化的巨大夹缝之间，一种前所未有的无所执着与无所适从的焦虑，自然而然就成了一种挥之不去的情结。"① 确实，在当前中国内忧外患的文化处境下，郑敏对汉语语言的回归尤显意义非凡。或许，郑敏自己的表白更能让人理解她坚守的民族传统文化立场："我们在学习西方后，却面临如何跳出亦步亦趋的境遇这一难题。……找回我们自己的新诗自主权，有赖于对自己手中与脚下的古典诗歌的宝藏的挖掘与重新阐释，这绝不是简单的回归传统，而是要在吸收世界一切最新的诗歌理论发现后，站在先锋的位置，重新解读中华诗歌遗产，从中获得当代与未来的汉语诗歌创新的灵感。"② 可以说，郑敏代表的是一种民族文化传统回望式的发现，而这种发现又恰恰是在西方现代诗论的冲击下，尤其在艾略特强调回归传统的诗学观的启迪下发生的。它已不是简单的传统回归，而是在容纳了外来文化后的一种对传统文化的改造与发展。

总体而言，艾略特的文艺成就是世界性的，他不仅征服了西方国家，就连远隔重洋的中国也受之影响。艾略特的诗学以及他的诗歌，给予了我们莫大的启示，尤其对当下正面临文化断层危机考验的中国文论界来说，更具借鉴意义。自20世纪初中国打开国门以来，中国文论界一直处于内忧外患的尴尬局面。一面是外部西方文艺思潮如潮水般的涌进；一面是内部国人不分青红皂白地对自身文化传统的全盘否定。在如此的内外夹击中，当代中国文论犹如斩断了根的大树，悬浮在半空中。它的生命如何维持，是重返大地母亲的怀抱吮吸母乳，还是直接从现成的、别人配置好的营养

① 李振声：《近年文学批评之平议》，《复旦学报》，1998年第3期。
② 郑敏：《中国诗歌的古典与现代》，《文学评论》，1995年第6期。

粒中吸取养分？这是我国文论工作者当前面临的最大难题。或许艾略特的"传统论"诗学能给予我们有意义的启迪。艾略特无畏而坚定地回归传统，从传统的厚实根基中汲取适合自我发展的能量；他在继承传统的同时不忘以个人创新来激活古老传统的生命力，使传统得以代代相传。这些，应该能够成为我们解决当下文论建设困境的借鉴。

中编　文艺批评理论中的"现代"

第五章　20 世纪西方文艺批评范式的现代转变

文艺批评是以一定文艺观念为指导的文艺解释活动。不同的文艺观念，决定了批评家看待文艺作品的态度以及解释作品的方式，进而影响了批评活动的目的和意义。西方的文艺批评从 20 世纪始进入"批评的时代"[①]。在这一时代，"文艺批评"摆脱了依附于其他学科的附属地位，开始走向独立化、学科化、专业化、精细化，并涌现了大量的批评家及批评流派。纵观 20 世纪西方文艺批评研究，大多呈现以下研究套路：一是以流派为线索进行全景式的总结，如英国特雷·伊格尔顿的《二十世纪西方文学理论》、法国让-伊夫·塔迪埃的《20 世纪的文学批评》等；二是以国别为线索介绍各国文艺批评理论的发展，如美国雷纳·韦勒克的《20 世纪西方文学批评》等。在这些传统研究套路之外，还有一种研究视角，即文艺观念和批评范式的变化视角，来考察西方文艺批评的发展历程。通过这一研究视角，不难发现，随着西方文艺观念从本质论到对话论的转变，文艺批评也经历了从主客对立范式到主体间性范式的转向，并在后期后现代思潮语境中，转向以文化研究为主导的"后现代批评形态"。

一、西方本质论文艺观与主客对立批评范式

20 世纪前期，由于传统主客对立哲学的影响，西方文艺界形成了本质论文艺观。传统哲学以自我为出发点观察世界，认为世界是独立于自我之外的客体，形成自我与世界的主客二分。同时，世界作为独立的实体，有着自足的内在本质，这一内在本质决定了外在千变万化的现象。传统的主客对立论思想也体现在 20 世纪前期的文艺研究上，形成本质论文艺观。本质论文艺观认为，文艺作品是外在于人的客体，人与文艺是主客分立的关系；文艺作品是已完成的精神作品，是精神实体，具有封闭的结构、确定

[①]　R. 韦勒克著，丁泓、余徽译：《批评的诸种概念》，成都：四川文艺出版社 1987 年版，第 326 页。

的本质；文艺的本质内在抽象为一定的文艺观念，外在表现为面貌不一的具体作品。当然，由于各家的理论体系和知识储备不同，各流派对文艺本质的具体界定存在着巨大的差异。精神分析批评从心理学的角度探讨文艺的本质，认为文艺的本质是无意识，弗洛伊德偏重于个体无意识，荣格关注集体无意识。俄国形式主义批评和英美新批评受到"语言学转向"的影响，认为文艺的独立性和特殊性都体现在其语言形式和结构上。

本质论文艺观直接作用于批评家的批评活动，形成主客对立的文艺批评范式，包括精神分析、俄国形式主义批评、法国结构主义和英美新批评等批评流派。主客对立批评范式具有两重含义：第一，就批评过程而言，文艺批评成为批评家与文艺作品主客分立的批评活动。批评家把文艺看作自我之外的客体，在研究中仅仅关注客体的性质，不涉及主体与客体的互动联系。第二，就批评目的而言，文艺批评成为批评家探寻文艺本质的活动。批评家认为文艺作品是一个封闭的实体，内在具有确定的本质，试图通过对具体作品的分析抽象出文艺的本质。

精神分析批评认为，各种文艺作品是由无意识伪装的梦或传达的原型意象，批评家借助现代心理学的方法对这些作品（梦或原型意象）进行抽丝剥茧的分析，展现隐藏其中的无意识，以获得文艺的本质。弗洛伊德分析了莎士比亚的戏剧《哈姆雷特》，指出哈姆雷特是"一个在他身上的一种迄今为止被成功地压抑的冲动的努力开拓使它自己变成行动的人"[①]。这股被压抑的冲动就是以性欲为表征的个体无意识，个体无意识构成了文艺的根本动因和深层本质。荣格以《浮士德》为例，说明超个人的集体无意识是文艺的根源和动机："《浮士德》触及了每个德国人灵魂深处的某种东西。"[②] 浮士德是源自人类史前时代的集体无意识中精神导师、启蒙之父的原型，属于整个德国民族。

俄国形式主义批评和英美新批评都不约而同地聚焦文艺作品的语言形式层面，或宏观分析作品的语言形式和结构，或微观细读作品的语言修辞技巧，发掘文艺的特殊性，以确认文艺的本质。①俄国形式主义批评的批评活动主要集中在两方面：一方面是研究以普希金为代表的俄罗斯诗歌的旋律、音调、韵律等语言问题，如鲍里斯·托夫舍夫斯基的《普希金创作

---

① 西格蒙德·弗洛伊德著，常宏译：《论艺术与文学》，北京：国际文化出版公司 2007 年版，第 91 页。

② 荣格著，冯川、苏克译：《心理学与文学》，北京：生活·读书·新知三联书店 1987 年版，第 138 页。

中的语言问题》，认为诗歌的语言是异于日常实用语言的"陌生化"语言；
另一方面是研究以契诃夫、果戈理、托尔斯泰的小说为代表作品的情节、
主题、叙述手法等程序组织问题，如鲍·埃亨保姆的《果戈理的〈外套〉
是怎样写成的》，认为作家通过文艺程序把素材组织起来便形成了小说。
俄国形式主义批评认为，语言的陌生化变形和素材的文艺程序化组织构成
了文艺与其他学科的区别。②英美新批评则更多地关注语言的修辞层面。
克里安思·布鲁克斯以华兹华斯、邓恩等人的诗歌为例，提出"反讽"与
"悖论"都是诗歌语言的原则。艾伦．退特细读了玄学派的诗歌，认为
"诗的意义就是指它的张力，即我们在诗中所能发现的全部外展和内包的
有机整体"①。而威廉·K·维姆萨特则关注诗歌的象征与隐喻问题。"反
讽""悖论""张力""隐喻"等范畴组成了一个易于操作的修辞批评体
系，使批评家得以深入剖析诗歌的内在意蕴和整体有机结构，探讨文艺的
意义。

　　20 世纪前期，批评家依据本质论文艺观对文艺作品进行阐释、批评，
建立了主客对立的批评范式。这一批评范式的积极意义在于：第一，确立
了文艺批评作为一门学科的独立地位，肯定了文艺作为批评对象的独立性
（表现为具有自足的文艺本质），也形成了一整套包括批评术语、范式、理
论等在内的文艺批评系统。第二，深化了对文艺语言深层意义的认识，除
表层现实意义，还发掘了其深层的原型、审美意义，如精神分析批评揭示
了个体的基本原始欲望和人类的深层心理结构，而俄国形式主义批评和英
美新批评则通过对文艺的形式、结构及语言修辞的研究，启示人们回归文
艺语言的审美特性。

　　但是，由于主客对立的批评范式建立在本质论文艺观的基础上，使这
一批评范式不可避免地存在着理论与实践方面的缺陷。第一，在主体与客
体分离的前提下，割断了批评家与文艺的联系。主客对立批评范式仅仅局
限于文艺客体的研究，忽略了批评主体方面的研究。事实上，文艺批评是
一种批评家与文艺作品之间的主体间性对话、理解活动，由批评家与文艺
作品共同参与完成。主客对立批评范式顾"客"失"主"，既没有关注批
评家的能动创造力，也没有从主体间性的角度关注批评家与文艺作品二者
间平等的对话，必然无法获得充分的意义。第二，从实体论出发，认为文
艺是无生命的精神实体。主客对立批评范式把文艺当作已完成的精神作品

---

　　① 　艾伦·退特：《论诗的张力》，见赵毅衡编选：《"新批评"文集》，天津：百花文艺出版
社 2001 年版，第 130 页。

看待，认为它是死寂的、无生命的实体，不具备自我表达与批评主体能动对话的能力，听任批评主体的摆布。如此一来，研究的主导权掌握在批评主体一方，文艺性质和意义的发现完全依赖批评家单方面的研究，文艺批评极容易沦为批评家的智力游戏。其实，文学不是无生命的实体，而与批评家一样具有自我言说功能及与他人对话的能力。在文艺批评活动中，文学通过言说与批评家展开对话，往来应答、相互沟通，二者达到完全的理解。第三，从本质论文艺观出发，试图通过对作品的仔细解读找出文艺的绝对本质。主客对立文艺批评范式确认了文艺本质的存在，着力从大量的作品中抽象出一定的观念形成文艺本质。文艺批评活动也因此成为对文艺这一学科的知识学研究。实际上，文艺不是具有确定本质的实体，而是实现自我与世界对话的意义世界；不存在绝对的文艺本质，也不存在统一的文艺意义。文艺的意义是多元的，既存在与社会现实联系密切的现实意义，也存在超越现实直通全人类心灵的审美意义，优秀的文艺作品无一例外地都是多层面意义的共存体。

总体而言，20 世纪前期的文艺批评由于建立在主客二分的本质论文艺观基础上，形成了主客对立的批评范式，试图通过对文艺客体的细读寻找隐藏其中的本质。事实上，就生存本身而言，自我与世界共在，不存在主体与客体的二分。文艺也不是本质实体，而是实现自我与世界平等对话的意义世界。因此，随着人们对文艺认识的不断深入，对话论文艺观因其更合理的解释效力取代了日渐窘迫的本质论文艺观，而文艺批评也必然将会打破主客对立的范式走向主体间性的范式。

二、西方对话论文艺观与主体间性批评范式

20 世纪中期，随着现代哲学的主体间性转向，西方文艺界也建立了对话论文艺观。现代哲学重新考察了自我与世界的关系，认为传统哲学的主客二分只是理智的产物。实际上，就存在本体而言，自我与世界不可分离，世界不是独立于自我之外的客体实体，而是与自我共在的主体；二者的关系不是主体与客体的对立，而是主体与主体之间的和谐共存。哲学研究的主体间性转向导致了文艺观念的转变，形成对话论文艺观。对话论文艺观认为，文艺不是外在于自我且与自我无关的客体，而是实现自我与世界主体间对话、交往的桥梁；文艺不是已完成的、无生命的客体，而是未完成的且具有言说能力的主体；文艺不是具有确定本质的实体，而是多元

的存在意义世界。具体而言，由于欲望、功利等现实因素的作用，自我与世界在现实中处于异化的主客对立状态，只有通过文艺这一桥梁才能实现两者间的平等对话、交往；文艺连接自我与世界的桥梁作用是通过自身语言的主体性言说来实现的，文艺语言的主体性言说营造了一个诗意的审美世界，在这个世界中，自我与世界彼此敞开，相互问答、对话，显现各自完整的生存意义。海德格尔不仅以"语言是存在之家"① 的论断肯定了语言作为人与世界之原始存在的地位，还以"语言的本质显示为道说"② 的结论突出了语言的自主言说能力。巴赫金也一再重复"话语，是连接我和别人之间的桥梁"③。

对话论文艺观改变了批评家对文艺作品的理解，形成主体间性批评范式。主体间性批评范式的含义包括：第一，就批评过程而言，文艺批评成为批评家与作品的主体间性对话活动。对话论文艺观恢复了文艺的主体地位，文艺语言具有自我言说功能，是鲜活的主体，与批评家构成同等的对话关系，二者各自言说自我，相互倾听对方，在言说与倾听中达到完全的对话、理解。第二，就批评目的而言，文艺批评成为批评家与世界的主体间性体验活动。文艺作品通过主体性言说建立了自我与世界的平等对话，批评家倾听作品的言说并跟随其进入诗意的审美世界，以充分的想象、情感和身体性来感受这一世界中的万物，万物也以同样的方式感受批评主体，二者在相互体验中释放自我的本真意义、领悟对方的存在意义。主体间性批评有伽达默尔"过去与现在对话"的哲学解释学，接受美学批评、海德格尔的"思与诗的对话"批评，巴赫金的"对话"批评等。此处仅选取涉及具体作品批评的海德格尔、巴赫金作进一步的分析。

（一）海德格尔："思与诗的对话"批评

海德格尔的文艺批评活动与其对语言的看法密切相关。首先，海德格尔强调语言是具有自我言说能力的主体。语言的主体性言说，使生存于世界的在者（人与万物）得以回到存在的根基处，显现被现实功利遮蔽的存在本质。其次，海德格尔指出，诗歌所代表的文艺语言是一种纯粹的主体

---

① 海德格尔：《关于人道主义的书信》（1946年），见海德格尔著，孙周兴译：《海德格尔选集（上册）》，上海：上海三联书店1996年版，第258页。

② 海德格尔：《语言的本质》，见海德格尔著，孙周兴译：《在通向语言的途中》，北京：商务印书馆1997年版，第148页。

③ 巴赫金：《马克思主义与语言哲学》，见《周边集》，石家庄：河北教育出版社1998年版，第436页。

道说语言。诗歌的词语具有神性本源，它通过道说召唤万物的到来，营造一个天、地、神、人四方和谐畅游的审美世界。在这世界中，人与万物超越了现实的主客对立，结成主体与主体共在的自由关系，敞开各自的本真面目相互交往，达到充分的交流、理解。最后，海德格尔认为文艺批评活动是批评家对语言之道说的倾听。批评者必须放弃在日常生活中对语言的控制、支配行为，取而代之以平等的姿态，倾听语言的道说。在倾听中，批评者跟随诗歌充满生命力的道说，进入诗意的主体共在世界，通达自我本质，显现根源性的生存本质。

　　海德格尔将自己对荷尔德林、乔治·特拉克尔等人诗歌的阐释称为"一种思（Denken）与一种诗（Dichten）的对话"①。所谓"诗"，是一种纯粹的语言之道说；而"思"则是批评家对诗之道说的倾听。"思与诗的对话"实则是批评家与作品的对话，是"倾听—道说"。在文艺批评活动中，作为批评主体的海德格尔并未以介入者的姿态强行从自我主观感受的角度分析文艺作品；相反，他尊重作品，以谦让的态度倾听作品自身的道说。而作品的道说实则是以词语召唤万物、营造审美世界的过程。在《语言》一文中，他通过特拉克尔的《冬夜》一诗，细致展现了"倾听—道说"批评。《冬夜》共有三小节。第一节召唤物的到来。诗中的"雪花""晚祷的钟声""屋子""餐桌"等词语超越了死寂的文字符号层面，成为具有生命力的主体，召唤物的到来并与人相关涉。第二节召唤世界的到来。诗句"金光闪烁的恩惠之树/吮吸着大地中的寒露"唤来庇护着万物的世界："在闪着金色光芒的树中凝聚着天、地、神、人四方的运作。这四方的统一的四重整体就是世界。"第三节说明了物与世界之间的复杂关系。物是生存于世界上的个体（海德格尔哲学中的"存在者"），是具体的，表现为丰富多彩的万物实体；世界是建立在物之生存上的本质（海德格尔哲学中的"存在"），是整体性的，表现为天、地、神、人四重整体的原始统一。作为个体的物，证实着世界之存在；而作为整体的世界，则赐予物之本质。显然，海德格尔对《冬夜》的文艺批评，不仅遵循了"倾听—道说"的原则，也使人们在诗歌词语营造的审美意象世界中隐喻性地领悟了本真的生存意义。

（二）巴赫金："对话"批评

　　巴赫金的"对话"批评是建立在其独特的文艺语言观之上的。在《文

---

①　海德格尔著，孙周兴译：《荷尔德林诗的阐释》，北京：商务印书馆2000年版，第2页。

艺作品中的语言》① 一文中，巴赫金提出："文学的一个基本特点是：语言在这里不仅仅是交际手段和描写表达的手段，它还是描写的对象。"所谓"交际手段和描写表达的手段"，指的是日常生活中使用的交流语言以及语言学科中研究的语言修辞。它们都是受人支配的语言，实质是一堆无生命、无个性的文字符号。而文艺语言却是有生命、有自我意识的，它的生命就体现在"描写对象"上，体现在一个个鲜活的文艺人物形象上。在巴赫金看来，这些"文艺形象具有人的特性。每一话语，每一语体（风格），每一发音的背后都蕴藏着（典型的，独特的）说者活生生的个性"。充满个性活力的人物形象脱离了字符的束缚，血肉丰满地活跃在文艺的审美世界里，向他人提问并回答他人的问题，构成两个维度的对话：一是文艺世界内部的对话，即人物形象与自我、其他人物形象的思想交流，形成双声、复调小说理论；二是超越文艺世界的对话，即人物形象与作家、读者、批评家的思想交流，形成"对话"创作论、"对话"批评论。其中，在后一维度中，作家、读者、批评家同处于文艺世界之外的"他人"的位置，他们对文艺人物形象的立场是一致的。因此，尽管"作者—文艺作品（人物形象）"的对话发生在作品形成之前，而"批评家（读者）—文艺作品（人物形象）"的对话发生在作品形成之后，但这两类对话都具有相似的过程和意义。

　　巴赫金的"对话"批评主要围绕陀思妥耶夫斯基的小说而展开，集中在《陀思妥耶夫斯基诗学问题》② 一文中。首先，从批评过程来看，"对话"批评强调对话者的独立性。巴赫金认为，在批评活动中，批评家与作品中的主人公形象进行直接的思想对话，一方面，主人公们不是无声的客体形象，而是具有自我意识的生命体，是能够说出自己见解的声音体。他们不仅可以与自我进行对话，"两句对话——发话和驳话——本来应该是一句接着另一句，并且由两张不同的嘴说出来；现在两者却重叠起来，由一张嘴融合在一个人的话语里"；还可以相互间对话，"有着众多的各自独立而不相融合的声音和意识，由具有充分价值的不同声音组成真正的复调"。另一方面，批评家尊重主人公的存在，认真倾听主人公的议论，领悟他的思想立场，并相互间提问、回答，共同参与到对话中。无论是主人

---

　　① 巴赫金：《文学作品中的语言》，见钱中文主编，白春仁、晓河等译：《文本　对话与人文》，石家庄：河北教育出版社 1998 年版，第 273–284 页。本段未注明引文皆出自此篇。
　　② 巴赫金：《陀思妥耶夫斯基诗学问题》，见巴赫金著，白春兰、顾亚铃等译：《诗学与访谈》，石家庄：河北教育出版社 1998 年版，第 1 页。

公或是批评家，双方都卓然而立、和而不同，保持自我的独立，追求最大的自由。其次，从批评的意义来看，"对话"批评突出对话的未完成性。巴赫金认为对话永远是未完成的，不仅主人公与自我、其他人物的对话没有终结，而且批评家与主人公的对话也不会结束。因为在巴赫金看来，孤立的个人意识并不产生深刻的思想，相反，只有在不同声音、不同意识相互交往的联结点上，思想才得以形成、发展。所以，在未完成的对话批评中，批评家"不仅仅在于把握新的客体（各种类型的人物、性格、自然和社会现象），却首先在于与具有同等价值的他人意识产生一种特殊的、以往从未体验过的对话交际，在于通过对话交际积极地深入探索人们永无终结的内心奥秘"。

可以说，海德格尔和巴赫金都注重批评实践及理论体系的相互建构，他们不仅实践了一种批评家与作品的主体间性批评范式，更因其包含的自我与他人对话思想而超越了文艺的界限，走向了更广阔的哲学、社会学、伦理学等领域，传达了一种人与世界和谐相处的主体间性思想，留给后人一笔巨大的精神财富。

三、后现代语境中的"后现代批评形态"

随着文艺批评范式从主客对立到主体间性的转向，西方文艺批评形态也完成了从"古典"到"现代"的过渡。所谓"古典批评形态"，指的是20世纪早期以本质论文艺观和主客对立范式为内容的文艺批评。具有两个特点：一是在文艺观念上，相信文艺具有确定本质，文艺的本质内含在作品中。二是重视文艺批评的作品批评实践活动，以作品批评推动文艺观念和批评理论的深入。这一时期涌现了大量文艺作品批评论文，这些作品批评不仅全面开花，涉及包括诗歌、小说、戏剧、神话等在内的所有文艺体裁，而且产生了重大的史学影响，如新批评的重读使原处于边缘的英国玄学派进入了文艺史的正统序列，俄国形式主义对其作品的解读也进一步巩固了普希金的文艺史地位。而"现代批评形态"则指20世纪中期的对话论文艺观和主体间性文艺批评范式。具有两个特点：一是打破古典本质论，主张文艺意义的多元，多元的文艺意义直通丰富的生存意义；二是重视文艺批评的理论建构，理论建设为主作品批评为辅，甚至从文艺贯通到更深刻的美学、哲学思考。如海德格尔的"思与诗的对话"批评，与其视为纯粹的诗歌阐释活动，不如视为其哲学美学思想的文艺式展现；巴赫金的对话批评也从文艺层面的主体间性走向了行为哲学层面的主体间性。而伽达默尔的哲学解释学和姚斯、伊瑟尔的接受美学则干脆放弃了具体的作品批评实践，专心致力于哲学、美学的思辨，以此推动文艺的发展进程。显然，从"古典"到"现代"，文艺批评始终保持着乐观的姿态一路前行，并对人类的精神世界产生了积极的影响，她以多样的作品解读、广阔的视野、深邃的思想引领人们进入文艺的审美世界、通达自由的本真存在。

　　然而，随着二十世纪七八十年代后现代思潮的全球蔓延，置身其中的文艺批评不可避免地转向"后现代形态"，出现了新历史主义批评、后殖民主义批评和女权主义批评等流派。这一批评形态具有如下特点：一是在批评运作上，采用细读法，通过对作品的仔细阅读发掘隐含在作品语言之下的社会历史机制、权利运作、意识形态话语等内容。新历史主义批评将文艺视为与社会历史同构的互文性作品，后殖民主义批评试图从作品中揭露西方帝国主义的文化霸权策略及反省东方民族文化身份的自我确认，女权主义批评则通过作品解读展现男女两性的不平等待遇进而控诉父权制社会对女性的压迫。二是作为批评对象的作品边界无限扩大，由单一的语言作品转向泛文化作品，跨越文艺、历史、政治、社会学、人类学等学科。如果说"古典批评形态"还局限在封闭的作品中探寻文艺的本质，"现代批评形态"借助美学和哲学的思辨升华文艺的意义，它们都还紧紧集合在文艺这一场域；那么，"后现代批评形态"则毋宁说是顶着"文艺批评"的称谓，实质却远离了文艺而以强烈的参与意识投入社会生活的方方面面。三是在批评意图上，表达了一种"学术政治"的意识形态倾向。以往的文艺批评主要以促进文艺自身发展为目的，而后现代批评形态则更多地表达了一种知识分子的政治意图，即当代著名学者詹姆逊所谓的"学术政治"。"学术政治"与"国家政治"有所区别，前者是某特定阶层的意识形态话语，传达了学院知识分子的政治立场和主张；后者是国家集体意识形态话语，表征着整个民族国家的主权领土与国家身份。新历史主义、后殖民主义、女权主义等批评流派所指向的"权力""阶级""种族""性别"等关键词，无一不与知识分子高涨的政治热情相连。确切地说，后现代批评远远超越了文艺批评的审美范围，而更似精英知识分子的社会—文化批判，它融汇了多学科的理论资源，通过对作品所蕴含的文化霸权、种族歧视等诸多不公平现象的揭示、抨击，传递了批判者（知识分子）的政治意图。

　　从文艺作品到泛文化作品的扩张、从审美的阐释到社会—文化批判，文艺批评在后现代语境中越来越远地逃离文艺、转向宽泛的文化研究。虽然后现代批评依然遵循着文艺批评的细读法，不少以"20世纪文艺批评"为名的著作依然将前中期的文艺批评与后期的文化批评并置，甚至就概念的从属关系而言，"文化"确实包含着"文艺"这一子项，然而，这一切都无法掩盖文艺特有的审美品质在后现代批评中陨落的事实。诚然，作为一种与人类生活息息相关的文艺形式，文艺作品是一个"包含着原型、现实和审美三个层面结构的复合体"①，文化研究以全面的社会—文化批判充分地展现了文艺的现实层面意义。但是，文艺魅力绝不仅限于现实层面的反映、认识功能，文艺之为文艺的独特之处是审美层面的超越性。在文艺的世界里，人们渴望得到的不仅仅是对社会现实真相的揭露，更多的是文艺的诗性审美意蕴。也恰恰是文艺的审美引领，人们才得以摆脱世俗的纷纷扰扰，超越现实功利进入本真的自由，实现诗意的栖居。因此，后现代批评形态收获了文化研究的跨学科性和社会批判的深刻性，却唯独失落了文艺的审美维度。

纵观20世纪的文艺批评，无论早期的主客对立范式的古典批评形态，抑或中期主体间性范式的现代批评形态，无一不以乐观的精神、勤勉的实践行为和积极的影响力推动着文艺批评、文艺理论、文艺的学科建设；而在20世纪末的短短二三十年，文艺批评却在汹涌而来的后现代思潮中迅速完成后现代形态的转型，以社会—文化批判的名义消解着文艺的审美维度，进而解构文艺的存在，并延续至当下。站在21世纪的起点，伴随着人类成长至今、拥有古老生命的文艺，遭遇了史无前例的严峻挑战和重大危机。文艺批评何去何从、文艺理论的未来在哪里、文艺是否走向终结，这些问题深深地困扰着每一位热爱文艺的人。所幸的是，在后现代思潮的多维向度中，除了极具破坏力的解构向度，还存在着以"倡导创造性、多元的思维风格、对世界的关爱"② 为表征的建设性向度。相信在后现代建设性向度的推动下，文艺批评、文艺理论及文艺本身将重现活力！

①　杨春时：《文学理论新编》，北京：北京大学出版社2007年版，第58－67页。
②　格里芬等著，鲍世斌等译：《超越解构：建设性后现代哲学的奠基者》，北京：中央编译出版社2001年版，第2－5页。

68 传统与现代——20 世纪以来文艺批评的嬗变

第六章　20 世纪以来中国文艺理论的现代转型——主体间性理论

　　国内主体间性理论研究兴起于 20 世纪 90 年代末，是对 80 年代形成的主体性理论的修正。近年来主体间性研究主要从三方面展开：一是建构知识论形态的主体间性理论体系；二是着眼"主体间性"中的"间性"研究；三是主体间性理论的审美反思和哲学批判。研究成果丰硕，逐渐成为学界的热点、重点。但当前的主体间性研究也存在着间性研究替代主体间性研究、主体间性理论建构立场的多元选择以及主体间性能否取代主体性理论等诸多问题，这些问题的解决将直接影响主体间性研究未来的发展。需要说明的是，目前国内的"主体间性理论"研究主要涉及美学和文艺学领域。鉴于美学和文艺学作为开展文艺研究的基础性指导理论，以及西方文艺界所发生的主体间性批评范式转向，我国的文艺批评将受主体间性理论影响而发生新范式的变化。

一、中国主体间性理论的兴起、现状和趋势

　　20 世纪 80 年代，国内学界在"主体性"大论争中相继确立了主体性理论。"主体性"论争的发生源于启蒙理性解放思想的需求，以李泽厚的《康德哲学与建立主体性论纲》和刘再复的《论文学的主体性》为导火索，瓦解了传统反映论的长期统治地位，形成了高扬理性精神的主体性理论。主体性实践美学的领军人物是李泽厚，他以马克思的《1844 年经济学—哲学手稿》为理论依据，高举"主体性"大旗反抗僵化的反映论美学。李泽厚主张从主体性的角度研究美，指出："美的本质是人的本质最完满的展现，美的哲学是人的哲学的最高级的峰巅；从哲学上说，这是主体性的问题，从科学上说，这是文化心理结构问题。"[①] 在"主体性"的理解上，他

---

　　① 李泽厚：《康德哲学与建立主体性论纲》，见中国社会科学院哲学研究所编：《论康德黑格尔哲学》，上海：上海人民出版社 1981 年版，第 15 页。

认为"主体性"包括两组双重内容,"第一个'双重'是:它具有外在的即工艺——社会的结构面和内在的即文化——心理的结构面。第二个'双重'是:它具有人类群体(又可区分为不同社会、时代、民族、阶层、集团等等)的性质和个体身心的性质"①。每组双重性又都有一个占据较大比重的因素,分别是"外在"的和"群体"的。李泽厚因此而宣称"不是个体的情感、意识、思想、意志等'本质力量'创造了美,而是人类总体的社会历史实践这种本质力量创造了美"②。在文艺学领域,刘再复也发出了追寻"文学的主体性"呼声。刘再复坚持"文学是人学"的主张,认为艺术的发展与人的发展是同步的,人们应该"为恢复人在文学中的主体性地位而努力"③。至于如何在文学中贯彻主体性原则,他提出"要求在文学活动中不能仅仅把人(包括作家、描写对象和读者)看做客体,而更要尊重人的主体价值,发挥人的主体力量,在文学活动的各个环节中,恢复人的主体地位以人为中心、为目的"④。因此,作为论争的结果;美学界确立了主体性实践美学的主导地位,文学界也形成了"文学是人学"的共识。

主体性理论认为主体是社会实践和个体精神的二维复合,不仅以个体的介入冲破了反映论的社会历史规律单一决定论,而且因其对个人价值、理性精神的肯定回应了现代启蒙理性的呼唤,推动了我国文论的现代转型。然而,作为现代启蒙理性的产物,主体性理论自建立伊始就不可避免地存在着自身理论的缺陷和时代历史的局限。第一,"主体"概念的多重性和主体性理论的前现代性。由于受机械反映论、实践论和历史唯物主义的制约,理论家往往把"主体"视为实践主体和精神主体、群体和个体的多重糅合,美学的"主体"偏向历史主体、集体理性的维度,文艺学对"主体"的界定则偏向于认识主体、个体精神的维度。主体概念的多重性使主体理论具有实践论和认识论的双重立场,也恰恰显露出其前现代性特征。实际上,西方哲学的"主体"相继经历了实体论、认识论和本体论的发展历程,现代的"主体"概念已经扬弃了近代认识论转向现代本体论,西方现代哲学也以主体间性修正主体性的缺陷,走向本体论。第二,审美、文学活动中的主体主导地位及主客二元的失衡。主体性理论坚持审美、文学活动中主体的优越性,或将美视为主体实践行为的结果,或将文

---

① 李泽厚:《关于主体性的补充说明》,《中国社会科学院研究生院学报》,1985 年第 1 期。

② 李泽厚:《美的哲学》,见《李泽厚哲学文存》(下),合肥:安徽文艺出版社 1999 年版,第 679 页。

③ 刘再复:《性格组合论》,上海:上海文艺出版社 1986 年版,第 8 页。

④ 刘再复:《论文学的主体性》,《文学评论》,1985 年第 6 期。

学视为主体认识世界的工具。主体性理论以牺牲客体自主性、参与性的代价换取主体强大的主导权，必然导致主体的无限庞大、扩张而致使主客的关系失衡。事实上，主体与对象共存于世界中，都是存在的显现者，具有自我生命的个体。第三，主体的权威及独白型认知方法。主体性理论中的主体统治地位使对象沦为被改造、认识的客体，由此产生独白型认知方法：主体从个人主观意志出发观察、分析对象，是独白的主体；对象任由主体摆布，是无生命、死寂的客体。实际上主体与对象都是具有言说能力的主体，双方相互问答、沟通、对话，从而获得各自的意义，并由此产生以平等对话为宗旨的新的研究方法。

主体性理论的种种局限为主体间性研究的兴起埋下了伏笔。距 20 世纪 80 年代"主体性"论争确立主体性理论仅十多年，金元浦率先于 1997 年发表《论文学的主体间性》，拉开了主体间性研究的序幕。主体间性理论是对主体性理论的修正：首先，主体间性理论积极借鉴现象学、存在主义、解释学等现代思想资源，并结合国内的实际进行改造，厘清了"主体""对话""自由"等概念、范畴的含义，利于我国现代文论的建构、发展。其次，在主体与对象的关系上，主体间性理论超越了主体性理论的主客二元对立立场，恢复了主体与对象同等的主体地位，对象不是死寂的客体，而是具有生命的言说主体。最后，在研究方法上，主体间性摒弃了主体性独白型的认知方式，主张主体间的平等对话，强调各主体间的主动性、参与性，从而获得充分的理解、丰富的意义。

（一）研究现状：众说纷纭的"主体间性"

经过十多年的探索与积累，国内美学、文艺学的主体间性研究从最初的探索期逐步进入成熟期。主体间性不仅在方法论层面成为一种新的理论视野、研究范式，而且收获了各具特色的知识论形态理论体系，研究成果丰硕。近年来的主体间性研究呈现三个特点：一是建构知识论形态的美学、文艺学主体间性理论体系；二是着眼"主体间性"中的"间性"研究；三是主体间性理论的审美反思和哲学批判。

1. 建构知识论形态的主体间性理论体系

主体间性研究作为对主体性理论的修正，自兴起之日起便注重知识论形态理论体系的建构。所谓"知识论形态的理论体系"，至少包含两个构成要素：一是具有合理的逻辑起点；二是经过逻辑论证、推演，形成完备的理论体系，而不能仅停留在经验性的现象说明层面。根据各家逻辑起点的不同，国内美学、文艺学主体间性理论建构主要呈现三种立场：认识论、本体论和社会学。

认识论主体间性理论体系以金元浦的文学解释学为代表。金元浦是国内美学、文艺学主体间性理论最早的倡导者，他于 1997 年推出了论文《论文学的主体间性》① 和著作《文学解释学》②（论文实际出自著作的第一章第五节），建构了以认识论主体间性为基点的文学解释学理论体系。他认为，"文学的主体间性只能在文学交流的审美实践中获得。主体间性具有一种'知识的人类学性质'，它所指向的是使文学解释具有普遍有效性、客观性、共同美感的素质"，可见，金元浦先验预设了主体的认识能力，主张主体与主体通过文学交流、解释活动获得趋同的艺术价值判断、普遍的艺术价值观和客观的艺术知识。这一认识论的主体间性以共同的艺术知识为理论目标，实际设定了主体认知的方向和终点，带有明显标准化和目的论的倾向。在标准化和目的论的双重规约下，主体的认知个性被主体间的认知共性取代，既无法充分实现主体间的交流，也无法完全释放文学文本的丰富意义。

本体论主体间性理论体系以杨春时的生存—超越美学、文学理论体系为代表。杨春时自 1993 年起发表了多篇建设主体间性超越美学的文章③，还完成了国家级规划教材《美学》④ 和《文学理论新编》⑤ 的写作。这些论文和教材构成一个完整、贯通的理论系统，即生存—超越美学、文学理论体系。杨春时主张从本体论（生存论、解释学）建构主体间性美学、文学理论体系，提出了文学主体间性的含义："（1）把文学看作主体间的存在方式，从而确证了文学是本真的（自由的）生存方式。（2）文学不是孤

---

① 金元浦：《论文学的主体间性》，《天津社会科学》，1997 年第 5 期。

② 金元浦：《文学解释学》，长春：东北师范大学出版社 1997 年版。

③ 杨春时关于建设主体间性的超越美学的著述，主要有：《走向本体论的深层研究》（《求是学刊》，1993 年第 4 期）、《文学理论：从主体性到主体间性》（《厦门大学学报》，2002 年第 1 期）、《从实践美学的主体性到后实践美学的主体间性》（《厦门大学学报》，2002 年第 5 期）、《关于文学的主体间性的对话》（《南方文坛》，2002 年第 6 期）、《中华美学的古典主体间性》（《社会科学战线》，2004 年第 1 期）、《论生态美学的主体间性》（《贵州师范大学学报》，2004 年第 1 期）、《论语言的主体间性》（《厦门大学学报》，2004 年第 5 期）、《中国美学的主体间性转向》（《光明日报（理论版）》，2005 年 2 月 22 日）、《本体论的主体间性与美学建构》（《厦门大学学报》，2006 年第 2 期）、《主体间性：从信仰主义到审美主义》（《中国美学研究》第二辑，上海三联书店 2007 年版）、《超越意识美学与身体美学的对立》（《文艺研究》，2008 年第 5 期）、《同情与理解：中西美学主体间性的互补》（《吉林大学学报》，2009 年第 1 期）等。本书对杨春时的有关主体间性观点的引述和综括，均源于这些篇目，不再具体标注。

④ 杨春时：《美学》，北京：高等教育出版社 2004 年版。

⑤ 杨春时：《文学理论新编》，北京：北京大学出版社 2007 年版。

立的个体活动，而是主体间共同的活动；文学不仅具有个性化意义，还具有主体间性的普遍意义。（3）文学是精神现象，属于人文科学研究的对象，文学通过对人的理解而达到对生存意义的领悟。"同时，他还辨析了本体论主体间性哲学发展过程中的信仰主义、审美主义和自然主义取向，并进一步指出主体间性走向审美主义有着历史与逻辑的必然性。就哲学的层面而言，审美是自由的生存方式和超越的体验方式，真正实现了主体间性；就美学的层面而言，主体间性理论解决了认识何以可能、自由何以可能以及审美何以可能的问题，从而克服了近代主体性美学的理论缺陷，使现代美学成为主体间性美学。总之，"主体间性不仅是审美的规定，而且是哲学本体论的规定"。

此外，吴兴明则提出主体间性研究的社会范式。虽然吴兴明的社会学主体间性研究暂未形成理论体系化，但他作为首位结合我国美学发展现状主张"主体间性的文艺研究意味着超越美学范式而走向社会范式"的学者，在学界提出此举仍有着一定的理论探索意义。吴兴明将"主体"视为现实社会个体，研究社会中人与人之间的关系，主张通过组织系统、文化历史记忆和共享价值等社会公共规范调节人与人的关系，从而达到建构合法、合理社会的目的。其中，文艺和文艺研究作为社会公共规范组织的一部分，同样承担着调整人际社会关系之重任，致使美学、文艺研究的主体间性只能从"美感、艺术的社会互动、痛感、共契、符号、文本、意义化、公共性、传播及其与社会生产、控制、社会诸领域的联动等维度去展开"①。因此，吴兴明提出："主体间性的文艺研究意味着超越美学范式而走向社会范式。"②

2. 着眼"主体间性"中的"间性"研究

"间性"，指的是一种关系，严格意义的"关系"仅在双方或多方共同存在并相互交涉的前提下才产生。主体性理论以主体的权威掩盖对象的存在，对象是死寂的客体，因此主体性的独白并不产生"关系"，也无"间性"可言。主体间性则恢复了主体与对象原初的共在状态，二者相互问答、对话、沟通，构成了平等的关系，即"间性"。间性所包含的平等对话思想拓展了更为广阔的研究空间，使主体间性并不仅是理论体系的建

① 吴兴明：《文艺研究如何走向主体间性？——主体间性讨论中的越界、含混及其他》，《文艺研究》，2009 年第 1 期。

② 吴兴明：《文艺研究如何走向主体间性？——主体间性讨论中的越界、含混及其他》，《文艺研究》，2009 年第 1 期。

构，还更多地成为一种理论视野或研究方法，被学者广泛地运用到跨文化或审美活动参与者等研究中。

一是将"间性"视为跨学科、文化的比较方法。金元浦是最早把"间性"引入比较文化研究的学者。在题为"比较文学与比较文化论丛"的丛书中，他的《"间性"的凸现》一书赫然入列。全书的首篇论文即《"间性"的凸现——比较诗学与比较文化的多元主义与对话交往》，提出："建设并进入合理的对话交往语境，关注和寻找'间'性，重建文学—文化的公共领域，就成为比较文学—文化内在逻辑发展的必然。所以，文本间性、主体间性、文学与不同学科间的学科间性、各种不同文化之间的文化间性就成为比较文论或比较诗学必须研究的对象。"① 而苏宏斌则认为"间性"包含的对话思想将使中国文艺学获得新的发展。他认为，主体间性促使中国的文艺学研究"在方法论上超越形而上学思维方式的局限性，而且能够与现象学、解释学等现代思想建立起真正的对话和交流关系"，从而"把现代美学和文艺学的新观念、新方法成功地融合进自身的思想体系之中……开辟出文艺学研究的崭新天地"②。二是将"间性"视为一种理论视野以重新审视文艺活动中作家、文本、读者等各主体间的关系。张玉能在《主体间性与文学批评》③ 中谈到，主体间性使文学批评充分注意到以下五组互动关系：作家与读者，作家与文本，读者与文本，社会（社会意识形态与上层建筑）与作家、文本、读者，文学文本与文学批评文本。张春林也以主体间性理论为视野探讨了文学研究的受众指向，指出"文学研究是研究主体、创作主体和接受主体之间主体性互动的结果，是广泛交流的事实"④。刘悦迪则提出，在文本间性与主体间性之间还存在着一种复合间性，"文学'复合间性'是由'作者→文本'与'文本→作者'的互动、'读者→文本'与'文本→读者'的互动共构而成的，而无论是读者还是作者都具有'主体间性'，文本也是被置于'文本间性'的视野内的，它们共同形成的网络结构亦成为一种具有交互性的对话体系"⑤。

---

① 金元浦：《"间性"的凸现》，北京：中国大百科全书出版社2002年版，第7-8页。

② 苏宏斌：《论文学的主体间性——兼谈文艺学的方法论变革》，《厦门大学学报》（哲学社会科学版），2003年第6期。

③ 张玉能：《主体间性与文学批评》，《华中师范大学学报》（人文社会科学版），2005年第6期。

④ 张春林：《从主体性到主体间性——多元文化语境中文学研究的受众指向》，《西北师范大学学报》（社会科学版），2006年第2期。

⑤ 刘悦迪：《在"文本间性"与"主体间性"之间——试论文学活动中的"复合间性"》，《文艺理论研究》，2005年第4期。

3. 主体间性理论的审美反思和哲学批判

一个理论走向成熟要求具备多个发展轨道，如作为知识论理论体系的完备建构、作为理论视野的广泛运用，以及作为理论自身反省的元批判。这些元批判声音，既包括阶段性成果总结，也包括存在问题的质疑、批评。无论总结或质疑，都进一步厘清了发展障碍、指明发展方向，对于理论的健康、良性的发展无疑是有利的。主体间性理论从探索走向成熟，也必然经历了多重审美反思和哲学批判。

一是对主体间性理论的审美反思。有的学者在现代性的语境下审视主体间性理论的意义。如杨春时从美学所应有的反思、批判、超越现实功能出发，认为美学要获得现代性就必须要展开对世俗现代性即主体性的批判，后实践美学以主体间性批判实践美学的主体性，走上了中国美学现代性的道路①；张弘则论述了主体间性如何走出审美现代性理性与感性二元分立的悖谬②。还有的学者探讨了主体间性与主体性等多元并立的美学格局。李咏吟通过考察发现，审美活动的本质特性"在于主体性与主体间性的内在统一"，"具体表现在审美者的审美体验与审美创造之中"③；苏宏斌则总结了当代中国美学所呈现的主体性、主体间性和后主体性三元并存的特殊话语景观，并进一步指出了其原因所在："当代中国正处于一种多元化的社会转型期，各种思想的土壤纷然杂陈，它们都有各自的合理性，因此无法互相取代。"④ 二是对主体间性理论的哲学批判。杨春时区分了主体间性所涉及的不同领域及不同含义，以找到美学建设的合理基础。他指出，社会学（包括伦理学）的主体间性是指作为社会主体的人与人之间的关系，关涉人际关系及价值观念的统一问题，但现实领域无法解决主客对立，因而是不充分的主体间性；认识论的主体间性意指认识主体之间的关系，它关涉知识的客观普遍性问题，但仍是在主客对立的框架中考察认识主体间的关系，只解决了审美意义的普遍性问题，没有解决审美何以可能的问题；本体论（存在论、解释学）的主体间性建立了文学和美学的哲学

① 杨春时：《从实践美学的主体性到后实践美学的主体间性》，《厦门大学学报》（哲学社会科学版），2002 年第 5 期。

② 张弘：《主体间性：走出审美现代性的悖谬》，《厦门大学学报》（哲学社会科学版），2002 年第 3 期。

③ 李咏吟：《审美活动的主体性与主体间性》，《厦门大学学报》（哲学社会科学版），2002 年第 3 期。

④ 苏宏斌：《主体性·主体间性·后主体性——当代中国美学的三元结构》，《湖北大学学报》（哲学社会科学版），2009 年第 2 期。

基础，解决了审美作为自由、理解（认识）何以可能的问题。① 詹艾斌则以杨春时的学术思想历程为个案，分析了哲学语境下主体性文论与主体间性文论的内在关联、主体间性文论中的基本哲学问题等内容，指出主体性向主体间性的转向"表现为在新的哲学语境下对主体性文论批判的延续和深化"②。

（二）主体间性研究存在的问题及发展趋势

国内美学、文艺学主体间性研究在积极推进、深入的同时，也暴露出一些亟待解决的问题，如何解决这些问题将直接影响主体间性研究未来的发展。

问题一：主体间性研究，抑或间性研究？虽然国内美学、文艺学主体间性研究以建构知识形态的理论体系起步，兴起之初就已出现了金元浦的认识论主体间性解释学。但随后，研究渐渐偏离，走向纯粹的间性研究，即将主体间性当作一种方法论或理论视野来使用。究其原因，与我国所处的特殊启蒙语境和学术背景密切相关。一是延续了国内20世纪80年代中期"方法论热"的惯性。当新的主义或理论引进、兴起之时，学界往往搁置其深刻的理论内涵，而迫切地将其简化为方法论拿来即用，急于实现推陈出新的启蒙目的。国内20世纪90年代末兴起的主体间性研究也是如此，理论的深刻内涵被忽略，着眼于间性研究，还与接受美学合一，探讨文艺接受中的文本、作者、读者、世界等主体之间的关系。二是契合了国内比较文学复兴的学术潮流。我国的比较文学研究虽在20世纪初就已出现了王国维的《尼采与叔本华》和鲁迅的《摩罗诗力说》等成果，但直到20世纪80年代改革开放后才真正以一个独立民族国家文学的身份融入世界文学的格局，与其他民族国家文学交流、对话，从而产生了所谓的"比较文学的复兴"。比较文学复兴作为启蒙时代的文学现象，彰显了我国文学积极与现代世界文学接轨，获取现代性的努力。主体间性所包含的平等对话主张与比较文学倡导的各国文学相互共存、平行研究的宗旨相吻合，从而被当作一种理论视野广泛运用于跨文化研究中。正是在这样的背景下，间性研究如后起之秀，大有取代主体间性研究的趋势。那么，是坚持主体间性

---

① 杨春时：《本体论的主体间性与美学建构》，《厦门大学学报》（哲学社会科学版），2006年第2期。

② 詹艾斌：《哲学语境下主体性文论与主体间性文论的关联》，《重庆社会科学》，2008年第3期。

理论体系建构的研究方向，还是推广间性的方法论运用呢？笔者认为，坚持和深化主体间性理论体系建构是当前研究的重中之重，这也是国内美学、文艺学由近代主体性理论走向现代文论的必然要求。只有具备合理逻辑起点并经过逻辑推演建构起来的主体间性理论体系，才能有针对性地、系统地解决主体性理论的局限性。例如，杨春时以存在范畴为逻辑起点，建构起本体论主体间性超越美学，合理地解决了审美何以可能的问题，从而弥补了以劳动为起点、张扬主体性的实践美学缺陷，成为我国现代美学宝贵的理论资源。而间性研究的学术价值更多地体现为一种研究方法、理论视野的使用，缺乏深刻的理论内涵，无法承担我国文论现代转型的重任。总之，主体间性研究应积极深化理论体系的建构，切实推动我国文论的现代转型。

问题二：主体间性理论建构选择认识论、本体论立场，抑或走向社会学范式？如前文所述，国内美学、文艺学的主体间性理论建构呈现出三种立场：认识论、本体论和社会学。多元的研究立场虽彰显了学术的自由与繁荣，但也意味着我国现代美学发展的何去何从。有学者提出了"主体间性的文艺研究意味着超越美学范式而走向社会范式"①的主张，具有以社会意识形态取代审美研究的倾向和美学取消主义倾向。因此，结合文艺自身的特殊性辨析认识论、本体论和社会学三者的优缺点以选择恰当的发展方向便成为当前建构美学、文艺学主体间性理论的当务之急。首先，文艺的独特性在于审美自由，不在于实用工具性。这种审美自由，即文艺是游戏、无为的审美活动，展现人的自由个性和本真生存。本体论主体间性主张文艺审美特性，它认为只有在文艺审美活动中才能克服现实中人与世界的对立异化，恢复二者自由、本真的生存方式，获取生存意义。而认识论和社会学却轻审美重实用：认识论以文学解释活动中主体间的交流、验证获取共同的认识即客观的知识，文学沦为知识的傀儡；社会学以文艺作为现实社会中人与人理性交往的调解机制，文艺成为社会、政治意识形态的传声筒。二者都遮蔽了文艺自在自为的审美特殊性和独立性。其次，文艺的对象包括人与世界，不能仅限于人的范围而拒绝世界万物。就哲学的形而上而言，人与世界万物具有同等的生存主体地位。哲学中人与万物同为主体的本然面目也为艺术审美活动所证明，艺术创作和接受环节都体现了人与万物的平等同一。本体论主体间性探讨的正是审美活动中人与万物平等的主体地位以及本真的生存关系，而同为主体间性研究的认识论和社会

① 杨春时：《走向后实践美学》，合肥：安徽教育出版社2008年版。

学，不认同世界万物本然的主体地位，割裂了人与万物平等的主体联系，仅把研究限定在认识主体或社会主体之间。最后，文艺的意义在于对生存意义的领悟。随着文艺实体性本质的扬弃，人们转而以文艺意义的展现替代文艺实体性本质的界定。本体论主体间性以审美超越现实通达人与世界的本真存在，彰显各自的生存意义；还以体验、理解的现代解释学方法帮助人们实现对生存意义的领悟。认识论解释学虽也承认意义是文学存在的方式，但只能从主体的认识能力和认识过程这一角度描述"意义如何生成"，而无法展现"意义显现为什么"。社会学主体间性则停留在现实主客体异化的层面谈论文艺的社会规范性内容，意识形态色彩浓厚，根本无法触及本真的人与世界的生存意义。可见，对文艺的独特性、对象、意义等方面的考察表明，国内美学、文艺学主体间性理论的建构应立足本体论的立场。

　　问题三：主体间性理论能否完全取代主体性理论的统治地位？自20世纪80年代的反映论美学与实践美学论争之后，主体性实践美学、文学理论成为国内主流学派，统治学界思想十多年。直到20世纪90年代初，由杨春时发起的实践美学与后实践美学论争才改变了主体性实践美学一元统治的局面，主体间性理论作为后实践美学的重要理论主张，"击中了实践美学的另一个要害——主体性，同时也使后实践美学找到了坚实的哲学基点，从而与现代美学接轨"①。显然，主体间性理论的学术价值、意义无疑是重大的，它既修正了主体性的局限，也促使我国美学、文论完成现代转型。然而，由于我国的特殊国情直接导致了美学、文艺学建设的滞后性和多重并发性特点。"滞后性"指我国现代美学、文艺学起步晚发展慢，西方现代美学、文论形成于20世纪初，我国20世纪80年代建立的主体性理论却还属于前现代美学、文论的范畴，直到21世纪前后才形成了具有现代美学特征的后实践美学流派。"多重并发性"指我国当代美学、文艺学格局的前现代、现代和后现代多元并存特点，西方相继经历了古代实体本体论、近代主体认识论、现代主体间性本体论及后现代无中心解构论的发展，而国内学界却在短短几十年走完了西方几百年的思想历程，从而出现了各种思想并存、争鸣的独特景观。具体表现为：前现代的主体性理论势力依然强大，以主体间性后实践美学为代表的现代美学流派在崛起，而以解构中心为口号的后现代浪潮正来势汹汹——文学终结、日常生活审美化等各种论争轮番登场。因此，主体间性理论虽然完成了修正主体性理论局

━━━━━━━━━━━━━━━

① 杨春时：《走向后实践美学》，合肥：安徽教育出版社2008年版，第391页。

限，促进现代美学、文艺学转型的任务，却不可能也没必要重复20世纪80年代主体性理论一元统治的历史。百家争鸣恰是学术自由发展的前提，也是学术繁荣的表现。

二、国内主体间性理论建构立场

国内主体间性理论研究始于20世纪90年代末，是对80年代形成的主体性理论的修正。经过十多年的积累，主体间性研究从理论建构、方法论研究、反思批判等多方面深入，取得了丰硕的研究成果。在这诸多成果中，关于知识论形态的理论体系建构尤为引人关注。所谓"知识论形态的理论体系"，至少包含两个构成要素：一是具有合理的逻辑起点；二是经过逻辑论证、推演形成完备的理论体系，而不能仅停留在经验性的现象说明层面。因此，根据各家逻辑起点的不同，国内美学、文艺学主体间性理论建构主要呈现三种立场：认识论、本体论和社会学。

（一）认识论主体间性和金元浦的文学解释学

认识论主体间性理论研究的是认识论中的主体与主体之间的关系，它的逻辑起点是主体的认识能力和限度，理论目标是获取客观、普遍的知识。具体来说，认识论主体间性以人的认识能力为出发点，认为每个主体都具有认识世界的理性能力，这一先天的认识能力一方面将人们认识世界变为可能；另一方面也将主体与主体之间的沟通变为可能。主体的认识能力为其获取了个体的知识，主体与主体之间的沟通实际就是不同个体知识的沟通、分享。如此一来，各种丰富多彩、形态各异的个体知识经过多重主体的过滤、淘汰，余下的必然是具有普遍有效性的知识，代表着经过重重检验的客观标准。换句话来说，能在主体间有效沟通的知识就是客观、普遍的知识；同理，客观、普遍的知识就是能在主体间有效沟通的知识。

国内美学、文艺学的认识论主体间性理论体系以金元浦的文学解释学为代表。金元浦①建构了以认识论主体间性为基点的文学解释学理论体系。金元浦对"主体间性"的定位是多义的，既有认识论的导向也有社会学、本体论的倾向。他在《论文学的主体间性》一文中界定了文学主体间性的含义："（1）主体间性在社会生活和文学实践中所表现的主体间的相互交

---

① 关于金元浦的主体间性理论及其相关著述，可见本编第五章"研究现状：众说纷纭的'主体间性'"相关论述。

流、相互作用、相互协同，即社会性的交互主体性的含义；（2）主体间本位在交流实践及其验证中达到的客观性、协同性，解释的普遍有效性和理解的合理性；（3）主体间性在语言和传统中运作的历史性内涵。"显然，第一重含义从文学实践层面定义主体间性，认为文学实践"主要表现为人与人之间所进行的社会交往活动"，实质将文学实践主体与社会交往主体等同置换，是社会学倾向的主体间性；第二重含义从文学解释层面定义主体间性，要求主体间的文学交流要达到"客观性、协同性，解释的普遍有效性和理解的合理性"，是认识论主导的主体间性；第三重含义从语言本体层面定义主体间性，考察语言与传统之间历史性运作的关系，涉及本体论主体间性。虽然此处对主体间性含义的界定综合了社会学、认识论、语言本体论三种立场，但金元浦在建构其解释学理论体系时坚定地站在了认识论的立场并优先谈及语言本体。又或者说，金元浦以引入社会主体间性含义的举措试图调和主体性实践美学与主体间性认识论解释学之间的裂缝，他因此还曾提出"以主体间性为基本结构的交往活动同以主客关系为基本结构的物质生产活动对人的存在具有同等重要的意义"。遗憾的是，这一调和并未取得实质性的进展，金元浦在随后的论述中不自觉地偏离了社会学立场转向认识论立场。如在论述如何获得文学的主体间性时，他指出"文学的主体间性只能在文学交流的审美实践中获得。主体间性具有一种'知识的人类学性质'，它所指向的是使文学解释具有普遍有效性、客观性、共同美感的素质，这是一种文化的、文明的、社会性的人类学的性质"，并且还以伽达默尔提出的"共通感""判断力""趣味"这三个范畴来进一步补充文学主体间性所要达到的知识目标。

金元浦的文学解释学理论体系以认识论主体间性为基石，先行设定了主体的认知性，通过主体与主体之间的沟通、解释来获得共同的艺术观念和知识。但这一共同的主体间的认知共性具有取代主体个性认知性的嫌疑，无疑阻碍了主体自我个性的释放，无法展现文本的多元意蕴。

（二）本体论主体间性和杨春时的生存—超越美学

本体论主体间性理论研究的是本体论（生存论、解释学）中的主体与主体之间的关系，它的逻辑起点是存在范畴，方法论是现代解释学，理论目标是通过主体间的对话获取生存意义。一方面，本体论主体间性回到"存在"这一哲学原点来探讨主体与主体间的原初关系，从而恢复了人与世界的平等地位。本体论的"存在"是最高、最普遍的逻辑规定性范畴，是研究的根本出发点。存在是原始的混沌，既没有历史的规定、时间的介入，也没有主客体的分离，是人与世界同一的共在。另一方面，本体论主体间性还以现代解释学方法，通过主体与主体的对话、体验、理解获取生存意义。现代解释学否定了古典解释学主体对客体的科学认知，提倡主体与主体间的体验、理解。理解以主体间的问答、对话方式展开，双方敞开各自的内心世界，相互倾诉、倾听，达到充分的理解，从而获得各自的生存意义。可以说，本体论主体间性恢复了人与世界的平等地位，在主体间的对话中显现生存意义。此外，需特别说明的是，本体论主体间性的"主体"概念，既非认识论的主体（具有理性思维能力的"我"），亦非社会历史主体（现实生活中的人），而是本体论的人与世界，即不具物质实体形式的形而上的人与世界。

国内美学、文艺学的本体论主体间性理论体系以杨春时的生存—超越美学、文学理论体系为代表。作为 20 世纪 80 年代主体性论争的参与者以及 20 世纪 90 年代至今的实践美学与后实践美学论争的发起者和参与者，杨春时的学术思想经历了从主体性实践美学到主体间性后实践美学的变革，并最终确立了本体论主体间性理论，建立起美学和文学理论的生存—超越体系。杨春时对主体性实践美学的质疑始见于 1993 年的《超越实践美学》①，此后发表了多篇批判主体性实践美学②、建设主体间性超越美学的文章，如《走向后实践美学》《文学理论：从主体性到主体间性》《本体论的主体间性与美学建构》等。同时，杨春时还本着写学术著作的态度相继完成了国家级规划教材《美学》和《文学理论新编》的写作。这两部教材的出版不仅显现了作者建构生存—超越美学、文学理论体系的初步完成，也因其个人独创性以及融汇、吸收最新研究成果的前沿性而成为我国现代美学、文艺学宝贵的理论资源。

杨春时主张从本体论（生存论、解释学）建构主体间性美学、文学理论体系。首先，本体论主体间性从存在论的角度解决了自由何以可能的问题。杨春时提出"审美是自由的存在方式"，并对比了主体性实践美学和

---

① 杨春时：《超越实践美学》，《学术交流》，1993 年第 2 期。
② 杨春时关于主体性实践美学批判的著述，主要有：《走向后实践美学》（《学术月刊》，1994 年第 5 期）、《乌托邦的建构与个体存在的迷失——李泽厚〈第四提纲〉质疑》（《学术月刊》，1995 年第 3 期）、《再论超越实践美学——答朱立元同志》（《学术月刊》，1996 年第 2 期）、《审美的超实践性与超理性——与刘纲纪先生商榷》（《学海》，2001 年第 2 期）、《实践乌托邦批判——兼与邓晓芒先生商榷》（《学术月刊》，2004 年第 3 期）、《实践乌托邦再批判——答张玉能先生》（《汕头大学学报》，2007 年第 4 期）、《实践美学是抬高实践而贬低自由的美学——与徐碧辉研究员商榷》（《学术月刊》，2008 年第 2 期）等。

本体论主体间性美学的异同。前者是主体对客体的征服，征服不能消除主客体对立，也不会带来自由，更不能达到审美的境界。而后者在审美活动中超越了现实的社会关系，变主客对立关系为主体与主体的平等交往关系，从而实现了自我与世界的相互尊重、物我两忘，通达自由。其次，本体论主体间性从解释学的角度解决了审美作为理解（认识）何以可能的问题。杨春时提出"审美是一种对存在意义的领悟"，并比较了主体性美学与主体间性美学的异同。前者是主体对客体的认识，但在主客对立格局中的现实认识并不能真正把握世界，世界仍作为"物自体"与主体对峙，人类的认识也只是一种说明。后者是主体间的审美理解，在理解中自我与世界相互体验、认同，从而真正把握世界，显现世界的意义、存在的意义。因此，本体论主体间性不仅立足生存论从自我与世界的平等对话中实现了自由，还立足于解释学在自我与世界的相互体验、理解中获得了充分的认识。

　　杨春时基于本体论立场提出了文学主体间性的含义："（1）把文学看作主体间的存在方式，从而确证了文学是本真的（自由的）生存方式。（2）文学不是孤立的个体活动，而是主体间共同的活动；文学不仅具有个性化意义，还具有主体间性的普遍意义。（3）文学是精神现象，属于人文科学研究的对象，文学通过对人的理解而达到对生存意义的领悟。"他进一步指出，文学语言使文学作为充分的主体间性成为可能。首先，文学语言取消了工具性语言中能指与所指的对立，以二者的同一消解了语法逻辑对文学意象的束缚，从而使文学意象成为一种自由的运动、语言的游戏，获得充分的主体间性。其次，文学语言作为主体间的倾心交谈，克服了表象或概念的抽象，恢复了语言的意象性，从而使交流畅通无阻，充分沟通了自我主体与世界主体。可见，文学语言是一种引领人们回归存在家园的语言，是一种真正的主体间性、个性化语言。

　　杨春时辨析了本体论主体间性哲学在其历史发展过程中的三种取向：信仰主义、审美主义和自然主义。"信仰主义主张以上帝提升人与万物以实现主体间性。审美主义主张以审美提升人与世界以实现主体间性。自然主义的主体间性哲学主张主体的退让，从理性主体退回到感性主体或自然主体，从而与世界同位，实现人与世界的平等交往、融合无间。"其中，自然主义的主体间性主要以中国古代的道家、禅宗为代表，是生态美学的哲学基础。而西方现代哲学的主体间性理论则经历了从信仰主义到审美主义的历程。杨春时认为，主体间性走向审美主义有着历史与逻辑的必然。就哲学的层面而言，审美是自由的生存方式和超越的体验方式，真正实现了主体间性；就美学的层面而言，主体间性理论解决了认识何以可能、自由何以可能以及审美何以可能的问题，从而克服了近代主体性美学的理论缺陷，使现代美学成为主体间性美学。总之，"主体间性不仅是审美的规定，而且是哲学本体论的规定"。

（三）社会学主体间性和吴兴明的主体间性社会范式

社会学主体间性理论研究的是社会学中的主体与主体之间的关系，它的逻辑起点是现实社会中的人，理论目标是建构社会成员相互理性交往的合法社会。社会历史主体间性将"主体"界定为社会学中的历史主体，认为主体间的关系体现为现实社会中人与人的交往行为，并主张通过规范结构、法律道德、公共文化、政治权力等系列组织原则对人们的现实交往进行理性调整，从而达到建构正义、合法社会的政治意图。

在国内，吴兴明提出建设美学、文艺学主体间性理论应立足于社会学的立场。虽然吴兴明的社会学主体间性研究暂未走向理论体系化，而且社会学主体间性研究也非其首倡，西方早已存在相关的研究（如哈贝马斯的交往理论），但他作为首位结合我国美学发展现状，主张"主体间性的文艺研究意味着超越美学范式而走向社会范式"的学者，其主张仍有着一定的理论探索意义。吴兴明在《文艺研究如何走向主体间性？——主体间性讨论中的越界、含混及其他》① 一文中，立足社会学立场审视了当前国内主体间性研究现状及问题，并在主体间性研究如何中国化的思考中提出了"走向社会范式"的观点。吴兴明在现代性的语境中考察了主体间性出场的必然。他认为20世纪80年代主体性的引入确立了我国文化的现代性，但如今这一现代性进程遭遇了因主体哲学思想模式导致的启蒙理性扭曲的重重危机，具体表现为：第一，现代性启蒙原则中的主体性失落，取"科学启蒙"而排除主体性的价值立场；第二，在主体性价值论设中"主体"被固定诠释为大写的人，呈现认识论或实践论中单一的主客关系结构模式；第三，当代社会设计的全面手段化，以主体哲学之单面的主客关系座架为依据，交互主体性关系结构损害或残破。面对现代性危机的考验，吴兴明认为只有在坚持现代启蒙理性内在指向的前提下，"将主体性拓展到主体间性结构的完善和补充"才是克服危机的唯一方向。为此，吴兴明提出了主体间性研究对中国当代社会的五点启示："①就启蒙原则的补充而

---

① 吴兴明：《文艺研究如何走向主体间性？——主体间性讨论中的越界、含混及其他》，《文艺研究》，2009 年第 1 期。

言，如果是交互主体性，那么规范和价值原则的有效性约束就不在人与对象世界之间，而在人与人之间。②就价值论设的主体性根据而言，交互主体性意味着永远是个体之间的互惠、斗争、协同和交叉。③就社会设计和公共权力而言，既然是基于交互主体性，就不存在单一和被操纵的目的性。④对美学、文艺研究而言……主体间性的文艺研究意味着超越美学范式而走向社会范式。⑤对天人关系而言，交互主体性意味着理性态度下的尊重。"

俨然，吴兴明的主体间性研究聚焦社会学领域。他自视"主体"为社会个体，通过社会性的规范协调人与人之间的关系，建构合理社会。在这当中，文艺也是社会规范性的因素，因此，文艺的主体间性研究便只能从社会性的维度展开，最终"超越美学范式而走向社会范式"（吴兴明语）。

（四）文艺的特殊性与主体间性理论的建构立场

经过十多年的探索积累，学界的主体间性研究走向了多元，各学者从认识论、本体论、社会学等不同立场建构主体间性理论。多元的研究立场不仅彰显了学术的自由与繁荣；同时也指明了我国现代美学发展的方向。例如，吴兴明的《文艺研究如何走向主体间性？——主体间性讨论中的越界、含混及其他》一文以反驳立论，以社会学的立场高调责问本体论、方法论。这一责问表面看来是由不同主体间性研究立场差异所致，但暴露出来的是我国现代美学所面临的迎合社会需要与坚持审美特性的两难选择：前者强调文艺的工具性和公共意识形态内涵，以理性主义的实用调节文艺为社会个体间的合理交往服务；后者坚持文艺的非功利性和自由本质，以审美主义的幻象超越世俗异化通达个体与世界的生存意义。在此意义上，结合文艺自身的特殊性辨析社会学、认识论与本体论三者优缺以选择恰当的发展方向便成为当前美学、文艺学主体间性研究的当务之急。

首先，文艺的独特性在于审美自由，不在于实用工具性。虽然学界早已扬弃了文艺作为实体的观念及文艺的实体性本质界定，但文艺作为一种独特的精神活动，其区别于其他形态活动的独特性依然鲜明地存在着。文艺的独特性首要表现为审美自由，即文艺是游戏、无为的审美活动，展现了人的自由个性和本真生存。本体论主体间性坚持的恰是文艺的审美特性，它认为只有在文艺的审美活动中才能克服主体与世界的现实对立异化关系，恢复主体与世界自由交往、和谐共存的本真生存方式，从而获取生存意义。因此，本体论主体间性一再强调："主体间性不仅是审美的规定，而且是哲学本体论的规定。"然而，认识论和社会学却轻审美重实用：认识论以文学解释活动中主体间的交流、验证获取共同的认识即客观的知识，文学沦为知识的傀儡；社会学以文艺作为现实社会中人与人理性交往的调解机制，文艺成为社会、政治意识形态的传声筒。可见，二者都将文艺视为达成某种目的的实用工具，附属于知识学、社会学、政治学等学科，遮蔽了文艺自在自为的特殊性和独立性。甚至，社会学主体间性还以"超越美学范式而走向社会范式"的主张发出强烈的解构、取消美学独立性的信号。可见，在主体间性研究中，本体论强调文艺的审美特殊性，弘扬审美自由；认识论、社会学则突出文艺的实用工具性，远离其独特本质。

其次，文艺的对象包括人与世界，不能仅限于人的范围而拒绝世界万物。就哲学形而上而言，人与世界万物具有同等的生存主体地位。海德格尔曾说："subjectum 一词是希腊文 hypokeimenon 的迻译。这个词的意思是'呈现者'，它是根基性的东西，可以把万事万物聚集在它上面。主体概念的这种形而上含义和'人'并无必然的联系，和'我'更是不搭界。"①也就是说，形而上的"主体"并非历史主体（现实中的"人"），也非认识论的主体（具有理性思维的"我"），而是存在的显现者，体现为人与世界万物的同在。同时，哲学中人与万物同为主体的本然面目也为艺术审美活动所证明，艺术创作和接受环节都体现了人与万物的平等同一。在创作环节，艺术家把人与世界万物视为与己同等的主体，在相互沟通、交流、问答中认识、理解对方，用作品记录双方的形象；在接受环节，欣赏者进入艺术作品的审美意象世界，在世界万物间自在畅游，领悟生存意义。本体论主体间性探讨的正是审美活动中人与万物平等的主体地位以及本真的生存关系，合理地解释了自然作为审美对象何以可能的问题。而同为主体间性研究的认识论和社会学，不认同世界万物本然的主体地位，割裂了人与万物平等的主体联系，仅把研究限定在认识主体之间或社会主体之间。以认识论主体间性为根基的文学解释学，把文学接受视为认识个体间有限的文学交流活动，忽略了文本审美世界中人与世界万物的无限丰富的生存意义。主体间性研究的社会范式将研究限定在现实社会中互惠、斗争、协同和交叉的历史个体之间，一方面试图以交往理性协调异化的个体生存状态，但个体依然束缚在理性的统治之下，异化现状并未改变，本真的自由遥不可及；另一方面拒绝人之外的自然万物进入艺术家的审美视野，无视

---

① 海德格尔著，郜元宝译：《人，诗意地安居》，桂林：广西师范大学出版社 2000 年版，第 8 页。

艺术作品中大量存在的以自然作为审美对象的事实。因此，认识论、社会学研究人与人之间的关系，隔离了世界万物，是不充分的主体间性；本体论纳入人与世界万物的研究尺度，展现审美活动中人与世界二者的平等关系，是充分的主体间性。

最后，文艺的意义在于对生存意义的领悟。随着对文艺实体性本质的扬弃，人们转而以文艺意义的展现替代对文艺实体性本质的界定。海德格尔曾言"在艺术品中，存在者的真理将自身置入作品"①，"美是作为敞开发生的真理的一种方式"②。海德格尔式的"真理"与存在原始地联系在一起，是人与世界生存意义的显现。也就是说，文艺以审美的方式恢复了人与世界本然的生存面目，从而显现人与世界根基性的生存意义。本体论主体间性以审美超越现实通达人与世界的本真存在，彰显各自的生存意义；还以体验、理解的现代解释学方法帮助人们实现对生存意义的领悟。同时，由于人们的不同生存方式衍生出了不同的生存意义，艺术作品便也相应成了多维意义层的聚合体，即表层的现实意义、深层的原型意义和超越的审美意义的多维聚合。③ 认识论解释学虽然终结了文学本质论，承认"意义被看作是文学存在的方式"④，但是限于认识论的局限，只能从主体的认识能力和认识过程这一角度描述"意义如何生成"，而不能回到存在根基处展现"意义显现为什么"。如《文学解释学》中的第三章"文学意义论"讨论了"意义是对立中介的第三生成物""意义：文学实现的方式""意义生成的象征——隐喻结构"等关于意义生成过程的内容，却无法深入解决"意义显现为什么"这一实质性问题，更无法提供人们获取意义的有效方法。社会学主体间性停留在现实主客体异化的层面谈论文艺的社会规范性内容，意识形态色彩浓厚，根本无法触及本真的人与世界之生存意义。

以上对文艺的独特性、对象、意义等方面的考察表明，本体论主体间性研究较切合文艺自身特点，更有效地解释了诸多文艺现象和问题。因此，国内美学、文艺学主体间性理论的建构应立足本体论的立场。

---

① M. 海德格尔著，彭富春译：《诗·语言·思》，北京：文化艺术出版社 1991 年版，第 37 页。

② M. 海德格尔著，彭富春译：《诗·语言·思》，北京：文化艺术出版社 1991 年版，第 54 页。

③ 关于文艺作品的多重结构、意义，可参见杨春时《美学》中"作为审美文化的艺术"（第 161－173 页），以及《文学理论新编》中"文学的结构"（第 31－44 页）、"文学的意义"（第 58－67 页）等相关论述。

④ 金元浦：《文学解释学》，长春：东北师范大学出版社 1997 年版，第 307 页。

第七章　图像时代的文艺终结反思

艺术，一直被冠以人类"精神财富""智慧之果"的美誉。在漫长的人类历史长河中，艺术陪伴着人类成长至今，折射出人类文明进程的光芒。然而，回望文艺漫长的历史，我们不难发现在其踽踽前行的道路上却始终伴随着"艺术终结"的声音。从古代柏拉图要把诗人逐出理想国的决心，到近代黑格尔"艺术终结论"的声明，再到当代以文化研究取代文艺研究的趋势，"艺术终结"的质疑可谓不绝如缕且愈演愈烈。尤其在 2000 年秋北京召开的"文学理论的未来：中国与世界"国际研讨会上，美国学者 J. 希利斯·米勒发表了《全球化时代文学研究还会继续存在吗?》[①] 的发言，将"文学终结"的疑问直接抛给了与会学者，并由此波及中国学界，引起了广泛的热议。米勒的发言从德里达关于"文学在电信技术王国中不复存在"的论断开始，这一论断的悲观情绪贯穿了整个发言的始终。随后，米勒详细分析了电信时代导致的后果及变异，这些变异将会造就全新的网络人类，并使他们远离甚至拒绝文学。最后，米勒以一种带有些许感伤却流露出几分坚定的口吻说道："虽然从来生不逢时，虽然永远不会独领风骚，但不管我们设立怎样新的研究系所布局，也不管我们栖居在一个怎样新的电信王国，文学——信息高速路上的坑坑洼洼、因特网之星系上的黑洞——作为幸存者，仍然急需我们去'研究'，就是在这里，现在。"显然，面对文学在电信时代里飘摇不定的命运，米勒同大多数挚爱文学的人一样，既有承认现实的无奈，更有直面困难、渴望突破的勇气。

时至今日，关于文学终结的讨论仍在继续。[②] 那么，文学是否真如德里达所言"不复存在"，抑或如米勒所言是电信技术冲击下的幸存者？以下，笔者将就文学终结的危机——解构经典浪潮和图像艺术的兴起、文学

---

① J. 希利斯·米勒：《全球化时代文学研究还会继续存在吗?》，《文学评论》，2001 年第 1 期。

② 近年来，学界关于"文学终结"的论争开展较为激烈，《文学评论》《文艺争鸣》《文艺理论与批评》等刊物不仅发表了学者们的争鸣文章，还组织专题讨论，如《文艺争鸣》，2006 年第 1 期的"现象"和 2008 年第 3 期的"新世纪文艺学反思"等。

是否即将终结、文学的未来等内容，进行深入探讨。

一、文学终结的实质和表征

目前学界讨论的"文学终结"论，其实质包含两方面内容：一是就文学历史而言，人们以往各时代文学经典作品的承续终止了，即文学传统消亡；二是就文学现今发展而言，作为一种艺术形式的文学被其他艺术形式取代，即文学艺术生命力的枯竭。前者以解构经典浪潮为表征，解构文学存在的历史意义；后者以图像艺术的兴盛为表征，诘难文学存活的当下可能性。两者合力作用，渐渐将文学挤向边缘。文学似乎即将走向终结。

文学终结表征一：文学传统的消亡？

文学传统是一股无形的文化力量，它的物质载体是流传至今的文学经典著作。正是借助对文学经典著作的阅读，生活在不同时代的人们才得以传承隐含于字符中的社会风俗、道德风尚、审美趣味等历史文化信息，从而汇聚成一以贯之的历史文明链条，帮助人类社会穿越历史的沧桑，从远古走到现代。纵观人类文明发展史的纵轴线，每一时代的坐标上都树立着不朽的文学经典著作。诺贝尔文学奖得主艾略特在谈到"什么是文学经典"时，连用了三个"成熟"来界定："经典作品只可能出现在文明成熟的时候，语言及文学成熟的时候；它一定是成熟心智的产物，赋予经典作品以普遍的正是那个文明、那种语言的重要性，以及诗人自身的广博的心智。"[①] 文明的成熟、语言的成熟以及诗人心智的成熟，这三个"成熟"分别从时代背景、语言形式技巧、思想内容深度方面确保了经典作品的恒久性和权威性，使其成为至高无上的精神标杆，指引着后来者的文化、道德、审美风尚方向。

然而，受当下多元价值取向的影响，社会上出现了解构文学经典浪潮。解构经典浪潮的出现，一是内部文学经典自身的原因，"经典"如同一把双刃剑，在给人们带来权威的同时也因为暗含的传承强迫性而消解了自身的权威。因此，且不讨论文学经典本身蕴含着多少有价值的合理成分，仅是此种颇具强迫倾向的传承方式就引起了接受者极大的反感；二是外部社会环境原因，在当代电子信息技术革命的背景下，人们的生产方式、消费习惯、思想观念都发生了巨大的变化，不仅精神生产、消费、娱

---

① 艾略特著，王恩衷编译：《艾略特诗学文集》，北京：国际文化出版公司 1989 年版，第 190 页。

乐方式有了更多的选择，而且张扬个性、追求自由的愿望更为强烈了。这些变化直接导致了人们对传统文学经典作品的远离和解构，形成"解构经典浪潮"。解构经典浪潮，简单来说就是对传统文学经典作品的颠覆性改写，它以电子信息技术为手段，以无权威、无中心的后现代思维方式为指导思想，通过对经典作品漫画式的拼接、戏仿来达到消解文本深层意义、娱乐大众的目的。由周星驰系列电影《大话西游》引发的"大话文学"现象可视为解构经典浪潮的代表。影片《大话西游》对古代文学经典作品《西游记》进行了大胆的改写，唐僧从原来一心取经的圣贤变为啰唆、絮叨、关注生活琐事的俗老头，而原著中不沾点滴儿女私情的孙悟空则与众仙子谈起了缠绵悱恻的爱情。此影片的出现，引发了强烈的"大话文学"地震，后继者，如林长治的《Q 版语文》对现代经典文学作品《孔乙己》《背影》等的拼贴、改写；更甚者，电脑游戏设计者还把《三国演义》搬到虚拟的数码空间，使之成为人机互动的网络游戏等。这一场"大话文学"仿佛如一场飓风吹倒了经典作品崇高的权威地位，接受者无须再以严肃、敬畏的心态传承经典，而代之以自由自在地颠覆解读、随心所欲地拼接重组，以达到娱乐狂欢的目的。在众狂欢声中，文学经典作品的传承岌岌可危。

文学终结表征二：文学艺术生命力的枯竭？

艺术是人们借助一定媒介创造出来的精神文明成果，象征着人类永不枯竭的创造力。换句话说，只要还有人类生存，就会有艺术作品的不断诞生。但同时，由于创作媒介随着时代变迁而不断更替，人们往往在不同的时代青睐不同的艺术媒介形式。本雅明在《讲故事的人》[①] 和《机械复制时代的艺术作品》[②] 中，呈现了不同时代占据主流的艺术媒介和形式；在口语时代盛行口口相传的"讲故事"艺术形式；在印刷术领纲的书写复制时代盛行小说、诗歌等书面文学艺术形式；而在照相术开启的图画复制时代则兴起了电影等图像艺术形式。无论"讲故事"的口头文学抑或以印刷文本为载体的书面文学，它们都是以语言文字为媒介的艺术形式。语言文字的特殊性决定了文学艺术的两重特殊性：一是文学审美世界的虚幻性。艺术家通过文字符号建构了一个虚幻的审美世界，这一世界以现实世界为

---

① 瓦尔特·本雅明：《讲故事的人》，见瓦尔特·本雅明著，陈永国、马海良编《本雅明文选》，北京：中国社会科学出版社 1999 年版，第 291 – 315 页。

② 瓦·本雅明：《机械复制时代的艺术作品》，见陆梅林选编：《西方马克思主义美学文选》，桂林：漓江出版社 1988 年版，第 238 – 250 页。

原型，但并不具备现实世界的物质外形而只存在于主体的主观意识之中。二是需要文学接受者的想象力参与。文学作为一种艺术活动，既涵盖了艺术家的生产，也包括了读者的阅读接受等环节。在接受阶段，读者根据自身的审美经验发挥想象力进行再创造，以填补文本中因语言文字的间接性、多义性而造成的空白，从而顺畅地完成文学文本信息的接收。

文学艺术的这两重特性对其自身的发展既有积极意义，也有消极作用，致使文学艺术让位于当代图像艺术。文学世界的虚幻性因不直接呈现于感官而极容易导致审美形象的难以把握，减损文学的吸引力；而文学接受的再创造特点，也对读者自身的审美经验、知识水平提出了较高的要求，使得部分不具备相应阅读能力的读者可能会出现无法读懂、无法理解文学作品的问题。因此，随着以照相术为代表的图像复制技术的兴起，摄影、电影等图像艺术以图像的直观性、接受的低门槛性等特点虏获了大批接受者。尤其随后的电子信息技术，更是推动了图像艺术从机械复制迈向虚拟仿真。人们借助不断更新的电子媒介创造出一个个仿真的虚拟世界，这一虚拟世界与文学虚幻审美世界最大的区别就在于它依托图像的直观性直接作用于人的感官，使得这一世界带有了某种程度的"真实"，即鲍德里亚所说的"用模型生成一种没有本源或现实的真实：超真实"①。从机械复制到电子虚拟，图像艺术的长足发展不仅始终占据当代艺术风尚的最前沿，而且逐渐掌握了艺术潮流的话语权，甚至还大势侵入日常生活领域，掀起日常生活审美化的风潮。图像艺术的大举进攻，使当下社会正逐渐步入海德格尔所称的"世界图像时代"，他曾断言"从本质上看来，世界图像并非意指一幅关于世界的图像，而是指世界被把握为图像了。……根本上世界成为图像，这样一回事情标志着现代之本质"②。国际美学学会前主席阿莱斯·艾尔雅维茨也承认："无论我们喜欢与否，我们自身在当今都已处于视觉（visuality）成为社会现实主导形式的社会。"③ 显然，在当代，由于图像艺术的步步扩展，传统文学艺术日渐式微。

无论是经典文学作品传承的危机，还是当代的文学艺术渐渐被图像艺术取代，种种迹象似乎都印证着德里达关于"文学在电信技术王国中不复存在"的

---

① 让·鲍德里亚：《仿真与拟像》，见汪民安、陈永国、马海良主编：《后现代性的哲学话语——从福柯到赛义德》，杭州：浙江人民出版社2000年版，第329页。
② 马丁·海德格尔：《世界图像时代》，见马丁·海德格尔著，孙周兴译：《林中路》，上海：上海译文出版社2004年版，第91页。
③ 阿莱斯·艾尔雅维茨著，胡菊兰等译：《图像时代》，长春：吉林人民出版社2003年版，第5页。

论断。难道文学真的即将承受不了电子信息技术的冲击而走向终结吗？

二、文学不会终结的原因

面对种种文学终结的迹象和争论，笔者认为，电子信息技术革命的确改变了人们的思想观念、文化习惯，也催生了诸多新颖的艺术形式，但是，文学作为与人类几乎共同成长至今的古老艺术，有着其他艺术形式不可取代的地位与意义，文学不应该也不可能终结。

第一，文学传统不会消亡。具体表现在人们可以解构作为个体的某部经典作品，但无法解构由经典文学作品整体汇聚而成的文明力量和文化秩序。

以"大话文学"为代表的解构经典浪潮，在一片众人狂欢的快乐中似乎达到了解构经典、打倒传统的目的，其实不然。"大话文学"解构的对象仅限于作为个体的经典作品。从表面看，无论是周星驰的《大话西游》，还是《Q版语文》的系列作品，都是对《西游记》《背影》等某部或某篇经典作品的戏仿。大话文学采取反其道而行之、胡乱拼接等方式，颠覆经典人物形象的性格，消解经典文本的深刻意义，从而迎合了人们渴望挣脱经典权威束缚的呼声，并由此带给了大众短暂的欢娱。然而，从更深层面看，人们解构的是单个的个体，只是整体中占极小份额的局部，还有数量更为庞大的经典作品等待人们的"打倒"。更何况，"大话文学"背后的推动力实则是一种经典被解构、权威被打倒的快感、狂欢感。试想，当所有的经典全被解构之后，或者人们对解构经典的现象已经习以为常之后，原本打倒权威的快感、狂欢感不复存在，"大话文学"也就失去存在的理由而成为过眼云烟。

与此同时，由经典文学作品整体汇聚而成的文明力量和文化秩序是无法解构的。如前文所述，经典作品是"文明的成熟、语言的成熟以及诗人心智的成熟"的产物，也即是说，每一时代文学经典的确立都经历了该时代成熟文明的筛选，所有存留下来的文学经典都凝聚着各时代最高的思想智慧。这些经典作品在不同时代的群众中阅读、流传，形成了一股贯通过去与现在的文明力量，给不断更替、生生不息的人类社会带来了规范、稳定的文化秩序。此外，虽然每一部经典都经历了时间的过滤、历史的沉积而得以存留至今，但它们身上都烙下了属于其产生年代的不可磨灭的时代印记。这些久远的时代印记为后人提供了无数的原始意象，"每一个原始意象中都有着人类精神和人类命运的一块碎片，都有着在我们祖先的历史中重复了无数次的快乐和悲哀的一点残余，并且总的来说始终遵循同样的路线"①。就此层面意义而言，人们阅读经典的过程实际就是穿越历史时空返回过去与祖先对话的过程。可以说，如果文学经典被完全解构，那么稳定的人类社会文化秩序将不复存在，人们也无从回溯历史、亲近本源，届时，人们将如同盘上的散沙，坠入无意义、无目的的虚无深渊，彻底迷失自我。

第二，文学艺术特殊的审美想象性不可能被图像艺术的"超真实"取代。

不可否认，电子信息技术引领的新媒介革命，使得当代艺术的主流从传统文学艺术向图像艺术转移。在谈到新媒介对新的图像所起的作用时，麦克卢汉曾乐观地说："新媒介不仅是机械性的小玩意，为我们创造了幻觉世界；它们还是新的语言，具有崭新而独特的表现力量。"② 确实，新媒介为图像艺术带来了直观性的优势。借助不断发展完善的电子信息技术手段，图像艺术创造出了一个又一个精妙绝伦、虚拟仿真的"超真实"世界，并直接作用于接受者的感官，使其得以迅速接收艺术中所包含的信息。图像艺术的这一优势恰好弥补了文学艺术由于文字语言媒介而造成的接收信息间接性的缺陷，使接受者在表现相同题材、内容的艺术形式的选择中更倾向于便利、直观的图像艺术。然而，语言文字的间接性对于文学艺术而言既是缺陷也是优势，其优势尤为明显地表现在对接受者想象力的激发上。文学中的语言是一种间接的抽象符号，其抽象性源于"能指与所指分离，即语言的物质形式与其意义之间无必然联系，而是任意的、约定俗成的"③。阅读接收者不能通过语言的字形、发音等物质形式直接刺激感官，塑造出审美形象，而必须经过语言的音、形、意、义解读激发想象力，并以想象调动原有的审美经验、生活经历，从而完成审美形象的塑造。可以说，这一想象力激发的过程，就是接受者发挥创造力主动进行文学艺术再创造的过程。在这一再创造过程中，接受者借助想象力的翅膀，突破时空的限制，在文学的审美世界中自由创造，并在释放自我创造力的同时体味创造的快乐、确证自我的价值和意义。文学中的想象力，可谓达

① 荣格：《论分析心理学与诗歌的关系》，见朱立元总主编、陆扬主编：《二十世纪西方美学经典文本》（第二卷），上海：复旦大学出版社2000年版，第72页。

② 埃里克·麦克卢汉著，何道宽译：《麦克卢汉精粹》，南京：南京大学出版社2000年版，第408页。

③ 杨春时：《文学理论新编》，北京：北京大学出版社2007年版，第18页。

到了"寂然凝虑，思接千载。悄焉动容，视通万里"① 的自由境界。然而，相比文学接受中对想象力的激发，图像艺术则因为直观的"超真实"而抹杀了接受者的想象力。图像艺术借助电子信息技术高仿真地复制真实，提供给接受者一种"超真实"场景，直接作用于接受者的感官。在现成的"超真实"面前，接受者既无须思考也无须动用想象的创造力，而只是消极、被动地接受信息。这就如鲍德里亚所说的，"超真实则更进一步，抹杀了真实与想象的矛盾"②，"生活已经没有可以直面的虚构，甚至没有需要生活超越的虚构；现实已经进入现实的游戏，彻底破除了迷障"③。因此，图像艺术无法取代文学的审美想象力。

第三，文学艺术的魅力并未减退，她的独特之处在于对于人类生存意义的探寻。

黑格尔认为作为主体的人具有认识、观照、反思自我的绝对精神，这一绝对精神包括三种形式：艺术的直观形式、哲学的概念形式以及宗教的表象形式。其中，文学作为伴随人类成长至今的古老艺术形式之一，更是责无旁贷地承担起反思、观照人类自我的重任。只要打开一部优秀的文学作品，探讨的是人的生存问题，迎面扑来的也是人的气息。就审美范畴的层面而言，文学作品对于人类生存意义的探讨可分为两种方式④：一种方式从正面呈现人类理想生存，它们以一种超现实的理想世界来表达人类积极、乐观、向上的生存意义，如浪漫主义作品对人与世界和谐相处的赞美；另一种方式则通过批判性地否定现实而获得生存意义，它们以审美理想来观照现实从而产生一个否定的世界，如 19 世纪现实主义和 20 世纪现代主义，前者是对资本主义上升时期金钱和贪欲的批判，后者则是对成熟资本主义时期人被彻底异化的批判。尤其在后一种否定方式中，文学更是以一种严肃的态度揭示现实生活的丑恶、真善美的毁灭，从而达到"否定的否定"，启发人们寻找生存的真正意义。如巴尔扎克的《人间喜剧》中，以高老头的毁灭和拉斯蒂涅的堕落为线索，展示了封建宗法思想被资产阶级金钱至上的道德原则战胜的残酷现实，进而促使人们反思资本主义社会

　　① 刘勰著，周振甫注：《文心雕龙注释》，北京：人民文学出版社 1981 年版，第 295 页。
　　② 让·鲍德里亚：《象征交换与死亡》，见汪民安、陈永国、马海良主编：《后现代性的哲学话语——从福柯到赛义德》，杭州：浙江人民出版社 2000 年版，第 325 - 326 页。
　　③ 让·鲍德里亚：《象征交换与死亡》，见汪民安、陈永国、马海良主编：《后现代性的哲学话语——从福柯到赛义德》，杭州：浙江人民出版社 2000 年版，第 326 页。
　　④ 关于肯定性审美范畴和否定性审美范畴的论述，详见杨春时：《美学》，北京：高等教育出版社 2004 年版，第 177 - 179 页。

的本质及金钱对人的异化等一系列问题。可以说，正因为文学对人的生存意义的深层揭示，海德格尔直言"语言是存在之家"①，把文学语言喻为神性本源的存在。在他看来，文学语言带领人们进入天、地、神、人四方和谐畅游的审美世界，从而通达人的原始存在，获得本真的存在意义。

当然，图像艺术也与文学艺术一样反思人自身、揭示人的生存意义。但是，图像艺术对人的生存的关注更多地被其自身的技术功利性掩盖了。作为电子信息技术时代产物的图像艺术，其存在、发展与电子技术密不可分。尤其对于某些以数码技术合成的高仿真虚拟图像艺术而言，"艺术搭台、技术唱戏"的倾向愈为严重。这些艺术作品存在的目的，并非促使人们反思自我的生存意义，而是展现技术如何将人们的想法从虚幻变成了现实。在人们对技术的惊叹声中，艺术的人文关怀被迫让位于技术的实用功利。因此，从人文关怀的角度来看，图像艺术无法取代文学对人的终极关怀的位置。

可以说，"大话文学"解构经典的快感、图像艺术超真实的直观接收性，都对文学的存在与发展产生了不小的冲击，也使部分没有存在价值的文学作品淡出了人们的视野。但是，我们必须看到，文学伴随人类的脚步穿越历史时空依然存留至今。这就如米勒所言，即使在电子信息技术的革新时代，"文学——信息高速路上的坑坑洼洼、因特网之星系上的黑洞——作为幸存者，仍然急需我们去'研究'"。同时，文学的意义是其他艺术形式所无法取代的，它因记载人类的生存事件而洞悉人的全部秘密，也因稳定的审美、道德、伦理价值规范着人类的文化秩序。因此，在人类的精神文明财富宝库中，文学因其独特的语言形式和人文内涵而永远占据一席之地。

三、余论：我们能为文学做些什么

虽然文学自诞生之日起就受到"终结"的质疑并历经了种种诘难存活至今，但在这生命延续的背后凝聚着的是文学热爱者的心血。他们如同接力赛，一棒接一棒地让文学在代与代之间流传。那么，在当代解构经典、图像艺术浪潮汹涌袭来的危难处境下，我们该如何接好文学的接力棒并顺利传递给下一代呢？笔者认为，可以在加强经典教育、繁荣文学创作和营

---

① 海德格尔：《语言的本质》，见海德格尔著，孙周兴译：《在通向语言的途中》，北京：商务印书馆1997年版，第148页。

造良好的批评环境等方面下功夫。

措施一：加强经典文学教育。

在人类文明的传承中，教育是非常重要且有效的一个渠道。文学的延续、经典作品的传承，更离不开教育的正面引导、教师的传授讲解。艾略特就曾直言"维护古典文学教育对维护英国文学的延续性是十分关键的"①。尤其对于青少年而言，经典文学教育不仅仅停留在传播文明的功用上，也将潜移默化地影响个人的成长。因为他们在校接受教育的阶段恰巧是其人生观、世界观建立的关键时期。这时候，一部优秀的文学作品、一个伟大的心灵无疑都会在其成长道路上留下不可磨灭的烙印。仅以《钢铁是怎样炼成的》为例，就足以说明经典文学将会对青少年的成长产生如何大的影响。《钢铁是怎样炼成的》塑造了一个有着钢铁般意志的英雄形象——保尔·柯察金，他经历了战争年代的血与火、和平年代经济恢复期的艰苦生产建设、疾病期与死神的不懈斗争，甚至在病榻上还坚持写作追求自我理想的实现。此书自 20 世纪 50 年代初期译介到中国，便立即刮起了人人向保尔学习、争当保尔式钢铁英雄的旋风。有学者评价说："在中国，《钢铁是怎样炼成的》至少影响了三辈人……父母辈、我们这一辈和我们的下一代，都阅读过它。父母辈从中悟到的是如何建设新中国，我们这辈从中学到的是如何教育子女，而我希望我的下一代从中学会人应该如何度过一生。"② 由此看来，经典作品因其所包含的深刻人生哲理，对青少年的审美趣味、道德观念、伦理意识、价值判断等方面的培养和确立起了正面的引导作用。而也正因为经典作品对人生价值和意义的揭示，才构成了文学永恒的生命力。

措施二：繁荣文学创作。

就事物的发展规律而言，止步不前会遭时代抛弃，只有不断吸收新元素、跟上时代步伐才能获得人们的接受和保留，文学也不例外。如果文学的发展仅仅依靠阅读原有经典作品，那么，不但会出现时间链条的作品断层，还会导致因原有作品无法合理解释人们不断变化的境遇而遭遗弃。只有不断地创新，把反映时代发展、人的生存状况变化的新作品补充到原有经典作品的序列，才能永葆文学的生命力。这就要求当代作家关注社会热点、深入生活、发掘人内心的力量，创作出优秀的文学作品以丰富人们的

---

① 托斯·艾略特：《艾略特文学论文集》，南昌：百花洲文艺出版社 1994 年版，第 270 页。

② 王晶晶：《〈钢铁是怎样炼成的〉75 载炼就三代记忆》，人民网，http：//book. people. com. cn/GB/69877/5688876. html，2007 - 04 - 30［2017 - 07 - 10］。

阅读，扩大读者群。但在大力提倡文学创作的同时也要注意作品的艺术审美价值。近年来，一些作家受利益驱动放弃了艺术的底线，为迎合市场的需求创作出具有低俗、媚俗、颓废等倾向的作品以满足人们的猎奇心理。这些低俗作品不仅没有传达积极的审美趣味、伦理道德观念，也不能合理地解释人的生存意义，甚至还损害了文学应有的品格，降低了人们对文学的期望值，极不利于文学的发展。作家只有摒除现实的功利诱惑、欲望杂念，回归内心的纯净、圣洁，潜心创作，才有望创作出关乎人类生存、照亮心灵世界的优秀作品。

措施三：营造良好的批评环境。

文学批评，指的是以一定文学观念为指导的文学解释活动。就广义而言，每一个读者的文学阅读活动都是文学批评行为；而就狭义而言，文学批评是受过专业训练的批评家运用一定的批评理论和术语从事的文学解释活动。尤其后一种专业的文学批评，无论对作家的创作还是对读者的阅读，都起到了积极的指导作用：批评家以较高的理论素养高屋建瓴地品评作品的长处与不足，作家则可以参考批评家的品评进一步修正自己的创作；批评家以专业的审美判断评判作品的社会意义和艺术价值，帮助读者深入理解作品的内涵、意蕴。因此，优秀的文学批评、良好的批评环境对于文学的健康发展是必不可少的。更何况，目前的图书市场还存在着严重的鱼目混珠现象，作品质量良莠不齐，高品位的优秀人文作品混杂在大量的低俗商业读物中。如何甄别作品高低艺术价值，如何利用宣传舆论引导大众积极阅读，这些都将成为当下文学批评最急需解决的问题。其实，在现今的电子信息时代，文学批评的方式和渠道应该是向多方位发展的。不仅传统的专业学术期刊、学术研究会议要继续以专业性保持批评的权威性，还可以借助大众传播媒介，在报纸的文艺副刊、电视和广播的读书节目等平台上，以贴近日常百姓的方式，推介好书，传播高雅的审美趣味和进步的文学观念，从而促进文学的繁荣发展。令人可喜的是，目前已出现了文学批评与传媒结合的尝试，相信两者的"联姻"将会取得双方共赢的有益成果。

第八章　互联网时代的艺术史

一、当前互联网艺术史研究的薄弱与紧迫

当今时代已步入互联网主导的时代，"互联网＋"成为时代和社会的关键词，互联网以其特有的科技性、交互性、公共性影响着社会生活的方方面面，包括人们的艺术观念、艺术创作活动、艺术品品质和艺术史编撰等。

在国内学界，学者们较关注互联网时代的艺术观和艺术品，相关学术成果如黄鸣奋的系列著作《西方数码艺术理论史》（6 卷本，学林出版社 2011 年版）、《互联网艺术产业》（学林出版社 2008 年版）、《互联网艺术》（文化艺术出版社 2006 年版）等，以及上海人民出版社 2016 年出版的译介类"全球视野艺术丛书"《互联网艺术》（雷切尔·格林）、《新媒体艺术》（迈克尔·拉什）等。然而，在这众多研究成果中，涉及艺术史内容的还相对少见。笔者以"互联网""网络"分别与"艺术史"两两组合，在中国知网学术平台上键入"主题"栏搜索文献，从 2001 年起符合艺术史主题的文献有：译文《WEB 作品——互联网艺术史》（罗切尔·瑞格，《世界美术》，2009 年第 3 期）和《新媒体与艺术史（1990—2010）——数字技术、艺术与艺术史之间的联系》（安东内拉·斯布里利，《艺术评论》，2012 年第 8 期），以及硕士学位论文《网络视觉艺术发展史研究》（兰钊，浙江师范大学 2008 级硕士学位论文）等。国内这几篇艺术史研究文章，与数目庞大的互联网艺术著述形成巨大对比，映衬出当前互联网艺术史研究的薄弱。虽然出现这一薄弱现状的原因，或许是艺术史本来就位于艺术活动链条的末端，位于艺术构思（艺术观）、艺术品之后，由此导致研究的滞后。但寥寥可数的研究成果，仍足以说明学者对此领域的忽略和不重视。

艺术史研究，分为史著与史论两个层面。"史著"指艺术史文本的编撰，以时间为横轴，以艺术观念、流派、类型等为单位梳理各种艺术的形

成和流变历程。上文提到当前为数不多的几篇关于互联网艺术史的文章，即属于艺术史著类。由于这几篇文章主要关注的是互联网时代中的美术、影视等艺术类型史，并未涵盖文学、音乐、舞蹈等艺术类型，故未能全面概括互联网时代各艺术的演变发展面貌，需要后继研究者的补充和丰富。"史论"则以艺术史作为对象，探究艺术史家的编撰观、艺术史的方法、艺术史的体例等，属于元学科层面的研究，即通常所说的艺术史学。在当前学界，从艺术史学的角度探讨互联网时代的艺术史编撰问题尚不多见，甚至可谓几近空白。而在这一个互联网渗透到社会生活每一角落的时代，其艺术观念、审美旨趣、艺术品形态必然有独特之处，相区别于以往的任何时代。因此，及时整理、记录互联网时代艺术发展的史著写作，以及探究如何认识、讲述互联网时代艺术发展历史的史学研究，也就成为当前学界理应深入展开实际却未引起学者太多关注的紧迫学术问题。正是在这样的背景下，笔者着眼于互联网时代中的艺术史，从研究对象、存在形态等方面探讨艺术史已然和即将发生的变化，试图从中窥见当代艺术史的发展趋势。

二、艺术史研究对象的增容

毋庸置疑，艺术史研究的对象是艺术。艺术的发展历程，是艺术族群不断壮大的过程——原有的艺术种类传承并获新发展、新兴的艺术种类添补进入并走向成熟。艺术史便是记录这些艺术种类形成、发展和演变的历史。具体到每一时代的艺术史编撰，艺术史家都应捕捉到该时代传统艺术的新变化以及新生艺术的出现。因此，互联网时代的艺术史家，在书写艺术史时首先面对的便是研究对象——艺术家族增容的问题。艺术史家应充分把握互联网时代特质，以此为视域审视、辨析新艺术样式，寻找或建构一种史学体例将之载入艺术史册。

理解互联网时代的艺术，应先把握培植该艺术的土壤——互联网时代的特质。"互联网"是英文 internet 的汉译词，核心要义是指通过传输控制协议/因特网互联协议（TCP/IP）来传输数据的庞大计算机网络系统，同时也被用来泛指所有基于 IP 协议且具有交互功能的信息网络，如有线电视网、电信网、移动互联网等。① 简单来说，互联网就是计算机与通信网络

---

① 本书关于"互联网"和"互联网艺术"的定义，参阅了黄鸣奋教授的相关概念。详见黄鸣奋：《互联网艺术产业》，上海：学林出版社 2008 年版，第 25－39 页。

的结合。从计算机和互联网的发展历史来看，第一台现代计算机出现于19世纪30年代，是剑桥大学数学教授查尔斯·巴贝奇（Charles Babbage）制造的一台通过打孔卡来执行指令的计算器。因这台机器体积巨大且以蒸汽为动力，所以并未取得理想的运算效果和社会认可度。20世纪30年代，乔治·布尔（George Boole）成功研发了基于0和1二元代数系统为运算原理、以电为动力的计算机，现代计算机自此进入快速发展轨道，运算能力不断提速升级，机器体积越来越轻便，逐渐得到人们的广泛认可和使用。而计算机与通信网络的正式"联姻"，则始于20世纪60年代末由美国国防部资助组建并由美国4所大学（加州大学洛杉矶分校、加州大学圣巴巴拉分校、斯坦福大学研究所和犹他大学）予以实施的阿帕网（ARPA-NET），但这一网络仅服务于政府，未普及社会大众。直到20世纪90年代，由蒂姆·伯纳斯·李（Timothy Berners–Lee）设计并向公众开放的万维网（World Wide Web）出现，人们才开始享受公共的数据传输服务。20世纪90年代中晚期，随着各国信息高速公路（数字化大容量光纤通信网络）的相继建成，全球全面步入数据信息快速共享的互联网时代。相比以往的时代，互联网时代以计算机技术引领的高科技发展为主要时代特征，同时呈现出由网络数据传输带来的主体与主体之间的交互性、信息共享的公共性等特性。

互联网时代的艺术，亦具有科技性、交互性和公共性的特点：

其一，科技性指艺术创作、艺术品品质和艺术传播中所体现出的以计算机技术为表征的科学技术的影响。在互联网时代，文学、绘画、雕塑、音乐、舞蹈、戏剧等传统艺术均获得了新发展。一部分艺术家恪守原有创作模式原汁原味地传承传统，另一部分艺术家却在继承的基础上大胆创新，将时代的科技元素融入创作活动中，寻求艺术材质、艺术语言、传播方式等方面的革新，探索出了与传统艺术面貌相异的新艺术形式。这些新艺术形式包括以互文小说为代表的数码文学、数码音乐、数码美术、媒体舞蹈、数码影视等。

其二，交互性指借助超链接文本等计算机技术，艺术家创作主体与受众主体共同参与到创作活动中，通过两主体间的互动来同构艺术品。在此互动状态下创作完成的艺术作品，融合了艺术家与受众双方主体的观念和意志，使作品摆脱了以往仅是艺术家主观精神反映的单一形态，同时还吸纳受众的意念以完成最终形态的建构，从而呈现出丰富多样、不确定的形态。最能体现交互性特点的艺术样式是交互性小说。国外的交互性小说充分利用了互联网超文本链接的特性，为作品设计了多个阅读途径供读者自主选择，由此体验到不同的故事情节和结局。代表作品有乔伊斯的《下午：一个故事》和莫尔斯洛普的《维克多花园》等。我国的互文性小说则将网络当作作者与读者沟通的平台，作者以连载的方式在网络刊载作品，在定期更新的过程中根据读者的阅读反馈及时调整作品故事脉络。拥有庞大读者群的网络作家"猫腻"，就曾坦言其常常通过书评和粉丝 QQ 群获取读者的阅读体验，"读者不喜欢某些情节，就会大骂，但是越骂我越逆反，偏偏要写。有时写着写着，读者竟然把后面的情节猜出来了，我就得冥思苦想更牛的情节，让读者叫好会让我很有成就感"①。近年来，网络文学不仅仅停留在作者与读者的交互上，还突破了自身艺术形式界限进入到影视剧、游戏、漫画等艺术领域。如《失恋 33 天》《甄嬛传》《琅琊榜》等多部影视剧即改编自同名网络小说。以漫画为母体的作品《滚蛋吧，肿瘤君》也成功跨界电影、舞台剧。此外，互文性艺术形式还有以冯梦波《Q3D》（2004 年）为代表的互联网装置艺术等。

其三，公共性指在互联网共享数据信息这一时代背景的影响下艺术作品所具有的面向公众开放的特点。以往的艺术品，为某一群体和阶层所特享，或是赞助人或是精英阶层，与普通民众相隔离。互联网时代的艺术，大多不为特定的受众群体服务而全面推向社会民众，艺术品常常借助互联网、电视台、博物馆、美术馆等公共平台和场所进行展示，与公众面对面。这一公共性，既具有积极意义，也有负面性。积极意义在于：艺术的公共性为王一川等学者呼吁的推动公赏力建设以提高公众文化认同及建构和谐社会提供了前提和保障。但这一公共性特点，也极易导致艺术为迎合普罗大众的审美趣味而有意降低自身艺术品质，从而出现庸俗化、媚俗化的倾向。

艺术史家在面对这些异彩纷呈的艺术样式和作品时，应站在艺术史的立场逐一辨析当中的艺术性与科技性、艺术品与消费品之间的区别。艺术史是历史学科下的一个特殊分支，它与人们常见的社会史有着巨大区别。社会史记载时代的技术进步和社会变革；艺术史则以艺术为撰史主线，记录与艺术相关的艺术家的创作活动、艺术品和艺术事件等，从而体现出鲜明的审美色彩。然而，由于互联网时代显著的科技特征及对艺术领域的渗透，很多艺术创作实际成为高新科技的试验地和操练场，失去了艺术所特有的审美形式和意蕴。简言之，科技超越艺术，艺术沦为科技的奴仆。对

---

① 《网络文学巨头狂 IP "造神"》，腾讯网，http：//cul. qq. com/a/20150608/009229. htm，2015－06－08［2017－07－10］。

此现象，一些敏锐的学者早有察觉和提醒。长期致力于新媒体、互联网艺术研究的英国评论家雷切尔·格林在其著作《互联网艺术》中列举了大量当前时代的网络艺术作品，并客观地评述道："在本章中所呈现的许多作品均显示出网络艺术与界面或物体渐行渐远、继而转向战术和战略的一条弧线发展轨迹。"① 格林所说的"界面"和"物体"，指网络艺术所呈现的供人欣赏的艺术形式，关涉图像、音乐，表征其艺术性；而"战术"和"战略"则指网络艺术运行的代码、指令、程序，表征其科技性。"界面和物体远行""转向战术和战略"，实际意味着：艺术性淡出、科技性凸显。互联网时代的艺术家，应理性地对待和平衡艺术与科技二者的关系。科技的进步，能够有效推动艺术语言和表达方式的革新，形成新的艺术样式，但艺术之所以为艺术，并不在于其采用的科技手段是否先进、紧跟潮流，而在于其形式是否具有美感、感染力是否强烈、批评性是否深入等审美因素。说到底，科技仅是艺术的辅助手段，审美才是艺术的根本所在。此外，正如前文所谈到的，互联网时代的公共性易导致作品品质的下滑，为取悦受众、市场而牺牲自身的审美内涵和批判力，沦为大众文化消费品。因此，艺术史家在面对这诸多形形色色顶着"艺术"名号的作品时，应深入内里，认真辨析艺术性与科技性、艺术品与消费品的差异，过滤技术、消费为重的伪艺术，存留运用美的语言和形式来严肃探讨时代意义、反映社会景观、呈现人间真善美的真艺术，以组建艺术作品史料库，供艺术史编撰。

在艺术史的编撰过程中，艺术史家采用分期史、类型史、观念史、流派史等编撰体例将艺术品、艺术家、艺术事件等史料镶嵌其中，从而梳理出互联网时代艺术发展和演变的脉络。艺术史并非简单、散乱的史料堆砌，而是在一定的编撰体例框架中展开的。所谓编撰体例，指艺术史家在编撰史著时所遵循的思路和结构，从某种程度上体现了艺术史家对整个艺术历史面貌的判断和评价。互联网时代的艺术史编撰，可采用分期史、类型史、观念史、流派史等体例。其一，分期史体例指以历史时期为编撰单位叙述艺术的发展历程。黄鸣奋的《西方数码艺术理论史》② 便采用了分期史体例。该著作所讨论的数码艺术实际就是互联网时代的艺术。全套书共六册，分别书写了六个数码艺术理论领域的命题（如数码编程的艺术潜

---

① 雷切尔·格林著，李亮之、徐薇薇译：《互联网艺术》，上海：上海人民出版社 2016 年版，第 226 页。

② 黄鸣奋：《西方数码艺术理论史》，上海：学林出版社 2011 年版。

能、数码文本的艺术价值等）。每册独立为史，册内以历史分期为线索记录艺术发展史：1949年之前为前数码时期、1950—1969年为主机中心期、1970—1989年为危机流行期、1990—1999年为网络崛起期、2000年至今为泛网络时期。这一分期史体例的长处在于时间线索明晰，以计算机自身的发展及其与网络联姻的紧密程度作为时期的划分依据，从某个层面总结了互联网艺术发展的阶段性状况和特点。不足之处在于分期以互联网艺术的科技性为依据，未充分体现其审美艺术性，导致整套著作更接近科技史而非艺术史。其二，类型史以时间为经、艺术类型为纬，二者编织成为一部立体的艺术史。李希凡主编的《中华艺术通史》①使用了类型史的体例。全套通史以通行的历史朝代分卷册，从原始卷、夏商周卷、秦汉卷一直延展到清代卷，每卷又以美术、音乐、戏曲、舞蹈、曲艺等艺术类型为单位，讲述各艺术类型的历史。这一体例的优点在于承认了各艺术类型之间在艺术语言、形式、传播等方面的审美差异，并在此基础上梳理各艺术类型的形成和演变过程，突出艺术的审美特性，使艺术史真正区别于其他的社会史、思想史、科技史等。但由于各艺术类型独立成史，忽略了各艺术类型之间的共通性，未能揭示出这些形态各异的艺术类型之所以能够进入艺术族群、被人们称为"艺术"的原因，无法呈现艺术发展的整体状况和面貌，故难免让人产生"类型史是拼盘史"的质疑。互联网时代的艺术史编撰，可以借鉴这一类型史的体例，以常见的文学、美术、音乐、舞蹈、影视等类型分类法对形式多样的互联网艺术进行分类并独立撰史。需要注意的是，互联网艺术存在多种艺术类型交叉互用的倾向，如录像装置艺术就融合了影像、绘画、雕塑、互联网等多个艺术形式，史家应使用合理的分类原则和方法予以归类。此外，互联网时代的艺术史还可以采用观念史、流派史等体例。观念史以艺术观念的时代变化为主线，梳理互联网时代的科技发展对人们艺术观、艺术创作、艺术品、艺术传播、艺术接受的影响、渗透和改变。流派史则以艺术流派为单位，记录互联网时代各艺术风格迥异的艺术流派的产生和流变。总之，艺术史的写作是开放的，艺术史的体例亦是多样的，也只有多元化的体例和史作才能呈现丰富多彩的艺术世界。

① 李希凡：《中华艺术通史》，北京：北京师范大学出版社2006年版。

三、艺术史存在形态的丰富

在通常的观念中，艺术史的存在形态仅是纸质文本而再无其他样式。实际上，现代学科意义上的艺术史，自创立伊始便以"艺术、艺术史、博物馆"三足鼎立且相互补充的形态存在着。拥有多年在欧洲研究和工作经历的国内学者李军，在其新作《可视的艺术史：从教堂到博物馆》中，多次提醒人们勿忘被誉为"现代艺术史之父"的意大利人文主义者瓦萨里所创立的三足而立的现代艺术史体制。他写道："作为美术学院（暨学院艺术理论）和艺术史的创始人，以及第一个艺术博物馆（Uffizi Gallery）理念的设计者，瓦萨里实际上创立的是一种艺术、艺术史和博物馆三位一体的'艺术世界'或'现代艺术史体制'。这一体制以一种想象中的倒凹字形空间布局为中心，展开三者之间相互生成与渗透的关系，其空间内蕴的逻辑力量，对后世始终发挥着重要的影响力。"① 在瓦萨里建构的三位一体的现代艺术史体制中，艺术、艺术史和博物馆各司其职。艺术，是人们创造的精神产品。它作为艺术史的研究对象，是现代艺术史体制存在的前提。艺术史，是史家用文字对人们艺术活动及艺术品的记录，以纸质文本书籍的形态呈现。它作为艺术史研究活动的成果，是现代艺术史体制的核心所在。博物馆，是典藏和陈列艺术品实物的场所。由于博物馆大多按照时期、流派、类型等原则对艺术品进行一一分类和陈列，这与纸质艺术史书整理包括艺术史在内的艺术史料的方法、体例是几近相同的，区别仅在于二者的呈现方式和存在形态：博物馆是通过对艺术品实物依次排列来呈现供人们观看的艺术发展历史，而纸质的艺术史则是通过描述性的文字来呈现供人们阅读的艺术发展史。因此，博物馆被认为是可视的艺术史，纸质艺术史是可读的艺术史，前者是对后者的视觉补充。

在互联网时代，由艺术、纸质艺术史、实体博物馆三者组成的现代艺术史体制进一步丰富，衍生出艺术、纸质艺术史和数字艺术史、实体博物馆和数字虚拟博物馆多种形态并存的艺术史世界。

互联网时代的数字信息传播革命，推动纸质艺术史向数字艺术史的转化，形成纸质、数字艺术史两种形态共存的格局。现代艺术史之父瓦萨里曾说过这么一段话，"目睹许许多多建筑师、雕塑家和画家的名字，连同

---

① 李军：《可视的艺术史：从教堂到博物馆》，北京：北京大学出版社 2016 年版，第 21 页。

他们制作的无数精美绝伦的作品，正在被遗忘，遭毁损；希望竭尽绵薄之力使之免遭再度湮灭，使之尽可能长久地存在活着的人们的记忆之中"①。正是出于"免遭再度湮灭""长久地存在活着的人们的记忆之中"的目的，他撰写了以乔托、达·芬奇、拉斐尔、提香等艺术家为内容的《著名画家、雕塑家、建筑家传》，首开艺术史编撰先河。这部写于16世纪中叶的艺术史著作，搭乘当时欧洲大陆兴起的印刷传播革命之风，采用印刷术刊印成书，供一代又一代人们传阅，真正达到了作者当初的写作目的。自《著名画家、雕塑家、建筑家传》之后，多部艺术史著作同样得益于印刷术的帮助，以纸质书籍的形态流传于不同时代、不同地域的人们之间，实现了艺术的传播和传承。然而，随着时间巨轮的滚滚向前，人类社会大步踏入互联网时代，由计算机技术主导的数字信息传播革命大获成功，人们的阅读习惯逐渐从印刷书刊转向数字网络。在这样的背景下，以纸质书籍为形态的传统艺术史必将有所变革，实现向数字化和网络化转变。

数字化的艺术史，指通过计算机数码编程技术将纸质的艺术史书籍转化成虚拟的艺术史电子书，供人们在计算机、手机等电子设备终端阅读。当前常见的艺术史电子书，采用图像复制拷贝的原理将书籍的纸质图像页面转化成电子图像页面，页面上的文字符号、图案形状、编排格式、页码等全部原样保留未发生任何变动，实际只是文本存在形态的改变——从实物纸质书籍变成虚拟电子书籍。这些电子书籍可称为图像型艺术史电子书。超星数字图书馆、方正Apabi（阿帕比）数字图书馆里的大量艺术史电子图书便属此类型。此外，人们还可以借助计算机编程技术进一步丰富艺术史电子书籍的内容，即在保留原有文字的同时增添相应的艺术品图片、音乐和影像视频，使之成为图、文、音、影像并茂的立体型艺术史电子书。无论是哪一种类型的艺术史电子书，与传统纸质书相比，优点是显而易见的。其一，艺术史电子书符合在计算机互联网语境中成长起来的新一代读者的阅读和思考习惯，顺应了科技变革重塑人们生活方式的时代潮流。其二，艺术史电子书以图、文、音、影像多手段结合的呈现方式作用于人们的阅读，改变了传统纸质书籍的单一视觉阅读模式，转变为视觉和听觉共同参与的电子阅读模式，既能充分调动阅读兴趣，又能够复制再现美术、音乐、舞蹈各类艺术品。其三，艺术史电子书是虚拟的数据，容身于任何具有存储功能的电子设备中，还能通过网络快速传送，具有容量

---

① 乔治·瓦萨里著，刘明毅译：《著名画家、雕塑家、建筑家传》，北京：中国人民大学出版社2005年版，第1页。

小、便于携带和传播的优势，可在各类计算机（台式机、笔记本、平板电脑等）、手机上随时随地查看和阅读。电子书所具有的这些优点，很快被嗅觉敏锐的商家所捕获并化为商机。近年来，一直以出售纸质书籍为主要经营特色的亚马逊、当当等网上商城，在保留传统纸质书贩卖通道的同时，也大力拓展电子书买卖业务。甚至亚马逊还推出了与之匹配的 Kindle 电子书阅读器，其广告语称"媲美纸书，舒适护目"，"海量精选英文原著及教材，轻松下载，转瞬即得"，"机身轻便，可单手持握，舒适阅读，4GB 存储能容纳数千本图书"。这些广告词，与其说是宣扬 Kindle 的长处，不如说是突出了电子书拥有的、纸质书所无法比拟的优点。这些网上商城出售的艺术史电子书，大多是图像类型艺术史电子书，也有部分是立体型艺术史电子书，如当当网出售的"世界艺术史话"系列电子书，便是加入视频的"3D 电子书"（当当网语）。所有这些，无一不表明了当前正在发生的艺术史数字化的变革。随着技术的不断进步，相信这一数字化变革将拓展到更广的受众面。当然，在这场变革中，传统的艺术史纸质书籍不会消亡，它依然是人们获取艺术知识、了解艺术历史、传承艺术传统的重要方式，而新兴的艺术史电子书则作为互联网科技时代的产物，丰富了人们的阅读选择，与纸质艺术史书籍共存并相得益彰。

互联网时代的虚拟现实技术，为人们依托实体博物馆进行虚拟博物馆建设提供了技术保障，从而得以建构实体、虚拟博物馆共存的理想艺术史世界。实体博物馆作为可视的艺术史，是人们近距离观赏传世艺术品、直接感受艺术发展历程的最佳方式。但由于实体博物馆服务时间和空间的限制，加上一些年代久远的艺术藏品无法长时间展出等原因，使得人们不可能随时随地观看这部"可视的艺术史"。正是为了弥补这一不足，以美国为首的西方国家早在互联网起步的 20 世纪 90 年代，就迫不及待地通过计算机技术和信息网络着手建设虚拟博物馆，以惠及社会大众。简单地说，虚拟博物馆又称数字博物馆，实际就是实体博物馆的数字化。它"以数字化形式对博物馆馆藏各方面信息进行存储和管理，是将计算机网络技术、多媒体技术、数据库技术、虚拟现实技术、人机交互技术等现代化信息技术运用到博物馆藏品的采集、保管、研究、展示、管理等工作，为文物提供永久的数字化保存、修复、管理和展示等服务"①。建成后的虚拟博物馆通过网络的公共性实现全民共享，人们可在网络远程终端设备上自由浏览

---

① 周全明、耿国华、武仲科：《文化遗产数字化保护技术及应用》，北京：高等教育出版社 2011 年版，第 247 页。

和访问，真正达到随时随地观看"可视的艺术史"的理想。

　　从提供给访客的界面和浏览体验来看，我国建成和拟建的虚拟博物馆分为两类：一类是全景图片型虚拟博物馆，人们进入虚拟博物馆仅能观赏到艺术藏品的二维平面图片。我国目前大部分建成的虚拟博物馆均属此类。以湖南省博物馆为例，该馆官方网站①首页设"网上展览"入口，点击进入可看到依次排列的四个数字展厅："马王堆汉墓陈列全景数字展厅""湖南名窑陶瓷陈列数字展厅""湖南商周青铜器陈列数字展厅"和"湖南十大考古新发现数字展厅"。进入其中一个展厅页面，即可看到拍自实体展厅的全景图片，访客可选择两种浏览路径观赏艺术陈展：一种是主题单元浏览路径，通过页面下方排列的"第一部分：考古发现""第二部分：走进轪侯家""第三部分：彩棺巨椁"等栏目进入观看各单元的藏品；一种是场景点浏览路径，通过页面右上角的展厅场景点分布导航窗口（全展厅划分为若干场景点，每一个点覆盖一片区域），任意择其一进入观看。无论是哪一种浏览途径，人们都只能看到艺术藏品的平面图片，无法领略由现场多角度观赏藏品带来的不同审美感受，且这些图片还可能因拍摄角度、光线等影响而失真，导致观赏效果大打折扣。或许是出于以上原因，目前建成使用的全景图片型虚拟博物馆并未获太多关注，大众参与度较低，社会影响甚微，艺术教育作用有限。另一类是三维交互型虚拟博物馆，人们进入虚拟博物馆不仅能够观赏到与实物相差无几的虚拟立体艺术藏品，还可获得如同置身于实体博物馆空间的游览感受。这类博物馆在我国尚属少见。建设此类博物馆的关键，是虚拟现实技术（Virtual Reality，VR）。这一技术实际是信息网络时代新兴的人机接口技术，它参考实体博物馆的建筑施工图纸、土建数据和艺术藏品的实物样貌、摆放位置等真实资料模拟出一个高仿真的三维虚拟博物馆，并通过头盔显示器、声音输出器、头部跟踪系统以及数据手套等传感设备为访客创建一个观赏并与之互动的界面，访客可自主掌控浏览的路线、速度、方位，从任意角度观赏如同实物般立体、逼真的陈列藏品，产生亲临其境的观赏体验。显然，虚拟现实技术所具有的沉浸性、交互性、构想性，将变革人们浏览虚拟博物馆的感官体验和审美收获，推动虚拟博物馆全面承担起普及艺术品及其历史知识的重任。从这个意义上看，虚拟现实技术和三维交互型虚拟博物馆将是今后我国虚拟博物馆发展的方向。其实，虚拟现实技术不仅仅是在虚拟博物馆建设方面大施拳脚，它还在影视、游戏、房地产、文物修复等领域

---

　　①　湖南省博物馆，http：//www.hnmuseum.com/hnmuseum/index_gb.jsp，［2017 - 07 - 10］。

大有作为。正是出于对虚拟现实技术广泛应用前景的乐观预测，在我国制定的"第十五个五年规划纲要"（于 2016 年 3 月 17 日由新华社全文播发）中的"第二十三章 支持战略性新兴产业发展"，明确表明："支持新一代信息技术、……数字创意等领域的产业发展壮大。大力推进……虚拟现实与互动影视等新兴前沿领域创新和产业化，形成一批新增长点。"① 由此可预见未来虚拟现实技术和三维交互型虚拟博物馆的蓬勃发展，并与实体博物馆一起，真正成为全民共享、人人"可视的艺术史"。

总的来说，一个时代有一个时代之艺术，亦有一个时代之艺术史。在互联网时代这一特定的语境中，艺术及其艺术史深深浸润其中，不可避免地熏染上了时代的科技性、交互性和公共性，形成与传统迥异的艺术品和艺术史文本形态。但无论如何变化，艺术始终关乎人的内在精神世界而非反映外在的科技进步，艺术史记录的始终是艺术演变历程和科技发展过程。当人们在电脑和手机上翻阅艺术史电子文本、浏览虚拟博物馆时，不仅是体验科技带来的阅读方式变革，而且是以此去探寻那些徜徉在人类历史长廊中光彩夺目的艺术珍品，将其一一欣赏品味，从中获取直抵心灵深处的审美力量。但愿人们不忘艺术史之初心！

---

① 《中华人民共和国国民经济和社会发展第十三个五年规划纲要》，新华网，http：// news. xinhuanet. com/ttgg/2016 – 03/17/c_ 1118366322_ 7. htm，2017 – 07 – 10。

下编　文艺批评中的传统美学与现代意识

第九章　民族文艺批评

个案一: 古拙之美
——苗族画家柒万里人物画美学研究

柒万里是一位以古拙的民族艺术美而扬名艺术界的著名苗族艺术家。柒万里师承岭南画派大师黄独峰,艺术足迹涉及国画、油画、水彩画、艺术设计等多个领域,且均有不俗成就。早在 20 世纪 70 年代,柒万里便有油画作品《三月街》刊登于《人民日报》,引起了国内艺术界的关注。自 20 世纪 80 年代始,柒万里将主要精力投入到中国画和艺术设计领域,其具有浓郁民族风情的作品得到了各界人士和政府部门的认可和肯定。例如,他的作品《日月同辉、八桂呈祥》获北京人民大会堂收藏,2009 年至今获聘为中国—东盟博览会国家政要及贵宾礼品创作者,所创作的中国画和青花瓷工艺品被广西壮族自治区政府选定为国礼赠送给东盟国家领导人。可谓佳作不断,荣誉满身。

综观柒万里的艺术创作,以中国画着力最深,尤为擅长中国人物画。他的中国人物画往往以广西少数民族人物和古代高士为题材,绘制了笨拙质朴的少数民族人物形象,传递出高古清雅的艺术旨趣,形成一种古拙之美,从而以卓然而立的民族美学风格屹立于世界艺术之林。

一、古拙: 拙与古相融的美学风格

"古拙"即古朴笨拙,是中国美学特有的术语。从词义来看,"古拙"是"拙"与"古"的相融,对应到艺术作品自身的三个层次(艺术技法、艺术形象、艺术意蕴),"拙"属艺术技法和艺术形象层,"古"则属艺术意蕴层。因此,艺术作品中的"古拙"之美,包含两层含义:一是"拙"的艺术技法和形象;二是"古"的艺术意蕴。

　　其一，"古拙"之美的"拙"，是由质朴的技法而形成的笨拙艺术形象。李泽厚在《美的历程》一书中，曾用"古拙"来形容汉代艺术的美学风格。他写道，"汉代艺术形象看起来是那样笨拙古老，姿态不符常情，长短不合比例，直线、棱角、方形又是那样突出、缺乏柔和……"，"粗轮廓的写实，缺乏也不需要任何细部的忠实描绘，便构成汉代艺术的'古拙'外貌"①。在这里，李泽厚着眼于汉代艺术以"拙"为表征的技法——粗轮廓的写实、失衡的长短比例、线和角组合的尖锐造型，由此概括出汉代艺术的形象特征——古拙。他进一步指出，汉代的古拙艺术形象实际暗含着自远古社会一脉沿袭而来的原始生命力，这是因为汉代艺术的核心——楚文化——地处南中国，其仍残余着原始社会的结构形态而未受到北方理性主义的驯化，因此得以保留早期人类征服自然和世界时的旺盛生命力和乐观精神。显然，从拙的技法到古拙的艺术形象再到原始生命力，充分体现了艺术形式与艺术内容的有机统一。此统一性，使我们完全有理由相信，技法上的"拙"并非艺术家浅薄的艺术功力所致，而是其出于某种创作目的而有意为之的结果。确切地说，"拙"是艺术家对重重雕饰技法的抛弃，是其洗尽铅华回到原初的质朴表达方式，是从为到无为的巨大转变。艺术家通过拙而无为的技法，目的在于塑造自然天真带有"拙笨"之气的艺术形象，进而突出其蕴藏于内的浑然天成的生命气韵。

　　其二，"古拙"之美的"古"，是高古清雅的艺术意蕴。朱良志在《南画十六观》一书中，详细阐述了"古"在中国艺术中的含义："一指对传统的崇奉，赵子昂所提倡的'古意'就属于这种。二指一种艺术趣味。像《小窗幽记》所说的，'余尝净一室，置一几，陈几种快意书，放一本旧法帖，古鼎焚香。素麈挥尘，意思小倦，暂休竹榻。饷时而起，则啜苦茗，信手写《汉书》几行，随意观古画数幅。心目间觉洒空灵，面上尘当扑去三寸'，就是一种古雅的趣味，明清以来不少文人深染此一风习（如吴门画派几乎个个是好古的高手）。三指一种超越的境界。通过古——这一无限时间性概念，来超越时间性粘滞所带来的束缚。"② 在这里，"古"的意味从崇奉传统到古雅的艺术趣味再到超越的境界，呈现了由表及里逐层深入的递进关系。简单来说，"古"表面上表现为人们回归传统，摹旧帖、观古画、焚古香、啜苦茗，一种仿古的生活状态。深层上却是人们以

---

①　李泽厚：《美的历程》，北京：文物出版社1989年版，第83页。
②　朱良志：《南画十六观》，北京：北京大学出版社2013年版，第362-363页。

仿古来实现扬今，仿古仅是一种手段，通过古代传统语境的虚设来达到逃离当下喧嚣纷扰尘世的目的，即朱良志所说的"超越"。在这一"超越"中，人们扬弃了当今尘世的诸种欲望诱惑、名利束缚，再现空灵、自由的个体本性，从而得以彰显生命的本真。具体在绘画创作中，艺术家常常以清逸超俗的高士为题材，辅以石头、芭蕉等表征永恒时间观念的事物入画，营造出高远、古朴、雅致、冲淡的画面效果，形成一种古拙之美。

从美学的角度审视，柒万里的人物画具有古拙美的风格和意蕴。古拙，是诸多画家所追求的理想高地。柒万里的老师黄独峰，曾在年轻时就立下"用笔要如吴昌硕那样古拙"①的高远志向，并经过多年的艺术磨炼实现了这一志向。柒万里作为黄独峰的高徒，继承了老师对古拙美的追求。他的人物画主要分为两类，每一类都有所侧重地体现了古拙美的不同侧面。一类是以广西苗、侗族女性为摹本的广西少数民族人物画，以块状的身体构图绘制出朴拙的人物形象，形成一种"拙"之美，体现了广西少数民族浑然劲健的生命力；另一类是以逸士、仙人等古代人物为蓝本的高士图，画面妆点酒葫芦、石、松、蕉等物，施以淡雅的墨色，形成一种"古"之雅趣，表达了艺术家高古清雅的艺术旨趣和自由灵动的生命感悟。

二、古拙美的体现

（一）朴拙的人物形象

作为一位苗族艺术家，柒万里尤为擅长广西少数民族题材人物画。翻阅他的人物画画作，大量出现身着民族服饰的少数民族女性形象，如近年来创作的《清泉》《点蜡花》《蕉香时节》《织春图》《又是一年花开时》《银月》和《山风·山花·山月·山情·山路》等作品。画作中的少数民族女性，衣着简朴、体形宽厚、神情淡然，或忙于劳作或驻足赏景，流露

---

① 黄独峰系 20 世纪后半叶广西美术界的领军人物，岭南画派杰出画家。黄独峰于 1931 年拜岭南画派创始人高剑父门下学习绘画，1936 年赴日本川端画院习艺，1937 年卢沟桥事变后回国，1938 年立下高远志向"写实要做到像高剑父那样自如；用笔要如吴昌硕那样古拙；用色应当如齐白石那样对比强烈；气魄方面应具徐悲鸿之雄浑"；1960 年调入广西艺术学院工作直至离世。详见刘益之：《岭南画派—独峰——纪念黄独峰先生诞辰一百周年》，《艺术探索》，2013 年第 6 期，第 112 页。

出朴素、善良、勤劳的民族性格，散发出勃然的民族生命气息。

柒万里具有自觉的少数民族艺术创作意识。从根源上追溯，柒万里的少数民族艺术创作源于其对自我苗族身份的体认。因系苗族后裔，柒万里自号"苗人"。他在完成每一个艺术创作之后，都会郑重其事地在作品上题下"苗人柒万里"的落款。此落款不仅表明了柒万里的少数民族身份，而且表露出其少数民族艺术创作的自觉。他的少数民族艺术创作实际包含两重含义：一是作为创作内容的少数民族人物形象，艺术地再现了少数民族族群的民族精神、思想文化、审美观念、生活习俗等，为人们了解、走进神秘的少数民族世界提供帮助；二是作为创作主体的少数民族艺术家，展现了少数民族同胞敏锐的艺术感受力、精湛的艺术技法、出色的艺术表达方式，体现出强烈的民族自信心和责任感，身体力行地提升了少数民族在世界民族之林的地位。因此，柒万里的少数民族人物画及其艺术创作行为，具有了审美、社会学、民族学等多重价值和意义。

柒万里的少数民族人物形象线条简洁、色彩素雅、造型简朴。在广西少数民族人物画艺苑中，除了柒万里，还活跃着王可大、魏恕等艺术家的身影。王可大以水彩画著称，魏恕则擅长工笔画，虽然绘画的种类不同，但他们在描绘少数民族人物时都不约而同地聚焦到了人物的民族服饰上，着力表现绮丽的民族服饰之美，如王可大水彩画《歌圩》中远看一片红艳艳近看满目霓彩花攒锦簇的花苗民族服装，魏恕工笔画《盛装》中通过黑棕、杏白、白色这三个色彩层的渐变，突出了白色所表征的苗族银饰的洁白闪亮。与王可大、魏恕不同，柒万里并不着意表现少数民族服饰色彩的绮丽美，而是选取了背道而驰的艺术表现方式——简洁的人物线条、素雅的色彩、简朴的人物造型。以柒万里代表性的作品《清泉》《蕉香时节》《银月》为例深入分析，不难发现其少数民族女性的人物造型图式：上身大多着一件白色长上衣，素净几乎无任何图案，仅在衣袖袖口处刺有少量装饰性的纹样，上衣宽长，其下摆越过腰部而延伸至臀部腿部位置，差不多覆盖了人体的三分之二长度，余下的三分之一为及膝的黑色百褶半裙和小腿部分的黑色绑带。虽然百褶裙有着浓重的墨色和褶皱相叠的繁复造型样式，但因其被宽长的上衣遮盖了大部分仅露出一圈裙摆，造型表现力被严重削弱而让位于上衣。因此，占据人物身体大部分面积的上衣，决定了人物形象的整体风貌。勾勒上衣轮廓的圆净清秀的线条、素洁的白色、少量花青铺染的简单纹饰，这些上衣要素组合在一起便形成了上衣的简朴造型风格，即人物形象的整体风格。实际上，柒万里避开描绘少数民族服饰的绮丽色彩而着力打造简朴、素雅的人物形象，是颇有深意的。他不打算以外在的民族服饰色彩来过多地吸引人们的关注力，而是希望人们能够在简朴的人物造型中寻找蕴含其中的深意——民族精神、气韵。以下借助比较的方法，将柒万里的人物画与传统人物画进行对比研究，探讨二者人物造型几何图形的异同，以便解读出柒万里少数民族人物画的深层意蕴。

柒万里善于使用梯形塑造朴拙笨重的少数民族人物形象。在绘画中，人物造型建立在几何图形的基础上，丰富多样的人物形体均由圆形、橄榄形、梯形、三角形等基本的几何图形构成。每一个构成人物形体的几何图形，都包含着无限的意味，正如康定斯基指出的："形式本身即便是完全抽象的，而且与几何图形近似，它也具有自己内在的声响，是精神的实体，并带着与这种形式吻合的特质。"[1] 以女性形体为例，传统人物画中的女性一般以细长的长方形来进行构图，女性瘦削狭窄的双肩确定了整个身形的宽度，衣裙从肩部顺延而下，遮盖了臀部和纤细的双足，形成清秀狭长的长方形图案。而柒万里的少数民族女性则以上宽下更宽的梯形来构图。上宽部分代表的是女性头部和宽阔的双肩，下宽部分则是女性宽大的腰胯和健壮的双足。显然，柒万里有意增加了少数民族女性双肩、腰胯、双足的宽厚度——宽阔的双肩因长期挑担劳作养成、宽大的腰胯象征强大的生育能力、健壮的双足揭示的是在大地上健走的日常生活。通过此般夸大和变形，柒万里的少数民族女性体量远超一般女性，形成梯形块状的身体形象，显得如此拙朴、笨重、厚实，彰显少数民族的独特个性。

柒万里通过朴拙的少数民族人物形象表现浑然的民族生命力。上文曾提到李泽厚将以楚文化为中心的汉代艺术形容为古拙美，并认为其古拙的形象寓意着未被理性化的远古蓬勃生命力。无独有偶，邹华在《中国美学原点解析》一书中也将楚文化视为原始美向古代美的转化。他指出，"楚风荡漾"说明的意思是"原始美的力量和野性向古代美的延续。收敛后的原始美，它的野性、情欲和蛮力并没随之消失，而是潜入了古代美的底层"[2]。也就是说，邹华认为楚文化承接转化了原始野性和生命活力。邹华实则与李泽厚持同一立场，充分表明楚文化古拙美及其原始生命活力的观点被学界广泛认同。进一步拓展来看，与楚文化共处同一文化板块的百越

① 康定斯基著，李政文、魏大海译：《艺术中的精神》，北京：中国人民大学出版社 2003 年版，第 50 页。

② 邹华：《中国美学原点解析》，北京：中华书局 2004 年版，第 209 页。

文化也具有古拙美的特征，这是由楚越两地所具有的相似的地理位置、气候特点和社会结构所决定的。甚至，处在楚越版图最边缘的少数民族聚居地——广西，在长期的社会发展中仍因相对封闭的生存环境和落后的生产力而继续保有此古老的民族生命力和拙朴的艺术表现方式，从而延续发展了始自远古承自汉代的古拙美。认识到这一点，关于柒万里少数民族朴拙形象的出现及其深藏的审美意蕴也就一目了然了。原来，柒万里所描绘的这一常年亲近大地、耕耘不辍、子孙后嗣延绵的少数民族女性群体，张扬出来的恰是始自远古承自汉代楚越文化而来的滚滚生命真气，蓬勃生长、饱满劲健、充沛淋漓。

此外，柒万里还巧妙地利用画面背景与中心人物的呼应关系来增进画面的表现力。他通常在人物的身后绘制大树和大叶类植物作为背景。对于大树类的背景，柒万里绘画的重心是树的粗壮枝干而非叶子，他画整枝的树干、树枝与树枝的交错生长，用粗线条勾勒树枝干的边缘，用浓墨填涂树枝干的表皮，辅之以点缀部分树叶加以修饰。对于大叶类植物的背景，他重点描画了叶子的硕大形态。无论是树干还是叶类植物，都以粗和大为主要形象特点，与中心人物的梯形块状形象相辅相成，增加了画面的整体力量感和气势感，茁壮浑然的生命气息跃然而出。

图1　听雨图（柒万里）

图2　阳春正午（柒万里）　　　　　图3　活计（柒万里）

（二）古雅的艺术旨趣

　　在柒万里绘画世界的人物长廊中，除了广西少数民族女性，还徜徉着米芾、逸士、隐者、仙人等古代书画家和历史传说人物，如近些年来创作的《高士图》《松寿图》《仙弈图》《米芾拜石图》《观春图》和《天得以一心》等作品便出现了大量古代高士的形象。这些画作中的高士，一身白衣装扮，体格魁梧健壮，相貌多为老朽状，或倚石而立或盘坐于松下，显露出淡泊、超然的神情，整幅画体现出一股高古清雅的艺术旨趣。

　　柒万里以《高士图》寄寓了个人的创作态度和艺术旨趣。翻阅柒万里的系列高士图，不难发现这些高士多有酒葫芦相伴，或握在手上或置于身旁。这个不可或缺的酒葫芦与画面主体人物——高士两两并置，构成互文关系，酒葫芦因此成为主体人物心灵的投射。那么，这个酒葫芦究竟承载了怎样的主体意念、情感和心灵呢？柒万里曾在一篇绘画评述文章中谈到："在中国，追求艺术的达神、神韵、神似，讲究半意识状态下的自然流露与渲泄的表现是受到赞赏的。酒诚然可以麻痹人的一部分神经，但模糊掉的可能是一些世俗的杂念吧。既然撕掉了世俗杂念的面纱，那么显露出来的就应该是人最真诚、最坦率、最天真的真情本性。或许艺术创作也正需要追求这么一种最佳状态。"① 这段话包含两层意思：一是醉酒能够引发人们冲破世俗的遮蔽流露出真情实感；二是最佳的艺术创作实际等同于醉酒后人们真情流露的状态，即艺术创作需要真情流露。将柒万里的此段艺术谈与其画作中的酒葫芦相联系，便能解读出酒葫芦隐含的意味——象征人的真情本性。进一步将这一具有象征性的酒葫芦还原到画作的语境中，便不难发现其具有双关性：一关喻画面主体人物的心灵，即通过酒葫芦来揭示高士们并非道貌岸然、在乎蝇头小利的伪善之徒，亦非阿谀奉承、盲从他人的乌合之众，而是志趣高远、品节高尚、清新脱俗的性情中人；另一关则喻艺术家的自我心灵，即以酒葫芦寄托柒万里以"真"为最高追求的创作态度和艺术旨趣——创作态度的"真"，指柒万里在创作过程中的真情释放，不矫揉造作，也不文过饰非，而是内在生命体验和感悟的真切表达，正所谓"度其物象取其真"；艺术旨趣的"真"，则指柒万里所希冀达到的如同高士般的高远本真的趣味和境界。因此，如果将少数民族人物画视为柒万里少数民族身份的必然产物，那么，高士图则是他寄寓艺术旨趣、刷新艺术高度的呕心沥血之作。

具体而言，柒万里在高士图中通过什么方式表达了怎样的艺术旨趣呢？以下做详细分析：

其一，通过石头、松树、芭蕉等物承载古雅之意。

柒万里的高士图画面简洁，大多由三部分构成：一是作为主体人物的高士；二是酒葫芦；三是石、松、蕉等物。其中，高士的人物形象取法于少数民族人物形象，具有相似的白衣、块状形体等特点，简朴的造型中传递出高远的意味；酒葫芦是主体人物和艺术家心灵的投射，揭示了"真"的艺术旨趣；而石、松、蕉等则作为画面的重要组成部分，以其深刻的象征性表达了"古"的意味，成为古拙之美的实物载体。

首先，石头以其坚固的物理属性当仁不让地成为"古"的表征。明人文震亨在《长物志》中言"石令人古"②，一语中的地道破了为何画家好

---

① 柒万里：《潜情的宣泄——壮族画家黄格胜山水画作品赏析》，《民族艺术》，1992 年第 2 期，第 213 页。

② 文震亨：《长物志》，北京：商务印书馆 1936 年版，第 19 页。

以石入画来增添古意的原因。柴万里的画作《高士图》，高士倚坐在大片嶙峋叠立的石头上，石头以淡淡的石绿为底色，加以劲健的墨线制造出嶙峋的石头肌理效果，形象地再现了石头的坚硬与永固不变。石头的不变属性象征着无限，依石而坐的高士却仅有长短可计的有限生命。于是，石与人便形成无限与有限的生动对照，并在对照中参悟人的生命意义。这一由石头引发的关于无限与有限的对照以及人的生命意义的参悟，体现的恰是上文朱良志所指出的"古"的超越含义。另在柴万里的《仙弈图》中，两位仙人面对面端坐在石头制成的棋盘旁，下棋对弈怡然自得，此处的石棋盘如同一条悠长深邃的时间隧道，从当下的时间维度超越到古代的时间维度，与古代神话传说中的仙人同在。其次，松树以其超长的树龄表征"古"意。松树四季常青，有着几百年到上千年的树龄，远超人的生命长度，故民间常将松树称为古松、不老松，并发展出松寿文化，用松来比拟高寿者。柴万里长轴人物画《松寿图》，近景是三位屈膝而坐白发垂髫的老者，背景是粗壮的古松枝干。老者与古松相互映照，呈现出一种苍莽悠远的历史感，画面古意扑面而来。此外，芭蕉还以其易朽与常固转化的佛教寓意表征了"古"的超越性。"芭蕉，佛家称之为树，以喻己身要常保坚固也。"① 也就是说，芭蕉本是容易朽坏的事物，往往一阵寒风冷雨过后便从枝繁叶茂变成衰败凋敝，佛家将易朽的芭蕉喻为世界的表象，希望人们透过这易变、虚幻的表象到达世界的本质——"空"，从而领悟万物不生不灭、不垢不净、不增不减的本质，即"常保坚固"。因此，从王维到陈洪绶再到金农，历代文人画家都有画芭蕉的喜好，以芭蕉隐喻从易朽到常固的超越性。柴万里亦深谙此道，他的人物画《蕉香时节》，两位端坐的女子配以厚大的蕉叶、成串的芭蕉，古意盎然。

其二，通过笔墨、颜色、构图等方式营造古雅之境。

柴万里长期浸染在文人画的艺术世界中，深得其精髓并运用到自己的艺术创作中，通过浓淡相宜的笔墨语言、清淡的色彩、程式化的文人画构图营造出古朴、清雅的意境。

中国画讲究笔墨的使用。北宋韩拙曾言，"笔以立其形质，墨以分其阴阳"②（《山水纯全集》），言简意赅地总结了笔墨的功用，即笔用于事物的塑形、墨用于表现事物的层次。柴万里用笔果敢，笔疾而健，多用竖线、横线、斜线的组合来勾勒人物及山石、古松的形象，甚少使用有弧度

---

① 金农：《冬心题画记》，杭州：西泠印社出版社 2008 年版，第 117 页。
② 韩拙：《山水纯全集》，北京：商务印书馆 1939 年版，第 8 页。

的曲线，形成棱角分明、方块状的造型效果，质朴而笨拙，表现出人物内在强健的生命气韵。在色彩上，画面的整体色彩基调由人物画的中心和灵魂——主体人物所奠定。柒万里的主体人物多以宽大白衣登场，仅以墨线显示其衣服的轮廓和褶皱，形成以白色为主色的人物形象，素净淡雅。与人物并存的山石、古松等，多以石绿、赭石施色，加以浓重的墨线描绘石、松的纹路和肌理，厚实稳重又不失古雅意趣。从画面构图上看，柒万里深得中国传统文人画构图精髓，讲究精心的布局和留白的意境。他将人与石、松巧妙布局，形成有趣组合：一是内在结构上的疏与密，即人物身上简练的线与松石肌理的密集的线；二指色彩的淡与重，淡指人物衣着的白色，重指松石底色的石绿、赭石色。这一组合通过巨大的反差相互补充，进一步丰富了画面的表达，形成色彩轻重互补、章法错落有致的画面效果，雅致之境跃纸而出。此外，柒万里还注重传统中国画留白构图法的运用，通常将主体人物置于整幅画面的某一侧——偏左或偏右，与人物所处位置相对的另一侧则大多不涉笔墨，仅有寥寥几字的落款和印章，形成悠远、古朴、雅致的画面意境，引发人们无限的想象。

图4　邀酒图（柒万里）

图5   春浓 (柒万里)

图6   松寿图 (柒万里)

三、结语：少数民族艺术的当代表达

柒万里的民族艺术探索道路，对当前中国少数民族艺术发展具有巨大启发。不少学者抱怨，当代少数民族艺术创作存在较大误区，只要涉及少数民族题材，大多将少数民族定性为落后、闭塞、与世隔绝的面貌，视其为孤立的存在而脱离了中华文化延绵发展的大背景和全球化与时俱进的时代语境，使少数民族艺术创作困在自我的狭隘视域中得不到长足的发展。柒万里扬弃了这一落后、闭塞的表达，而是以高度的民族担当意识和责任感大胆探索符合当代发展语境的少数民族艺术表达方式。他坦言道，"这是一个告别过去与迎接未来的时代，继承与发展的关系如何才能得到正确的处理，较之 20 世纪更加严峻地摆在我们面前，我们不得不背负起更多历史责任感。谈广西的美术发展就必须首先把这个责任担起来，接受历史的重任承前启后，使我们中华优秀的传统文化、优秀的民族民间的艺术得以更好地继承与发展"①。这段话中，他谈到了广西美术的责任与担当、继承与发展的问题，明确指出了中华传统文化与民族民间艺术结合的发展路径。实际上，柒万里早已通过自己的艺术创作，身体力行地践行了他所提出的传统与民族融合的广西美术发展新思路。他从自身的苗族后裔身份出发，立足广西少数民族这片热土，但又不仅仅拘泥、恪守于此，而是将广西少数民族放置到中华各民族共存的大格局中、镶嵌到中华文化史的洪流中进行观察与审视，进一步找到广西少数民族的独特性所在——始自古代承自楚汉的浑然生命力，并用中华优秀传统文化之一的文人画艺术语言——浓淡相宜的笔墨、淡雅的设色、留白的构图等。作为表达手段进行艺术创作，创造了一大批融朴拙的形象与古雅的旨趣于一体的艺术佳作，成功探索出以古拙美为表征、具有浓郁民族特色的个人艺术道路，获得了业界的肯定与赞誉。可以说，柒万里民族艺术创作的意义，不仅仅在于他表达的内容，即作品中所描绘的少数民族形象面貌、精神气韵和生活习性等，更重要在于他所采用的表达方式，即不局限于少数民族狭隘的小我视域而以各民族共存的整体视域来审视和表达。此表达方式，认同了中华56个民族的完整性——位于西南边陲的广西少数民族是其中不可或缺的部分，

---

① 柒万里：《根植于民族生活的土壤》，《文化报》，2001 年 3 月 15 日第 8 版。

并将中华优秀文人画技法为少数民族所用，用以描绘其独特的民族形象和生命精神，真正实现了中华文化语境中的少数民族艺术当代表达。这可能是解决当前少数民族创作困境，探索未来少数民族艺术发展的新方向。

个案二：朴拙的人物　坚韧的生命
——瑶族画家黎小强少数民族人物画艺术研究

黎小强是近年广西少数民族人物画领域崛起的艺术新星。黎小强生于 20 世纪 60 年代末，系广西瑶族人。早年专攻工笔花鸟，后于 2002 年前往中央美术学院进修，转为学习水墨人物方向。此后，便全身心地投入广西少数民族水墨人物画创作中，历经十余年的辛勤耕耘和艰辛磨砺，终形成极具个人风格的笔墨语言和人物形象造型，以"德峨"系列少数民族水墨人物画作品在广西乃至全国画坛大放异彩，赢得了人们的认可与喜爱，亦收获了多项国家级、省部级奖励。

一、少数民族之子与少数民族艺术创作

广西是一个多民族的聚居地，在 23 万多平方公里的土地上生活着壮、瑶、苗、侗、仫佬等 12 个少数民族，系全国少数民族人口总数最多的省份。庞大的少数民族人口及其传统生活习性，使广西形成了五彩纷呈的少数民族风土人情。瑶族画家黎小强就生长在这一片民族热土上。他自呱呱坠地之日起身上便流淌着无法改变的少数民族血液，在日后的成长过程中更是持续受到周遭民族大环境的熏染。内在的少数民族身份与外在的少数民族环境二者相互激荡，培育起黎小强强烈的少数民族意识和情感——一种对于少数民族同胞及其居住地的深切热爱，即作为少数民族之子的"赤子之心"。

这一少数民族赤子之心构成黎小强少数民族艺术创作的原动力。他曾动情地说道："对于很多艺术家而言，自己脚下的那一方故土才是灵感之源、心憩之所，扎根故土对绘画从来都是饱含深情且连接着文化根基的。"① 在此故土之情、赤子之心的推动下，黎小强毅然舍弃早年已初步形

---

① 黎小强：《广西地域语境下的中国水墨人物画》，《艺术探索》，2013 年第 6 期，第 96 页。

成个人风格的工笔花鸟画创作，投身于更适宜表现故土少数民族风情的另一全新绘画领域——少数民族水墨人物画，由零起步逐渐学习积累。对于黎小强的"转行"及转行后取得的成就，同行多有肯定和溢美之词。美术学博士李永强客观地评价道，黎小强"对人物画的执着令人敬佩，不管是开会、上课，还是出差、旅游，手边都会有一个不大的速写本，时常勾勒、速写人物，着实快意。正是长期的坚持，使其在造型、构图、场景表现等能力不断提高，使得他的意笔人物画更加自由与洒脱"①。可以说，黎小强将炙热的赤子之情化为不懈的探索与努力，以实际行动开拓出了属于个人的少数民族人物画艺术新天地。

在少数民族人物画创作上，黎小强放弃了以往的宏观艺术视角，转而采用微观视角审视少数民族的生存状态。从中华人民共和国成立至2000年，黎小强转攻少数民族人物画创作的这五十余年时间里，广西少数民族画创作大多采用宏观视角，将少数民族放置到社会主义新时代的宏大语境中，挖掘其发生的新面貌和新气象。具体来说，宏观视角下的少数民族人物画创作大多描绘少数民族织布、收割、牧耕等劳动生产场面以及婚嫁、节庆、学习等日常生活环境中，通过人与景、人与人的和谐突出表现了各少数民族在新社会重获新生的喜悦和对未来美好生活的憧憬。例如，1961年莫更原的画作《路遇》以山间蜿蜒而下的石板小路为主线，描绘了在汉族保育员牵领下的一群衣着整洁、活泼快乐的儿童，与三位身着少数民族服饰肩挑锄头的劳动人民狭路相遇的场景，画面欢快，表达了大山深处的少数民族在政府帮助下建立幼儿园的新风貌。1982年罗兴华创作的《芦笙踩堂》描画了新时代下的融水苗族欢度传统节日古龙坡会（农历正月十六日）的热闹场面，画面以圆圈形构图：外圈是呈顺时针走向、手持芦笙的青年男子芦笙队伍，其间夹杂着几位怀抱婴儿、肩挑谷担和酒瓮的女子以及嬉戏打闹的儿童，队伍内人人皆着黑色苗族传统服饰且人与人摩肩接踵，组成一圈黑色状的密集人环；而内圈则仅有八九位身穿白色、灰色、橙色、褐色等亮色系传统服饰翩翩起舞的苗族男女，脚下裸现大片白色的平地，营造出华彩、宽松的视觉效果。画家通过内圈与外圈、彩与黑、疏与密的对比，表达了苗族同胞风调雨顺庆丰收的欢乐之情。总的来说，中华人民共和国成立后的少数民族人物画创作大多着眼于宏观层面的描画，颂扬了少数民族新生活，总体情感基调积极乐观。然而，随着时代的变化和艺术观念的更新，黎小强并不满足以往少数民族人物画的艺术模式。他

---

① 李永强：《读黎小强的少数民族人物画》，《歌海》，2016年第3期，第118页。

放弃了传统的宏观艺术视角，果断地从社会生活层面的宏大描绘退回到少数民族族群自身的微观审视，深入挖掘少数民族本真的生存状态、精神信仰和生命意志，并以绘画的方式将之呈现，从而让世人得以真正了解和走进卓越不凡的少数民族世界。

　　黎小强以微观视角聚焦百色德峨的偏苗族乡民，以此为创作原型艺术性地再现了广西少数民族的朴拙形象和坚韧生命力。黎小强在确定少数民族人物画方向和微观艺术视角之后，便开始了广泛的采风调研，深入少数民族原住地观察、思考和体验生活，寻找理想的少数民族人物原型。他总结道："在长期外出写生考察过程中，发现了百色德峨、黄姚、元宝山苗族村寨、三江侗族村、南丹里湖白裤瑶村寨等几个具有典型少数民族风情特点的写生基地。"① 此处的"典型"，意指未受外文化影响而最大限度地保留了本民族的传统生活习性。黎小强之所以使用"典型"一词，是因为广西少数民族受全球化影响而出现了自身传统习性瓦解的尴尬现状。在这几个仍保留着民族传统特色的村寨中，黎小强根据各村寨的地貌及少数民族乡民们的性格作了进一步筛选。临水而居的少数民族似河流般袅娜多姿、外形秀美、脾性温婉，如三江侗族、融水苗族；与山为伴的少数民族则如大山般稳健厚重、形象朴拙、性格坚韧，如德峨偏苗族、元宝山苗族。有着与大山相似魁梧身形和稳重性情的黎小强，自然选择了大山深处的民族——德峨的偏苗族作为人物原型，创作了以"德峨"为主题的系列人物画，通过偏苗族乡民这一少数民族典型来表现从远古走向现代虽历经磨难却从未放弃理想和追求的广西少数民族大集体。

　　在中国画的发展历程中，对形与神的不同侧重大致衍生出了工笔与写意两种绘画技法。工笔重形似，以工整细致的线、艳丽浓重的色来精确地刻画事物的形象，达到以形写神的目的，白居易称其为"画无常工，以似为工"②。写意则重神似，以自由多变的笔法、淡雅清丽的墨色来表现事物的精神气韵和艺术家的主观感受，达到以神带动形、精神气韵高于形似的目的，张彦远谓其为"古之画，或能移其形似，而尚其骨气"③。为准确呈现偏苗族乡民的生命精神，黎小强弃其擅长的工笔手法，大胆使用写意技法描摹人物。面对工笔之形与写意之神，尽管黎小强有着多年的工笔技画积累，但他从表现少数民族精神的艺术宗旨出发选择了写意技法。他说

---

① 黎小强：《广西地域语境下的中国水墨人物画》，《艺术探索》，2013年第6期，第95页。
② 白居易：《记画》，见《白居易集》，长沙：岳麓书社1992年版，第40页。
③ 张彦远：《历代名画记·论画六法》，杭州：浙江人民美术出版社2011年版，第16页。

道："艺术作为民族精神的一种载体，担负着传承并发扬民族精神的使命。"① 在此艺术宗旨的指引下，黎小强充分借助笔墨、宣纸等中国画工具材料的特性来塑造写意性人物形象。他挥洒笔墨，用遒劲有力的墨线勾勒人物，用大片淋漓的墨块填充人物的衣裳，绘制出朴实、笨拙的少数民族人物形象，并通过这些人物外形表现其所蕴含的坚韧顽强的生命意念。

二、粗粝的笔墨塑造朴拙的人物形象

翻阅黎小强的"德峨"系列少数民族人物水墨画，不难发现其人物形象具有朴拙的美学风貌。"朴拙"即朴实和笨拙，是对李泽厚所概括的汉代艺术美——"古拙"的继承和发展。李泽厚曾概括道："粗轮廓的写实，缺乏也不需要任何细部的忠实描绘，便构成汉代艺术的'古拙'外貌。"他进一步指出："汉代艺术形象看起来是那样笨拙古老，姿态不符常情，长短不合比例，直线、棱角、方形又是那样突出、缺乏柔和……'笨拙'得不合现实比例，却非常合乎展示出运动、力量的夸张需要。包括直线直角也是如此，它们一点也不柔和，却恰恰增添了力量。"② 简要地说，从汉代艺术形象的图式上看，古拙美表现为：无细部的粗放轮廓、反常情的姿态、失衡的长短比例和棱角分明的几何图案造型等；从形象的深层意味上看：古拙美蕴含着磅礴雄浑的力量和气势。黎小强创造性地发展了汉代艺术的古拙美。他将比例失衡、棱角分明的汉代形象图式运用到自己的少数民族人物创作中，通过块状的人物造型和粗粝的笔墨描画出体型笨拙、体量厚重、性格朴实的德峨偏苗族乡民形象，形成一种朴拙美。具体来说，黎小强少数民族人物画的朴拙美表现为以下三方面：

1. 用块状的几何图形表现偏苗族女性之"拙笨"形象

在绘画中，几何图形是构成人物造型、塑造人物形象的基础。在人物画创作中，画家面对现实生活中复杂的人物原型，首先会使用简化法将其还原为基本的几何图形，如圆形、方形、梯形等，然后再对几何图形进行调整、修饰，形成完整的人物形象。因此，可以说几何图形便是人物形象的造型基础。中国画中的传统女性形象，大多采用椭圆形加细条的长方形来造型，小巧精致的椭圆形是女性的头部，细条的长方形则是女性的身部——飘逸的衣裙从瘦削的双肩一溜下来遮盖住狭窄的胯部直到足端，凸

① 黎小强：《广西地域语境下的中国水墨人物画》，《艺术探索》，2013 年第 6 期，第 95 页。
② 李泽厚：《美的历程》，北京：文物出版社 1989 年版，第 83 页。

显了女性纤弱、柔美的形象。然而，黎小强的偏苗族女性却有着不一样的造型。翻阅其"德峨"系列写生作品，可以发现他常常采用五边形和六边形来塑形。其中，五边形图案属于人物头部，这是因为偏苗族女性独特的民族服饰喜好——用头巾包裹头部和嘴部而形成的图案造型。在现实生活中，她们先用三到六层的黑布叠加成一个帽子——其形状如同一艘倒扣的小船呈扁平的梯形，将船形帽子戴头上后再用一块白底绣花的方巾裹住自己的嘴巴，此裹嘴巾实为一块流苏方巾对折后形成三角巾，三角巾最长的底边遮挡嘴部并将底边两端对应系到帽子两端，形成一个倒三角形。于是，帽子的梯形与裹嘴巾的三角形接合起来，便形成了一个五边形的几何造型。而六边形则属于人物的身体轮廓，这个六边形实际由上身的正梯形和下身的倒梯形组合而成。上身的正梯形，上宽边是女性宽阔结实的双肩，开襟长袖上衣顺着宽双肩而下，两襟自然敞开呈八字形，左右下衣摆停留在宽大的胯部，形成正梯形的下宽边。下身的倒梯形，最长的宽边即阔大的胯部，半身裙沿着胯部和腿部而下有所紧缩，呈倒八字形，裙摆下垂到脚面露出两只硕大的鞋子，鞋子因此构成倒梯形的短宽边。通过传统女性造型与黎小强偏苗族女性造型的对比不难发现，黎小强通过夸张和变形塑造了与传统女性所不同的少数民族女性形象。她们有着因常年挑担扛背重物形成的宽大肩膀、繁衍子嗣所需的阔大胯部以及山间行走所养成的硕大双足，体型粗壮、"笨拙"。通过这些"笨拙"的女性形象，黎小强深刻地揭示了少数民族生存环境的艰辛，以及面对此般环境时少数民族所展示出来的不屈生命力。

2. 用粗壮的笔树立偏苗族乡民之朴实骨气

笔是中国画树立人物骨气的根本手段。潘天寿曾说："全世界各民族绘画，不论东西南北哪个系统，首先要捉形，进一步要捉色，总的要捉神情骨气，只是方法有所不同罢了。"[①] 在这里，"捉形"即塑造艺术形象，被视为绘画的第一要义。不同的绘画系统，塑造形象的手段大相径庭，西洋画以明暗块面来塑形，中国画则用毛笔描出的线来勾勒形象。中国画画家通过手腕笔力的变化，描画出粗细、长短、虚实、方圆、流畅顿挫等不同形式的线，以此线来概括描摹人物形象的轮廓，以及抒发主体喜怒哀乐的情感变化。正是由于笔描出的线兼具造型和表情双重功能，中国画画家往往将笔作为树立人物骨骼气度的根本手段。唐人张彦远言："夫象物必

---

① 潘天寿：《赏心只有两三枝——关于中国画的基础训练》，见徐建融编：《潘天寿艺术随笔》，上海：上海文艺出版社 2012 年版，第 95 页。

在于形似，形似须全其骨气。骨气形似，皆本于立意，而归乎用笔。"① 这段话的大意是：画人物必然追求外形相似，外形相似须描画出人物的骨骼气度，而骨骼气度的相似，根本之处就在于用笔的手法。

黎小强善于用粗壮的笔描画偏苗族乡民，立其朴拙气度。黎小强用笔粗壮，此"粗壮"实为遒劲、沉着的笔力。用粗壮之笔描出的线，既因笔的遒劲而充满力量，又因笔的沉着而含蓄，是一种力量与含蓄相生、张力十足的线，也是被中国画画家称为有骨力美感的线。黎小强便用此笔力和线描画偏苗族乡民，即上文谈到的五边形加六边形组合起来的人物形象轮廓。首先，在笔墨的准备上，黎小强有意使用遒劲的笔力半蘸浓墨描画人物轮廓，在行笔描线的过程中由于浓墨所含水分的丢失而形成劲健断续的线形，营造出一种沧桑浑朴的视觉效果。其次，在线的排布组合上，黎小强将长短线合理搭配。在人物的五边形头部位置，他用长线描画五边形的内圈，即遮挡住人的额头和嘴部的头巾长边，再用顿、按手法形成的短（点）线描摹五边形的外圈，即头巾裸露在外的流苏边。同时，在人物的六边形身体部位，他用长线描画上衣和半身裙的轮廓，在上身肩腋、手臂肘关节等体现运动变化的部位使用密集的短线加以强调，而下身则以横向、纵向交错排布的线来显示裙子的运动褶皱。如果说流畅的长线起到勾勒人物外形、呈现整体形象的作用，那么，短（点）线则表现了人物的性格和情感。就如吕凤子所言："凡属表现不愉快情感的线条，则多停顿，呈现一种艰涩状态，停顿过甚就显示出一种焦灼感和忧郁感。"② 黎小强正是通过这些由顿、按笔力形成的短线，形象地道出了以偏苗族乡民为代表的少数民族同胞在苦难、困顿的生存环境中磨砺出来的朴实性格和顽强的精神气质。

3. 以粗犷的墨渲染偏苗族乡民之厚重形象

墨是中国画渲染人物、增强其表现力的重要方式。中国画讲究墨法，将墨作为色使用，并经过长期实践发展出"墨分五彩"的创作技法，即将墨色分为焦、浓、重、淡、轻五个层次。五代人荆浩进一步将墨的作用概括为："墨者，高低晕淡，品物浅深。"③ 即是说，墨通过渲染浓淡来表现事物的立体感。黎小强经过多年中国画的创作探索，娴熟地掌握了水墨人物画用墨的方法。他在少数民族人物画像、"德峨印象"和"秋日"系列等作品中，将墨率性地泼染在人物的衣裳上，形成粗犷、浓湿的墨色块

① 张彦远：《历代名画记·论画六法》，杭州：浙江人民美术出版社 2011 年版，第 16 页。
② 吕凤子：《中国画法研究》，上海：上海人民美术出版社 1978 年版，第 4 页。
③ 荆浩著，王伯敏注译，邓以蜇校阅：《笔法记》，北京：人民美术出版社 1963 年版，第 4 页。

面。这些墨色附着在人物身上，其浓湿的质地加重了人物的分量，使人物
更具厚重感。值得注意的是，黎小强不仅在墨法上挥洒自如、无所拘束，
而且对黑墨与留白的搭配也非常讲究。例如，在单个人物的中国画中，或
上下搭配，即上衣大面积留白而下半身的裙子则以黑色为主，或左右搭
配，即右边的身体以黑为主调而左边的身体多有留白；在人物与人物组合
的画面中，以站立状的人物为设色单位，若一个（组）人物从头到脚点染
着大片的墨色，则紧邻的下一个（组）人物着白头巾、白衣服出场，依次
类推。可见，黎小强有意通过黑墨与留白的并置呈现黑白相间的画面效
果，使作品富于节奏感和韵律美。当然，在黑与白的并置中，黎小强的目
的是通过白来突出和强调黑，这其实是一种巧妙的反衬技法。通过黑与白
的反衬，再加上黑墨块面所具有的粗犷、浓湿的质地，黎小强笔下的偏苗
族乡民更显厚重、朴拙、坚韧，虽身居深山历经磨难，但具有强大的精神
信仰和茁壮的生命力量。

图1　黎小强水墨人物画作品《德峨人物
写生》，180cm×98cm，绘于2010年

图2　黎小强水墨人物画作品《德峨人物
写生之母子》，180cm×98cm，绘于2015年

三、饱满的构图表现坚韧的民族生命力

构图指艺术家在艺术观念的指导下在画面空间中对人和物的关系、位置所进行的安排，在传统中国画论中又称为布局、章法、位置经营。中西方传统人物画有着不同的构图方式和艺术观念。传统西方人物画大多采用中心式构图，将人物置于画面的中心位置，突出人物的主体精神。这一构图方式源于西方自文艺复兴以来形成的人本主义艺术观，主张人是自然的主宰，处处洋溢着乐观的人类理性精神。而传统中国画则推崇天人合一的艺术观，认为人是有限之身，应超越世俗的羁绊投身无限的宇宙天地间。这一艺术观念对应到画面空间上，便产生渺小的人与广阔的背景（表征宇宙天地）二者悬殊对比的构图方式，形成悠远深长的审美意境。当代广西著名中国画画家郑军里、柒万里等的少数民族题材画作，就采用了将人置身于广阔背景中的构图法。郑军里的代表作品《大山深处》，近景以人为主体，比重仅占整个画面的 4/7，具体为：一对穿着少数民族服饰的夫妇及其两个孩童再搭配一辆马车、一条小狗，背面示人，朝画面的深处——远景走去；远景则是连绵无尽的山脉，铺满整幅画面。此幅画作，近景的人与远景的山二者组成小与大的构图比例，并且人做出投入群山怀抱之势，处处彰显了天人合一传统艺术观。柒万里则习惯将人置于松树、芭蕉树下，用大片的留白背景表现广袤的天地，构图传统，意境深远，耐人寻味。

黎小强敢于在传统构图法中寻求创新，采用西画的中心式饱满构图来凸显作为画面主体的人。如前文所论，黎小强以表现民族精神作为艺术创作的主旨，由于民族精神由具体的人所创造，表现民族精神实际就是表现创造了民族精神的人，即通过人的五官面目、动作体貌、衣着服饰来凸显其所蕴含的生命气韵和精神信仰。基于此，黎小强的少数民族人物画不仅通过构图、笔墨等多种手段表现了人的精神气韵，更大胆借鉴了西画的中心式构图法以凸显画面的主体——人。黎小强针对单个人物与多个人物的不同画面，分别运用了不同的构图方法：

其一，单个中心人物构图法。黎小强的少数民族人物画大多规模宏大，画面长度达 180cm 以上，宽度则一般为 98cm 左右（单人画）和150cm 以上（多人画）。在题为"少数民族人物""少数民族人物写生"等

单人画中，黎小强采用西画中心式构图法并将之发挥到极致。他把人放置到画面的中心，进一步无限放大人的形象，顶天立地，人的头部大多触至画面的上边界，而人的脚部或抵到画面的下边界，或干脆延伸至下边界之外，以此突出人的中心主体地位。其二，多人多画面拼接构图法。在"德峨印象"系列、"秋阳"系列等多人物画面作品中，黎小强以多人多画面拼接式进行构图。他将一幅画切割为三四个狭长的长方形立面，每个立面约一个人形般大小，以高、中、低方位同时排布多个人物形象，一般为3人左右，人物与人物之间通过脸部来区分，其身体轮廓或受限于狭长条的立面而大多未能完整呈现，又或是被前面叠加的人遮盖，形成人与人前后重重叠加、拥挤不堪的视觉效果。当这三四个原本就拥挤不堪的立面再次组合拼接为一幅完整的画面后，整个画面被多个人物填塞得满满当当，人物与人物前后叠加、左右拼接汇聚而成一个巨大的人气场，让观画者迅即感受到了其鲜活劲健的人之气息及滚烫雄浑的生命洪流。

无论是中心式构图还是多画面拼接构图，目的都在于凸显画面中的人之形象。当这些以人之形象为艺术主旨的少数民族人物画悬挂在墙上时，观画者以抬头仰望的姿势观赏这些与真人等高甚至超过真人高度的人物形象，观画者与观赏对象之间便形成了一种不对等的审美关系，观赏对象以庞大的体积压倒性地征服了观画者，从而使观画者对观赏对象自然产生了一种认同与崇敬的情感，全面接受和肯定画面人物形象所传递出来的劲健雄浑、坚韧顽强的民族生命力，并为之敬佩与感动。

以黎小强偏苗族人物画为代表的当代广西少数民族人物画，继承和发展了汉代艺术的古拙美。前文谈到了李泽厚关于汉代艺术古拙美的概括，他进一步指出，汉代古拙美的背后暗含着一股自远古社会沿袭下来的蓬勃生命力。这是因为汉代艺术以楚地屈原《离骚》为文化艺术中心，而楚地位于南中国，其仍残余着原始社会结构形态而未受到北方理性主义的驯化，因此得以保留早期人类征服自然和世界时的旺盛生命力和积极乐观精神。李泽厚关于楚文化古拙美学风格的概括被学界广泛接受，进一步拓展来看，与楚文化共处同一文化板块的百越文化也同样保持了原始的生命力并形成了古拙的艺术美，这是由楚越两地所具有的相似地理位置、气候特点和社会结构所决定的。而广西就位于楚越文化版图最边缘之地。在长期的社会发展中，广西因相对封闭的生存环境和落后的生产力仍继续保有此古老的民族生命力和拙朴的艺术表现方式，尤其以当代广西著名画家柒万里的苗、侗族人物画以及黎小强的德峨偏苗族人物画为代表，这些作品在生拙的形式中传递出一种力透纸背的古朴雄浑美学气韵，延续发展了始自远古承自汉代的古拙美。

黎小强的少数民族人物画作，以探索民族精神为宗旨，对当代广西少数民族人物画创作具有重要的启发意义。当前，广西少数民族人物画创作进入勃发期，独具风情的少数民族地域文化不断吸引着来自全国乃至全世界的画家们的关注。随着画家队伍的不断扩大，广西少数民族人物画创作在健步迈进的同时也出现了某些不好的倾向。对此，当代广西人物画领军人物郑军里曾严厉地批评道："一些画家热衷于奇异服饰道具、原始落后的生活，忽略了山区少数民族那宽广的民族精神与纯净的心灵之美……这些都是将民族题材绘画推向末路的行为。"他进一步指出，"艺术需要时代精神、思想深度和学术高度的精品，而这类精品的产生，往往需要深入到生活的最底层和艰辛的劳动中才能获得，放弃了对深层次内涵的追求，就等于放弃了对创作艺术精品力作的努力"[①]。也就是说，少数民族创作应拒绝猎奇式的创作动机和粗浅媚俗的表面形式，而应把握少数民族内在的民族精神，并用审美性的艺术语言和形象将之表现出来。黎小强的少数民族人物画创作便属于后者。他通过长期的深入调研准确地把握住了以偏苗族乡民为代表的少数民族精神气质，使用个人化的粗粝笔墨语言和饱满构图塑造出朴实、笨拙的少数民族人物形象，由人物之形纵深拓展到人物之神，引领人们揣摩、反思少数民族内在劲健坚韧的精神气质。从这个层面来看，黎小强的少数民族人物创作便具有了非同寻常的意义，他的那些张扬着刚健的少数民族精神气质、散发着迷人艺术魅力的少数民族人物画自然也就进入了时代艺术精品的行列。

---

① 郑军里：《谈广西少数民族题材中国画创作》，见《静动等观》，桂林：广西师范大学出版社2015年版，第44页。

图3　黎小强水墨人物画作品《远歌》，
180cm×98cm，绘于2012年

图4　黎小强水墨人物画作品《德峨印象之一》
180cm×170cm，绘于2012年

图5　黎小强水墨人物画作品《秋日阳光》，200cm×180cm，绘于2014年

个案三：赤子的壮乡行走
——壮族作家冯艺的广西人文地理笔记研究

壮族作家冯艺自 1982 年开始散文诗和散文的创作，发表过大量作品，内容多与广西壮族自治区的地理风貌、历史文化、民俗风情有关，形成广西人文地理笔记系列作品集。这一系列包括《朱红色的沉思》（广西人民出版社 1990 年版）、《逝水流痕》（花城出版社 2002 年版）、《桂海苍茫》（广西人民出版社 2004 年版）、《红土黑衣——一个壮族人的家乡行走》（青岛出版社 2007 年版）等。其中，《朱红色的沉思》《桂海苍茫》分别荣获第四、八届全国少数民族创作"骏马奖"。

冯艺热爱着壮乡的每一寸土地，以手中的笔真诚地抒写着壮民族地区特有的少数民族风情风貌。他坦言："我坚定地要写一部广西人文地理读物。于是，我上路，循着广西的人文，挖掘着广西地理深处的历史。"①　在其广西人文地理笔记中，流露着对故土壮乡的深深眷恋，洋溢着赤子的真挚情怀。曾有评论家称，冯艺的作品"是真正属于广西的人文地理笔记，是有史实、有真诚、有爱、有心灵的感受和精神的穿透，总之是血肉丰盈的渗透着诗性的文化大散文"②。

一、壮乡：赤子的精神指引

每一个人都有家乡。何谓"家乡"？家乡，是赋予人类生命的一方水土。从呱呱坠地那一刻起，人们便无法选择地与自己的出生地（或家族生活地）—— 一个称之为"家乡"的地方牢牢地系在了一起。家乡犹如人身上的一记烙印，与生俱来，伴随着人们的出生、成长，直至生命的终结。只有当人们的精神意识消逝之后，家乡才会随着其肉体的腐朽而慢慢消融在泥土的芬芳中。郁达夫在《还乡后记》中，以一己之口道出了平常百姓对"家乡"的理解："任它草堆也好，破窑也好，你儿时放摇篮的地

① 冯艺：《引子》，见《桂海苍茫》，南宁：广西人民出版社 2005 年版。
② 陈剑晖：《让诗性穿越历史的苍茫——评冯艺的人文地理笔记》，《当代文坛》，2008 年第 5 期。

方，便是你死后最好的葬身之所呀!"① 返乡，也因此成为人们心中永远解不开的情结。尤其对于在外的漂泊者，或处困顿不堪的逆境，或处蒸蒸日上的顺境，在其身后不离不弃支持、鼓舞他们前行的，是"家乡"这一强大而坚实的后盾。在这众多的漂泊者中，曾经因为求学、工作等而远离壮乡的冯艺，也毫不隐讳家乡地理人文风情对其创作的精神指引，他直言："以赤子之心热爱红土地，热爱古老的本土文化，这是我写作和思考的态度。"②

冯艺生于 1955 年，家乡位于广西西部左江流域壮民族地区。早在幼年时期，冯艺便在壮乡的群山环抱中体认了自己作为壮乡"大山儿子"的身份。他回忆说："这是上个世纪 60 年代初期，父亲第一次领着我回到他原原本本的老家—— 一个位于桂西崇山峻岭里的壮族山村。……从那时候起，我彻底知道自己是大山的儿子，知道我的父亲和我此刻就踏在这地球的脊梁上，并从这里出发。"③ 然而，这之后的冯艺，却因为诸多现实的不得已，不断地被推挤着离开壮乡：少年时代，原本幸福的成长环境遭受"文革"的冲击破坏——从事文化工作的父母被关押审查，他因此被迫远走他乡，浪迹遥远的新疆；青年时代，怀着幼时的作家梦想，他先后在天津轻工业学院（1976）、中央民族学院（1979）学习文化知识，并于 1983年大学毕业后回到广西壮族自治区首府南宁的出版社工作。回望其少年、青年期，因为地理空间的相隔、日常烦琐的工作生活事务的牵绊，冯艺似乎淡忘了生养他的壮乡。在这一阶段的创作中，冯艺无论在体裁或题材的选择上都与壮乡无多大关系。正如学者所指出的，冯艺在 1975—1985 年的创作主要以诗歌为主，"多涉足青春题材"，"是一种明澈、纯净、欢乐的抒情心态"。④

借毕业后返回广西工作的契机，冯艺再次踏足家乡壮族山水。在悠悠流淌的左江河水旁、在雄姿挺拔的峰峦叠嶂中、在神秘赭红的花山壁画前、在原始自然的乡野阡陌间、在民风淳朴的父老乡亲里，冯艺重新确认

---

① 郁达夫：《还乡后记》，见《郁达夫选集》（下），北京：人民文学出版社 2004 年版，第35 页。

② 冯艺：《红土黑衣——一个壮族人的家乡行走》，青岛：青岛出版社 2007 年版，第 195 页。

③ 冯艺：《地球的脊梁上篇：山之美》，《南方国土资源》，2005 年第 5 期。

④ 黄伟林根据冯艺本人的自述将其创作划分为三个阶段：1975—1985 年主要从事诗歌创作，多涉足青春题材；1985—1992 年主要从事散文诗创作，多涉足少数民族题材；1992 年至今，主要从事散文创作，多涉足广西历史地理文化。详见黄伟林：《论壮族作家冯艺的文学创作》，《民族文学研究》，2006 年第 3 期。

了"壮乡"作为其生命源泉的意义：

> 左江的土地、山和水的夏日风景，是平凡的，然而却是洁净而清澈的，因为它传递着生命的根本，反映了人心的温暖和善意。它对于曾经行将坠入黑暗深渊、难以对付自己的我来说，不仅是一种拯救，而且直到后来还深深地隐藏在我的内心深处，成为我精神上的指引因素之一。（《桂海苍茫·走进左江朱红色的故事》）

在经历了找回"生命的根本"并把"壮乡"作为自己"精神上的指引因素之一"之后，冯艺的创作出现了两个重大转向：一是题材的转向，从青少年期的欢乐抒情转向青中年期略显凝重的民族关注；二是体裁的转向，从诗歌体转向了被其称为"人文地理笔记"的散文体，开始了广西人文地理笔记的系列写作。

笔者认为，这两个转向的发生是自然合理且互为表里的。首先，外在民族身份的确认激发了内在自我民族意识的觉醒，使冯艺得以以一个知识分子的眼光，重新审视生养他的这片热土以及在这片土地上生活的人们，描绘别样的山水风光、地貌环境，发掘独特的民族气质、民俗风情、历史文化等。其次，正如克莱夫·贝尔所言，艺术中那些"能够感动人的组合和安排"① 都是"有意味的形式"。作品的内容与形式总是相辅相成、辩证统一的，题材内容的转变势必引起体裁形式的改变。在此意义上，冯艺自然而然地选择了体式较为自由的散文体来承载如此厚重的民族历史文化内容，并冠以"人文地理笔记"这一称谓。

作为此概念的最早倡导者，张承志认为，所谓"人文地理"，"就是你习以为常的故乡，你饱尝艰辛的亲人，你对之感情深重的大地山河，你的祖国和世界"②。冯艺的理解也与张承志大体一致，他在回顾自己的创作转向时曾坦言："这时候（指左江寻根之旅，笔者注）我获得的感动，使我后来开辟出一条使自己同自然和人文世界和平连接的道路，那里有寒冷的冬天、瘦瘠的土地、严酷的气候、坚忍不拔地挣扎着活下去的人和树，以及由此产生的庄重的精神、平常的心情、朴实的人情味……"（《桂海苍茫·走进左江朱红色的故事》）由此可见，冯艺的广西人文地理笔记，是

---

① 克莱夫·贝尔著，孙周兴译：《艺术》，见拉曼·赛尔登编，刘象愚、陈永国等译：《文学批评理论——从柏拉图到现在》，北京：北京大学出版社 2003 年版，第 258 页。
② 张承志：《人文地理概念之下的方法论思考》，《天涯》，1998 年第 5 期。

返乡者在壮乡行走的体验感悟，是赤子对母亲的深情诉说，更是生命个体对自我民族的深层解读。循着冯艺的行走脚印，我们得以穿越广西这片少数民族地域中浓密阳光和水汽背后的苍茫，捡拾一块块被时空遗落的文明碎片。

二、走进壮乡红土地：温情与神秘并存

海德格尔在阐释荷尔德林诗歌《返乡——致亲人》时指出，"诗人的天职是返乡"①，"返乡就是返回到本源近旁"②。对冯艺而言，"返乡"具有双重意义。第一重是个体层面的意义。由于冯艺青少年时期就已离开家乡壮民族生活地，长期置身于异族文化语境中，多元文化的不断冲击难免模糊民族身份的界限，进而使其逐渐遗忘个体作为壮民族之子的本真面目。而返乡意味着从地理空间上回到生养他的那一片红土地——熟悉的山川河流、亲切的父老乡亲，所有一切无不在唤醒他深层的自我民族意识，显现长久被遮蔽的生命意义。第二重是民族层面的意义。在多民族共存的文化生态格局中，最理想的模式是每一民族都平等地拥有一席之地。然而，由于现实生活中政治、经济等诸多因素的共同作用，许多民族被排挤到"边缘"的境地，话语权也相应被掩盖或剥夺。作为一位自称"流淌着左江血脉"的壮族作家，冯艺责无旁贷地担当起民族言说者一职，利用手中的笔尽情书写，向世人呈现一个真实的壮民族，一个真实的广西。

肩负着双重的"返乡"使命，冯艺以赤子兼文人的身份行走在壮乡的红土地上，亲历温情和神秘。

（一）撒落在扁担舞与锦绣中的温情

生活在红土地上的壮民族是一个善良的民族，在日出日落、周而复始的劳作中感恩大自然的馈赠；也是一个古老的民族，流传着不计胜数的民间故事、口头传说。冯艺细致地描绘了壮乡人跳扁担舞和织锦绣的画面，在平淡的画面中洋溢着一股满足与幸福的壮乡温情。

扁担舞是壮乡人欢度节日、庆祝丰收的舞蹈，形式简单、质朴。"七八个黑衣黑裙的年轻女子，在井边空地上跳舞，每人手执一根五尺的扁担，有节奏地拍打，敲击肩膀、胳膊、膝盖上端，发出铿锵之声，悦耳动

---

① 海德格尔著，孙周兴译：《荷尔德林诗的阐释》，北京：商务印书馆2000年版，第34页。
② 海德格尔著，孙周兴译：《荷尔德林诗的阐释》，北京：商务印书馆2000年版，第24页。

听，律动感很弱，扁担上镶进 12 组铜钱，每组三枚，敲击时铜钱互相碰撞发声。"① 表演扁担舞，既不需要华丽的舞衣，也不需要喧哗的伴奏配乐，更不需要炫目的舞台，仅着日常的黑衣黑裙就可在井边空地起舞，再配以一根扁担和几枚铜钱作为道具，形式可谓简单到了极致，却传递出劳动人民纯朴的祝愿。扁担是壮乡人必不可缺的劳动、生活工具：春时挑着青油油的秧苗到田头地间播撒希望，秋时挑着黄灿灿的稻谷回粮仓满载丰收；平日也不闲着，从村里的老井挑回一家老小的生命之水、从山外的集市挑回满担的生活必需品。铜钱意味着财富，12 组铜钱寓意一年 12 个月的收成，从开春到隆冬，不落下任何一个日子。扁担 + 铜钱 = 劳作 + 收获，壮乡人用这样一种近乎没有任何创意、不添加任何想象的方式来表达内心企盼风调雨顺、耕耘收获的朴实愿望。在满山野的扁担敲击声中，壮乡人满足地细数全年的收成，期待着再一次播种。

如果说扁担舞以简单的形式寄托了人们纯朴的愿望，那么，锦绣则以五彩的丝线承载了人们幸福的想象。锦绣是壮锦和绣球的统称，二者作为极富特色的壮族文化象征物而被全世界各族人民熟知。在壮乡的红土地上，流传着一个关于壮锦的美丽传说。一位孤苦伶仃的女孩捡得两个鹅蛋，用手掌的温暖孵出一对小鹅。一日，小鹅在塘中游，池塘却在顷刻间塌为深潭，小鹅也不见踪影。原来小鹅乃龙王子投身，时日既到，便化龙归天。女孩也随之腾云而去，并在天上抛下一幅壮锦，覆盖在潭水上。从此，泉水不断，灌溉千顷良田，人们丰衣足食。因为这个美丽的传说，"于是，女孩抛下那壮锦的美丽画卷变成了历代壮族女人虚拟的故乡和幸福追求；于是，每位壮族妇女都希望自己织出一幅如此美丽的壮锦"（《红土黑衣·幸福织在锦绣里》）。壮锦的美丽不仅因为动人的传说，也因为织者高超的织绣技艺。但其实，单就织绣艺术而言，浑圆立体的绣球远比成匹的壮锦要求更高。绣球是青年男女传情定亲的信物，小巧的球面上布满了绵绵密密的针线，这些针线穿联着千丝万缕的柔情与相思，绣出了一生一世的相依，也绣出了一辈子的幸福。

（二）涌动在崖壁画和红水河中的神秘

每一个民族的子民都渴望了解自己的民族之根，冯艺也不例外。他亲历花山崖壁画、红水河等遗留着壮先民神秘气息的地理景观，试图穿越历史的苍茫与先人对话，解答神秘。

---

① 冯艺：《红土黑衣——一个壮族人的家乡行走》，青岛：青岛出版社 2007 年版，序言。

明江流域的悬崖峭壁上，布满着一幅幅用赭红颜料平涂的人物、动物、器物画像，文化人类学家称之为"花山崖壁画"。这些崖壁画不仅蕴藏着壮族先民天真幼稚、浑厚朴拙的审美意蕴，还折射出壮民族对生命的原初认识：

> 生命和繁衍，从古到今都受到人们的关注。……宁明花山的交媾图为两个对站拥抱的侧身人，整个图形比较小。左边一人为男，较高，头有三叉形头饰，下有生殖器。右边一人为女，稍矮，头垂状短辫，腹部隆凸如怀孕状。（《桂海苍茫·走进左江朱红色的故事》）

这里的"生命和繁衍"，已经远远超越了"个体与家庭"的狭小含义，而更宽泛地指向"种族与族群"的范畴。花山崖壁画，也因而被赋予了"原始意象"的意味——一种被荣格定义为"为我们祖先的无数类型的经验提供形式"的意象。"每一个原始意象中都有着人类精神和人类命运的一块碎片，都有着在我们祖先的历史中重复了无数次的快乐和悲哀的一点残余，并且总的来说始终遵循同样的路线。"[1] 因此，当冯艺站立在这些壁画面前，"那惊异，那昏眩，仿佛难以招架这艺术画廊的辐射与冲击"，因为他领悟到他所面对的是一个个"具有无穷震慑力、深浅莫测、五色变幻、镀金镏彩的悠古生命"。这一瞬间，仿佛整个族群的声音穿越历史穿越时空，在其心中回响，使冯艺找到了一条充满神秘气息却得以返回生命最深源泉的道路。

神秘的气息还涌动在被冯艺称为"父亲河"的红水河之中。河流是人类文明的孕育者，几大古文明的形成都与河流有关。流淌在广西北部的红水河，灌溉农田，滋养万物，不仅使壮民族得以繁衍生息，也创造了悠久的壮族文明。同时，河流还是隐秘的存在。另一位广西籍作家林白认为家乡的河流是诡秘的，她曾说："在我的家乡如果要寻找地狱的入口处，一定是那条向北流动的河流……传说这条河就是地狱的入口处，凡是自动走进去的人经过地狱的熔炼会再次返回人间从而获得顺遂心愿的来世。"[2] 而在冯艺看来，生生长流的红水河也犹如一条时间隧道，沟通了当下的自己

① 荣格：《论分析心理学与诗歌的关系》，见朱立元总主编、陆扬主编：《二十世纪西方美学经典文本》（第二卷），上海：复旦大学出版社2000年版，第72页。
② 林白：《随风闪烁》，见《致命的飞翔》，武汉：长江文艺出版社1996年版，第23－24页。

与昔日的先人。逆着长长的时间河流往前回溯，冯艺返回到了公元前的南越（今广东广西一带）时代，那时的红水河不仅是一条生养河岸上人们的母亲河，还是一条搭载着壮民族与外界的经济、文化、军事往来的"通道"：

> 冬时欲归来/高黎贡山雪/秋夏欲归来/无那穹贱热/春时欲归来/囊中络绎绝……这支汉唐时代的民谣，已在《蛮书》里沉寂了一千多年，此时又穿越时间和空间而来，穿越云雾茫茫的原始老林而来……我仿佛见到那些坚韧顽强的商贾，在红水河边古道上引吭悲歌，唱跋涉的艰辛，唱思乡的情结……（《红土黑衣·忘不死的父亲河》）

就是这一条河流的"通道"，使当时这个生产力尚处于较落后状态而被称为"蛮夷"的壮民族，接受了北方民族先进文化的影响，走出了刀耕火种的原始生产模式，获得了更强大的生命力量以推动民族之轮滚滚向前。

三、追寻壮乡历史：与异质文化的融合、抗争

"人文"与"地理"，是贯穿冯艺广西人文地理笔记的两条线索，但这两条线索并非隔海相望的平行线，而是紧紧地交织纠缠在一起。冯艺在《桂海苍茫》的"引子"中谈道："地理不仅仅是自然的风景，而且是一种历史，一种人性和生存的氛围，一种生活和祖先的纪念，一种人景心心相印、休戚相关的情怀。"因此，行走在壮乡广袤土地上的冯艺，在以身体零距离接触壮乡秀美山水的同时，也不忘踏着前人的印迹寻找曾经发生在这片土地上的故事。在追寻中，冯艺发现，现今作为一个多民族聚居地的广西壮族自治区，其身后却是与异质文化不断融合、抗争的漫长历史。在这漫长的历史中，壮民族既经历了与中华大地各民族兄弟的融合，也经历了与外邦异民族的凛然抗争。

（一）壮民族与中华各民族的融合史

根据相关史书记载，战国时期，广西属岭南百越的一部分，生活着勇猛骁战的西瓯部落（壮民族先民）。公元前 214 年，秦始皇派军南征五岭由中原进入南越广西腹地，而"湘桂走廊"正是这一场战争的见证者：

> 越城岭和海洋山之间的狭长谷地，古称"兴安隘"，现称
> "湘桂走廊"。……在两岸几无路径可通的沟壁上，记录了两千多
> 年的历史。……两千多年的历史也意味着人间的兵燹硝烟，你来
> 我往的踩踏与劫掠。（《桂海苍茫·湘桂走廊，风吹古道只见依稀
> 的脚印》）

　　古今中外，战争的发动可能源于某位领袖或某统治阶层的权力意志，但是，战争的后果无一例外地由广大黎民百姓来承担。当秦始皇军队的战马踏着蜿蜒盘旋的湘桂走廊进入南越领地的时候，无论秦军的战士抑或当地的南越族人，双方都开始上演流血丧命、家破人亡的悲剧。无疑，战争严重地破坏了当地人民的生产生活，战争所到之处往往骸骨遍地、荒无人烟、民生凋敝。然而，冯艺却透过战火的硝烟，睿智地洞悉到由北方人民发动的战争对原始封闭的南越民族（壮族先民）的另一重意义："秦始皇统一了岭南地区，完成了统一祖国的宏伟事业。对岭南用兵，给人民带来灾难，但从此岭南越族正式加入了祖国的多民族大家庭，岭南地区成为我国版图不可分割的一部分。"由此，壮民族加入中华民族大家庭中，成为56个民族兄弟中的一员。

　　如果说，自秦始皇战争开始的壮族与汉民族的融合步伐多少带有强迫、被动的意味，那么，在经历了长时间的文化磨合后，壮族人民坦然地接纳了汉民族及由其带来的中原文化，并创造性地将其与本民族文化融合。这当中，最有力的证明当数壮族百姓对朝廷派遣的北方官员的拥护与爱戴。例如，唐代被贬到柳州做刺史的柳宗元，他"兴利除弊，休整州容，发展生产，兴办学校，释放奴婢，深得百姓拥戴。虽然他在柳州执政仅四年就病故于任上，当地居民却哀悼他，在风景优美的罗池建庙纪念，敬香奉祈"（《桂海苍茫·长长柳江水，悠悠柳侯情》）。还有北宋的秦观，他到横州后，"在浮槎馆办义学，收徒授业，惠及一方，并促进中原与边陲文化的交流。还好，横县历代人对秦观'爱之不忘'，于是修建了海棠公园，并在园内建了淮海祠、淮海书院、怀古亭、海棠亭（古人称为'槎亭晚眺'），树秦观塑像，寄托着对词人永久的怀念"（《桂海苍茫·南宁花开遍地，那片海棠早已不在》）。对于善良的壮族百姓而言，自发地在壮民族的土地上为曾经帮助过他们的汉族官员造像修庙、烧香祈拜，这其实是最直接、淳朴，也是最神圣、庄严的纪念方式。

　　在战火纷飞的抗日战争时期，由于祖国内陆东北、华北、华东等地相

继失守，文化界大批进步人士汇集于广西的桂林、贺州等地，临时组建成一支强大的抗日文化队伍，使广西迅速发展为西南大后方的进步文化中心：

> 壮丽的桂林抗战文化在这里激发着无数文人骚客的才情，而来自四方的文人也用不同的文化气质撞击着桂林，最后这里成了一个文化的爆炸点，发出持续不断的回响。（《桂海苍茫·受难的桂林，抗战文化的堡垒》）

此时的壮民族，把自己的生命交付祖国，与国家生死相连。在国难当头的危急时刻，壮乡儿女与全国各族人民一起，忘记了民族与语言的不同，放下了曾经的争吵与隔阂，心手相牵，构筑坚实的文化抗战堡垒，抵御敌人的进攻。可以说，壮丽的桂林抗战文化，不仅仅是特定历史时期各异质文化碰撞的结晶，更是全国各族人们紧密团结的智慧之果。

（二）壮民族与外邦异族的抗争史

在冯艺的眼里，壮民族是一个坚贞不屈的民族。自秦始皇时期融入祖国多民族大家庭之始，壮乡人民就坚定地与祖国站在一起，共同抗击外来者的入侵。外来者的入侵是多方位的，既有精神文化的控制，也有军事武装的占领。面对外邦异族渴望统治中国的赤裸裸的欲望，壮乡儿女开始了可歌可泣的抗争历程。

一方面，拒绝非法传教，挫败传教士利用宗教控制人民思想的阴谋。在谈到宗教的本质时，马克思曾说："宗教是被压迫生灵的叹息，是无情世界的感情。"① 确实，就宗教的产生而言，宗教乃处于黑暗中的苦难人民对于幸福、光明、温暖的渴求。然而，近代的西方国家却将本属于人民的宗教改造成了控制、奴役人民的思想工具，进而达到实现、巩固其统治的目的。尤其在明代初期"西学东渐"后，"自称以传播上帝福音为宗旨的西洋教也开始了'为上帝赢得中国'的行动"。而发生在 1856 年的"西林教案"，就是一起壮族人民联合当地政府成功挫败西洋传教士非法传教的

---

① 马克思：《黑格尔法哲学批判·导言》，见马克思、恩格斯：《马克思恩格斯全集》（第一卷），北京：人民文学出版社 1965 年版，第 453 页。

案件。追忆先辈们的壮举，冯艺感慨万分，"马赖的传教事业被一个化外的荒蛮山区很少受洗礼的县份击败了，被一批可怖之神战败。教会因此而会失望，只有永远地'嘲弄它无法征服的一切'"（《红土黑衣·沉睡的教案》）。

另一方面，驰骋疆场，英勇抗击外来侵略者。在冯艺看来，红水河带有雄性的热血，波涛汹涌，奔腾向前。相似地，壮乡儿女也如父亲河般，具有无畏的英雄气概，深明大义，以国为重，铁骨铮铮，奋勇向前。这当中，首推壮族巾帼英雄——瓦氏夫人。"嘉靖三十三年（1554），倭寇扰乱我国东南沿海，明朝官兵屡屡败绩，江浙人民处于倒悬之中，不得已而招勇敢善战的桂西壮族'俍兵'。……瓦氏夫人率师到达抗倭前线后，横刀立马，身先士卒，披发入阵，屡挫倭寇的嚣张气焰。"（《桂海苍茫·寻找右江河谷"土官妇"瓦氏夫人》）此外，还有年及七十还率兵出征抗击法国入侵者并取得镇南关大捷的冯子材，率黑旗军驻越南抗击法国侵略者的刘永福，以及在中越边境修筑城墙戍边卫国的苏员春等。太多的壮族儿女，为了抗击入侵者，义无反顾地投身战场或边疆，抛头颅、洒热血。他们的英勇，成就了主权与家园的完整。

回望历史，冯艺充满着复杂的感伤情绪，既感慨历史本身的沉重，也忧虑当下历史文化断层的现状。冯艺常常把历史比拟为一位缄默的老人，充满沧桑却被人们遗忘。历史正如老人额头上的皱纹，在深深褶皱中沉积着的都是岁月的痕迹，这些痕迹记录着先民们在这块土地上建造家园、繁衍生息、开创文明、保卫领土的伟大时刻，充满光辉且又弥足珍贵。然而，这些珍贵的历史却长久地被人忽视，以致被淹没在熙熙攘攘的俗世红尘中。带着赤子对壮乡的疼痛与焦灼，冯艺一次次上路，奔向那即将被尘土覆盖的废墟，拾捡起历史的珍宝，一一收入行囊，记在随行的笔记本上。于是，便有了这一系列的广西人文地理笔记作品集。但这并非冯艺行走的终点，因为在通向心灵归宿的漫长旅途中，每一个人都需不停行走，时刻保持"在路上"的状态。我们期待着，经过短暂的休憩之后，冯艺背上行囊，朝着下一个目的地，再次上路！

第十章　地域文艺批评

个案一：守着"鬼门关"的写作
——论广西漆诗歌沙龙

　　"黑亮的封皮，非常醒目的刊名：《漆》，给人的印象十分鲜明深刻。……作者队伍基本囿于北流这个县级市，他们的诗结实，艺术质量整齐，昭示了创办者的自信。在中国地偏人远的不大的地域，一下子冒出好些有才气的诗作者可谓难得，自然引起诗歌界刮目相看。三四年下来，这本'中国诗坛黑皮书'日渐响亮。"① 这是 2004 年诗人杨克对民间诗刊《漆》的一段评价。杨克口中的这本"中国诗坛黑皮书"——《漆》诗刊——实则是民间诗歌团体漆诗歌沙龙主编的一份内部刊物。漆诗歌沙龙成立于 1999 年农历五月初五"诗人节"，其成员基本来自广西北流市。他们怀着对诗歌的热爱聚集到一起，一方面创办自己的诗歌阵地，既编印纸版《漆》诗刊又创建微信版漆诗所，以营造良好的创作氛围；另一方面开诗会，既不定期进行内部小范围的诗艺切磋，漆彩诗人歌奖又积极发起或参加大型诗会广交朋友，如由漆诗歌沙龙发起、被称为"新时期以来广西诗人的第一个诗会"的首届广西青年诗会（2002 年 4 月），"诗意岭南"诗歌赏读晚会以及"新时期改革开放以来召开的专门针对华南诗歌的最大规模的诗歌研讨会"——中国华南青年诗歌研讨会（2005 年 3 月）等。② 经过不懈的努力和长期的坚持，漆诗歌沙龙在文坛经历了最初的引起关注到现今的被接受和被认可，《红豆》《佛山文艺》《芳草》《诗歌月刊》《作品》《南方文学》等都推出过漆诗歌沙龙的作品小辑；《文学报》《诗刊》《星星》《诗歌月刊》《人民日报》《广西日报》等都介绍过漆诗歌沙龙组织的诗歌活动。此外，沙龙成员的诗作也不断在《诗刊》《星星》《诗歌

---

① 杨克：《现场点评》，《佛山文艺》，2004 年第 4 期，第 77 页，
② 庞革平等：《"把脉"华南诗歌文人相聚北流》，《人民日报》，2005 年 4 月 5 日第 4 版。

月刊》《诗选刊》《诗潮》《绿风》等诗歌刊物和《人民文学》《当代》《青年文学》《天涯》《广西文学》等综合性文学刊物上亮相，不少诗歌被收入年度最佳诗歌，如 21 世纪中国文学大系《2004 诗歌》（春风文艺出版社）就收录了《漆》诗刊 2004 年卷里 5 个人的诗歌。他们还出版了《漆五人诗选》等，朱山坡、琬琦的诗歌分别获得《广西文学》《诗刊》"金嗓子青年文学奖"和周庄征文诗歌一等奖，吉小吉、琬琦、陈前总等出版了个人诗集。可以说，现今的漆诗歌沙龙，逐步形成了群体互动式写作的健康创作格局，呈现出团体质量整体与个体风格鲜明的良好发展势头，形成了广西文坛上近年来"令人瞩目的'北流诗歌现象'"①。

以下，笔者将从历史文化背景、成长道路以及创作主旨三方面，对漆诗歌沙龙进行粗浅的论述。

一、历史文化渊源：以"鬼门关"为象征的桂东南巫文化

广西是一个多民族聚居地，其文化也呈现出多元化的形态特征。大体而言，可划分为以红水河为主体沿途辐射桂中桂西的壮文化、受中原文化影响形成的桂林山水文化和以"鬼门关"为象征的桂东南巫文化。作为漆诗歌沙龙生长地、活动地的北流市，地处桂东南中腹，其与玉林市玉州区的交界处，赫然耸立着一道由泥盆纪灰岩嶂林对峙而成、高 170 余米宽 10 余米的天然关谷，此关谷就是名扬天下、拥有"四大名关"之一美誉的"鬼门关"。由此看来，生于斯长于斯的漆诗歌沙龙，脚踏桂东南热土，背靠"鬼门关"，其写作自然浸润着浓厚的桂东南文化气息。

桂东南边缘化的地理位置直接造就了其文化的民间性。一方面，桂东南民间大多以祖先崇拜为信仰，人们相信死后灵魂的存在，认为这些神灵拥有强大的力量并能参与、影响今人的生活。因此，人们崇敬祖先，与其保持着和睦、亲密的关系，不仅供给他们祭品，还把重要的家庭事件告诉他们，以乞求得到他们的保佑和帮助。最能体现桂东南民间祖先崇拜思想的是其独具特色的民间节庆——中元节。中元节又名鬼节，时间是农历的七月十四日。这一节日前后，每家每户都杀鸡宰鸭，以丰盛的食物供祭祖先。甚至，有的人家还吹响用勒鲁叶做成的简易笛子，以此笛音引领故去的祖先回家团圆。另一方面，以"其南尤多瘴疠，去者罕得生还"（《旧唐

---

① 庞革平等：《"北流诗歌现象"令人瞩目》，《人民日报》，2003 年 12 月 1 日。

书·地理志》）而著称的古代关谷——"鬼门关"，成为桂东南民间巫文化的象征。"鬼门关"又称天门关，在《辞海》（1999 年缩印本）中有相关的描述：鬼门关，古关名。在今广西北流市西南，界于北流、玉林两市间，双峰对峙，中成关门。古代为通往钦、廉、雷（今广东雷州半岛）、琼（海南岛）和交趾（今越南中北部）的交通冲要。在古代，因其"交通冲要"的特殊地理位置，"鬼门关"成为朝廷流放、贬谪官员至南海、岭南一带的必经关口。由于北方、中原官员对南方温暖潮湿气候的不适应，大多不幸染病身亡。对他们而言，"鬼门关"以南就是百草丛生、瘴气弥漫、人烟稀少的南蛮之地，跨进了"鬼门关"就相当于跨进了阴森可怕的阴界，生者难以复还。唐名相杨炎过"鬼门关"时吟了"一去一万里，千之千不还。崖州在何处，生度鬼门关"。其他少数被贬官员得到赦免并幸存归还北方者，在重过"鬼门关"时，也都表现出了一种"脱离苦海，返回人间"的欣喜。如宋代文学家苏东坡在赦免返乡途中，曾以"养奋应知天理数，鬼门出后即为人"的诗句来纪念自己重渡"鬼门关"喜获新生的人生际遇。可以说，在当时人们的眼中，"鬼门关"俨然就是生与死的边缘，是阴阳两界的划分线。时至今日，人们的意识里还对"鬼门关"存留着神秘、恐惧的印象。北流籍作家林白在其自传体小说《一个人的战争》中借主人公之口说道："出生在鬼门关的女孩，与生俱来就有许多关于鬼的奇思异想……关于鬼魂的传说还来自一条河，这条流经 B 镇（指北流，北流这一地名的由来，与向北流淌的圭江联系密切。笔者注）的河有一个古怪的名字，叫'圭'。在这个瞬间我突然想到，'圭'与'鬼'同音……圭河在别的县份不叫圭河，而且一直向东流得很顺利，到了 B 镇却突然拐弯向北流，过了 B 镇再拐回去，这真是一件只有鬼才知道的事情。"由此看来，经过历代文人骚客们的层层描述渲染，"鬼门关"被赋予了厚实的生死象征意味，在一定程度上折射出桂东南民间文化的神灵鬼怪色彩。它的存在，已不仅仅是一个地理层面意义的关谷，而是承载了厚重的历史文化意蕴，成为桂东南文化一个最具标志性的象征符号。

精神层面的祖先崇拜信仰和物质实体层面的"鬼门关"象征符号，两者相互作用、相互构筑，共同构建了桂东南颇具原生态色彩的巫文化。桂东南巫文化以"鬼门关"为象征，因其所处的远离中心边缘化的地理位置，避免了主流意识形态、中心话语的影响和制约，而得以与先民的原始文化一脉相承，秉承着先民原初的生命活力和对日常生活的亲切观照，蕴含着自然天真、浑厚朴拙的美学意蕴，张扬着一种自由的生命精神。在桂东南热土上孕育、成长起来的漆诗歌沙龙，深深地根植于淳朴深厚的本土文化之中，传承了祖先留下的优良文化传统，其写作专注于日常化的生活图景，追求自然、朴实的表达，在平实的话语中暗含着哲理性的思考，流动着一股朝气蓬勃、富有创造力的生命气息。

二、自觉的苏醒："鬼门关"作家群的命名

桂东南民间一直延传着虽然薄弱，但从未间断过的吟唱诗歌传统。从最古老的傩戏，至采茶调、粤曲，到如今流传广泛且愈唱愈响的山歌，无不清晰地显现并印证了这一优良的民间吟唱诗歌传统。吟唱诗歌由普通口语发展而来，通过音调的变化以吟诵抑扬顿挫的句子来表现主体的情感，最终发展为旋律性的歌唱，是名副其实的"且诗且歌"。作为桂东南文化体系中的一门具体的艺术种类，吟唱诗歌具有体系的整体美学风貌，自然、朴素、本真、质朴。具体而言，从内容上看，吟唱诗歌多取材于平民百姓的日常生活，既如实地记载了人们的社会生活又真切地抒发了人们的感悟情思；从传播渠道上看，它们以口口相传为主并辅以有限的现代传媒工具；从存在方式上看，它们分散各地自我生长，没有宏观的统一组织。显然，原始、简陋的传播方式直接影响了吟唱诗歌的流传，使其仅能零散地隐藏于民间；而此种隐性的存在方式又进一步阻碍了其发展，不知不觉中，流传了几千年的吟唱诗歌陷入了日渐衰败的巨大危机之中。于是，在新的历史时期，如何既保持内在文化精髓又改进传播渠道、存在方式，成为古老的吟唱诗歌亟待解决的问题。

漆诗歌沙龙的写作顺应了时代对吟唱诗歌提出的要求。首先，就外在来看，漆诗歌沙龙自建立之始就具备了一切能够促进吟唱诗歌发展的有利因素：在传播渠道上，他们有效地结合传统文字传媒和最新电子传媒，积极推动诗歌以最快速度、最大范围传播；在存在方式上，共同的对诗歌的热爱使他们自发地聚到一起，组建诗歌沙龙，寻求个人的发展。其次，就内在来看，漆诗歌沙龙不仅继承了桂东南文化的内在精神气质，而且将过去与当下相结合，成功实现了古老文化的现代转换。在此现代转化中，处于首要位置的便是对"鬼门关"这一原始意象的自觉复苏。

"鬼门关"，是一个神秘的存在。作为一个虚幻的象征符号，"鬼门关"沉积着诸多神灵鬼怪传说，代表着彼岸世界，是人死后灵魂的栖息地。而作为一个现实生活中的关谷，"鬼门关"是人们看得见、摸得着的有形实体，但它似乎又以现实的存在印证着其虚幻的象征意义。在虚幻与现实的

相互构筑下，"鬼门关"犹如一个接口，联结着生和死，联结着人们的现在与过去。虚幻与现实的双重特征，最终确立了"鬼门关"在桂东南文化中作为一个原始意象的意义和地位。"原始意象"是原型批评的一个核心术语，又称"种族记忆"，指的是"并非由个人获得而是由遗传所保留下来的普遍性精神机能，即由遗传的脑结构所产生的内容。这些就是各种神话般的联想——那些不用历史的传说或迁移就能够在每一个时代和地方重新发生的动机和意象"①。也就是说，作为人们生来就有的产物，原始意象不产生于后天个人经验，而源自人类自原始社会以来世代积累的心理经验。更进一步说，原始意象实际上是人类继承下来并使现代人和祖先相联系的种族记忆。然而，在物质时代的种种诱惑下，现代的人们大多遗忘了与祖先的种族联系，从而主动遮蔽了通往生命本源的大门。在此层面上看，对原始意象的自觉复苏的意义变得尤为重要：只有复苏与祖先相联系的原始意象，才能打开历史岁月尘封的大门，通达祖先的生命地，最终找到人赖以立足于世的根基。因此，对"鬼门关"这一原始意象的自觉复苏，实质就是漆诗歌沙龙对本土文化主动继承并发扬光大的过程。而随着"鬼门关"原始意象的逐步复苏，漆诗歌沙龙也完成了写作动机上从无意为之到有意为之的过渡，最终蜕变成超越自身回到生命本源的自觉写作。

漆诗歌沙龙对"鬼门关"的复苏经历了萌芽和全面苏醒这两个阶段：

阶段一：诗歌文本中对"鬼门关"意象的构筑显现了苏醒的萌芽。

如果仔细阅读漆诗歌沙龙的诗歌，我们不难发现，几乎每位成员都有一首或多首关于"鬼门关"的诗。"鬼门关"如此大范围且不断重复地出现在漆诗歌沙龙的诗歌文本中，绝非简单、巧合的现象，而是他们精心谋划的结果，或者说是他们为接近并最终植入自我本源的传统文化所采取的一种策略。漆诗歌沙龙曾对自我本源进行过认真的思考和反省，他们认为他们"是属于第三世界的———一种漆与'鬼门关'以及诗歌纠缠在一起的世界。在这个世界里，'鬼门关'是我们灵魂起居的地方，漆是维系子民感情的钥匙，诗歌是我们的情人"②。从这个意义上说，每一次关于"鬼门关"的写作，都是诗人自觉思索、发掘传统文化的过程。随着"鬼门关"意象在诗歌文本中的不断构筑以及此类诗歌的不断问世，诗人们一次又一次地返回自身寻找内心深处熟悉而陌生的东西。说它熟悉，是因为这是人人共同拥有的经验感受，诸如人生教训、情感悲欢离合等；说它陌生，是

---

① 朱立元主编：《当代西方文艺理论》，上海：华东师范大学出版社2001年版，第167页。

② 陈前总：《漆与鬼门关及诗歌》，《漆》，2005年第8期，第44页。

因为这些经验感受仅有一小部分源自个人的经历,而绝大部分是个人从未经历过却得以神秘地沉淀在个人内心深处的东西。这种熟悉而陌生的东西,实质就是超越了个人意识的深层集体无意识,是人类在自原始社会以来的历史进程中积累的集体经验。当诗人返回自身真实地表达内心的声音时,他已不仅仅是作为个人在抒发自我狭隘的个人情感,而是作为人类的灵魂在对全人类说话。此时的诗人,"忘记了自己作为个人的存在,使自己从喧嚣的现实世界中退却出来,使自己沉浸在一片宁静的冥思之中,而以整个心灵纳受灵魂深处唤醒的集体性质的审美意象,以活泼的直觉指向那些未知的隐藏的事物,感领到一种前所未有深不可测的人类情感体验,聆听一种神秘的声音,并进而认清现代人无家可归的精神灾难,重返故里、重返童贞、重返自己的精神家园"①。正是在这个意义上,随着"鬼门关"意象在诗歌文本中的不断被构筑,漆诗歌沙龙超越自身回到生命本源的写作也逐渐走向明朗化、自觉化。

大体而言,可将此关于"鬼门关"的诗歌划分为两种类型:

1. 借"鬼门关"进行文化之根、自我之根的深刻反思

如陈前总的《鬼门关的月亮》:

> 那些黑暗中闪亮的事物
> 仿佛我的眼睛簇拥着我
> 我看见大地伸出无数的触须
> 鬼门关路上,那些来来往往的车辆
> 它们,都是我无意中淌下的泪水
> 它们像风一样挤进我的眼眶
> 让我夜夜不得息
> 鬼门关的月亮,我已将你出借几百年
> 今夜开始,我要你首先属于我
> 希望你不再是个蹩脚的医生
> 我要你将我梦中所有的爱人和情人
> 一一摇醒,和我鬼门论诗
> 我要将那些不写诗的统统赶出关外
> 我要那些正朝关内走来的

---

① 胡经之、王岳川主编:《文艺学美学方法论》,北京:北京大学出版社1994年版,第25 - 126页。

>不会作诗至少也会吟
>我要让诗歌成为鬼门关子民
>日夜狂欢的语言
>自此，鬼门关
>鬼不哭
>狼不嚎

诗歌中的"鬼门关"，既不是诗人亲眼所见遗留的记忆表象，也不是诗人虽未亲眼所见但借助别人描述所形成的心中画面，而是作为一个原始意象、一个联结人们现在与过去的大门呈现着。"鬼门关"路上来往的车辆，实际是来往于"活在当下的现在"与"已经消逝的过去"的车辆，是穿梭时空的时光机器。借助这种特殊车辆，诗人自如往来历史间，看到先人诗意般地生活着，虽物质匮乏但精神充盈，还看到了今人颓废般地堕落着，虽物质充足但精神空虚，人性的诗意光辉和本真面目完全被异化的社会遮蔽。巨大的反差，使诗人对自己生活的这个时代和社会痛心疾首，悲从心来，"它们像风一样挤进我的眼眶"，使我流泪，使我难受，"让我夜夜不得息"。痛定思痛，短暂的悲愤过后是深刻的反思，以及随之而来的觉醒："鬼门关的月亮，我已将你出借几百年/今夜开始，我要你首先属于我"。大声地宣言，来势汹汹，表露了诗人无畏地返回过去的决心。此返回，不是人类历史的倒退，而是人的精神的回归，回归人之本真存在，回归先人"天人合一"的和谐境界，诗意地栖居在劳作的大地上，悠然自得。因此，诗人在"鬼门关"上张榜公告："我要将那些不写诗的统统赶出关外/我要那些正朝关内走来的/不会作诗至少也会吟/我要让诗歌成为鬼门关子民/日夜狂欢的语言"。这里的"诗"具有双重含义，既指漆诗歌的写作，又暗喻诗意的生活。无论诗意的生活或是诗歌的写作，都无一例外地直指生命本源。获得了生命意义的"鬼门关"，自然"鬼不哭/狼不嚎"。

2. 以"鬼门关"为线索直接书写当下的生活

如朱山坡的《生在鬼门关》：

>过了鬼门关
>就是一个叫北流的县城
>我生在这里
>在鬼门关穿来穿去
>像在时光隧道中进进出出

因此也似乎忽生忽死　忽梦忽醒

我爱我的家乡
我的家乡有一水朝北
在离北京还很远的地方折流南去
还有一座望夫山
山上的女人已成石头
依然多愁善感
我不敢离家远游
害怕有女人为我伤悲成石
便安贫乐道地在城里写诗
因此我的朋友遍天下
阴风怒号的日子
我都在鬼门关口
焦虑地等待远方的客人

我的父母兄弟都在这里
我还有一伙诗朋酒友
鬼门关是我的一盏杯
我的酒来自五湖四海
越喝江水越长
越喝望夫的女人越伤悲
然而我看到了云卷云舒
和辽阔的长空　浩瀚的苍海

我生在鬼门关
我数日子不用年月
鬼门关
过了一次算一次

"鬼门关"与"我"是贯穿整首诗歌的两个关键词。此诗的"我"与"鬼门关"是两个具有同等本源意义的存在，是自成系统的独立体。然而，"过了鬼门关/就是一个叫北流的县城/我生在这里"。于是，在"我生在鬼门关"这一事实关系的联结下，"我"与"鬼门关"从原来的相互独立变成了现在的相互连接，甚至相互拥有。在此相互拥有中，"我"与"鬼门关"进行着对等的置换。一方面，"鬼门关"是我当下的生活。最初，"我""安贫乐道地在城里写诗"；后来，因为诗歌的缘分而"朋友遍天下"；再后来，缘分沉淀成了友谊，情谊深了便互相走动，于是"我都在鬼门关口/焦虑地等待远方的客人"。这一系列事件，构成了"我"当下生活的全部内容。其中，"鬼门关"与"我"，始终是结集成一体的。"鬼门关"给予"我"的是一种边缘性的生活。"我生在鬼门关""害怕有女人为我伤悲为我石""我的父母兄弟都在这里"，三重原因促使我选择"鬼门关"作为"我"生活的中心地，"安贫乐道地在城里写诗"。然而，在"鬼门关"文化土壤上诞生的诗歌，却产生了超地域性的影响，使"我"结交了遍天下的诗友，"我还有一伙诗朋酒友/鬼门关是我的一盏杯/我的酒来自五湖四海"。生活的地域性与诗歌的超地域性，"鬼门关"就这样成为我当下的生活。另一方面，"我"富有活力、创造性的当下生活为"鬼门关"注入了新的活力，"鬼门关"古老的生命因我而复苏。"然而我看到了云卷云舒/和辽阔的长空　浩瀚的苍海"，这"云卷云舒""辽阔的长空""浩瀚的苍海"，正是"鬼门关"复苏的生命迹象。"鬼门关"就是"我"，"我"就是"鬼门关"。"我"当下生活的内容、价值和意义，全部来自"鬼门关"！

此外，在以诗歌文本的形式构筑"鬼门关"意象的同时，漆诗歌沙龙还以实际行为走近"鬼门关"，感受"鬼门关"，体验"鬼门关"。在2004年"五一黄金周"期间，漆诗歌沙龙举行了名为"夜拍鬼门（关）"的户外露营诗会。是夜，沙龙成员齐聚"鬼门关"，顶着纯净的夜空，迎着跳动的篝火，谈诗、写诗、诵诗，再谈诗、写诗、诵诗，彻夜无眠。如果将诗歌中的"鬼门关"意象称为"文本的构筑"，那么此次"夜拍鬼门（关）"的诗会，则是漆诗歌沙龙以行为艺术方式对"鬼门关"的一次亲密接触。无论是文本的构筑还是行为艺术方式，都可视为漆诗歌沙龙对"鬼门关"这一原始意象复苏的自觉努力。

阶段二："鬼门关作家群"① 的命名成为全面苏醒的标志。

自成立的第一天起，漆诗歌沙龙就开始了回归本土文化的朝圣之旅。随着"鬼门关"意象的不断被书写和被呈现，漆诗歌沙龙逐渐走近了自我文化之根，并越来越清晰地识别了这一根基的真面目，即"鬼门关"原始

---

① "鬼门关"又称天门关，因此2005年8月8—10日由玉林市委宣传部、广西作家协会、《南方文坛》杂志社、玉林市文联共同主办的研讨会采用"天门关作家群"的说法，但笔者认为"鬼门关作家群"更切合该作家群的写作，故文中统称"鬼门关作家群"。

意象。如果将其对"鬼门关"意象的文本构筑称为苏醒的前奏，那么，"鬼门关作家群"的命名则是漆诗歌沙龙全面苏醒的标志。

首先，"鬼门关作家群"这一称号是建立在淳朴深厚的本土文化之上的。"鬼门关"，不仅是一个拥有着古老生命的现代关谷，更是一个积淀着深厚历史文化内涵的象征符号，是桂东南文化的核心所在。"鬼门关作家群"这一称号的提出，是作家本土文化意识的觉醒，是作家对优良文化传统的主动继承和积极展现。

其次，"鬼门关作家群"称号的形成，是一个循序渐进的过程，是一个由量变到质变的飞跃。在"鬼门关作家群"称号最终成形之前，作家们做了大量的准备工作。他们使用包括文本写作、现实体验等在内的多种方式发掘"鬼门关"历史文化意蕴，以进入本土文化的最深处。随着"鬼门关"历史文化内涵由浅到深的不断挖掘，作家逐渐澄清了久被遮蔽的本土文化真面目，完成了自我文化之根的觉醒。

最后，"鬼门关作家群"的命名是民间努力、官方促成的结果。作为一个民间团体，漆诗歌沙龙的写作开始时带有强烈的自发性特征，是无意为之的举动。然而，经过长期的坚持和积极的探索，原本无意为之的写作开始触动掩藏深处的本土意识，并刺激其由弱到强慢慢苏醒。当本土意识完全占据作家的心灵之后，其写作也就成了有意为之的自觉写作，在此状态下创作的作品自然也就具有了强烈的本土特征。大量成熟的本土作品的出现，显示了本土文化复苏的迹象。此民间文化现象引起了富有远见的相关文化部门的注意，并最终促成了"鬼门关作家群"研讨会的成功召开。"鬼门关作家群"研讨会，是一次官方与民间的对话，是相关文化部门对本土作家创作的定位与规划。当然，此定位与规划建立在尊重民间文化、鼓励本土写作的基础上，因而也就避免了意识形态对民间话语权的剥夺。此次研讨会的主题，在于以"鬼门关作家群"这一称号来命名玉林作家群。正如有报道所称："'天门关作者群'（"天门关作家群"即"鬼门关作家群"，笔者注）的命名，表明了玉林作家群体意识的觉醒。它传达出的信息，是否可以被这样解读——有决策力的部门和领导对文化建设进行富有卓识与远见的规划，和本土作家们对自身地域性文化底蕴的挖掘与展现。"① 相信这一命名将会促成包括漆诗歌沙龙在内的玉林作家本土文化意识的全面觉醒，也会促进桂东南本土文化朝着健康的方向迅猛发展。

____

① 蒋锦璐：《从天门关出发——"天门关"作家群研讨会侧记》，《广西日报》，2005年8月22日。

三、写作宣言：为生活而歌

无论《漆》诗刊或漆诗歌沙龙网页，都有这样一段文字出现在最显著的位置，格外引人注目——"在我们的目光中/漆即是诗/我们无法为生活镀金/但可以给生活上漆"。这是漆诗歌沙龙的写作宣言，当中包含两层意思：

1. 诗歌与漆

漆诗歌沙龙把沙龙命名为"漆"，这其中有着深刻的寓意。《现代汉语词典》（第7版）对"漆"的解释主要是：①黏液状涂料的统称。涂在物体表面、干燥后形成坚韧的薄膜，有保护和装饰作用。分为天然漆和人造漆两种。②把涂料涂在器物上。① 显然，"漆"这一字词具有双重词性：动词和名词。相应地，漆诗歌沙龙的"漆"也蕴含着双重寓意。

首先，诗歌是一棵向上的漆树。正如漆诗歌沙龙所宣称的，"在我们的目光中/漆即是诗"，"假如诗歌是一棵树，我愿意她是一棵漆树"。② 漆树最突出的特征是高耸而笔直，漆诗歌沙龙的命名与漆树的特征有直接关联。对于漆诗歌沙龙而言，诗歌的本性也如漆树的本性般是向上的、健康的。诗歌是生活中真、善、美的化身，它能够净化人们的心灵，从而使人们由衷地热爱生活并继续以发现的眼光寻求生活中的真、善、美。此外，漆诗歌沙龙还以"向上"作为自勉，积极写作，"漆只有十几号人马，他们都把自己当做一棵树，尽可能地吸收更多的阳光、雨露，希望能够在大森林里占有一席之地"③。凭借"向上"的积极进取精神和不懈的努力，漆诗歌沙龙逐渐跨越了地域性小团体的局限，向中国诗坛发出了自己的声音，虽然这声音带着稚嫩和鲁莽，却是真诚和渴求进步的。

其次，诗歌是对生活的诗意描写。漆诗歌沙龙认为，"我们的生活不是没有光彩，而是缺乏一种'漆'——诗歌的光泽"④，因而需要"给生活上漆"。他们甚至坦言，"对于很多人来说，也许我们的生活什么都不缺乏，缺乏的是一种激情。现实中我们不能有情人，我们只能把诗歌作为自

---

① 中国社会科学院语言研究所词典编辑室编：《现代汉语词典》（第7版），北京：商务印书馆2016年版，第1022页。

② 伍迁：《"漆"的开场白》，《漆》，1999年创刊号，第1页。

③ 伍迁：《"漆"的开场白》，《红豆》，2003年第4期，第54页。

④ 伍迁：《"漆"的开场白》，《漆》，1999年创刊号，第1页。

己的情人……在我看来，诗歌这个情人既是形于外的，又是形于内的，她让我由外及内深味并感谢着生活的满足——活着真好"①。

　　当然，漆的寓意绝非仅于此，例如诗人谭旭东就把漆视为诗人刷新自我、刷新当下诗歌的刷新意识，而学者王晓生则把漆当作一种光彩，一种对自己的期盼。② 这种种解释，都仅仅是漆存在的若干可能性中的一小部分。可以说，漆的存在是开放性的，她的意义也是自由且丰富的。与漆的自由存在相呼应的，是漆诗歌沙龙关于"诗歌的最大进步就是自由"的诗学观。他们认为，诗歌是自由的，既是诗歌灵魂的自由，也是诗歌形式的自由。"自由不拒绝日常生活，不拒绝平庸琐碎，也不拒绝伟大崇高；自由不拒绝历史去劣存优的传统，更不拒绝时代的进步！ 自由就是让诗歌回到诗歌本身。"③ 在此诗学观的指导下，漆诗歌沙龙营造出一个自由、民主、活跃的写作氛围。他们没有诗歌手法、技巧方面的严格规范，而是根据个人的具体情感变化来选择诗歌内在和外在的表现形式；他们更没有诗歌内容方面的统一规定，而是让内心想要表达的东西得以淋漓尽致地表达出来。因此，无论表现手法、描写内容还是情感基调等方面，漆诗歌都呈现出了多样性、丰富性的特征。也正是这种孕育着无限可能的丰富性，推动着漆诗歌不断向前发展，成为漆诗歌生命的原动力。

　　2. 回到生活的本真写作

　　在其写作宣言中，漆诗歌沙龙真挚地写道："我们无法为生活镀金/但可以给生活上漆。"确实，作为沙龙的生长地和主要活动地的北流市，地处南疆边陲，是一个远离中心的边缘地域。相比处于中心地位的北京、上海等城市，北流市在政治或经济方面都略显单薄。巨大的地域差别使漆诗歌沙龙既无法掌握政治话语的主动权也无法把握经济的主动脉。然而，政治、经济的相对贫瘠并未带来思想、文化的荒芜。他们以自己的方式关注自我内心世界，关注生活的这片热土，并以诗歌作为手段记录下对生活的点滴感悟。可以说，漆诗歌沙龙所处的边缘化地位犹如一把双刃剑，尽管存在着某些先天的缺陷但也因此避免了后天的影响而得以保持着本真的面目。

　　漆诗歌沙龙的写作是本真的，他们认为对日常生活的观照既不能采取主流意识形态化的视角，也不能采用知识分子精英式的眼光，而应该是去

---

① 陈前总：《漆与鬼门关及诗歌》，《漆》，2005 年第 8 期，第 44 页。
② 谭五昌：《广西诗歌现状四人谈》，《广西文学》，2003 年第 1 期，第 86 页。
③ 吉小吉：《诗歌的最大进步就是自由》，《漆》，2005 年第 8 期，第 48 页。

除遮蔽的真实书写。他们提出"诗歌要回到生活的本真，回到生活的原生态，呈现本身的生活，不贬低也不美化"①。这一表述实际上指出了写作是以日常生活，而且是以看似琐碎、平庸的日常生活作为描写对象的。漆诗歌沙龙借此抨击了当前对于诗歌的种种责难，这些责难包括当下诗人对重大题材关注不够、诗歌创作走向琐碎和平庸、个人情调泛滥等。他们赞同诗人梁小斌关于"贴近时代首先要贴近平庸、贴近琐碎，诗是从平庸开始的"的看法，拒绝使诗歌承担过多的社会功能和教化作用，提倡遮蔽作者主体性的零度写作，在一种白描式的叙写中展示日常化的生活图景。如陈琦的《少女们总是在夜晚出来到街上走走》，整首诗歌共有27行诗句，全部围绕少女在街上漫无目的地走动而展开。初读此诗，或许会有语言拖沓、构体散漫、诗歌主旨不明确等的批评和责问。然而，生活的本身，不就是这个样子吗？我们不就是在忙忙碌碌、平平淡淡之中真实地度过每一天吗？显然，陈琦是借用了诗歌形式上的烦琐、拖沓来寓意生活琐碎、平庸的本质。② 此外，还必须指出的是，漆诗歌沙龙提倡对生活的真实书写，并非主张诗人在文本中呈现随意截取的生活画面，而是要求诗人对生活经历有一个沉淀提炼的过程，即诗人将日常化的生活沉淀至内心，与个人情感、经验相结合，并以文字真实记录下此暗含个人经验的生活图景，以达到人们在阅读时得以透过质朴的语言、平淡的生活意象而直指诗人内心深处的目的。

在"在我们的目光中/漆即是诗/我们无法为生活镀金/但可以给生活上漆"的写作宣言下，二十多位虔诚的诗歌热爱者齐聚一堂，张扬个性，自由写作，在漆诗歌沙龙宽容、温暖的大集体中寻求个人的最大发展。他们当中，不仅有20世纪60年代出生的，如陈琦、梁践、李中华（马路）、党武平等；也有70年代出生的，如朱山坡、吉小吉（虫儿）、谢夷珊（天鸟）、梁晓阳、高作余、湖南锈才、伍迁、李京东、周承强、琬琦、刘军海、李一鱼、叶军、燕子等；更有80年代出生的，如方为、陈前总、安乔子、陈振波、江玉郎、普缘阁、覃琼燕等。可以说，漆诗歌沙龙具备了阵容整齐的"诗歌梯队"，促成了新老结合、齐头并进的良好发展势头。这其中，陈琦、朱山坡、伍迁、吉小吉（虫儿）、谢夷珊（天鸟）五人谓为"漆五君子"。"漆五君子"的年龄介于三十到四十岁之间，从事写作已有

---

① 伍迁：《伍迁诗观》，《漆》，2004年第7期，第26页。

② 关于陈琦的诗歌《少女们总是在夜晚出来到街上走走》的评论，详见漆工：《漆五君子：几个臭东西》，《漆》，2004年第7期，第33页。

多年，具备了相对丰富的生活阅历和成熟的个人写作风格，是沙龙的核心成员。对于他们各自的特点，诗评家谭五昌曾做过如下评价："陈琦和朱山坡基本上属于'口语写作'和'经验写作'的诗人，但陈琦整体上追求平实、含蓄而深沉的艺术效果，作品通常具有一种温婉的讽刺力量；而朱山坡对待诗歌语言则持后现代主义式的开放态度，作品洋溢出尖锐而真实的力量……虫儿从日常生活场景中扑捉诗意的能力颇为出色，而且虫儿的作品常有一种深沉的人文关怀为其可贵'底色'；伍迁则追求日常生活场景的'客观化'呈现，以此使其文本获得开阔的阐释空间。谢夷珊的艺术趣味相对古典，但他的作品以其纯粹、开阔而大气的抒情而极富艺术感染效果。"① 总体而言，谭五昌的这些评价是中肯且客观的。除了"漆五君子"，漆诗歌沙龙还有一个由方为、琬琦和陈前总三人组成的"漆三角"。"漆三角"的成员都很年轻，除了琬琦是 20 世纪 70 年代末出生的，方为和陈前总都是"80 年代下的蛋"。他们年轻，小荷才露尖尖角，但已初步具备了招引"蜻蜓"的能力，他们的诗作相继在《诗刊》《星星》《诗选刊》《诗歌月刊》等刊物上发表就是他们能力的最好证明，琬琦、陈前总分别出版了诗集《远处的波浪》《河流上的事情》。由于年龄的优势，他们还有巨大的潜力尚待挖掘，他们在诗歌道路上有"发展着的无限可能"②。此外，漆诗歌沙龙还包括了极具男子汉气概的梁践、富于理性的军旅诗人周承强等，限于篇幅，不一一展开叙述。

当然，漆诗歌沙龙的写作还存在着许多不足，例如，从整体上说，他们的文学功底相对薄弱，尤其理论积淀更显浅薄；缺乏以厚实诗学基础作为支撑的写作，其诗往往仅限于感性的个人书写而显得后劲不足，这对漆诗歌沙龙今后的发展尤为不利。可以说，提高诗学修养是漆诗歌沙龙目前最亟待解决的问题。

虽然漆诗歌沙龙目前尚存在着诸多日后需要改进和超越的局限，但这并不影响我们对他们的关注。他们肩掮本土文化的大旗、脚踏桂东南文化热土、贴近日常生活的写作，为我们如何认识自我本源、文学本源提供了有价值的启示和参照。正如李敬泽所言，漆诗歌写作是构筑在"鬼门关"之上的写作，是一种偏远的地方写作。此写作以偏远的角度观照人性，从偏远的路径出发，去接近那种庞大的、浩瀚的人性和生活。而对于作家观察世界表达世界来说，需要的正是这样一种偏僻的眼光和偏僻的表达。在

---

① 谭五昌：《总序·漆五人诗选》，北京：光明日报出版社 2003 年版，第 4—5 页。
② 黄土皮：《漆三角：发展着的无限可能》，《漆》，2004 年第 7 期，第 120 页。

此偏远写作中，诗人从个人出发，最终达到无个人的目的，达到用来表现这个世界、最偏僻而又最富有生命力的独特路径和独特形式。此外，李敬泽还以嘉许的语气鼓励道："我们天门关作家群，是在这偏远的地方望着大处，向着更远的终点。这始终是你们的优势。"① 愿漆诗歌沙龙在这鼓励声中越走越远，越走越好！

个案二：生命中不能承受之轻
——论朱山坡小说中的乡土世界

在我国当代文坛，由写诗转向写小说而取得成功的作家不少，如林白、韩东、海男等，被《文学报》列为"2005 年文坛新面孔"② 的朱山坡也算一个。从 2005 年开始，本来诗写得虎虎生威的朱山坡却迅猛地闯进了小说领域，并迅速取得了自己的领地：2005 年第 6 期的《花城》杂志的"花城出发"栏目隆重推出了他的中篇小说《我的叔叔于力》和短篇小说《两个棺材匠》，同时配发了上海《东方早报》对他的访谈和他的创作谈，2006 年第 2 期（上半月刊）的《青年文学》也在"新人展"栏目推出其短篇小说《山东马》，中篇小说《跟范宏大告别》入选漓江出版社"年度最佳系列"《2007 年中国年度最佳中篇小说》；此外，还有分别发表在《作品》《小说界》《江南》《钟山》《山花》刊物上的《多年前的一起谋杀》《米河水面挂灯笼》《感谢何其大》《大喊一声》和《空中的眼睛》等几个中篇小说及其他刊物发表的一些短篇小说。因其小说在全国各大刊物的频频亮相和被转载，引起了文坛的关注，朱山坡被著名评论家张燕玲称为"广西文坛的黑马"。

一、游走在粤桂边城的乡村叙事

在文学的想象世界中，福克纳以约克纳帕塔法县为中心对美国南方生活图景的细致描摹，马尔克斯对马贡多小镇的魔幻叙述，鲁迅对乡土中国的现实批判，以及沈从文对湘西田园的浪漫回眸，都无一例外地表明了

---

① 李敬泽：《在偏远的地方望着大处》，《玉林日报》，2005 年 8 月 31 日。
② 《2005 年文坛"新面孔"》，《文学报》，2005 年 12 月 22 日。

"乡土"这一母题在文学领域中的重要地位。作为农民儿子的青年作家朱山坡，尽管户口已完成"农转非"的转变，并且至今还供职于政府机关，为维持城市的正常运转而工作，但他丝毫不掩饰对生其养其的乡村生活的亲近，他动情地说："农村是我的乡土，是我心灵的故乡，是文学的草根，是底层人物最集中的地方，在那里可以看到很多触目惊心和使灵魂震撼的现实，那里繁衍着我们这个时代的原生态。"① 与乡土的天然联系，使朱山坡的叙事紧紧地周旋在乡村"米庄"与城镇"高州"之间，尽情倾诉着那片土地上被侮辱与被损害的底层人民的苦难。

米庄与高州，一个位于广西（简称"桂"）境内，一个位于广东（简称"粤"）境内，地理位置的相邻使其相互交集。起初，米庄是一个古朴的村落，人们以土地为生，进行着最原始的生产劳作，种水稻，养猪，话家常，抽水筒烟，闲余炒上几碟粉喝上几口酒，很是满足。随着大热天穿丝袜皮凉鞋的高州贩子的到来，米庄平静而简单的生活被彻底打破。人们毫不犹豫地拔掉田地中正生长旺盛的水稻，取而代之的是高州贩子吹嘘能带来巨额钱财的经济作物。然而，正当人们以对待自己亲儿女的方式呵护这些作物的成长的时候，因天灾洪水而中断的物流运输轻而易举地打碎了米庄人瑰丽的憧憬，这些"待嫁闺中"的作物只能别无选择地被倒到米河中放任自流，就连高州贩子也如米河的作物般远离了米庄。米庄的人们默默地承受着憧憬破碎后的伤痛，他们甚至善良地忘记了去记恨给自己带来伤痛的高州贩子，伤口还没愈合，就再一次地陷入卷土重来的高州贩子的甜言蜜语中，周而复始地延续着这片土地的苦难。

俨然，米庄与高州两者之间是既依赖又对峙的。一方面，依赖来自米庄与高州的同源相连。人类历史的发展是从前现代乡土开始的，乡土是人类最早的栖息地，也是人类文明的发源地。无论古巴比伦的两河流域，古埃及的尼罗河流域，古中国的黄河、长江流域抑或古印度的印度河、恒河流域，均以灌溉便利、土地肥沃而著称，先民们在这里耕耘收获、繁衍生息，孕育了人类最早的文明。米庄寄寓着人类的童年记忆，颇具前现代乡土意味：就地理环境而言，"米庄古木丛生，这些树没人敢砍，它是用来阻挡四面扑来的邪气的"，原始而闭塞，犹如与先民的上古世界相连；就立村之根本而言，米庄恪守着"人以食为天，食以米为本，米庄本来就是以米立村"的古训，满足着人类最基本的生命需求，淳朴而率真。从米庄出

---

① 孤云、朱山坡：《访谈：不是美丽和忧伤，而是苦难与哀怨》，《花城》，2005年第6期。

发，到达的是高州。米庄"就一条通往外面的路，路的尽头是高州"①，"其实高州河的上游就是米河，高州人喝的水到底是米河的水"②。这里的"路"与"河"已超越了"道路""河流"的日常意义，如脐带般连接着乡土米庄和城镇高州，形成一个巨大的隐喻，折射出人类发展史上前现代乡土与现代性的历史更替。

另一方面，对峙来自于高州对米庄的入侵。从表层看，此入侵首先表现在强势经济模式的殖民。米庄依然停滞在传统的农业经济模式中，高州却处在了改革开放大潮的风口浪尖。高州贩子带着利益至上的市场经济理念来到米庄，叫嚷着"我这是来赚你们的钱……我能把你们吃不完和舍不得吃的东西拉回去变成白花花的银子，然后把一块银子拿到这里变成两块、三块"③，他们在给米庄带来"撒豆成兵，滴水成金"希望的同时却隐瞒了"一招不慎，满盘皆输"的市场风险，并在危机袭来之际逃之夭夭，把损失转嫁到无辜的农民身上，直接导致了米庄"颗粒无收"的惨痛结局。高州对米庄的经济殖民，不仅显示出以高州为代表的初期阶段市场经济体制的不完善，更重要的，还凸显了以米庄为代表的传统农业模式在市场运作大趋势中如何夹缝生存、如何谋求发展等一系列重大社会问题。从深层看，高州对米庄的入侵还包含着更深远的隐喻意义。乡土米庄与城镇高州，本源相通，血脉相连。乡土的生命母体哺育了代表更高级文明的城市，乡土也因而成为蛰居城市的现代人始终不能离弃的精神原乡。然而，曾经成群结队地涌向城市的现代人，如今却带着城市的法则折返乡土，并最大限度地谋取经济利益而损害乡亲们的生活。这一现象，从一侧面证实了现代社会以经济为上的特征，这就正如齐格蒙特·鲍曼所指出的，以现代性为标榜的现代社会，首要的事情就是清扫曾经"牢不可破"的前现代传统，建立"一个新秩序，一个首先按经济标准来界定的新秩序。这一新秩序比它所取代的旧秩序，更为'坚不可摧'，因为它不像旧秩序，它能防止非经济行为对它的挑战"④。此外，城市对乡土的入侵还暴露了现代人摧毁家园的窘境。试想，当以经济原则至上的现代性日渐强大，最终泯灭人们的良心并促使人们不择手段地攫取一切利益的时候，"一切坚实的东西都烟消云散了"（《共产党宣言》），曾经给予我们生命和温暖的精神故

① 朱山坡：《我的叔叔于力》《花城》，2005 年第 6 期。
② 朱山坡：《米河水面挂灯笼》，《小说界》，2006 年第 2 期。
③ 朱山坡：《米河水面挂灯笼》，《小说界》，2006 年第 2 期。
④ 齐格蒙特·鲍曼著，欧阳景根译：《流动的现代性》，上海：上海三联书店 2002 年版，第 6 页。

土也不复存在，那时，膨胀着私欲的现代人将停泊在何处呢？或许，正是出于对此问题的担忧，朱山坡才一改通常对乡村生活的温情叙述，毫不留情地举起手术刀，解剖人的心灵，坦诚人的本性，淋漓尽致地书写那些遭到贬损与否定的乡村生命价值，以此来警醒越陷越深的现代人。

二、关注底层：苦难之重与生命之轻

作为一个从乡村走出来的作家，朱山坡从未停止对农民生存境遇的关注。在他看来，"农民承载了每一个时代的幸福和疼痛，承担了时代进步的巨大成本和风险"，尤其是现在的乡村，"贫富分化加剧，城乡差别扩大，失业人数增加，家庭和社会压力加大等，使乡村出现了前无所有的焦虑与不公平感"，苦难成为当下农民最真实的生存处境。正是出于此种对农民苦难的深刻体验，使得朱山坡在回望故土时，自然而然地将目光锁定在农民的苦难上。他一再强调，"'关注底层，透视苦难'是我小说创作的理想"，并在这一创作理念的指引下，自觉地秉承了乡土文学自鲁迅以来的现实主义传统，直面现实，真实书写，建构起一个苦难的乡土世界。在这一世界中，如果说，关于米庄与高州的描摹还仅仅是宏观地展示了苦难的图景的话，那么，对底层人物悲惨处境的描写则使苦难进一步具体化、细节化。

朱山坡塑造了一系列卑微的小人物。小说《我的叔叔于力》中的于力，是一个勉强挣扎于温饱线的农民。他有着狡黠式的小聪明，步步为营，精心盘算着如何实现"有个女人"的梦想。起先，他企图通过与广东贩子的芭蕉买卖换取老婆，但由于市场波动买卖未成交。于是，心存不甘的于力载了一自行车的芭蕉去了一趟高州，捡回了一个疯女人与之组建了一个家庭。成家后，于力为挣钱给疯女人治病，干起了抬棺材、抬尸体的苦差。可事与愿违，用于力血汗钱治病的疯女人恢复了往日的记忆，抛下于力与其法律上的丈夫回到了属于她的上海。最终，付出了全部努力的于力还是没能得到心甘情愿与之相伴相守的女人，形单影只地离开高州又回到了米庄。与于力的小聪明不同，《米河水面挂灯笼》中的阙大胖是个老实巴交的猪郎公，他胸膛肥大似弥陀佛般成天笑脸对人，即使在别人乱开他的玩笑或是占他小便宜的时候，也"依旧是笑眯眯地默认了他们的苟刻"①。然而，命运一次又一次无情地捉弄着他，大女儿水莲遭人强奸、水稻改种灯笼椒的失败、为女婿背负白条的债务、小女儿九凤遭人强奸、外孙小宝意外淹死、公猪被浸死、小女儿被车撞死等非正常事件相继降临。痛苦不堪的阙大胖，迷失了自我的意义，举刀砍死了霸占其猪栏起楼房的阙鸿禧一家七口。

　　显然，朱山坡所塑造的这些小人物，他们都曾经试图通过自己的努力以正常的途径取得属于自己的幸福。然而，似乎他们努力的方向恰好与幸福的方向相反，他们越是努力，距离幸福也就越远。最终，他们又都回到了生活的原起点，更甚者走向了自我毁灭的深渊。或许，以一个旁观者的眼光来看，他们是可以避开悲惨的结局而通向幸福的。于力最初只是想有个女人，如果他只满足于这最初的理想，老老实实地待在米庄守护疯女人田芳，他可以一直延续着"老婆孩子热炕头"的温暖。然而，每一个人的心底，都有着在现有条件上提升自我生活质量的基本渴求，于力也不例外。尤其在某天外出中，于力带着有身孕疯女人的美满引发了村里人极大的羡慕与妒忌，这使他生平第一次品尝到了由女人带给他的男性尊严与荣耀，即使这一荣耀只是表面的假象。于力不满足于此，他决心"以一生的努力治好田芳的病，真正过上相互恩爱的令村里人嫉妒的夫妻生活"②。于是，他不顾任何后果，毅然而然地把她送到高州治病，直至康复的田芳不告而别。同样还有阙大胖，与他最为亲近的，一个是犹如兄弟般亲密陪伴他多年的公猪，另一个是虽弱智却万分依恋父亲的小女儿九凤。这两者的存在，给予了阙大胖友情的温暖与亲情的温存，犹如黑暗中的火把照亮了他黯淡无光的生活，支撑他承受起世人的讥笑以及生活的压力。所以，在他们相继遭遇了非正常死亡后，阙大胖"感到了穷酸和力量单薄的孤独，除了他的公猪，没有谁耐心听他说完一番话，没有谁说话时和他站在平等、公正、尊严的层面上"③。于是，为了使别人相信自己说话算话，阙大胖果真举起斧头实现了"我杀阙鸿禧一家就用斧头，一斧头一个"④的豪言，以一种极端的方式确证了自己的存在。从于力与阙大胖带着飞蛾扑火、奋不顾身的枉然努力中，我们体验了一种夹杂着几分笑意的苦难。如果说，这种带着微笑的辛酸是朱山坡有意采取的一种叙事策略，他通过赋

---

① 朱山坡：《米河水面挂灯笼》，《小说界》，2006 年第 2 期。
② 朱山坡：《我的叔叔于力》，《花城》，2005 年第 6 期。
③ 朱山坡：《米河水面挂灯笼》，《小说界》，2006 年第 2 期。
④ 朱山坡：《米河水面挂灯笼》，《小说界》，2006 年第 2 期。

予其小说人物一种愚昧式的执着，从而达到为其苦难的乡村叙事增添笑意的目的；那么，当朱山坡以"笑"来解构苦难的"悲"的同时，也消解了受害者唯一可以企盼的源自苦难悲剧的怜悯。至此，米庄的小人物，真正陷入到了没有任何人同情、任其自生自灭的绝望境地中。

　　在朱山坡的乡土世界中，还有一系列属于弱势群体的残缺者，朱山坡通过他们的遭遇寓言式地向我们展示了畸形的现代社会以及生活其中的有着"缺陷"的现代人。在这当中，有肢体残缺的残疾人，以《两个棺材匠》中的何苦和《空中的眼睛》中的阙饭为典型。何苦与阙饭并非天生残疾，一个有着擅长跑步的修长双腿，踌躇满志对人生充满美好憧憬，一个是刚出生的婴儿，犹如一张白纸初到这个世界，他们都表征着理想的、确信本质力量的大写"人"。然而，毫无防备之心的何苦却遭到了竞争对手的恶意报复，被迫截下了比赛时最先到达终点的那条腿。懵懂无知的阙饭也成了母亲与镇长见不得人的偷情勾当的牺牲品，被窒息至痴呆以及压残了双腿。这个日渐堕落的现代社会以龌龊无耻伤害着人的纯洁和善良，并以肢体缺失的方式永久地把这些伤害烙在了人的身体上。但可悲的是，人们却没有表露出太多受到伤害失去肢体的悲伤，既不问是谁造成了他们的伤痛，也不追究他们该不该承受这些伤痛。相反，他们还很快适应了残疾的生活，似乎他们的人生轨迹本来就是为残疾而铺设的。只有一条腿的何苦彻底告别了以往的生活：在与人相处中，他潜意识地排斥与自己异类的正常人，"看到别人都成了两条腿的怪物"①；在人生职业上，他由原先与时间比快的跑步健将变为了时间之末与死神亲近的棺材匠，在慢节奏的生活中享受着做棺材的乐趣，"心平气和地琢磨着棺材的做法，对每一块棺材板进行精雕细琢，把每一口棺材不分主人的贫富贵贱均竭尽全力做到最好"②，很快成长为当地首屈一指的棺材匠。类似的，阙饭也以更多的快乐覆盖了残疾的悲痛。由于双腿不能行走，阙饭长期寄居在母亲的背上，成为母亲身体不可分割的一部分。对此，他以庆幸的口吻说道："当疼痛离我而去，我的双腿已经重新生长，向着畸形的方向。这也没有什么不好，这使我和母亲的关系将永远是那样密不可分。"③　在这里，人无法掌控自己而被堕落、无序、腐败的现代社会所左右。在强大且具有决定性作用的外在力量面前，人们虚弱得连自己作为人而存在的可能性都把握不了，麻木

---

①　朱山坡：《两个棺材匠》，《花城》，2005 年第 6 期。
②　朱山坡：《两个棺材匠》，《花城》，2005 年第 6 期。
③　朱山坡：《空中的眼睛》，《山花》，2006 年第 3 期。

地任由他者决定自己的命运：或是选择了逃避，躲到一个相对封闭与外界隔绝的角落里，如何苦当起了棺材匠专与死人打交道；或是寻找外物的填充，依附外物从中寻求生活的勇气，如阙饭对母亲的依赖。

　　除了肢体残缺的残疾人，还有一类智力残缺的精神病人，如《山东马》中的山东马、《我的叔叔于力》中的疯女人田芳。作为思维混乱、喜怒无常、智力低下的精神病人，既不能自理生活，也不能通过自己的劳动换取生活必需品。他们是社会体系中位于最末端的弱势群体，本应得到其他社会成员的呵护与关爱。然而，山东马、田芳却遭受了他们不该有的待遇。山东马和田芳都有着强健的体格、姣好的面容、白皙的肤色，甚至田芳还时常摆出一些舞蹈造型，哼唱一些悦耳的歌曲。这些体态特征无一不暗示着他们生于城市，曾经过着优越的城市生活。可当他们神志失常后，表征所谓高级文明的城市却视其为累赘，将他们驱赶到了农村。流落到农村的精神病人遭受了更加非人的待遇：阙三兄弟把山东马当作一头干农活的牲口来使用，于力则将田芳等同于满足其性欲的工具、为其繁衍后代的生产机器。受尽不公正待遇、自我利益得不到保障的底层农民，当他们面对更加弱势的群体时，马上翻身做主人从受害者转变为侵害他人的主动者，变本加厉地把自己承受的不公平施加到手无寸铁、毫无自卫能力的精神病人身上。这如同生物链般，环环欺压，人间的脉脉温情已荡然无存，取而代之的是弱肉强食的生存法则。

　　从执着追求希望却始终得不到实现的底层小人物，到无法把握自我命运并麻木接受外在力量改变的悲悯残疾人，再到处在社会最末端受尽各种欺凌的无辜精神病人，朱山坡勇敢地直面残酷的社会，真实地裸现了苦难的人生百态图。在苦难的重压下，人们忙于应对接踵而来、永无止境的人生难题，顾不上也没有多余的精力思考人的生命价值、意义的丰富性等关于人之所以为人的存在问题。沉沉的苦难已把人压得苦不堪言，人的存在如空气般虚无得感觉不到它的重量，也把握不到它的实质。"我的一生只有一根竹竿那么长——那是一根可以随意削短的竹竿"①，"我的身体很轻，轻得自己能飞翔"②，小说中主人公的这些道白无一不暗含着"生命之轻"的无奈。然而，就如米兰·昆德拉所说："正像一个极端可以随时转化成另一个极端，到达了极点的轻变成了可怕的轻之重。"③ 稀薄得如空气般难

---

　　①　朱山坡：《空中的眼睛》，《山花》，2006 年第 3 期。

　　②　朱山坡：《两个棺材匠》，《花城》，2005 年第 6 期。

　　③　米兰·昆德拉著，董强译：《小说的艺术》，上海：上海译文出版社 2004 年版，第 172 页。

以察觉其质感的生命之轻，也同样如空气般漂浮在四周，紧紧地包裹着人的存在，束缚着人的行为，使本已承载着苦难重荷的人们愈加举步维艰、困惫不堪。生命之轻最后演变成了难以承受的生命之重，生活在如此艰难窘迫境遇中的人们，不知不觉地滑向了没有光亮的万丈深渊。

三、有意味的形式

形式与内容的关系历来是人们关注的焦点，刘勰认为，"志足而言文，情信而词巧，乃含章之玉牒，秉文之金科矣"①，意即内容充实、语言富有文采、情感真挚、文辞美好，便是讲究文章的根本规律了。克莱夫·贝尔也以"有意味的形式"这一术语概括了文章中"能够感动人的组合和安排"②，强调内容与形式的相辅相成、辩证统一。朱山坡对此也有着清醒的认识，他通过有意识地构筑个人的语言风格、精心地选择叙述视点、设置极端化的情节等方式，富有技巧性地处理了内容与形式的关系，使其笔下的苦难乡土因独具个性的书写而愈加厚重，而其独特的个性书写也因与苦难乡土的结合而深具意味耐人寻思。

阅读朱山坡的作品，总会对其带有浓烈个人色彩的语言留有深刻印象。此个人化语言风格的形成主要得益于其出色的捕捉细节的能力，这种能力与其兼为诗人身份所特有的敏锐触感有关。他总是能觉察不为人注意的细节，细微地观察，然后以从容平静的语气把观察到的现象加以自身的体验不动声色地表达出来，带着些夸张而又击中要害，鞭辟入里。在《我的叔叔于力》中，这种对细节的描写随处可见：

> 于力和我都睁着眼熬到天亮，我们彼此一言不发，一只饥饿的蚊子执着地从蚊帐的破缝隙中进进出出，对我们一夜不曾松懈的警惕和成本高昂的对峙充满了仇恨。

在这里，朱山坡巧妙地把镜头的焦点聚集到了一只蚊子上。"饥饿""执着""仇恨"，这几个修饰词暗含着朱山坡对蚊子的戏谑，形象而略带讽刺。"进进出出"，既反映出蚊子的活动路线，也成为整幅画面中唯一运

---

① 周振甫：《文心雕龙今译》，北京：中华书局 1986 年版，第 19 页。
② 克莱夫·贝尔：《艺术》，见拉曼·赛尔登编，刘象愚、陈永国等译：《文学批评理论——从柏拉图到现在》，北京：北京大学出版社 2003 年版，第 258 页。

动的因素。除了动态的主角蚊子，画面中还有着如雕塑般静默的配角——"我"和于力。"睁着眼熬到天亮""一言不发""对峙"，这些固态化的词语将"我"和于力定格到了画面的背景中，成为蚊子的陪衬。一小，一大；一动，一静。朱山坡看似重写蚊轻描人，可在这两者的强烈反差中却出乎意料地传达出了"我"和于力当时复杂矛盾的心理：想干预父亲对母亲的性虐待但又因为他们是夫妻且辈分大而不敢造次，如不干涉制止性虐待又因为母亲的凄叫而担心出人命等。另外，关于"我"初见疯女人田芳的描写语言也颇见力度：

> 我顿时浑身起了鸡皮疙，刚才仍绷紧的皮肤开始张开巨大的毛孔，冷风从无数的缺口往我体内钻，我的头发一根根地竖直成刺猬，仿佛漆黑的天地四周全是怪物在走动。我生怕她一下子扑过来先吃了我，连骨头也忘记给我吐出来。

朱山坡如同借用了显微镜，捉住了"我"满怀柔情地等待于力却突如其来地见到了一个披头散发、蓬头垢面疯女人的那一瞬间生理、心理变化。

重视视点人物的选择，是朱山坡小说的又一显著特点。出于对乡土世界真实再现的追求，朱山坡有意识地隐藏作家叙述的声音，而多采用故事人物的眼光描述事件，从而向读者客观地展现"处于人物观察下的当下现实"。《跟范宏大告别》一文选择了一位即将离世的老人阙天津作为小说的视点人物，通过其对自我一生的回顾，牵扯出一个与"偷"有关的故事。原来，阙天津与范宏大都是米庄的农民，因家境贫穷讨不上媳妇。但一次阴错阳差的巧遇，阙天津把媒人原本介绍给范宏大的高州黑寡妇"偷"来做了自己的媳妇。这一"偷"，不仅改变了阙天津往后的命运，也使范宏大的生活发生了重大的转变。一方面，阙天津组建了一个真正意义上的家庭：女主人挑起家庭重任，任劳任怨，直至因饥荒而饿死；四个儿子成家立业，孝顺听话，满足父亲的任何要求，甚至背老人到几十公里以外的县城与范宏大告别。另一方面，范宏大因丢了媳妇而终身孤独，因没人劝阻挑盐去县城而被炸聋了耳、哑了口，因无儿养老而投靠远房侄子被送养老院，因交不起费用而被撵出养老院最终要在菜市以乞讨为生。两人迥异的遭遇，使老人阙天津在回首往事的时候忏悔不已："我觉得自己就是一个贼，偷走了范宏大的福气……我一辈子就只做了这一回贼。这回贼做得不光彩呀。"① 俨然，朱山坡洞悉了"人之将死，其言也善"的人之本性，以老人为故事叙述的着眼点，跟踪老人的意识流动，不仅在其对往事的追溯中还原了故事的缘由、发展以及结局，而且真实地展现了乡亲们迫于生计的无奈选择与心底温存的善良本性两者间的冲突。在老人阙天津饱含懊悔的追述中，苦难的乡土世界现出了一抹温暖的色彩。

在情节设置上，朱山坡也独具匠心。他通常把环境设定得极为贫瘠、落后，把人物推向不可挽回的绝境中，因此其小说情节多呈现出极端、惨烈的倾向，让人读来连连叹息。如《空中的眼睛》中的麻丽冰，为了能吃上白花花的米饭，丧夫后立即委身嫁给了碾米机房的阙富；为了能吃上使脸白胖、皮肤细嫩的猪肉，将自己的身体当作交易筹码给了肉行的屠夫；为了讨好新来的镇长，不仅赔上了身体、名声，还差点儿把儿子的性命给搭上了；为了生存，在被撵出谷镇后不得不靠捡垃圾为生，但最后还是失去了最疼爱的儿子。类似还有《米河水面挂灯笼》中的阙大胖一家，或被淹死，或被车撞死，或因故意杀人而被判死刑，随处可见死神的足迹。对此，朱山坡自我解释道，"在写小说的时候，我认为世界本质上是冷酷的，特别是表现在人与自然、人与人之间的关系上，冷酷是常态……将正常的世界扭曲给人看，实际上是一种荒诞。有些东西在扭曲、变形的情况下往往比正常状态下看的更清楚、透彻，更逼迫真实，也更有力量"②。可以说，朱山坡正是将不合情理的情节（甚至不可能的情节）通过一种细致而真实的幻觉写出，让人觉得进入了一个虽然不合情理却比现实更真实的世界。在这一苦难的乡土世界中，朱山坡虽然没有给予我们希望，但他给予了别的更珍贵的东西——一种神奇的、黑色的美。就如米兰·昆德拉所说："美是当人不再有希望的时候最后可能得到的胜利。艺术中的美就是从未被人说过的东西突然闪耀出的光芒。而这一照亮伟大小说的光芒，时间是无法使它黯淡的，因为，人类的存在总是被人遗忘，小说家的发现，不管多么古老，永远也不会停止使我们感到震撼。"③ 或许从这个意义上，我们才得以读懂朱山坡那晦暗的乡土苦难，才得以发掘出其小说的真正价值。

---

① 朱山坡：《跟范宏大告别》，《天涯》，2007 年第 3 期。
② 橙子：《朱山坡：从不同视角观察新乡土》，《南宁日报》，2006 年 6 月 16 日。
③ 米兰·昆德拉著，董强译：《小说的艺术》，上海：上海译文出版社 2004 年版，第 167 页。

个案三：从粤桂边城出发的小说叙事
——朱山坡小说艺术新论

朱山坡自 2005 年以"广西文坛的黑马"（《南方文坛》张燕玲语）之势闯进小说界迄今，已经十年有余。十余年来，朱山坡由最初《花城》杂志 2015 年第 6 期的"花城出发"栏目、《青年文学》杂志 2006 年第 2 期的"新人展"栏目等文学刊物隆重推出的新人，到最近于 2015 年 10 月召开的"广西后三剑客作品研讨会"中的具有"个性鲜明，叙述十分有劲道"（北京大学陈晓明语）的剑客，已然成为当前文坛颇具分量尤其在短篇小说领域占据重要席位的作家。笔者一直跟踪关注朱山坡的小说创作，分别于 2008 年、2014 年发表了评论文章《生命中不能承受之轻——论朱山坡小说中的乡土世界》[1] 和《书写乡土世界中的尊严和灵魂——再论朱山坡的小说创作》[2]。在最早发表的《生命中不能承受之轻——论朱山坡小说中的乡土世界》一文中，笔者开篇便以"游走在粤桂边城的乡村叙事"为章节标题评述了朱山坡小说的艺术特点，可谓是较早从地域视角总结其创作的学术评论文章。近期，随着朱山坡小说作品的不断面世及其文学地位的逐步提高，越来越多的评论家注意到了朱山坡的小说及当中的地域性，将其小说风格与广西特殊的人文地理面貌联系在一起。评论家邱华栋称："朱山坡发展了一种关注于和专属于广西的南方的小说文体，那纯粹就是一种南方的小说。这种南方，不同于江南，是偏西南的瘴疠之地广西的小说，是一种独特的怪异的小说，就像螺蛳粉和黄皮果的味道。"[3] 陈晓明也在"广西后三剑客作品研讨会"上谈到了朱山坡小说中的广西文学性格。在这样的学术背景下，笔者重返当年评论的起点——粤桂边城，结合朱山坡十余年的小说作品，从创作立场、作品美学风貌等方面深入发掘粤桂边城对其小说创作的影响，以求教方家。

---

① 梁冬华：《生命中不能承受之轻——论朱山坡小说中的乡土世界》，《南方文坛》，2008 年第 3 期。

② 梁冬华：《书写乡土世界中的尊严和灵魂——再论朱山坡的小说创作》，《广西文学》，2014 年第 1 期。

③ 邱华栋：《螺蛳粉与黄皮果——读朱山坡的小说》，《文学报》，2016 年 1 月 17 日。

一、朱山坡与粤桂边城

作家朱山坡的故乡，是一个位于粤桂边界的边远山村——广西北流市那排村。朱山坡在此度过了人生最早的时光——童年和青少年，直到成年进入城市工作后才离开故乡。如今的朱山坡，在城市待的年头早已远超早年乡村时光，但他却难以忘却曾经的故乡生活，多次提及"农村是我的乡土，是我心灵的故乡"①。这种浓郁的故乡情怀，并非朱山坡一个人所独有，还出现在许多优秀的作家身上，如沈从文对生于斯长于斯的湘西的眷恋、莫言所念念不忘的儿时密州等。对于他们而言，故乡不仅仅是一个地理符号，更是一个生命出发的起点。他们在故乡呱呱坠地，宛如一张白纸来到人间。正是在故乡，他们完成了从幼年到成年的成长蜕变，建立起对社会和世界的基本认知，在白纸上勾勒出大致的人生线条和框架。此后，他们带着既成的价值观和世界观，走出故乡探索外在的世界，为白纸增添丰富的图案和色彩。从这一意义上看，位于粤桂边界上的故乡，伫立在朱山坡生命起点处，发散着巨大的影响力，不仅覆盖其已经走过的人生历程，还将持续地辐射到其即将行走的人生道路。

假如说，故乡对于朱山坡的影响，首先表现为其生命之初的认知成长，而在离开故乡进入城市谋生后，故乡则开启了朱山坡的文学创作大门。在投身文坛提笔创作的伊始，朱山坡便别有用心地将故乡"朱山坡生产队"这一名称直接转换成其笔名"朱山坡"。他在文章《我的名字就叫故乡》中说道，"'朱山坡'是那排村的一个生产队，那是我的故乡，现在成了我的笔名。只要别人轻轻叫一声朱山坡，我首先想到的是故乡，然后才是自己。朱山坡现在与我浑然一体了，她就像老无所依的母亲，比我的影子还要亲密，我到了哪里，就把她带到哪里，让她与我风雨同路，相濡以沫"②。

在踏进文学的大门后，朱山坡再次利用故乡这一资源，构建出一个以粤桂边城为原点的文学乡土世界。阅读《我的叔叔于力》《米河水面挂灯笼》《陪夜的女人》和《灵魂课》等作品，不难发现当中存在着一个由广西米庄、米河、阙姓乡民、广东高州、贩子等集合而成的文学乡土世界。在这一虚构的乡土世界中，米庄位于广西边境，毗邻广东省的高州市，是

---

① 孤云、朱山坡：《访谈：不是美丽和忧伤，而是苦难与哀怨》，《花城》，2005 年第 6 期。
② 朱山坡：《我的名字就叫故乡》，《广西文学》，2009 年第 8 期。

一个原始、落后的农村，"米庄古木丛生，这些树没人敢砍，它是用来阻挡四面扑来的邪气的"，"就一条通往外面的路，路的尽头是高州"①。而在现实世界中，"朱山坡其实只是粤桂边上的一块弹丸之地，像贴在山坡上的一张以明清民居为背景的邮票，群山抱绕，竹树茂密，连房子也密密麻麻的，再也容不下别人插足进来"，"朱山坡就一条通往外面的狭窄的泥路，路的尽头是高州"②。对比二者不难发现，小说中虚构的乡土世界实际是作者现实故乡的艺术再现，二者有着相似的粤桂边城的地理坐标和风土人情。对于这一文学世界中的故乡原型，朱山坡称其为"写作的根据地"，认为"每一个作家都有他的精神故乡，对那里熟悉，有感情，有记忆，有痛感，他每次下笔都自然而然地想到那里，即使他的思绪已经到达浩瀚的宇宙，但最终还会回到那里。这就是他的'写作的根据地'"③。从故乡粤桂边城这一根据地出发，朱山坡在文学的道路上一走便是十余年。粤桂边城给予朱山坡创作的灵感和素材，使其建立起立足乡土的现代文明批评立场，其作品形成了边缘、绝望、奇崛的美学风貌，从而开创出属于朱山坡的一片文学天地。

二、创作立场：立足乡土的现代文明批判

创作立场，是作家在文学创作活动中审视生活、处理创作素材、构思人物故事时所处的位置和所抱的态度。一个作家的创作立场，往往受到其成长背景、生活环境、所受到的教育等多方面的影响。从粤桂边城出发的朱山坡，带着源自边城的认知和人生体验进入小说创作领域，建立起个人化的创作立场——立足乡土的现代文明批判。

朱山坡在故乡粤桂边城生活的时间，大致是 20 世纪 70 年代至 90 年代，正值中国社会从传统向现代变革的关键时期。在这一时期中，以城市为表征的现代文明逐步崛起，借助市场经济的法则不断挤压传统乡土文明，乡亲们的利益受到巨大损害。朱山坡目睹了乡亲们所承受的多方苦难，感同身受地体会了苦难背后的酸楚和无奈。这一特殊的成长经历，投射到朱山坡日后的小说创作活动中，使其自觉地站在乡土文明的立场，书

---

① 朱山坡：《我的叔叔于力》《花城》，2005 年第 6 期。
② 朱山坡：《我的名字就叫故乡》，《广西文学》，2009 年第 8 期。
③ 唐诗人、朱山坡：《成为一个有情怀的作家——朱山坡访谈》，《创作与评论》，2015 年 11月号下。

写那些被现代城市不断挤压而惨败破损的乡村以及不堪重负却又不忘善之本性的底层乡亲，以此表达对现代城市文明的谴责和批判。

朱山坡小说中的现代文明批判，暗含五四现实主义文学中的人道主义思想传统，同时发展出个人化的冷峻批判风格。五四新文学形成的现实主义思潮，最显著的文学特征之一便是使用人道主义作为武器进行社会批判。以老舍、夏衍为代表的现实主义作家，以人道主义关于肯定人的自由、价值和尊严的思想作为价值准则，评判现实社会的正负面性，揭露底层民众被剥削、压迫、损害的命运，表达对受迫害者的同情。老舍小说中的车夫骆驼祥子，以拉上自己的洋车作为实现个人自由和幸福、摆脱被剥削命运的出路。然而，战争频发、时局动乱的社会处境，并未给民众提供任何实现个人幸福的机会。无论祥子做出何种努力，均以失败告终，最后堕落为行尸走肉的街头混混。老舍通过祥子的不幸人生，抨击了当时不为民众谋幸福的政府和社会。夏衍则记录了包身工失去人身自由沦为资本家挣钱机器的真实遭遇，以此批判资本家不择手段追求金钱的本性。朱山坡继承了现实主义作家的人道主义思想，同样立足于底层民众，揭露底层苦难。但与五四作家不同的是，朱山坡的批判主体更为退后，批判视角更为隐匿。他并未采用五四作家站在台前富于正义感的大声控诉、谴责方式，而是退守至幕后严控批判主体的情绪，冷静地将底层民众的苦难一一叙述和呈现，不做任何主体判断，完全交由读者评判。经由朱山坡的冷静描述，读者与小说中的苦难世界面对面，得以直击苦难事件，获得身临其境的感受，从而引起更大的震撼和更深刻的反思。正是这种隐匿的批评主体和视角，使朱山坡的小说表现出一种严肃、冷峻的批判力量，力透纸背，发人深省。

朱山坡的现代文明批判，经历了从早期的经济层面批判到近期的拷问个体灵魂的转变。

在早期发表的《我的叔叔于力》《米河水面挂灯笼》等作品中，朱山坡着眼乡村，通过描写乡村"米庄"与城镇"高州"之间的故事，展示了前现代乡土所遭受的现代城市侵害。米庄位于广西境内，是一个古朴的乡村，地理环境原始而闭塞，犹如与先民的上古世界相连，并且长期尊奉"人以食为天，食以米为本，以米立村"的古训，固守以水稻种植为主的传统农业模式。米庄俨然一个巨大的隐喻，暗藏人类的童年记忆，意寓前现代乡土的文明形态。与米庄相邻的高州，位于广东境内，是一个得改革开放时代风气之先的城镇，推崇金钱至上的市场经济法则。在这一法则的推动下，高州人带着充足的现金来到米庄，煽动人们放弃赖以生存的水稻种植，改种灯笼椒等经济作物。可就在乡亲们丰收在望的时刻，高州人却因价格失利而逃之夭夭，将市场的风险和损失直接转嫁到了毫无防备的乡亲身上，最终使米庄上演了丰收成灾的惨剧。高州人对米庄的入侵，从表层来看，是市场经济对传统农业经济的强势植入。这些曾经从乡土走向城市的高州人，如今却带着城市经济的法则折返乡土，并最大限度地攫取这片土地上的利益，破坏了传统乡土的宁静与和谐。从深层次看，则是城市文明对乡土文明的损害和遗弃，其严重性是无法言语的。由于前现代乡土文明孕育了更高级形态的城市文明，乡土也因此成为蛰居城市的现代人始终不能离弃的精神原乡。如今，现代人却以自己的贪欲和血淋淋的双手逐渐将之破坏和损毁。长此以往，那些曾经给予我们现代人生命和温暖的精神故土必将不复存在，而膨胀着私欲的现代人也将陷入永无停泊之处的虚无境地。

如果说，朱山坡早期的现代文明批判还停留在宏观的经济层面，那么，他近期的作品则把视角深入到了文明的载体——个体及其灵魂，通过个体的毁灭及其灵魂的归宿深刻地抨击了城市文明对乡土文明的致命性打击。在以《灵魂课》为代表的近期作品中，朱山坡聚焦城市，讲述了进城务工乡亲肉体和灵魂的悲惨遭遇，进一步推进了现代文明批判的主题。在《灵魂课》中，朱山坡的笔触跟随乡亲的脚步，从生养的乡村一路追随到打工的城市。阙小安是故事的主角，他从米庄出发来到城市，与大多数进城打工的乡亲类似，从事城市最繁重的体力工作——摩天大楼的建筑工人。处在城市语境中的阙小安，很快便褪去了乡土的质朴而被热闹繁华、物欲横流的城市文化所同化。他穿着表征都市流行文化的夹克与牛仔裤，微笑地在财富广场的大金元宝前拍照留念，并把照片寄给家乡的母亲。收到照片的母亲不仅看出了阙小安内心深处被激发的强烈物质欲望，还看出了其与乡土决裂永留城市的决心。母亲深感不安和焦虑，走了五六天的乡路来到城市，试图将日渐迷失的儿子带回米庄。在母亲进城寻儿的情节上，朱山坡设置了重重障碍，使故事的叙述充满了戏剧性和寓言性。母亲的第一次进城，寻找的是工作时不慎从五十楼摔下而死的儿子的灵魂。她径直来到了一个名为"灵魂客栈"的地下旅馆。这个灵魂客栈存放着大量死于非命的进城务工乡亲们的灵魂。有的灵魂仅是暂时的安放，"等到过年回家了，等到死者亲人的悲痛减轻了，或等到连低廉的房租都交不起了，才把他们带回乡下去"；有的灵魂却企望长期安放于此地，"花花绿绿的城里的生活还没过够呢，房子呀，车子呀，还没有买……不甘心半途而废回到乡下去"。在母亲看来，儿子显然属于后者——死后的肉体虽然回到了米庄而灵魂却固执地停留在城市。因此，她喋喋不休地向灵魂客栈的骨灰盒管理员诉说"灵魂存在"的理念，希望以此获得对方的认同并帮助她找到儿子的灵魂，劝其返回家乡。极具戏剧性的是，就在管理员协助老人的寻找并带她到阙小安生前拍照和工作过的地方的时候，阙小安意外现身了。原来他还活着，摔死的是他的堂兄阙小飞。堂兄小飞的死，刺激了老人的神经，使她产生了错觉和恐慌，才有了进城寻儿的异常举动。随后，小安粗暴地把执意要带他回米庄的母亲拖走，强硬终结了母亲的第一次进城寻儿之旅，仅留下她凄惨战栗的呼叫声回荡在城市的钢筋水泥高楼大厦的间隙中。半年后，母亲再次进城来到了灵魂客栈。与第一次寻儿灵魂回米庄不同，母亲此行的目的是将意外从高空落下摔死的儿子的肉体（骨灰）和灵魂一起永久安放于客栈中，以达成儿子生前期盼的"终于在城里安家落户了，要买房子、车子，要娶妻生子，要光宗耀祖"的愿望。故事的最后，母亲要求管理员预留紧邻儿子骨灰盒的位置，以便自己死后能够陪在儿子的身边，给予死于非命的儿子以安慰。

读完这一关于乡亲个体及其灵魂的小说，不禁让人掩卷沉思。文明是人类活动和社会发展的产物。在文明这一庞大的系统中，个体是最小的单位。任何一种文明，都是由千万个个体的知识、信仰、艺术、道德、法律、习俗等汇聚形成的，同时也依靠这千万个个体的传承而得以延续。换句话说，没有个体，就没有文明的存在。然而，在朱山坡的小说中，以阙小安为代表的乡土文明的个体，在进入另一城市文明的语境后，却遭受了死亡的厄运。尤其如阙小安，初入城时深以所从事的建造摩天大楼的工作而自豪——这一自豪感实际源于对自己作为城市建造者身份的认同，却未曾想在日后从工作岗位失足摔下而粉身碎骨、魂飞魄散。前后的巨大反差，形成了颇具深意的反讽——一心渴望融入城市的乡亲个体，最终却被城市狠心抛弃。更甚者，被城市抛弃的乡亲个体，死后仍念念不忘生前的城市梦，一改叶落归根的传统，而是嘱咐家人将其肉体（骨灰）和灵魂长期安放在城市的某一角落，完全斩断了与家乡的联系。可以想象，当大量诸如阙小安般的乡亲个体进入城市却又惨遭城市毁灭时，乡土文明犹如釜底抽薪，失去了维系其运转及传承的主体力量，逐渐空壳化直至最后的毁灭。或许，这也正是朱山坡书写灵魂的意义所在。

三、美学风貌：边缘、绝望、奇崛

在粤桂边城别样风情的浸润下，朱山坡的小说呈现出独特的美学风貌——边缘、绝望、奇崛。

　　粤桂边城有着特殊的地理位置和气候风貌，给人以神秘、奇异之感。从地理坐标上看，粤桂边城位于祖国地图的东南部，南面临海，远离政治、文化中心。长期以来，偏于一隅的粤桂边城疏离中心城市，最大限度地保留了原有自我天性，再加上海洋文化的熏陶，造就了原始自然、性情率真、敢打敢拼的个性，与中心城市的明理守法、规整有序、按部就班的个性形成了巨大差异。就气候地理学而言，粤桂边城属于亚热带气候，天气炎热，四季轮换并不明显，山陵多，雨水充沛，常年潮湿温润。位于北方的中心城市则属于温带气候，四季分明，多为平原地貌，干燥辽阔。因此，对于北方中心城市的人们而言，拥有偏远地理位置和潮热气候特点的粤桂边城是神秘、奇异的。而坐落在粤桂边城的鬼门关及其传闻，更是将这神秘、奇异的氛围推向极致。鬼门关又称天门关，《辞海》中的相关解释为，"鬼门关，古关名。在今广西北流市西南，界于北流、玉林两市间，双峰对峙，中成关门"。在古代，鬼门关是通往钦、廉、雷（今广东雷州半岛）、琼（海南岛）和交趾（今越南中北部）的交通冲要，也是朝廷流放、贬谪官员至南海、岭南一带的必经关口。许多被贬的朝廷官员，由于不适应潮热的南方气候，再加上处境改变后的抑郁落寞，往往不幸染病身亡客死南方，故将鬼门关视为人间与地狱的分界线，鬼门关以北是人间宜居之地，以南则是百草丛生、瘴气弥漫、鬼怪作乱的蛮地。跨过鬼门关就相当于进入了阴森恐怖的阴界，生者难以复还。唐名相杨炎过鬼门关时吟道："一去一万里，千之千不还。崖州在何处，生度鬼门关。"宋代被贬文官苏东坡，在获得赦免返乡途中，也以"养奋应知天理数，鬼门出后即为人"的诗句来表达自己重度鬼门关返回人间的喜悦。由此看来，无论是真实地理地貌、气象气候使然，抑或是文人骚客的层层渲染，粤桂边城犹如一位戴着面纱的异域女子，神秘莫测，卓然独立于众人之外。

　　从粤桂边城生长起来的作家及其小说，同样具有这座边城的独特气质。中国有句俗语"一方水土养育一方人"，揭示了生存环境与人的气质禀赋二者的密切联系。法国理论家泰纳的三因素说，将生存环境与人的联系进一步推到了人的创造活动及其产物——文艺创作和作品上。他认为文艺创作是由种族、环境和时代三种因素决定的。这些理论观点对应到实践领域，合理地解释了为何一些作家的作品带有其生长地的气质。就如同迟子建的作品，总能让读者从中感受到其出生地漠河北极村的纯净、成长地大兴安岭的厚重等性情。从粤桂边城走出去的作家林白、朱山坡等人，也将生长地的神秘、奇异气质投射到其文学作品中。林白在早期创作阶段，多次写到故乡粤桂边城的鬼门关与河流。她在自传体小说《一个人的战争》中写道："出生在鬼门关的女孩，与生俱来就有许多关于鬼的奇思异想……关于鬼魂的传说还来自一条河，这条流经B镇的河有一个古怪的名字，叫'圭'。在这个瞬间我突然想到，'圭'与'鬼'同音……圭河在别的县份不叫圭河，而且一直向东流得很顺利，到了B镇却突然拐弯向北流，过了B镇再拐回去，这真是一件只有鬼才知道的事情。"另一作品《致命的飞翔》中也有相同的表述："在我的家乡如果要寻找地狱的入口处，一定是那条向北流动的河流……传说这条河就是地狱的入口处，凡是自动走进去的人经过地狱的熔炼会再次返回人间从而获得顺逐心愿的来世。"这充满灵异气息的鬼门关与河流，在多部作品中反复出现，如同文眼般点明了作品的整体倾向。与林白直接使用粤桂边城的事物点题不同，朱山坡则在小说的技法艺术上下功夫，使其小说呈现出与边城一致的绝望之风、奇崛之气。

朱山坡的小说具有边缘、绝望、奇崛的美学特征。这一美学风貌，实际是由其小说中非主流的人物、非常态的事件、令人意外的结构三个方面整合起来所呈现出来的。具体来说：

其一，朱山坡的小说主要描述非主流的底层民众，体现出一种边缘之美。

按照阶层来划分，人类社会由顶层的领袖和英雄、中层的中产阶级、底层的平民百姓三部分构成。处于顶层的领袖和英雄，拥有伟岸的人格魅力、惊天动地的壮举、彪炳史册的人生意义，故成为众多作家书写的首选对象，由此形成英雄叙事的文学主流。在边城长大的朱山坡，并未盲目从众书写陌生的领袖和英雄，而是着眼于身边的底层乡土民众，将最熟悉的生活人物转化为文学人物，立志"为民间野生人物立传"[①]，从而使其小说体现出一种有别于主流叙事的边缘之美。

朱山坡小说中的底层民众大致可划分为两大类型：

（1）占据小说人物主体的农村乡民。

朱山坡的小说在最初亮相文坛时，就以成功塑造一系列边缘、卑微的农民的形象而引起人们的关注。最早发表的小说《我的叔叔于力》，其主人公于力是一个勉强挣扎于温饱线之上的边城米庄农民。他与常人一样有着最基本的传宗接代、情感和归属的需求，渴望过上"老婆孩子热炕头"

---

① 李遇春：《为民间野生人物立传的叙事探索——朱山坡小说创作论》，《南方文坛》，2015年第2期。

的家庭生活。起初，于力试图通过合法的方式实现这一理想，遂将自家种的芭蕉卖给了广东贩子以赚回老婆本。但由于市场价格波动买卖未成交，于力的如意算盘落得一场空。之后，他在路上遇到一个疯女人，在不清楚其身份的情况下将之带回家，如愿过上梦寐以求但不被法律认可的民间夫妻生活，还孕育了自己的孩子。初尝家庭甜蜜滋味的于力，萌生出更高的需求——希望能够治好"妻子"的精神病，"真正过上相互恩爱的令村里人嫉妒的夫妻生活"。为此，于力甚至干起了抬棺材、抬尸体的苦差以给"妻子"筹钱看病。但事与愿违，"妻子"痊愈后恢复记忆，与其法律上的丈夫返回属于她的上海，仅留下于力及其残缺破碎没有女主人的"家"。读罢小说，于力的不幸遭遇令人动容，他手无寸铁，无辜而善良，但窘迫的底层乡村生存环境阻碍了其对幸福的追求，此外，他还不断地遭受到来自城市的阻拦——市场经济打破了他的卖蕉挣钱梦；城市上海带走疯女人击碎了他的家庭梦。于力可谓诸多生活在底层乡村的苦难农民的缩影。

自于力始，朱山坡的妙笔描绘了众多性格鲜明、血肉丰满的边远乡民形象。其中，有为改善生存状况而用尽一切手段的乡民，如《感谢何其大》中的何唐山及其妻子程银香为实现户口"农转非"付出了多方努力、《观风》中未满 20 岁的观风因贪恋钱财嫁给了 60 岁的万元户王老董、《空中的眼睛》中的麻丽冰以自己的肉体换来饱腹的米饭和肉；有一心逃离乡村融入城市生活却不被接纳的进城务工者，如《灵魂课》中的城市建筑工阙小安、《推销员》中的房地产推销员卢远志、《躺在表妹身边的男人》中因拒绝洗浴中心嫖客调戏而摔断腿的表妹及其身边躺着的因连续加班过劳死的男人；还有的则是身处困境舍弃个人利益而无私帮助他人的乡民，如《陪夜的女人》中陪护将死老人的陪夜女人、《爸爸，我们去哪里》中多次帮助跛脚女人的爸爸、《美差》中用母鸡救回流产妇人性命的鬼村乡亲、《丢失国旗的孩子》中用自己珍藏的国旗挽救全村人不被批斗的张国宝老人、《天色已晚》中贱价卖肉给少年圆其电影梦和吃肉梦的屠夫老宋等。这一个个生活在边远乡村的底层乡民，置身于穷困、破落的生存环境中，遭遇苦难却不忘善之初心，散发着温暖的人性之光。

（2）非农身份的城市人。

朱山坡的小说，除了刻画农村乡民形象外，还书写了政府官员、知识分子、下岗工人等不同职业和身份的城市人。《逃亡路上的坏天气》书写了一个因落入他人设计的受贿圈套而担心被判刑而出逃的副市长，在逃亡路上与蛇头、杀人犯同行，一路险象环生。最终真相浮出水面，受贿圈套的幕后主使——另一个图谋铲除竞争对手的副市长被定罪，副市长因祸得福荣升市长。而《信徒》《驴打滚》《天堂散》描写的则是大学教师、作家等高级知识分子群体。《信徒》中的大学副教授郭敬业，既有体面的社会地位（拥有哲学博士学位的大学教师），又有雄厚的经济实力（从哲学转向风水学并四处走穴赚大钱），却一直遭受妻子的奚落和辱骂，最终奋起反抗杀死了妻子。《驴打滚》的主角是大学教师鹿小茸及其几位同事好友。鹿小茸就职中文系，爱好诗歌，有着诗人特有的率性、冲动、疯癫，因诗歌与同事马朵朵结怨、出走阿富汗、冲击诺贝尔文学奖等，最后在与他人的纠纷和袭击中精神过度紧张而精神失常，由文学意义上的诗人疯子成为医学意义上的精神病疯子。《天堂散》中描写的父亲是一名才气不高的作家，虽历经大半生的辛勤耕耘，却未写出引起众人关注的作品，自然也就没有获得读者的赏识和追捧。然而，一篇尚在构思中的小说《天堂散》改变了父亲不被人关注的局面，成功引起了一位来自石榴村的女人唐浩美的注意。最终，父亲与其一生中唯一的知音——唐浩美——私奔到人间天堂杭州，合作完成了小说《天堂散》，发表后引起轰动大获成功。另外，《中国银行》和《大喊一声》则聚焦下岗工人群体，以近乎残酷的笔法写出了以冯雪花、胡四等为代表的众多下岗工人被时代的改革巨轮碾压的悲惨人生。

由此可以看出，在朱山坡的小说中，农村乡民或城市平民均有着共同的特点：利益被损害的一方。即便是高居副市长职位的政府官员，也没有写他官架子十足受人拥戴光鲜亮丽的一面，而是选取了其作为被人陷害的犯罪嫌疑人落荒而逃的狼狈一面。至于本来就已经处于社会最底层的城市下岗工人和乡村农民，其处境更是被毫无遮拦地显现出来，让人读了倍感心酸、同情和怜悯。这些人物形象作为利益被损害的群体，处于权力和话语的边缘，弱势而受人欺凌，具有一种边缘性。这一人物形象的边缘性，使朱山坡的小说具有了别样的美学面貌，从而远远区别于同是写底层民众的京派作家作品。京派作家老舍的《茶馆》所塑造的常四爷、王利发掌柜等京城百姓形象，虽然最末也走向了毁灭的人生道路，但他们始终有着一种皇城根下的骄傲自满心态，具体表现为对国家时局的关注、个人的报国抱负等。总的来说，朱山坡小说中的人物形象以其独特的边缘性丰富了当代乡土文学的人物长廊。

其二，朱山坡的小说大多讲述非常态的极端生活事件，体现出一种绝望之美。

朱山坡曾说，"在写小说的时候，我认为世界本质上是冷酷的，特别是表现在人与自然、人与人之间的关系上，冷酷是常态"①。从这一冷酷文学观出发，朱山坡在进行小说创作时，着重讲述极端、惨烈的事件，把故事环境设定得极为贫瘠、落后、困顿，将人物推向不可挽回的绝境中，使其小说呈现出绝望的美学倾向。

朱山坡小说中的绝望，首先表现为人的绝望。《空中的眼睛》中的麻丽冰，为了能吃上白花花的米饭，丧夫后立即委身嫁给了碾米机房的阙富；为了能吃上使脸白胖、皮肤细嫩的猪肉，将自己的身体当作交易筹码给了肉行的屠夫；为了讨好新来的镇长，不仅赔上了身体、名声还差点儿把儿子的性命搭上；为了生存，在被撵出谷镇后不得不靠捡垃圾为生，但最后还是失去了最疼爱的儿子。类似还有《米河水面挂灯笼》中的阙大胖一家，或被淹死，或被车撞死，或因故意杀人而被判死刑，随处可见死神的足迹。假如说，《空中的眼睛》和《米河水面挂灯笼》主要表达的是个体的绝望，那么，《捕鳝记》所写的绝望则超出了个体而属于整个年代。小说以"我"为叙述视角，讲述了饥荒年代中父子俩的捕鳝经历。父子高举火把沿河蜿蜒而行，没有发现任何能吃的东西，包括树皮草根和鳝鱼、蛇。待走到河尽头，看见的却是妈妈与众人的一具具白骨。腹中无一物的父子俩，很快也饿死化成了白骨。从个体到年代的绝望，朱山坡逐一揭开了人类生存境况的脆弱、困顿、无助。

在书写这些绝望时，朱山坡使用了荒诞、扭曲的笔法。他坦言："或许将正常的世界扭曲给人看，实际上是一种荒诞。有些东西在扭曲、变形的情况下往往比正常状态下看的更清楚、透彻，更逼迫真实，也更有力量。"② 换言之，朱山坡通过扭曲和变形，将不合情理的情节（甚至不可能的情节）通过一种细致的描写，让人感到进入了一个虽然不合情理但比现实更真实的世界。在这一绝望的困境中，虽然朱山坡没有给予我们希望，但他给予了别的更珍贵的东西——一种神奇的、黑色的美。就如米兰·昆德拉所说："美是当人不再有希望的时候最后可能得到的胜利。艺术中的美就是从未被人说过的东西突然闪耀出的光芒。而这一照亮伟大小说的光芒，时间是无法使它黯淡的，因为，人类的存在总是被人遗忘，小说家的发现，不管多么古老，永远也不会停止使我们感到震撼。"③ 或许从这个意义上，我们才得以读懂朱山坡那晦暗没有光亮的人类困境，才得以发掘出

---

① 橙子：《朱山坡：从不同视角观察新乡土》，《南宁日报》，2006 年 6 月 16 日。
② 橙子：《朱山坡：从不同视角观察新乡土》，《南宁日报》，2006 年 6 月 16 日。
③ 米兰·昆德拉著，董强译：《小说的艺术》，上海：上海译文出版社 2004 年版，第 167 页。

其小说真正的价值。

其三，朱山坡的小说结构往往令人意想不到，体现出一种超出常理之外的奇崛之美。

一篇小说佳作，以结构取胜。小说结构犹如其肌理，直接决定了小说的整体面貌。在创作上，小说结构遵循起承转合的章法。清代文论家刘熙载在《艺概》中总结道："起、承、转、合四字，起着，起下也，连合亦起在内；合者，合上也，连起亦在内；中间用承用转、皆顾兼趣合也。"朱山坡写小说，善于在结构上下功夫，尤其讲究起承转合的合理运用。其最为擅长的短篇小说，更是尽显结构布局之力，读来不禁让人击掌叫绝。朱山坡认为，"短篇小说不仅要讲故事，还必须尽最大努力把故事讲清楚、讲精彩"[1]。这里的"讲清楚"，指的是故事脉络上的清晰，要求故事有头有尾、人物关系交代明白，需要作者着力结构章法中的起和合部分。而"讲精彩"则指故事叙述的曲折，要求故事发展一波三折，需要作者着力结构章法中的承和转部分。正是出于对"讲精彩"的追求，朱山坡的小说结构往往超出日常逻辑，形成一种独特不凡的奇崛美。

朱山坡小说中的奇崛美，主要表现为结构情节的大转折。小说《等待一个将死的人》具有精心安排的起承转合结构。篇首的一段文字，言简意赅。"春天刚过，突然来了一场洪水，把米河上的石拱桥冲垮了，还来不及修复，便传来阙越要回来的消息，村子一下子就紧张起来了。大人不让孩子们乱跑，严令他们呆在屋里。正在搭桥的人似乎也有些不知所措，中午时分，懒散地躲到山坡上的树荫下，等待一个将死的人通过他们草草搭起的浮桥。"当中，洪水冲垮米河上的石拱桥、一个将死的人阙越要通过草草搭起的浮桥，这几个词语和句子暗藏丰富的信息量，不仅交代清楚故事的缘由和主旨——为什么（水冲垮桥）、做何事（将死的人要过桥），而且通过"来不及""严令""不知所措"等形容词的使用渲染了紧张、慌乱的气氛，为故事的进一步展开造势。可以说，这段篇首文字作为整部小说的"起"部分，非常出彩，预示着后面精彩的故事情节，成功吸引读者的眼球和好奇心。在接下来的"承"和"转"部分，作者承接篇首引出的事件，铺设了两条叙事线索，一条是得了癌症的阙越返村回家等死，另一条却是哥哥出村到镇上为患病母亲购买救命的药。这两个线索，一条回村（往死），一条出村（往生），看似相互分离互不相干，但因二者都要趟过米河上的桥而发生交织、缠绕，推动故事情节向着出乎意料的方向发展。

---

① 朱山坡：《短篇小说没有问题》，《广西文学》，2015年第2期。

在众人的帮助下，将死的阙越历经艰险渡过浮桥，如愿回到家中静养等死，但没想到夺去其生命的并非病魔，而是其儿子忍受不了父亲对母亲的辱骂后的枪杀。与此同时，哥哥出村到镇上抓药，发现药铺少了一味药，放弃配药无功返回村子，因与搭桥的人发生口角而不得渡河，便沿着河岸往南走，直到永远消失在人们的视野之外。小说的最后，两条线索并行浮现——阙越死后其妻儿被一个身材魁梧的外乡汉子接走、母亲等不到哥哥及其救命药的回来而奄奄一息，再次应和篇首桥断和人将死的主旨。显然，桥与人均带有深刻的寓意。桥是米庄人通往外界的唯一通道，桥断，通道断，意味着阙越、母亲等米庄人生命的终止，而阙越妻儿被外乡人接走又似乎预示着新的人生的开始。这关于生命的深刻理解，镶嵌在其小说结构中，出乎意料却耐人寻味。

此外，朱山坡小说中带有诡异之气的结局，亦不失为一种极具个人化标签的奇崛美。小说《陪夜的女人》的结尾，陪夜的女人按照当地风俗，将垂死的老人背到堂屋。老人的离世标志着女人陪夜工作的结束。这个名字和身份均未明的女人，如同第一次驾船来到村里般，也是自己开船离开村子的，"就在转眼间，船消失得无踪无影，只剩下浩瀚的江水和四向逃逸的雾气"。同样以"消失"作为结局的，还有小说《躺在表妹身边的男人》。当表妹最终意识到之前在车上躺在其身边的男人是一具尸体时，顿时陷入癫狂状态，"表妹满脸惊恐，猝地扔掉双拐，双手拼命插头发，歇斯底里地往车站门外狂奔，但由于身体失去平衡，几次摔了跟头，甚至嘴巴啃了泥土，脸也摔破了，但她仍狂躁不堪，爬起来又跑。……只有一条腿的表妹像折翅的鸟，最后重重地摔倒在一道狭窄的臭水沟里，假如是夏天将会惊起一堆苍蝇"。而在车上一直蒙骗表妹的小男人，则忙于指挥人们抬其表哥的尸体回家，"小男人肥大的西服披在他的身上看起来十分夸张、滑稽，寒风将他的头发吹成了鸡窝。尽管他的左腿有点瘸，但他走得很快，一会便随抬担架的人连同担架上的男尸一起消失在小巷尽头"。这些文字，生动地为读者呈现了谜一样的主人公消失隐去的情景，极富镜头画面感，为小说增添了几分神秘、诡异的气息，奇崛而不落俗套。

四、结语：边城的苦难与温情

或许是朱山坡幼年经历和观察到的边城生活过于艰苦，其从粤桂边城出发的小说创作，往往与苦难有关，残酷、无奈却又充满温情。

早期朱山坡的小说书写的是边城的苦难。朱山坡曾说,"'关注底层,透视苦难'是我小说创作的理想"。在作品中,他通过一系列底层人物形象,赤裸裸地向读者展现了苦难的底层人生百态。其中,有执着追求希望却无法得到实现的小人物,如《米河水面挂灯笼》中老实巴交的猪郎公阙大胖,满足于公猪和小女儿的陪伴,却接连遭遇了大小女儿被人强奸、水稻改种灯笼椒的失败、为女婿背负大笔债务、外孙小宝意外淹死、公猪被浸死、小女儿被车撞死等不幸;有无法把握自我命运并麻木接受外在力量改变的残疾人,如《两个棺材匠》① 中的何苦,原有着擅长跑步的修长双腿,却在比赛中遭到对手的恶意报复,被迫截下了比赛时最先到达终点的那条腿,但他很快适应了残疾后的生活,由原先与时间比快的跑步健将变成了临时间之末与死神亲近的棺材匠,在慢节奏的生活中享受着做棺材的乐趣;还有处在社会末端受尽各种欺凌的无辜精神病人,如《山东马》② 中的山东马,被阙三兄弟当作一头干农活的牲口来使用等。对此,朱山坡曾解释道,"在写小说的时候,我认为世界本质上是冷酷的,特别是表现在人与自然、人与人之间的关系上,冷酷是常态……将正常的世界扭曲给人看,实际上是一种荒诞。有些东西在扭曲、变形的情况下往往比正常状态下看得更清楚、透彻,更逼迫真实,也更有力量。"③ 从这一冷酷美学观念出发,朱山坡在早期创作中常采用冷酷的笔法将底层乡亲种种被侮辱与被损害的苦难血淋淋地剖开给读者看。

在经历了短暂的冷酷显现苦难的创作阶段后,朱山坡转变了创作态度。他并未停留在展示苦难景象的层面上,而是深入到苦难的承受者——乡亲们的内心世界,用悲悯的情怀、温和的笔法来书写乡亲心底的善良和温情,还给予乡亲以宝贵的人格尊严。

这一转变首先出现在 2007、2008 年发表的《跟范宏大告别》④ 和《陪夜的女人》⑤ 两文上。《跟范宏大告别》的老人阙天津,在即将离开人世前执意要向范宏大忏悔"偷"他媳妇的过错,这一年轻时犯下的过错导致了两人日后迥异的人生——阙天津享有家庭的温暖,而范宏大则孤独终老乞讨于菜市。阙天津懊悔地说道:"我觉得自己就是一个贼,偷走了范宏大的福气……我一辈子就只做了这一回贼。这回贼做得不光彩呀。"在这些

---

① 朱山坡:《两个棺材匠》,《花城》,2005 年第 6 期。
② 朱山坡:《山东马》,《青年文学》,2006 年第 2 期。
③ 橙子:《朱山坡:从不同视角观察新乡土》,《南宁日报》,2006 年 6 月 16 日。
④ 朱山坡:《跟范宏大告别》,《天涯》,2007 年第 3 期。
⑤ 朱山坡:《陪夜的女人》,《小说月报》,2008 年第 11 期。

自责的话语中，人们不难感受到老人迫于现实生计的无奈选择与心灵深处淳朴善良间的冲突，进而理解和原谅他的过错，使他得以无憾地尊严离世。《陪夜的女人》的陪夜的女人，在一个与己无关的陌生村庄里，用自己的宽容和隐忍默默承受了一个老头临死前的厌世咒骂、恐慌焦虑、挑剔指责以及周围人们不怀好意的猜测、冷漠的白眼，最终使老人熬过了等待死神来临的艰难时光，并在平和、安详的氛围中与世长辞，获得了人们最后的尊重。

　　此后，朱山坡延续了对乡亲善良和尊严的书写。在《爸爸，我们去哪里?》一文中，朱山坡通过两条叙事线索——一对乡村父子与一位怀抱小孩的女人的平行展开和交叠重合，编织了一个关于恻隐之心的故事。最初，互不相识的父子与女人因同坐一条船而发生交集，丧妻多年的父亲察觉了女人的饿意和疲惫，掏出身上仅有的粮票相送，但女人拒绝了父亲的好意。随后，父子与女人因船到岸的缘故而分开各赶各的路。在赶路的过程中，父亲发现了女人瘸腿的身体缺陷，"似乎动了恻隐之心，几次靠近她，但不知道应该为她做点什么"。再后来，父子与女人在氮肥厂再次重遇，原来父亲的兄长和女人的丈夫均被判了死刑且都要在此处享用上刑场前的最后一餐。父亲与女人为了让各自的孩子与素未谋面的亲人见上一面，不仅得花去原先预留买回程车票的钱，而且还得脚踏上人梯的肩膀才够得着窗户往里看犯人的用餐。在女人因为腿的残疾无法踏到人梯肩上时，父亲突破了向来懦弱的个性，果敢地从周围冷漠旁观的人群中挺身而出，先是用语言鼓励女人，后用自己的身体艰难地帮助女人及其孩子完成了见面。见面结束后，父亲与女人再次不辞而别各奔回程，父亲此时却因目睹了女人的不易而觉悟般地爆发了内心的责任感，向儿子叫嚷着"你没看见她一整天没吃饭了？你没看见她的孩子病了？你没看见她的左腿瘸成那样……""她是你妈妈""我们必须把她带回家去……"这部作品通过描写父亲前后的变化——从恻隐之心到果敢地帮助再到带回家的责任担当感，刻画了一个同处困境却不忘帮助他人的父亲形象，同时也让人们对这位父亲体面而富有尊严的举动心生敬意。此外，在《骑手的最后一战》中，朱山坡化用了骑手的绝妙比喻，使用诗意与激情并存的语言，描写了一位从乡土走出来的老军人在饱受病痛折磨的人生最后时刻与命运所做的搏击——"父亲骑着马追随火车消失在漫长而黑暗的隧道里，再也没有回来"。这一充满画面质感的精彩搏击，树立起一个伟岸的父亲形象。他张扬着挑战困难的大无畏精神，散发着阳刚的男性气息，给人以肃穆的尊严感。

　　仔细阅读这些作品，不难发现朱山坡通常设置了生与死交界的特殊情境来凸显乡亲们的善良和尊严。或许对于朱山坡而言，底层乡土的生存是艰辛的，处处布满了苦难与不幸的陷阱，乡亲们终日疲于奔命应付生活的困境，被裹挟进生活的强大惯性中而暂时遗忘了人之初的善和人之为人的尊严。只有在面对死亡的时候，才得以从容停下奔波的脚步，浮现心灵深处的善和尊严。也正因为这些对善和尊严的书写，朱山坡还原了一个更真实的边城乡土世界——不仅存在苦难的悲怆，还存在苦难所无法磨灭的人间温情。期待朱山坡今后创作出更多让人感动和温暖的佳作。

第十一章 文化艺术批评

个案一：文化视野下的原始文身

最初，当人类站立在大自然面前时，并不如今天这般傲然屹立。在依然恶劣的自然条件下，进化后的人类没有了动物用以抵御外界环境的皮毛利爪，却发展了比动物更高级、更复杂的思维智慧。自然力的强大对比于人类自身的弱小，强烈的反差促使拥有高级智力体系的人类，逐步创造出能在某种层面上增强自身力量的体外文化，用以调节人类与自然的关系。于是"由于人的缘故，自然演化为文化；由于文化的缘故，人类找到了真正的人的本质"①。

原始文身是人类较早的一种文化艺术，它相当普遍地存在于各原初民族之中，是原始先民在特定社会历史阶段，受实用功利巫术意识驱使，不自觉成形并发展起来的。作为一种原始艺术类型，原始文身蕴藏着天真幼稚、浑厚朴拙的审美意蕴，扩张着人类童年时期浑朴的原初美学张力。原始文身是早期人类文化中的一种独特精神活动，深深浸润着活动主体的特质。本文通过原始文身的界说、源起、美学意蕴等方面，试图挖掘其折射出的原始人类本真的、包括意识观念、思维方式、审美机制在内的文化—心理世界。

一、原始文身的界说

文身是人类最古老的一种文化习俗，它伴随着不同种族的成长历程，穿越历史的风烟而流传至今。然而，现代社会的文身几乎没有了原始文身蕴含的丝毫不给人以任何做作的天真、自然的质朴之美，而更多地带上了

---

① 亚·泰纳谢：《文化与宗教》，中国社会科学出版社 1984 年版，第 3 页。

现代人所谓的猎奇、时髦、哗众取宠的庸俗之味。基于此，下文排除了对现代文身的讨论，而集中力量探析流传在原始社会时期及现今少数几个原始部落中的文身习俗。

原始文身包括三种形式：画身、劙痕、刺纹。以下逐一介绍：

1. 画身

顾名思义，画身就是用有颜色的材料在身体上涂制图案。画身是文身三种形式中最易操作的一种。画者可以根据自己的喜好、情绪，随时随地地用各种颜色在身上涂制任何图案。在保持着原始民族装饰观念的澳洲土人的袋鼠皮行囊里，就经常储藏着用来画身的白垩、红色、黄色的矿土。遇到重要的时刻（宴会、成人仪式、战争），他们就会用各种颜色涂抹身体①。甚至，还有学者提出画身很有可能是文身最初的形式，是劙痕、刺纹的最初起源。因为画在身体表层的图案会随着时间的推移，日晒雨淋，慢慢褪色，直至完全消失。而劙痕、刺纹的方法却可使图案永久地保留在人们的身上。于是当原始先民想要将那些奇异的图案永久地存留在身上的时候，画身自然就发展成为劙痕、刺纹。

2. 劙痕

劙痕被视为文身中最残酷的形式。劙痕者用贝壳或石刀在身体各部位割刻，使劙伤之处能在愈合后凸起来，产生类似浮雕的效果。更甚者有些原始部落为使发炎的部位更扩大，特意在伤口处涂抹上泥土或植物的汁液，以产生更显著的痂纹。一般来说，肤色较浅的部族会用刺纹的方法，而肤色较深的部族则采用劙痕，格罗塞就曾考证"黄色的布须曼人和铜色的埃斯甚摩人实行刺纹，而深黯色的澳洲人和明科彼人则用劙痕"②。

3. 刺纹

刺纹又称黥纹，使用的工具多为锐利的针状械物。纹者或用针状物刺刻皮肤，渗以颜色；或用连有线的针状物穿皮而过，使线的颜色存留在皮肤之内。刺纹最突出的优点就是可绘制精美的图案，因而赢得了不少原始民族的青睐。我国古代的百越族、南太平洋的黑利人、北极圈的因纽特人都广泛地存在着刺纹的风俗。

在原始社会，由于种种条件的制约，散布在不同地域的各原始民族都自为一个整体，相对封闭、独立地生活着，甚少与别的民族有联系交流。然而，令人惊奇的是，即使在这种缺少交流的情况下，许多原始民族都不

---

① 格罗塞著，蔡慕晖译：《艺术的起源》，北京：商务印书馆1984年版，第43–44页。
② 格罗塞著，蔡慕晖译：《艺术的起源》，北京：商务印书馆1984年版，第52页。

约而同地在自己民族内部各自发展了独具特色的文身习俗。现今，大量的考古学、民俗学、人类学调查资料已经证明：文身不仅是人类最古老的一种艺术形式，而且是人类各原始民族普遍共有的文化现象。

在我国，在出土于半坡文化遗址的人面形陶盆上，人的面部有清晰的鱼形花纹。据考古学家考证，这种人面与鱼纹相结合的图案，表明了当时（新石器时代）人们已有文身的习俗[①]。半坡人面彩陶盆也就成为我国有关文身习俗最早的实物例证。在文字记载方面，文身一词最早出现在《谷梁传·哀公十三年》："吴，夷狄之国也，祝发文身。"注曰："祝，断也。文身，刻画其身以为文也。必自残毁者，以辟蛟龙之害。"[②] 在另一部典籍《礼记·王制》中也有记载："东方四夷，披发文身，有不火食者矣。南方曰蛮，雕题交趾，有不火食者矣。"注曰："雕，刻也。题，额也。刻其额以丹青涅之。"[③] 这不仅说明文身在我国的源起可上溯到遥远的荒蛮时代，而且还有力地证明了文身是我国远古时代各少数民族普遍的一种文化风俗。

即使是远在严寒地带的原始部落，也同样盛行文身。居住在北极圈内的因纽特人，因气候严寒，身体不得不常年包裹在厚实的衣物之内。然而，细致的因纽特女子依然热衷于对面部及手部的文刺："黥于两颊，下颚作无限的小圈点与扇形的线条，黥于手者，颇类蜗牛形。"[④] 此外，生活在热带的澳洲土人也有类似习俗。

为何文身能成为各原始民族普遍共有的文化现象呢？笔者认为这与原始社会的生产实践有密切的关系。从人类社会历史发展史考察，原始社会是一个鸿蒙初开的世界，人与社会都处在刚从动物界、自然界脱离，尚未开化的混沌之中。相同的恶劣生存环境，相同的自身力量发展不完善，使分布在不同地域的原始先民都处于一个相似的低下生产力状态。生产力决定包括精神世界、生产方式等在内的一切非物质因素，这就直接导致了各不同民族之间的共同性始终大于使之相互区别的特殊性。因此，在同样的生产实践活动中，原始先民生长了相近的思维方式、心理机制，进而沉积了相近的文化习俗。原始文身也就得以普遍地存在于各原初民族之中。

由于历史条件的限制，原始人类没有留下也不可能留下任何文字记载

---

① 刘敦愿：《再论半坡人面形彩陶花纹》，《考古通讯》，1957年第5期。
② 阮元校刻：《十三经注疏·春秋谷梁传注疏》，北京：中华书局1980年影印本。
③ 陈晧注：《礼记》，上海：上海古籍出版社1987年影印本，第74页。
④ 岑家梧、李则纲：《图腾艺术史·始祖的诞生与图腾》，上海：上海文艺出版社1988年影印本，第48页。

史料，这给后人的研究带来了极大的困难。在这种情况下，原始文化习俗也就成为后人研究原始人类心理状态、思维特点、意识以及观念等的有力凭借。因为，正如前面所做的分析：相近的思维方式、心理机制，沉积了相近的文化习俗。同样的，相近的文化习俗也从一定程度上折射了相近的思维方式、心理机制。从这个意义上说，透过原始文身，我们或许可以达到隐藏在其背后的原始人类深层文化—心理世界。

二、原始文身的源起：巫术意识

文身属于象征型艺术。象征型艺术最突出的特点就是其作品的抽象性。抽象性带给人们的是意义的不确定、观点的模糊。于是，当现代人在面对原始文身那独特的色彩、奇异的条纹时，总是很自然地把原始文身的起源与原始先民追求美的心理联系在一起。其实这种把原始文身的起源简单归结为审美因素的做法存在着很大的认识误区。俄国美学家普列汉诺夫在探讨关于美和艺术的起源问题时，总是坚持"以功利观点对待事物是先于审美观点对待事物的"[①] 原则。换句话说，功利的需要是原始人类最基本的需要，他们包括艺术创作在内的全部活动都具有不同程度的实用目的和意义。基于此，笔者认为：促使原始文身最后成形的动因，是原始先民包括动物崇拜、自然崇拜在内的一系列颇具实用功利色彩的巫术意识。

人类社会是从完全野蛮的状态中发展起来的，在原始人类懂得种植庄稼和饲养家畜之前，先民们同大自然的关系也如动物同大自然的关系般处在一种纯天然的直接相对状态。由于智力发展的不完全，原始人类关于人的观念还没有从混沌的自然物的观念中分化、独立出来，也就谈不上正确解释自身的起源问题了。于是，在这种动物般的生产方式和生活状况中，原始人类直觉地感受到了自己与动物的同一性，萌生了人类与动物有着某种血缘关系的朦胧观念（这种血缘关系的朦胧观念尤其明显地指向与自己氏族集团生产、生活有着密切联系的某一特定动物上）。这种血缘关系的朦胧观念被后来的学者称为动物崇拜。

在这种动物崇拜观念的驱使下，原始先民借各种形式来强化自己的氏族种属概念，文身就是其中的一种。原始文身中有大量的文身图案，此类对动物形象的描绘绝非仅有模仿的意思，它还表征了某种神秘的观念。半

---

① 普列汉诺夫著，曹莱华译：《论艺术（没有地址的信）》，北京：生活·读书·新知三联书店 1964 年版，第 93 页。

坡人面彩陶盆上的人面鱼纹图案，除清楚地画出五官，脸部还有不少鱼状块纹。人面与鱼纹结合表示人与鱼共生某个氏族的意识观念。生活在云南省的怒族，16 世纪还处于新石器的晚期，至今还保留着原始文面的习俗。相传在远古时代，蜂与蛇交配，生下怒族的女始祖茸英充，茸英长大后，又与蜂、虎、蛇、马鹿等相交，所生的后代即为蜂氏族、虎氏族、蛇氏族、马鹿氏族。这些氏族的后代就以文面文身的方式对自身进行再塑造，以标识自己属于哪一个氏族[1]。同样保留着原始画身习俗的摩魁斯人在参加竞走、跳舞、集合等部落性活动的时候，各部落成员就会将自己本部落的图腾记号绘于身体上，以做标识。如野牛部落的人就把野牛头绘于脸部、胸部[2]。此类奉某一动物为自己部落图腾标识的做法源于原始人的动物崇拜观念。

除了动物崇拜外，原始先民还对周围包括植物、河流、山川等的一切自然物有着一种神秘的亲族联系感。法国人类学家列维－布留尔把原始人意识中对于种种自然物相互联系的幻觉想象，归结为前逻辑思维操控的产物。他认为"对于这个思维来说，没有一种变化、没有一种成因、没有一种远距离作用是如此奇怪和不可想象以至不能接受的。人可以从山岩里生出来，火可以不燃烧，死的可以是活的"[3]。在这种原始思维的影响下，周围环境对于原始人来说，就更充满了神秘、危险：雷电风雨的发作可能是因为人们微小的过失而遭到的惩罚、狩猎野兽的失败可能是因为触犯了某一神灵……于是为了减轻生存斗争的沉重压力，原始人逐步创造出一系列能够加强自身力量、调节自身与自然界的联系。在巫术仪式中，原始先民不自觉地采取了画身来强化自己的力量。起先，原始先民可能是无意识地用有颜色的泥土往身上随便乱涂。这些涂抹在身上的条纹圆圈等各种图形本身是静止的、单调的、无实际意义的。然而，在巫术仪式进行过程中，因人体的各种动作的扯动，静止的图形开始变形、活动起来。在原始人看来，这无疑是受了一种奇异力量的驱使。于是，文身作为一种加强自身力量的形式开始流传。证明此种说法合理化的证据是原始人对文身颜色的选择。德国艺术史家格罗塞、我国美学家朱狄在各自的著作中，都不约而同地认为：在原始文身中，象征生命力的红色不仅是最初也是使用频率最高

---

①　华梅：《服饰与中国文化》，北京：人民出版社 2001 年版，第 13－14 页。

②　普列汉诺夫著，曹葆华译：《论艺术（没有地址的信）》，北京：生活·读书·新知三联书店 1964 年版，第 93 页。

③　列维－布留尔著，丁由译：《原始思维》，北京：商务印书馆 1984 年版，第 443－444 页。

的色彩。当然，随着时间的推移，产生于巫术仪式的文身被原始先民广泛地运用到日常生活中，文身的颜色也由原先单一的红色逐渐发展为各种色彩的并用。

无论文身最早是起源于动物崇拜，或是巫术仪式，又或者两者同时产生，它们都无一例外地统一于原始人类包括动物崇拜、自然崇拜等在内的一系列巫术意识的大前提下。笔者认为在对文身源起的问题上，理清其起源的深层文化心理是具有指导意义的，而无穷地纠缠于其到底起源于何时、何地、何种行为是没有多大实际意义的。因为以文身为代表的原始艺术并不严格等同于现代文明社会中艺术的概念。确切地说，原始艺术是"艺术从萌芽期向成熟期的过渡，或者说，是从非艺术向艺术的过渡"①。作为处于如此独特状态中的原始文身，也就具有了既是艺术又不是艺术的双重性：一方面它确实包含着让人产生美感的因素；另一方面，它的产生说到底还是为了满足先民们功利的需要。于是，由于原始文身非艺术性与艺术性的混杂，确定其作为一种艺术类型诞生的时间、地点、原因也就变得困难起来。然而，也正是因为原始文身集功利与审美于一体的独特性，我们才得以窥见原始先民从实用功利动机到纯粹审美愉悦过渡的深层文化—心理世界。

三、原始文身的美学意蕴：自然浑朴的原初美

美学家黑格尔曾说过，每种艺术品都属于它的时代和民族，各有其特殊环境，依存于特殊的历史和其他的观念和目的。确实，原始文身作为一种特殊的艺术类型，是原始先民在生产力极其低下的社会状态中，从人与自然混沌相交的心理机制出发而形成并发展起来的集混沌性、功利性、多种观念意识于一体的艺术类型，因此，对原始文身美学意蕴的探讨，也就离不开对特定历史条件下的原始先民审美心理机制的梳理。

人的意识是逐渐形成的，人类社会也是从大自然的荒蛮中开拓出来的。由于幼年时期人类智力发展的不完全及当时社会生产力的低下，原始先民还不能从正确的因果关系上解释自然界种种物理变化和各物种间相生

---

① 邓福星：《艺术前的艺术》，济南：山东文艺出版社 1986 年版，第 3 页。在该书中，邓福星认为原始艺术不能等同于史前艺术。因为史前艺术从编年史的意义上限指人类社会成文史以前的"艺术"；而原始艺术除了包括史前艺术，还特别包括现存原始部族的艺术。笔者忽略了两者的细小区别，而是按学术界的习惯，把原始艺术与史前艺术做同一范畴的概念来处理。

相克的关系。于是，先民逐步形成了一种认为一切万物都处于混沌的联系与变化之中的自然观与宇宙观。这种自然观与宇宙观既建立在原始人类关于种种自然物相互联系的非真实想象的幻觉心理基础上，又反过来增强了原始人类这样一种能够引起幻觉的心理功能。这种神幻的思维方式，建构了原始艺术得以产生和发展的审美心理机制。可以说，原始先民审美心理机制最突出的特点，就是这种整体性、经验性、表象性、直觉性的神幻思维方式。

从这种神幻的心理机制出发，原始人不仅奉某一图腾为氏族标志，还"以图腾图象附着于身体之上，即代表图腾祖先的存在，赖此发生魔术的保护力，避免蛟龙之害"①。《淮南子》："九疑之南，陆事寡而水事众，于是人民断发文身，以象鳞虫。"高诱注曰："文身刻画其体，纳默其中，为蛟龙之状，以入水蛟龙不能害也。"显然，在原始人的意识中，有了这个图腾文身，他就能与自然界相通，与自然界对话，求得祖先神灵的庇护，求得自身力量的加强，求得风调雨顺……所有的这些幻想，在理性思维发达的现代人眼里，是荒唐的、不合逻辑的。而对于受前逻辑思维（列维－布留尔语）控制的原始先民而言，他们却从未怀疑过这些幻想，甚至真心诚意地继续着这些神奇的幻想。因此在原始先民不可思议、漫无边际的幻想中，始终贯穿其中的是一股真挚而炽热的情感。当这股情感伴随着幻想投射到其载体（具体的艺术形式）身上时，原始文身也就显示出了一种带有自然浑朴色彩、神奇而真挚的美学张力。

或许对于原始先民来说，原始文身最先带给他们的是一种实用功利目的的生存需要的满足，而并非审美情感的愉悦。然而，原始文身毕竟是原始文化中一种独特的艺术形式，其从诞生之日起就蕴藏着后来艺术所以成为艺术的因素——令人产生美感的特质。随着人类改造自然能力的逐步增强，审美能力的不断发展，原始文身渐渐脱离了实用功利的需要，开始以一种单纯满足人们审美需要、纯粹艺术功能的面目出现，开启后现代艺术之门。

简易的图纹加上纯朴的色彩，这就是自然朴实的原始文身。就艺术技巧而言，原始文身远不及绘图越来越精细、颜色越来越多样的现代艺术。然而，即使是在欣赏了大量个性突出的现代艺术品之后，当现代人面对原始文身时，依然惊异于其所带来的自然天真、浑厚朴拙的审美愉悦感。如

---

① 普列汉诺夫著，曹莱华译：《论艺术（没有地址的信）》，北京：生活·读书·新知三联书店1964年版，第93页。

果说现代人的审美趣味多以精巧细致为主要趋势的话，那么，原始人对美的朦胧感受则以自然简朴为特色。这种自然简朴的风格同人类童年时期所特有的勃勃生气相结合，使得原始文身从怪异的图纹色彩中透露出一种自然浑朴的原初美。原始社会早就离我们而去，它的社会结构对我们来说已无多大的价值，但从这个消失了的时代产生的原始文身，因其难以复现的审美心理和审美特色，至今还向我们散发着迷人的魅力。

个案二：此花不在你的心外
——从生命本体论看艺术活动中的人与世界

一、生命本体论中的艺术

马克思曾经从人类生命活动的整体观照出发，把人的本质规定为自由直觉的活动。他说："生命活动的性质包含着一个物种的全部特性、它的类特性，而自由自觉的活动恰恰就是人类的类的特性。"[①] "自由自觉的活动"不仅划清了人与动物的界限，也因区别于现实中失去自由性质的人类活动而成为人的理想本性。现实中的人们受困于饮食男女等基本生理物质需求，不得不被动地把大部分的精力投入到满足此类需求的活动中，几乎忽略了在生理物质需求遮蔽之前的世界的本源意义，遗忘了人的自由生命本质。因此，人们的现实活动带有过于浓重的功利色彩，呈现出不自由的表征，远远偏离了人的本质（自由自觉的活动）。而在艺术活动中，人们在审美的超功利性牵引下，自由地超越现实世界种种必然规则的限制，借助一定物质材料或符号系统来实现对生命本源的感悟以及对美好理想的憧憬，诗意地栖居在劳作的大地上。因此，艺术不仅是人的一种自由直觉的生命活动，而且是人的理想本性的全面展开。

"艺术不仅是人的一种自由直觉的生命活动，更是人的理想本性全面展开"，这是从人类生命本体论的层面对"艺术"所做的界定。所谓"生命本体论"，就是指思与生命的对话。它着眼于"从人的角度看世界，人

---

① 马克思著，刘丕坤译：《1844 年经济学—哲学手稿》，北京：人民出版社 1979 年版，第 50 页。

的本质内在于世界的本质，世界与人是一种同构关系"①。就生命本体论而言，艺术活动中的人与世界不再表现为传统认识论意义上物质实体的主客两分、二元对立，而是一种生命本体意义上的主体自我与客体对象的平等对话、相互交流②。具体来说，人与世界在艺术审美态度中表现为主体的超越功利及客体的自由无限，在艺术创作中表现为物我相融相契。

二、艺术审美态度：主体的超越功利及客体的自由无限

艺术审美态度指的是人对艺术所把持的一种价值尺度，它是决定艺术区别于其他物质精神活动而成为艺术的关键。作为一种价值取向，艺术审美态度体现了作为艺术活动主体的人对生命本源、世界意义的思考。作为对自身世界的思考，审美态度必然涉及人、世界、人与世界的内容。而人与世界在艺术审美活动中已经转化为审美主体与审美客体。因此，这里所讨论的审美态度主要包括两方面的内容：一为审美主客体的各自定位；二为审美主客体相互间的关系。

据《传习录》记载："先生游南镇。一友指岩中花树问曰：'天下无心外之物。如此花树，在深山中自开自落，于我心亦何相关？'先生曰：'你未看此花时，此花与汝心同归于寂，你来看此花时，则此花颜色一时明白起来，便知此花不在你的心外。'"③这里的"心"代表了主体，"花"代表了客体。"友人"与"先生"关于"心"与"花"的讨论实质上是传统认识论与生命本体论关于审美主客体各自定位与审美主客体之关系的论争。

第一，关于审美主体、审美客体的界定。

"友人"明确地把主体客体定义为两个独立的物质实体。他说"花于我心无相关"，"花"指代客体，"心"指代主体，两两转换，变为"客体于主体无相关"。这意味着主体是主体，客体是客体。在物质形态上，它们是两个独立的实体；在主体思维中，客体永远被排斥在主体的生命体系之外，即使客体出现在主体的生命活动内，它也是以"被主体使用的客

---

① 潘知常：《诗与思的对话》，上海：上海三联书店1997年版，第21页。

② 传统认识论认为，人与世界在艺术活动中转换为主体与客体的范畴。严格来说，生命本体论并不提倡甚至极力否定"主体"与"客体"的划分，而以"自我"与"对象"指称艺术活动中的人与世界。本文忽略了主体—自我、客体—对象这两对范畴带来的传统认识论和生命本体论内涵的区别，而统一以"主体""客体"代之。

③ 王阳明著，阎韬注评：《传习录》，南京：江苏古籍出版社2001年版，第289页。

体"的身份存在，而非客体本源生命存在的面貌。这种坚持主客体的二元对立正是传统认识论的基本立场。

不同于"友人"物质层面的定位，"先生"把主客体界定为范畴意义上的两个非物质理想体。主体客体具有双重特征：既是实体范畴又是关系范畴。就实体范畴而言，它们是各自独立的实体，因此，主客体在互不发生交集的情境下，两者"同归于寂"；就关系范畴而言，它们相互规定、相互依存、相互联系，离开主体无所谓客体，离开客体无所谓主体，必要时主客体位置还相互转换。这就是"你来看此花时，则此花颜色一时明白起来"的缘故。以一种超越物质层面的眼光看待生命本源，"先生"的立足点显然是生命本体论。

第二，关于审美主客体关系的探讨。

"友人"眼中的审美主客体是使用与被使用的关系。他的审美理念是"天下无心外之物"。根据主客二分论，他口中的"天下"并非通常意义的太阳底下的大地万物世界，而是指从主体出发被主体纳入其视野范围内的世界。也就是说，"天下"是主体个人的"天下"，是"心"的代名词。"天下无心外之物"就是"心无心外之物"。这是一种强调主体地位的传统认识论。在此认识论的控制下，主体与客体处于使用与被使用、主导与隶属的认识状态。主体是主导，是一切，凡事须为主体所用。客体是"被主体使用的客体"，它被剥夺了自我存在的自由，自身生命的本源意义被遮蔽得严严实实，以主体需要的面目存在着，应合主体的使用。此状态最突出的特征是主体的功利性与客体的不自由。

"先生"眼中的主客体处于平等对话的统一中。他的审美理念是"此花不在你的心外"，即"此花在你的心中"。这是对"花"与"心"同在的强调，是一种生命本体论意义上的主客体关系。事实上，在艺术活动中，主体是超越功利的，是人本质的全面展开；客体是自由无限的，是主体的价值对象。理想的主体与理想的客体在意向性的水平上交流往复，彼此促发，甚至相融相契。这就是"先生"所说的"你未看此花时，此花与汝心同归于寂，你来看此花时，则此花颜色一时明白起来"。

在艺术活动中，审美主体与审美客体都非客观存在物，而是一种理想的存在，禀赋着各自的全面性、丰富性。只有回到主客体同一的原初关系，"外在世界才会真实显现出来，理想自我也才能在全面的、丰富的关系中体验到真实的生命存在，体验到一种精神生命的自由、解放"①。

———————

① 潘知常：《诗与思的对话》，上海：上海三联书店 1997 年版，第 21 页。

三、艺术创作：物我相融的促发

艺术创作是整个艺术活动中最具实质性意义的阶段。一般而言，艺术创作可分为两个阶段。首先，是创作前奏阶段（又称为创作体验），指创作主体亲历一种生命、事件所直接形成的个体心理感受。具体来说，创作主体在特定审美态度的孕育下，通过审美观照，让对象进入主体并与主体交流对话。此阶段的人与世界表现为主体审美心胸中的物我相融相契。其次，是创作发生阶段，指创作主体艺术情感的物化。具体来说，创作主体在物我相融中受到客体对象感发，产生强烈的情感，迫使主体向外寻找适合的物质材料或符号系统将情感凝结和固定下来，使其成为具有一定物质形态的客观的意识存在物。人与世界在此阶段中表现为主体对客体对象的能动感悟。

（一）创作前奏：物我相融相契

叔本华曾这样描述艺术创作中的主体，"把人的全副精神能力融给直观，沉浸于直观，并使全部意识为宁静地观审恰在眼前的自然对象所充满"①。这是一种沉浸在审美境界中的主体，是生命本体论意义上的主体。艺术活动中的主体敞开心扉，让对象进驻心灵，以身心合一的整体生命去观审对象。物我交流，相摩相荡。主体在对象处发现自己，对象因主体而实现存在的意义；对象赋予主体以生命、价值，主体亦可赋予对象以生命、情感。两者相融相契，进入"天地与我并生，万物与我为一"的境界，达到生命本质的浑然为一。

物我的交流，不仅仅是单线式的从我到物、从物到我，更是往复循环式的从我到物又从物到我。清初廖燕为一组秋天组诗作了如下题词："万物在秋之中，而吾人又在万物之中，其殆将与秋俱变者欤？……即秋而物在，即物而我之性情俱在。然则物非物也，一我之性情变幻而成者也。性情散而为物，万物复聚而为性情。"② 秋之物与我之性情"俱在"，这是物我"同一"的生命存在。物我在意向性水平上互观互流，彼此渗透。一方

---

① 叔本华著，石冲白译：《作为意志和表象的世界》，北京：商务印书馆1982年版，第249－250页。

② 廖燕：《李谦三十九秋诗题词》，见廖燕著，屠友祥校注：《二十七松堂文集》，上海：上海远东出版社1999年版，第119页。

面，主体自我融契为客体对象，即"物非物也，一我之性情变幻而成者也"。"我"观照万物，感受万物，沉浸其中，体悟万物内在的生命。最后，"我"化作了万物，与万物拥有同样形态的生命。另一方面，客体对象融契为主体自我，即"性情散而为物，万物复聚而为性情"。万物在"我"的观照中超越了物质形态而成为理想对象，凝聚着主体的生命精神，反过来代言主体自我。

主体的审美观照，使特定对象从现实世界中超越出来，进入主体构造的超然物外的理想审美境界。此境界中，物我的生命是相通的，主体感于对象而体悟到内心，又可由自身内在感受体悟对象的生命精神。审美境界中的物我相融相契是艺术创作的一个前奏曲。正是在物我交流中，主体受到对象的感发内心才会涌发出强烈的情感，而艺术就是这情感的物化形式。因此，物我相融是艺术创作的前发生阶段，是一个不可或缺的阶段。

（二）创作发生：主体对对象的能动感悟

艺术创作是情感的物化，而主体所动之情有感而生。因此艺术的生成，最终归结为主体对客体对象的能动感悟。《乐记·乐本》以音乐为例，强调了感悟而动对艺术生成的重要："凡音之起，由人心生也。人心之动，物使之然也。感于物而动，故形于声。……乐者，音之所由生也；其本在人心之感于物也。"[①]"人心之感于物"可溯源到物我生命的相互感发。主体自我与客体对象在本源的存在根基处是相同的，两者都禀赋着各自生命的本真，彼此平等而又相互尊重地存在着，各行其是地展开生命的丰富性，呈现出不同的生命表现形态。此生命表现的多样性具体到艺术活动的语境中，就是主体内心感情的哀乐变化及对象外在物态的千姿百态。在特定的审美境界中，物我交流互动，对象的感性物态刺激主体内心，唤醒主体心灵深处最原初的生命感情。因为物我生命根基的同一，主体自身的生命感情与对象的生命精神一经相遇，便相融相契，凝聚成一股新的汇集物我生命意义的情感，这便是催生艺术创作的艺术情感。这一过程，正所谓"人心之动，物使之然也"。明代的宋濂在《叶夷仲文集序》中写道，"及夫物有所触，心有所向，则沛然发之于文"[②]。刘载熙也坦言："在外物色，

---

① 吉联抗译注，阴法鲁校订：《乐记》，北京：音乐出版社 1958 年版，第 1 页。
② 宋濂：《叶夷仲文集序》，见蔡景康编选：《明代文论选》，北京：人民文学出版社 1993 年版，第 15 页。

在我生意，二者相摩相荡而赋出焉。"① 他们说的都是艺术创作中主体对对象的能动感悟。此外，不同的感性物态相应引发主体内心不同的喜怒哀乐感情变化，由此生发出烙有鲜明主体感情印记的艺术作品。《乐记·乐本》对此有详尽的论述："其哀心感者，其声噍以杀；其乐心感者，声啴以缓；其喜心感者，其声发以散；其怒心感者，其声粗以厉；其敬心感者，其声直以廉；其爱心感者，其声和以柔。六者非性也，感于物而后动。"②

　　主体心灵对对象的感悟，必须以超越对象的感性物态为前提。只有如此，主体才能进入对象的本真生命。唐五代画家荆浩称之为"度物象而取其真"。他在《笔法记》中说："画者画也，度物而取其真。物之华，取其华；物之实，取其实。"其中"象"指称对象的具体感性物态；"真"指称对象本真的生命精神。对象的感性物态源于生命，是其内在生命的外在表现。但外在表现并不等同于内在生命，只能说内在生命寓于外在表现之中，即"真"寓于"象"中。因此，荆浩要求画家在艺术创作中度其物象而滞于物象，由"象"入"真"，方能获得物之为物的特质。"度物取象"这一思想实则源自古代"道"的范畴。老子曰："道生一，一生二，二生三，三生万物。"世界万物（包括人）由"道"而来，万物的生命都发源于"道"。所谓"人与万物生命的同一"，这"同一"就是"道"。虽然万物内在生命特质都体现为"道"，但万物的外在形态千千万万，各不相同，相互区别。因此，主体心灵对对象的能动感悟，实际上是以我之生命去体悟对象寓藏于外在形式之内的生命之道。此体悟，确实需要超越对象的感性物态。

　　此外，主体对对象的能动感悟还拓展了自我有限的生命。王国维在《人间词话》中说："诗人对宇宙人生，须入乎其内，又须出乎其外。入乎其内，故能写之；出乎其外，故能观之。入乎其内，故有生气；出乎其内故有高致。""入乎其内"，是要求主体设身处地地去体悟对象本真的生命，感受对象跳动的生命脉搏；这样才能"写之"，进行艺术创作；才能"有生气"，使创作出来的作品充溢着主体与对象的生命之气。除了"入乎其内"，还要"出乎其外"。"出"是一种超越。主体超越自我个体的局限，遨游于天地之间，以自我生命为参照，观照世界，把握万物的整体生命。同时，"出"还是对"入"的拥有。因为相对于宇宙生命而言，主体的个

---

① 刘载熙：《艺概》，见刘熙载著，薛正兴点校：《刘熙载文集》，南京：江苏古籍出版社2000年版，第131页。

② 吉联抗译注，阴法鲁校订：《乐记》，北京：音乐出版社1958年版，第1页。

体生命是有限的。主体"入"是体悟对象的生命精神；主体"出"却是拥有对象的无限生命。如此一来，对象无穷尽的生命力源源不断地流入到主体生命体系中，拓展了主体有限的生命力，把主体也导向了无限的生命海洋，这就是王国维所谓的"高致"境界。

四、结语

长期以来，人们一直生活在认识论的控制下，把自我规定为高高在上的主体，对象只是为主体而存在的对象。我们按自己的观念去理解对象，想当然地认为他应该是这个样子的而完全不顾其本然的生命存在面貌。经过我们一次又一次地分解、整合、再分解，对象已经失去了他本真的面貌，变得面目全非、支离破碎，远远地偏离了他存在的根基。人与对象之间已经沦落为利用与被利用、主宰与被主宰的关系。而生命本体论中，人把自己的存在交给了与万物共同存在的根基处。人存在，万物存在；人活动，万物活动。大家自行其是地展开各自的丰富性。在此境界中，人不仅把万物的生命本质"妥善保护"（海德格尔语）起来，人的生命本质也获得了这种自行存在、自行活动的"妥善"保护。因此，艺术活动不是身为活动主体的人对世界的改造，而是人以自我生命为参照坐标去体味这个世界，与这个世界平等交流对话。唯有如此，人才能洞悉自身的生命意义，回到被饮食男女遮蔽之前的原初的世界，从而走向澄明！

个案三：语言路上的相遇
——海德格尔、庄子语言美学研究

一、语言理解的相遇

海德格尔关于语言的看法，与其哲学的核心问题即"存在"紧密相连。海德格尔把语言视为存在的现象。他提出，"存在思想达乎语言。语言是存在之家"①。即是说，语言是存在本身，是存在的呈现，是存在本己的声音。因此，对语言的追问就成了对存在本身的追问；研究语言的存在，就是研究"存在的语言"。"存在的语言"，意味着存在与语言结为一体，语言按照自己的方式存在，语言以其本己的方式存在，语言以其本己的存在"道说"自己。何谓"道说"？海德格尔这样界定：

> 为了经验此种道说，我们且保持在我们的语言本身令我们就这一词语有所思的东西中。"道说"意谓：显示、让显现、让看和听。②

"道说"是后期海德格尔语言思想的基本词语，他以此词来表明自己就事物存在谈论事物本质的存在论立场，而非脱离事物存在谈论事物本质的形而上学立场。在语言问题上，存在论或形而上学的最大区别就在于把语言当作存在还是存在者来看待。通常，人们把语言视为人的所有物：人支配语言，使其成为传达各种经验、决定和情绪的工具。海德格尔认为，这种语言观完全忽略了人的存在、语言也存在的朴素事实，犯下了从语言存在者状态而非语言存在来谈论语言的错误。当语言沦为一个相对于人类主体的客体对象、一种受人任意驱遣的交际工具时，那么它也就脱离了"存在"的根基，遮蔽了自己的本质和基础。因此，海德格尔提醒人们，要想求得"存在的语言"，就必须"保持在我们的语言本身令我们就这一词语有所思的东西中"。这一"在我们的语言本身"的"东西"，指的就是语言"存在"的根基。只有承认语言与人的共同存在，把语言的"发言权"交还语言，语言才能自行道说、自行显现，我们也才能听到"存在"本真的声音，看到"存在"大地上绽放的灿烂花朵。

　　庄子关于语言的思考，是建立在道家哲学的基础上的。《周易》中曾有这样一句话："形而上者谓之道，形而下者谓之器。"老庄对语言也持相同的看法。老庄把语言划分为两重境界：一为"器之语言"。"器"，本义为器具。"器之语言"指的就是日常人们作为沟通工具使用的语言，带有浓厚的实用功利色彩。二为"道之语言"。"道"是老庄哲学的最高范畴，

　　① 海德格尔：《关于人道主义的书信》，见海德格尔著，孙周兴译：《路标》，北京：商务印书馆2001年版，第366页。
　　② 海德格尔：《走向语言之途》，见海德格尔著，孙周兴译：《在通向语言的途中》，北京：商务印书馆1997年版，第215页。

它不仅是一个"自本自根"① 的客观存在，还是一个"道生一，一生二，二生三，三生万物"② 的宇宙本源体。因此，从本质上来说，老庄的"道"颇类似海氏哲学中的"存在"。"道之语言"又称天言、至言、天籁，是天地宇宙万物的语言，是大自然的语言。老庄认为，"道之语言"是最为珍稀的，也是最值得人去追求的。然而，凡尘俗世中的人们或为生计琐事忙碌或沉浸于富贵浮华中，几乎都忽视了天地宇宙本真的声音。用庄子的话来讲就是"女闻人籁而未闻地籁，女闻地籁而未闻天籁夫"③。面对如此无奈的局面，庄子提出以"丧我"来契合"道之语言"。庄子提出："今者吾丧我。汝知之乎。"郭象作注曰："吾丧我，我自忘矣；我自忘矣，天下有何物族识之哉！故都忘外内，然后超然俱得"④。这就是说，"道"是天地宇宙本来面目的呈现，是无法穷尽的，任何偏私的态度都无法把握无穷尽的"道"。人们只有放弃"自我中心"、放弃凌驾于万物之上的主体地位，以平等、开放、自由的心态，迎接天地宇宙万物的言说，才能"超然俱得"，真正拥有天籁之音。

仔细辨认，一个讲存在，讲存在的语言；一个讲道，讲道之语言。一个要求人们放弃形而上的立场，听凭语言以自己的方式存在，任其自行道说自己；一个要求人们放弃以自我为中心的偏私立场，超越日常语言的羁绊，契合天地宇宙万物的真实言说。海德格尔与庄子，正是在这里，在语言的路途上，他们相遇了。时间、地域的差异，阻止不了哲人们智慧火花的碰撞。相似的哲学基础，最终促成了海德格尔与老庄对语言理解的不谋而合，殊途同归。

二、人与语言的理想关系：自由本质与忘适之适

人类与语言密不可分。可以毫不夸张地说，人类社会发展进程中最厚重的那块基石就是语言，语言直接推动了人类文明的飞速发展。伴随着人类的成长，语言也日渐丰满：从最初原始先民口中的"咿呀"音符，到现今应有尽有、丰富多彩的词汇库。日益成熟的语言最终成为人们科学研究的对

---

① 庄子：《天地》，见方勇译注：《庄子》，北京：中华书局2010年版，第102页。
② 老子：《道德经》，见苏南注评：《道德经》，南京：江苏古籍出版社2001年版，第117页。
③ 庄子：《齐物论》，见方勇译注：《庄子》，北京：中华书局2010年版，第16页。
④ 庄子：《寓言》，见刘文典：《庄子补正》，昆明：云南大学出版社1980年版，第37页。

象，人们把语言看作一套形、音、义统一的符号系统，研究它的音节意义、语法逻辑，试图进一步看清语言、认识语言，拉近人与语言的距离。

人们的日常语言实践已经证明：科学确实为人们提供了许多关于语言的正确认识，帮助人们在语言的使用过程中尽可能地减少错误。然而，海德格尔却极力反对这种语言科学。他认为，科学虽然给人带来了认识论上的正确，但在存在论上却不能澄明人与语言之间的原初关系（即人与语言的共同存在）。这是因为科学研究始终把语言当作人的认识对象，从语言的存在者状态而非存在状态来看待语言，完全无视语言的存在根基，于是，科学研究就成为"一个被叫作人的存在者（即研究者。笔者注）向存在者（即语言的存在者状态。笔者注）整体的突破，而且，在这种突破中并通过这种突破，存在者（即语言的存在者状态。笔者注）便按其所是以及如何是显露出来"①。最为可怕的是，这种脱离事物存在来谈论事物本质的形而上学，在无意中向人们制造了一个假象：仿佛它追问并且解答了存在问题。所以，海德格尔说，形而上学"在它毫不自知的情况下充当了界限，给人阻挡了那种存在与人之本质的原初关联"②。就这样，语言被降格为存在者，人和语言之间共同存在的原初关系被遮蔽了。

为了从存在论上澄清人和语言的关系，使语言存在而非存在者的"无遮性真理"自行显现出来，海德格尔提出，人必须在语言上取得一种经验：

> 在语言上取得一种经验意谓：接受和顺从语言之要求，从而让我们适当地为语言之要求所关涉。如若在语言中真的有人的此在（Dasein）的本真所在，而不管人是否意识到这回事情，那么，我们在语言上取得的经验就将使我们接触到我们此在的最内在构造。③

很明显，海德格尔在此强调了动词"取得"。通常意义的"取得"，是指主体向客体施动以便得到客体或客体附属物。在这里，主体是施动者，他可

---

① 海德格尔：《〈形而上学是什么?〉后记》，见海德格尔著，孙周兴译：《路标》，北京：商务印书馆2001年版，第121页。

② 海德格尔：《〈形而上学是什么?〉导言》，见海德格尔著，孙周兴译：《路标》，北京：商务印书馆2001年版，第436页。

③ 海德格尔：《语言的本质》，见海德格尔著，孙周兴译：《在通向语言的途中》，北京：商务印书馆1997年版，第127页。

以根据自己的需求对客体进行任意掠夺；客体是受动者，它只能消极地应对施动者的掠夺或者为满足施动者的攫取而积极地完善自我。如此的"取得"，撇开了事物的存在，强调主客体的相对，正是海德格尔极力抨击的形而上学。海德格尔的"取得"，不是主体与客体、施动与受动的划分者，而是平衡连接"人"与"语言"的桥梁，是"人"与"语言"的相互适应及顺从。于是，"人在语言上取得的经验"也就具有了双重意味。首先，它承认人与语言的共同存在。其次，在共同存在中，桥梁一端的"语言"按照其存在的本质和真理，如其所是地存在、自行道说、自行显现；同时，另一端的"人"在取得语言之经验后，通过语言之经验被带入其生存的本真状态，此本真状态就是海德格尔所说的"此在的最内在结构"。

语言之经验，是让我们抛弃以往对人与语言关系的认识，放弃人与语言利用与被利用的关系，重新缔结人与语言本质而自由的关系。本质，是因为人与语言相互以本己存在的状态自行显现；自由，是因为人与语言以互不破坏对方存在根基的方式存在着。海德格尔讲述人与语言的这种关系，恰似老庄哲学中的"忘适之适"境界。庄子在《达生》篇中说：

> 忘足，履之适也；忘要，带之适也；知忘是非，心之适也；不内变，不外从，事会之适也。始乎适而未尝不适者，忘适之适也。

鞋子（履）、腰带（带）皆为身外佩饰，鞋子合脚了、腰带长短吻合腰围了，会使人忘记外在饰物附加在人体的不适之感，给人以身体的闲适；是非乃小人所为，非自身能控制，当一个人真正做到不理会是非流言坚持走自己的路时，他一定能长久地保持内心舒畅；不因自己内心情绪的变化而喜怒无常，不因外人的怂恿而盲目跟从，一切顺其自然，忠实地呈现事物的固有模样，这种契合"道"的做法定能让人时常感到快乐；能够体会到"适"的愉悦，是因为以往曾有过"不适"的体会，只有那些从一开始就无所谓"适"与"不适"区别的人，才能真正并将永久地享受着"适"的惬意。"忘适之适"，如同慧能大师口中的"心本无一物，何处惹尘埃"，是物我两相融的最高境界。正因如此，"忘适之适"也就成为海德格尔与庄子共同追求的人与语言最理想的关系。

人与语言一旦到达了"忘适之适"的高度，人也就超脱了其在存在者世界中的种种羁绊，通达存在根基，诗意地栖居在存在大地上，自由呼吸于由语言命名的世界中；而语言，也如春之花朵般，汲取着存在大地丰足的养分，灿烂地绽放在春意盎然的天空下，散发着春的芬芳。到了那个时候，我们也就用不着考虑语言是否贴切地传达了自己的思想感情，或者我们是否限制了语言的自行道说。因为所有的一切都是那么恰如其分、那么自然而然、那么合乎天命。我们有理由相信：人和语言在这时候发出的声音，一定是至善、至美、至乐的天籁之音！

三、人通达语言本质的道路：倾听与无言

我们已经知道，语言的本质不是语言存在者状态的展开而是语言存在的自行道说。如果研究继续深入，我们将不可避免地思考：就存在论层面而言，语言的本质是什么。海德格尔提出了自己的看法："语言作为寂静之音而说。"①

"寂静之音"是海德格尔从存在论高度对语言的界说。它包含有两层含义：首先，寂静是对声音的扬弃，即语言存在之处悄然无声；其次，寂静的本质在于静默。何谓"静默"，"静默赐予物而使物满足于在世界中栖居"②。换句话说，静默揭示了"语言乃存在之家"的无弊性真理。在语言处，更确切地说是在语言存在中，栖居着包括人的存在在内的万物的存在。人的存在就是人之本质，于是，语言就如同一面墙，将人之本质（人的存在）与人（人的存在者）分离——一个栖居在语言内的"寂静之音"，一个游荡在语言外的世俗世界。人要想回归人之本质，就必须进入语言，进入寂静之音。因此，从这个角度来说，人通达人之本质的道路实际上就是人通达语言本质的道路。

人如何才能走上通向语言本质的道路？海德格尔认为关键在于人的"倾听"。他说：

> 因为他们听。他们关注那区分之寂静的有所令的召唤。即使他们并不认识这种召唤。听从区分之指令那里获取它带入发音的词语之中的东西。这种既听又取的说就是应合（Entsprechen）。③

---

① 海德格尔：《语言》，见海德格尔著，孙周兴译：《在通向语言的途中》，北京：商务印书馆1997年版，第20页。

② 海德格尔：《语言》，见海德格尔著，孙周兴译：《在通向语言的途中》，北京：商务印书馆1997年版，第18页。

③ 海德格尔：《语言》，见海德格尔著，孙周兴译：《在通向语言的途中》，北京：商务印书馆1997年版，第21页。

这些文字需要一些说明。"寂静之音"处栖居着人之本质，人之本质始终向着语言外的世界发出召唤，召唤其存在者的到来。这种召唤，即是"寂静的有所令的召唤"。当然，此召唤已扬弃了声音，是有实质内容而无外在声音的召唤。人们只有"听"到此召唤，以应合的方式跟随召唤，才能到达语言之本质，到达人之本质。很显然，此处的"听"并不是通常听觉意义上耳朵对声音的接收。恰恰相反，它接收无声的存在召唤，获取其中的内容并用人之口说出，还以无声召唤有声。因此，准确地说，"听"表达的不是一个具体的动作，而更像是一个过程，一个包括听、获取、说的持续过程。这一过程被海德格尔称为"应合"。"听"就是人对存在召唤所做出的最高意义上的应合。

"倾听"是人通达语言本质唯一的道路。毋庸置疑，经过"倾听"，人道说的是"存在的语言"。那么以此推断，人在"倾听"之前说出来的应该是存在者状态的语言了。为了区别"存在的语言"，海德格尔把存在者状态的语言称为人言。就如文章前半部分所说，人言不是"存在的语言"，但常常被人误认为是"存在的语言"而被广泛地使用。于是，日常生活中就有了这样一种怪现象："某人能说，滔滔不绝地说，但概无道说。相反，某人沉默，他不说，但却能在不说中道说许多。"①这其实是海德格尔对人言的调侃。在日常生活中确实有些人为了满足说话的欲望而喋喋不休地说，但这种说即使持续时间再长也无任何实质内容。与此相反，某些人不说话，但他却在沉默中用心倾听"存在"的召唤，从而走向语言本质。海德格尔口中"说"与"不说"的对比，在庄子那里，被描绘成"言"与"不言"的区别。

庄子在《寓言》中写道：

　　不言则齐。齐与言不齐，言与齐不齐也，故曰无言。言无言，终身言，未尝言；终身不言，未尝不言。

成玄英疏曰：

　　夫以言遣言，言则无尽，纵加百非，亦未偕妙。唯当凝照圣人，智冥动寂，出处默语，其致一焉，故能无言则言，言则无言也，岂有言与不言之别，齐与不齐之异乎？故曰："言无言"也。②

---

① 海德格尔：《走向语言之途》，见海德格尔著，孙周兴译：《在通向语言的途中》，北京：商务印书馆 1997 年版，第 214 页。

② 庄子：《寓言》，见刘文典：《庄子补正》，昆明：云南大学出版社 1999 年版，第 757 页。

这些文字表达了庄子对语言的怀疑甚至否定。庄子理解中的语言有两种："器之语言"及"道之语言"。"器之语言"是形而下经验世界中的语言，是语言主体在自我中心的生活环境中依己所需培育出来的，是人们刻意"有为"的产物。因此，在此种语言中，即使人们希望通过"以言遣言"的努力来通达形而上的本体世界，最终也只能"未偕妙"，无功而返。"道之语言"是形而上本体世界中本真的声音，是最本质的语言。庄子认为，"道"在本质上是自然无为的，任何"有为"都会破坏"道"的本性。因此，人们要达乎"道"，达乎"道之语言"，就必须放弃带有"有为"特征的器之语言。这种放弃，就是庄子极力倡导的"无言""忘言"和"不言"。人们只有放弃对"器之语言"的执着，在身心念俱静的境界中把自己整个地放到天地宇宙间，仔细感受、品味、体验天地间"道"的存在，才能达到与"道"的同一，与"道之语言"的契合。此一境界，就是成玄英所形容的"唯当凝照圣人，智冥动寂，出处默语，其致一焉"。其中的"致一"就是指人与语言的契合。由此看来，庄子并没有全盘否定语言。他所说的"无言""忘言""不言"，都仅仅是对"器之语言"的放弃，而不包括"道之语言"在内。相反，对"器之语言"的放弃恰恰是通向"道之语言"的必要条件。人们无言、忘言、不言，是因为只有在摆脱"器之语言"的喧嚣，才能达到闻天籁、与天和的境界，于"无声之中，独闻和焉"[1]！

四、结语

近现代西方的语言学，是建立在科学主义哲理根基之上的。所谓科学主义，是一种以自然科学的眼光、原则和方法来研究世界的哲学理论，它把一切人类精神文化现象的认识论根源都归结为数理科学，强调研究的客观性、精确性和科学性[2]。在科学主义思想的引导下，尽管语言学内部派别林立、见解不一，但绝大部分的语言学者都持有这样一个共识：只要把语言当作一个纯粹的科学研究对象，随着科学研究的日益深入及研究方法的不断改进，语言的"本质""规律"和"结构"等知识终究会被人所认识、所把握。

海德格尔极力反对这种所谓的"科学主义"的语言观。他认为，科学

---

① 庄子：《天地》，见方勇译注：《庄子》，北京：中华书局2010年版，第178页。
② 朱立元：《当代西方文艺理论》，上海：华东师范大学出版社1997年版，第2页。

主义的语言观或许能获得主体对客体认识论上的正确性，但不可能触及事物在存在论上的真理性。例如，一块花岗岩，科学研究的方法无外乎对其进行物理、化学、数学等方面的测定。然而，无论科学研究者的测定是多么准确无误，最后得出的结论也只不过是对花岗岩物理层面的认识，终究还是未能触及其"存在"的奥妙。因此，海德格尔主张人们摒弃科学研究的方法，从存在论立场看待万物。尤其在语言问题上，更是鼓励人们"倾听"存在的语言，与语言结成自由而本质的关系，让说着语言的人在语言所敞开的存在世界中找到他的诗意栖居之所，踏上归家之路。海德格尔不仅否定对语言进行科学研究，就连他用来表述自己观点的语言也呈现出一种非科学性的特点：极少作判断的肯定句，多为随感、即兴的妙言警句。海德格尔这种对语言的非科学式追问与庄子重悟的体"道"之路非常契合。

庄子对语言的看法来源于丰富的生活实践，他的众多表述直接与日常语言实践相连。庄子在《外物》中写道："筌者所以在鱼，得鱼而忘筌；蹄者所以在兔，得兔而忘蹄；言者所以在意，得意而忘言。吾安得夫忘言之人而与之言哉！"庄子就是从捕鱼、抓兔这样的生活小事中引申出他对语言的理解。因此，庄子的语言观并不表现为一个如同西方传统语言学似的、独立完整的知识体系，而更像是一种非逻辑的、感性的心灵体验。如此一来，庄子的语言观就与海德格尔的语言观殊途同归。海德格尔把东西方语言路上的相遇描绘成一种对话："欧洲—西方的道说（Sagen）与东亚的道说以某种方式进入对话中，而那源出于唯一的源泉的东西就在这种对话中歌唱。"① 虽然东西方语言的文字、发音、语法等表现形态存在着差异，但是，它们的源头是同一的，都"源出于唯一的源泉"。源头上的一致，为东西方语言提供了一个自由、平等对话的平台。在这一平台上，东方与西方，黄皮肤与白皮肤，用最本真的声音进行交流、沟通、歌唱，在歌唱中走向澄明！

---

① 海德格尔：《从一次关于语言的对话而来》，见海德格尔著，孙周兴译：《在通向语言的途中》，北京：商务印书馆 1997 年版，第 140 页。

第十二章　现代小说批评

个案一：论 20 世纪 30 年代中国现实主义文学中的人道主义批判

20 世纪 30 年代，中国文坛形成了以老舍的《骆驼祥子》、茅盾的《子夜》、夏衍的《包身工》等作家作品汇集而成的现实主义文学思潮。在以往的学术研究中，学者大多关注现实主义文学的写实技法、典型人物的塑造等方面的内容，却忽略了其所具有的人道主义思想及其批判。本文力争回到历史现场，通过史料的分析发掘国外人道主义思想对中国现实主义作家的影响，进而揭示出现实主义作家以人道主义作为武器，批判当时社会的非人道现象，揭露资本主义生产关系下被剥夺自由、全面发展的个体命运以及冷漠的人际关系。

一、国外人道主义思想与中国现实主义作家

人道主义是"一种以人为中心和准则的哲学"[①]，肯定人的价值、尊严和力量，追求人的全面发展和理想人性。人道主义思想最早萌芽于古希腊时期，后在 16 世纪文艺复兴时期形成成熟的哲学流派，经过 18 世纪启蒙运动的发展和传播，直至 19 世纪仍不失为一股重要的思想潮流，影响着人们认知和评判现实世界。19 世纪俄国现实主义作家契诃夫曾说过，"我心目中最神圣的东西是人的身体、健康、智慧、才能、灵感、爱情、最绝对的自由——免于暴力和虚伪的自由，不问这暴力和虚伪用什么方式表现出来。如果我是个大艺术家，那么这就是我要遵循的纲领"[②]。法国现实主义

[①]　科利斯·拉蒙特著，贾高建等译：《人道主义哲学》，北京：华夏出版社 1990 年版，第 11 页。

[②]　契诃夫：《写给阿·尼·普列谢耶夫》，见契诃夫著，汝龙译：《契诃夫论文学》，北京：人民文学出版社 1958 年版，第 96 页。

大师巴尔扎克也将人道主义所包含的真善美理想作为作家评判现实社会的准绳，要求作家"对自然法则加以思索，看看各个社会在什么地方离开了永恒的法则，离开了真，离开了美，或者在什么地方同它们接近"①。

　　人道主义是现实主义文学批判的武器，构成了现实主义审视现实社会中的个体和人际关系的价值准则。现实主义作家以人道主义关于肯定人的自由、价值和尊严的思想作为价值准则，批判资本主义所造成的个体异化和人际关系失衡等阴暗面，表达了对受迫害者的同情。巴尔扎克曾从人道主义的角度严厉抨击了资本主义工业化生产对工人个体生命的摧残。他指出："工人、无产者……生下来是美的，因为每个生物都是相对的美，却从童年起就被编成队伍，归暴力指挥，由铁锤、夹剪、纺织机统治，很快就硬化。"② 英国现实主义作家狄更斯也在小说《艰难时世》中，借人物之口，表达了弘扬人道主义理想和揭露社会黑暗面的决心："我们必须当众揭露各种各样的卑鄙、虚假、残暴和压迫，从而引起人们无比的厌恶与蔑视。"③

　　外国文学中所包含的人道主义思想对中国现实主义作家产生了积极影响。自20世纪初打开国门以来，大量外国文学作品及其思潮理论被译介到中国文坛，成为中国新文学创作的重要文学范本和思想资源。中国作家通过阅读国外优秀文学作品汲取了丰富养分，在思想主旨、内容主题和创作技巧等方面均获益匪浅。这当中就包括中国现实主义作家对国外人道主义思想的吸收。现实主义作家老舍曾在《读与写》④ 一文中坦承外国文学及其人道主义思想对自己创作的启蒙和帮助。他说："当我初次执笔写小说的时候，我并没有考虑自己应否学习写作，和自己是否有写作的才力。我拿起笔来，因为我读了几篇小说。"在这里，老舍所言的"几篇小说"包括"抱着字典读莎士比亚的《韩姆烈德》（《哈姆雷特》，笔者注）""英译的《浮士德》""英译的《衣里亚德》（《伊利亚特》，笔者注）"以及《奥德赛》等。这几部小说均以"人"为中心，歌颂人的力量和理性，具有明显的人道主义倾向。与其说这些外国文学作品开启了老舍的创作意识，毋宁说这些作品包含的人道主义思想引起了老舍的共鸣，从而激发其创作冲

---

① 巴尔扎克著，陈占元译：《"人间喜剧"前言》，见文艺理论译丛编委会编：《文艺理论译丛》（第二期），北京：人民文学出版社1957年版，第6页。

② 巴尔扎克：《金眼女郎》，见北京大学西语系资料组编：《从文艺复兴到十九世纪资产阶级文学家艺术家有关人道主义人性论言论选辑》，北京：商务印书馆1971年版，第360页。

③ 狄更斯著，全增嘏、胡文淑译：《艰难时世》，上海：新文艺出版社1957年版，第183页。

④ 老舍：《读与写》，《文哨》，1945年第2期。

动。在众多的外国艺术作品中，老舍尤为偏爱以但丁的《神曲》和文艺复兴艺术为代表的包含着深刻的"人"之思想的作品。他说道："使我受益最大的是但丁的《神曲》……它使我明白了肉体与灵魂的关系，也使我明白了文艺的真正的深度。……文艺复兴的大胆是人类刚从暗室里出来，看到了阳光的喜悦……文艺复兴的啼与笑都健康！"这些优秀艺术作品闪耀着"人"之光辉，不仅吸引着老舍的阅读，还给予其巨大的思想能量，成为其认知外在世界的基本立足点。从老舍身上，我们可以看到现实主义作家对国外人道主义思想的吸收。

除了外国文学提供的思想资源，中国现实主义作家的人道主义思想还源于其所处的环境。中国现实主义作家大多出生于穷苦家庭，经历了黑暗社会对普通百姓的压迫，形成了朴素的同情和关爱被压迫人民的人道主义情怀。现实主义作家夏衍生在一个没落的大户之家，从小就在"富于民主精神"的母亲的鼓励下同穷人孩子打成一片。他回忆道，母亲"从不讨厌邻近的穷孩子到我家里来，也从不禁止我和这些野孩子们在一起，把自己吃用的东西省下来送给邻近的穷人，是她唯一的愉快"[1]。在这样的环境中，夏衍自幼便有着一种不分阶级等级的人道博爱情感，痛惜被剥夺了全面发展机会的底层平民的命运，痛斥造成这一不公现象的社会制度。与夏衍相似，老舍的人道主义思想很大部分也源自其穷苦的幼年经历和充满爱心的母亲。老舍的母亲是一位"生在农家"且"勤俭诚实"的主妇。在贫穷的邻里乡亲面前，她理解穷人的疾苦，竭尽所能且不求回报为大家忙前顾后，"她会给婴儿洗三——穷朋友们可以因此少花一笔'姥姥钱'——她会刮痧，她会给孩子们剃头，她会给少妇们绞脸……凡是她能做的，都有求必应"[2]。穷苦的家境和善良的母亲，使老舍自幼养成了关爱生命和同情受压迫者的人道主义情怀，在日后的创作中他自觉站在被压迫和受苦者立场，揭示现实的黑暗，批判社会的不公。他大声呼告："世界上有千千万万的受压迫的人，其中的每一个都值得我们替他呼冤，代他想办法。"[3]这一发自内心的呼喊，道出了包括老舍在内的所有现实主义作家的心声。

值得注意的是，中国现实主义作家的人道主义与欧洲现实主义作家的人道主义存在着细微区别。中国现实主义作家的人道主义思想多在贫苦平民环境中孕育而成，作家本人大多是平民身份，与被压迫人民有着天然的

---

① 夏衍：《旧家的火葬》，《野草》，1940 年创刊号。
② 老舍：《我的母亲》，《半月文萃》，1943 年第 1 卷第 9、10 合刊。
③ 老舍：《我怎样写〈牛天赐传〉》，《宇宙风》，1936 年第 22 期。

亲近感，因此自觉地站在被压迫者的立场关注人们受到的迫害和摧残，并严厉抨击造成这一迫害现象的社会制度和统治阶层。由于中国作家所属的平民阶级与其抨击的统治阶级分别是被压迫与压迫的关系，中国现实主义的人道主义批判极易导向推翻黑暗社会制度和统治阶级，从而出现了与革命文学主题杂糅的倾向。欧洲现实主义作家的人道主义思想则承自悠久的人道主义传统，作家大多为贵族或资产阶级，他们对自己所属阶级的残酷剥削和压迫行为深感不满，于是以人道主义博爱作为武器批判本阶级中的剥削和压迫者，试图达到改良本阶层统治的目的。因此，欧洲现实主义的人道主义批判，并不杂糅推翻统治阶级的革命文学主题，而表现为纯粹的资本主义批判主题。

中国前期现实主义文学中的人道主义思想并非抽象式的理论教条，而是隐含在作品中的思想武器和价值尺度，以此全面审视现实生活，揭露种种扼杀人的自由及破坏和谐人际关系的非人道现实，谴责造成这一非人道社会的资本主义生产关系和资本家阶层。大体上，现实主义作家的人道主义批判主要体现在两方面：一是揭露资本主义生产关系下被剥夺自由和全面发展的个体命运；二是揭露资本主义金钱关系下冷漠的人际关系。

二、人道主义批判一：揭露被剥夺自由和全面发展的个体命运

肯定人的自由和追求人的全面发展，是人道主义的核心观点。作为万物灵长的人类，拥有非凡智慧、卓越创造力和深邃理性能力，始终将个体自由和全面发展视为人生的追求目标。然而，在现实社会，人们往往受到环境限制或外在力量压迫而无奈失去了自由和全面发展的机会。尤其在二十世纪二三十年代的中国，随着资本主义的快速发展，越来越多的雇佣劳动者受到资本主义生产制度压榨而被剥夺了个体自由和全面发展的机会，沦为资本主义经济的牺牲品。老舍的《骆驼祥子》、夏衍的《包身工》、阳翰笙的《奴隶》等作品揭示了这些受剥削者的不幸命运，痛斥了夺去个体自由和幸福的资本主义剥削制度。

老舍的长篇小说《骆驼祥子》[①] 展示了城市资本主义经济中自由劳动者的祥子从追求个人幸福到幸福破灭，堕落为街头混混的人生历程。祥子是一位从乡下到城里谋生的自由劳动者，选择了拉洋车作为职业，通过出

---

① 本书关于《骆驼祥子》的引文，皆出自晨光出版公司 1953 年出版的《骆驼祥子》，仅在文中注明页码，不一一标注。

卖自己的体力来换取生活来源。祥子最早拉的是从车厂租赁的洋车，每天需缴纳"车份儿"（付给车厂的租车款）。祥子意识到拉租赁车所遭受的严重剥削，极度渴望拥有一辆自己的车："他老想着远远的一辆车，可以使他自由，独力，像自己的手脚的那么一辆车。"对于受雇于人的祥子而言，拉上自己的洋车不仅是摆脱被剥削命运的出路，也是实现个人自由、价值和幸福的所在。为了达到这一目标，祥子积攒了三年血汗钱，换回了一辆属于自己的车。然而，祥子拉自己车的幸福生活并没有持续多久，很快便被残酷的现实社会终止了。祥子先是被大兵俘虏，丢了自己的第一辆车；接着，在攒钱买第二辆车的过程中，祥子落入车厂主女儿虎妞精心设计的圈套，被迫步入婚姻殿堂。祥子与虎妞的婚姻并非建立在真爱基础上，而是如同一桩商品买卖，换取各自的需求——自身条件欠佳的虎妞，仰仗手中的钱诱骗祥子成为丈夫，而祥子则被虎妞的金钱吸引，放弃了个人追求而与虎妞结婚，从此走向了一条与个人自由和理想背道而驰的苦难道路。在接下来的婚姻生活中，虎妞以金钱威胁祥子，控制他的一举一动。受控于虎妞金钱的祥子，只能抛弃自己的梦想，听任虎妞摆布。如果说，在这段无爱婚姻生活中，祥子被剥夺的只是人身自由；那么，当这桩婚姻随着虎妞难产去世而终结之后，祥子被剥夺的则是个人的全部幸福。此后，祥子失去了个人梦想和生活意义，逐步走向堕落：从初进城时带着"清凉劲"，不敢涉足男女之情的乡下人，沦落为敢于与雇主太太发生不正当男女关系的"偷娘们的人"；从初拉车时健壮卖力、爱车如命、穿着"白布小褂与阴丹士林蓝的夹裤褂"的高等车夫，沦落为敷衍混日子、拉车偷懒省力气、"又瘦又脏的低等车夫"；从不抽烟、不喝酒、不赌钱的"好体面讲信用的人"，变为"多吸人家一支烟卷，买东西使出个假铜子去，喝豆汁多吃几块咸菜，拉车少卖点力气而多挣一两个铜子"的占小便宜者，甚至还干出借钱、骗钱、出卖人命领赏钱的无耻勾当，彻底沦落为没有个人价值和生命意义的金钱"走狗"。祥子的一生，展现了一个个人主义者从追求自由和理想到自由和理想均破灭的悲剧。老舍通过祥子的个人悲剧，有力地控诉了造成这一悲剧的城市人和城市资本主义制度。

令人玩味的是，老舍在小说中有意设置了一个人道主义者曹先生，以此反衬城市对祥子的无情压榨。曹先生是言行一致的人道主义理想化身。他践行着以"人"为中心的理念，"非常的和气，拿谁也当个人看待"，真诚关爱身边每一个人，包括雇佣车夫祥子。对于饱受压迫的祥子而言，曹先生及其家庭"是个奇迹"。给曹先生拉车，祥子感受到了作为一名车夫的价值和尊严，不仅得到曹先生尽量省点车夫力气的照顾，非要等到大风雨天气才肯安上御风的棉车棚子和支上挡雨的帆布车棚，而且得到了曹先生处处为车夫着想的关爱，即便在车损人伤的意外事故后，也没有遭到责骂和赔偿要求，反倒祥子身上的创伤更受曹先生的关注和担心。在曹先生家，祥子感受到了作为一个"人"的价值和尊严，在吃住方面得到充足保障，住着干净阔绰的屋子，吃着不苦不臭的饭食，甚至额外为曹家干家务也会得到主人的口头称赞和物质奖赏。在充满人性光辉的曹家，祥子无时无刻不受到感动："他觉得一种人情，一种体谅，使人心中痛快"，"在这里，他觉出点人味儿"。因此，祥子将曹家比喻为"沙漠中的一个小绿洲"，"沙漠"指的是无人性的资本主义城市，黑暗冷酷、毫无怜悯地榨干雇佣劳动者的每一滴血汗，"绿洲"则是充满人性的曹家，肯定每一个人的价值、施予每一个人温暖与爱意。沙漠与绿洲形成了强烈对照：一方面，绿洲的存在让沙漠中的人们看到了希望，激励人们为心中的绿洲（理想）去与残酷现实抗争；另一方面，绿洲的渺小也反衬了沙漠的浩瀚，通过以小衬大的手法批判了沙漠的冷血无情。这一个既给予现实无情批判又给予人们无限希望的多重主题，或许正是老舍设置人道主义人物曹先生的意义所在。

　　与老舍相似，夏衍也是一位有着坚定人道主义信念的作家，在他的时政评论、文艺评论和文学创作中均贯穿着一条鲜明的人道主义主线。在时政评论方面，夏衍发表过《人与奴的界限》（《大众文萃》第 1 辑，1941年 6 月）、《人权运动》（《大众文萃》第 4 辑，1941 年 7 月）、《人性的号召》（《大众文萃》第 4 辑，1941 年 7 月）等系列作品，不遗余力地传播人道主义思想。在文艺评论方面，夏衍从人道主义角度评价作家的创作，认为于伶"最值得使人珍爱的，是他洋溢着的人道主义。人道主义使他同情弱者，人道主义使他憎恶强暴，人道主义使他带着不愉快的心情来正视现实，也是人道主义使他从现实社会的矛盾苦恼，怀疑追索而走向了学习一种可以解决这一切苦恼和矛盾的理论"①。在文学创作方面，夏衍以人道主义作为思想武器，身体力行地实践其倡导的"具备着全副心肠的深而且广的人道主义的知识分子作家"职责——"成为一个真实的社会人和世界人，而全心全力地为受难者群体的遭际而歌哭，而斗争"②，结合社会时弊

---

① 夏衍：《于伶小论》，见《中国新文学大系》编辑委员会编：《中国新文学大系 1937—1949 第一集文学理论卷一》，上海：上海文艺出版社 1990 年版，第 521 页。

② 夏衍：《于伶小论》，见《中国新文学大系》编辑委员会编：《中国新文学大系 1937—1949 第一集文学理论卷一》，上海：上海文艺出版社 1990 年版，第 523 页。

写作了《包身工》①《泡》等报告文学，勇敢地披露了资本主义残暴剥削劳动者的黑暗内幕。

不同于《骆驼祥子》反映的城市自由劳动者的非人道悲剧主题，夏衍的《包身工》反映的是城市工厂劳动者遭受的非人道迫害。"包身工"是半殖民地半封建社会残存的一类劳动者群体，也是资本主义剥削制度与封建奴隶制度结合的特殊劳动制度。包身工原是农家儿女，因农村经济衰败家庭破产而被"带工"老板用极低廉的价钱诱骗签下"包身契"，同意"三年之内，由带工的供给住食，介绍工作，赚钱归带工者收用，生死疾病，一听天命"（第450页），此后便被带到城市资本家工厂里工作，成为资本家赚钱的"机器"。在资本家工厂里，包身工遭受了惨重的非人道压迫：

第一，包身工被剥夺了女性个体意识。包身工大多为十五六岁的女孩子，正值天真少女向成熟女性转变的过渡期，女性生理特征发育完全，女性意识基本确立。但资本主义工厂环境却强行压制了包身工的女性意识，抹杀了男女性别差异。文章开篇便描述了包身工早晨起床的场景。包身工居住于狭小逼仄的空间，十六七个人挤居在"七尺阔，十二尺深"（2米多宽，4米长）的工房楼下，就地解决睡觉和拉小便问题，人与人之间袒露相见没有任何隐私、秘密，出现了"穿错了别人的鞋子，胡乱地踏在别人身上，在离开别人头部不到一尺的马桶上很响地小便"的混乱局面。包身工还受限于紧迫的时间，在带工老板的催促声中抓紧时间穿衣出工，生怕动作慢了遭到老板毒打，出现了"半裸体的起来开门，拎着裤子争夺马桶，将身体稍稍背转一下就会公然地在男人面前换衣服"的举动。可怜的包身工，在空间和时间双重挤压下完全失去了作为一名女性所特有的性别意识，如同退回到无性别意识的孩童时代，抑或降格为低等单性动物。

第二，包身工无法享有身体支配权。从生理生物学角度来看，一个人只要具备清醒意识和健康躯体，就必然能够自由使唤自己的身体，做自己想做且不触及法律禁区的事情。然而，对于包身工而言，"身体是属于带工的老板的，所以她们根本就没有'做'或者'不做'的自由，她们每天的工钱就是老板的利润，所以即使在生病的时候，老板也会很可靠地替厂家服务，用拳头、棍子，或者冷水来强制她们去做工"。可见，一纸不平等的"包身契"使包身工被迫出卖了自己身体的支配权和使用权，形同奴

---

① 本书关于《包身工》的引文，皆出自启明书局1945年出版的《包身工》，仅在文中注明页码，不一一标注。

隶般任人驱使和主宰。这一残存在20世纪的黑暗奴隶制度，如同一个巨大的惊叹号嘲讽着日益进步和发展的现代文明社会。

第三，包身工无法掌控生存权。生存权指人们享有维持其生存所必需的健康和生活保障的权利，是人们作为个体生命存在的最基本的权利。但包身工连这最基本的生存权都被带工老板和工厂资本家剥夺了，无法掌控个人的生命存在。对于包身工来说，挨饿和被殴打是常态。带工老板配给包身工的定食是两粥一饭：早上和晚上喝粥，中午吃干饭。其中，粥并非全部用米熬制，而是"较少的籼米、锅焦、碎米，和较多的乡下人用来喂猪的豆腐的渣粕"。即便是如此偷工减料的粥，也不能保障足量供给，仅够每人盛上一碗，晚到者如轮值揩地板和倒马桶的人则连粥都喝不上。除了吃不饱挨饿，包身工还常常受罚挨打。生病无法出工、工作时出了小差错或因过度疲劳手脚放慢等，都是带工老板、"拿莫温"（工厂工头）和"东洋婆"（工厂资本家）殴打包身工的理由。此外，包身工的工作环境尤为恶劣。包身工大多在纱厂工作，厂房满是巨大的音响、厚重的尘埃和重度的湿气，但工厂资本家没有为包身工采取任何防护措施，任由污浊的环境侵蚀她们的身体。据文章披露，"纱厂女工没有一个有健康的颜色，做十二小时的工，据调查每人平均要吸入○·一五克的花絮"。从这一数据，足以看出工作环境对包身工健康的伤害。

从女性个体意识到身体支配权再到生存权，包身工完全失去了作为一个女性以及作为一个"人"的所有权利。从人道主义角度来看，包身工的个体命运比《骆驼祥子》中的祥子更为惨烈，毕竟祥子还拥有完整的个体意识和个体权利，他所经历的仅是追求更高个人自由和理想而遭遇失败的悲剧，而包身工则连作为一个"人"的资格都被剥夺了，更谈不上追求所谓的个人自由和全面发展目标。在带工老板和工厂资本家的压迫之下，包身工已不是一个"人"，而是赚钱的、廉价的、不需要太多维持费的机器。对于这一惨无人道的包身工制度，夏衍在文章末尾给予了严厉谴责：

> 没有光，没有热，没有希望，……没有法律，没有人道。这儿有的是二十世纪的烂熟了的技术、机械、制度，和对这种制度忠诚地服务着的十五六世纪封建制下的奴隶！

这一谴责，践行了夏衍提倡的将人道主义溶化成作家"灵魂的本体"及"溶化成为自己的血肉，浸润自己的每一个细胞，汇合同时代人的苦痛为自己的苦痛"的主张，也发出了中国现实主义作家人道主义批判的最强音。

　　此外，阳翰笙的《十姑的悲愁》《奴隶》《枯叶》和《马桶间》等短篇小说也反映了资本主义制度下的劳动者遭受的非人道剥削。《奴隶》① 的主角是矿厂背矿砂的矿工。他们与包身工相似，都是因家乡破产而被资本家诱骗签到工厂工作，都是被资本家夺去了身体支配权和生存权。他们如同一台永远处在工作状态的机器，每次背 90 多斤的矿砂，一天背 12 次以上。如此高强度和高密度的工作使矿工不堪重负。小说描写道："赤着脚，裸着胸，披头散发的只穿一条麻布号裤遮着下身的伙伴们，一个个的脸上都像涂上了一层灰烟，筋肉隆起的浑身上下也都像抹了一层发光的清油，忙乱的往来的人影，在昏黄的光丝之下看去，哪里是世间的人影，简直是地狱里的鬼影啊！"（第 3 页）这一幅鬼魅般的矿工工作图景，真实再现了矿工的非人工作环境和工作状态，俨然无声的抗议书，控诉矿厂资本家血淋淋的残酷压榨以及这一现代社会残余的畸形奴隶制度。《十姑的悲愁》②《枯叶》③ 和《马桶间》④ 则以城市女工为主角，逐一揭示了她们受到的非人道祸害：年轻的女工遭资本家无耻性侵犯、12 岁的女童工患职业肺痨致死以及陈妈妈积劳成疾命毙厂房马桶间。其中，《枯叶》中关于患上职业痨病的 12 岁女童工的描写让人深感沉痛："面皮灰败枯黄得十分可怕，呼吸急迫而又短促，两个鼻翼一扇一扇的，极迅快而又极不调和，一对陷落的小眼珠失去了童年应有的明润的光辉，枯涩涩的差点就和那死鱼眼睛一样，瘦削不支的体躯走动起来也要那位妇人牵扶，行不两步又短短的咳呛几声，音波是异常的破碎，异常的嘶微。"在这段文字描述中，女童工的健康被工厂侵蚀，完全没有同龄女孩的天真活泼体态，却好似一具已经抽干了生命精气的木乃伊，读来令人倍感怜悯和伤痛。客观地说，这一系列的不幸事件仅是二十世纪二三十年代非人道压迫女工事件的冰山一角，还有更多的此类事件由于未及时记录而逐渐消失在时间隧道里。但即便是通过阅读这些被现实主义作家捕捉下来的少量非人道事件，我们也足以窥见当时资本主义生产制度无视女工价值和尊严而进行残酷压迫的景象，进一步认清了资本主义的黑暗。

---

① 华汉（阳翰笙）：《奴隶》，《新流月报》，1929 年第 3 期。
② 华汉（阳翰笙）：《十姑的悲愁》，上海：现代书局 1929 年版。
③ 华汉（阳翰笙）：《枯叶》，见华汉（阳翰笙）：《十姑的悲愁》，上海：现代书局 1929 年版。
④ 华汉（阳翰笙）：《马桶间》，《拓荒者》，1930 年第 1 卷第 3 期。

三、人道主义批判二：揭露资本主义金钱关系下冷漠的人际关系

除了对个体自由和价值的肯定，人道主义还倡导和谐的人际关系。人并非单独性的存在，而是群体性的存在。人与人之间相互联系、纠结和缠绕，编织成一张巨大的关系网。合理、和谐的人际关系，不仅最大限度地保持了个体的独立及其独特个性，使其得以尽情追求个人自由和发展，而且能够发挥群体团队的优势，为个体提供有利的发展平台，使其获得更大的发展空间。然而，在现实利益的驱动下，人们在看待和处理人与人之间关系时往往从自我立场出发，争取自我利益的最大化而无视他人的存在，甚至以损害他人利益来换取更多的利益，从而人与人之间出现了大量猜疑、攻击、隔绝的非人道现象。尤其在资本主义金钱观念主宰的社会里，人与人之间充斥着贪婪的金钱和物质欲望，丧失了亲人之间的血脉联系以及朋友、合作伙伴之间的友谊纽带，形成了如同陌生人和敌人的冷漠人际关系。老舍的《骆驼祥子》、茅盾的《子夜》等现实主义作品，再现了二十世纪二三十年代的社会人际状况，揭示了当时受资本主义金钱观念腐蚀的冷漠的人际关系。

老舍的《骆驼祥子》集中笔力批判了被金钱扭曲的亲缘关系。小说中的刘四爷与虎妞、二强子与小福子是两对有着亲缘关系的父女。亲缘关系本是世间所有人际关系中最紧密且无法割断的关系。由于血脉相连，亲人之间常常给予无私帮助和鼓励，促其实现个人价值和理想。这一不求回报的关心和帮助使亲缘关系成为世间最具人道主义关怀的人际关系。然而，受资本主义金钱至上观念的影响，本应充满人道主义温情的亲缘关系却变成了充满功利色彩的金钱关系。刘四爷在女儿虎妞的协助下经营了一家洋车厂，通过租赁洋车给车夫使用以赚取租金。在经营车厂的过程中，刘四爷形成了金钱主宰一切的为人处事原则，并运用这一金钱原则处理与女儿虎妞的关系。在刘四爷眼中，他与虎妞之间是纯粹的利用与被利用的关系，并非相互关心和帮助的亲缘关系。为此，刘四爷不过问虎妞的终身大事，反倒希望虎妞终身不嫁以便留在车厂帮他赚钱，"虎妞是这么有用，他实在不愿她出嫁；这点私心他觉得有点怪对不住她的"（第 54 页）。当他获知虎妞擅自决定嫁给无钱无势的车夫祥子后，怒气大发："一个臭拉车的！自己奔波了一辈子，打过群架，跪过铁索，临完教个乡下脑袋连同女儿带产业全搬走了？没那个便宜事！就是有，也甭想由刘四这儿得到！"

他不顾父女亲情，绝情地赶走了已经失去了利用价值的虎妞，间接导致虎妞惨死在贫民大杂院中。与刘四爷一样绝情的父亲，还有二强子。二强子是个无所事事的二流子，为了换取几个喝酒的小钱，竟干出了贩卖女儿给人做填房以及逼女儿卖淫赚钱的非人道勾当，最终将女儿小福子逼上了不归路，在窑子旁的小树林里上吊自缢。从刘四爷和二强子身上，我们可以清晰地看到资本主义金钱至上观念是如何斩断亲人间的亲情纽带的。

茅盾的长篇小说《子夜》真实展示了二十世纪二三十年代上海形形色色的冷漠人际关系。在这一时期，上海作为国际第五大城市和远东第一大城市，是中国现代化程度最高的城市，也是资本主义发展最充分的城市。资本主义金钱至上观念和物质生活方式，广泛渗透到上海社会的每个角落，替代传统道德观念和生活方式，成为上海市民日常生活的基本准则。茅盾的《子夜》①以资本主义城市上海作为摹本，通过多组人物及其相互间的关系再现了资本主义金钱的腐蚀性。

第一组：吴荪甫与朱吟秋之间朋友兼同行的关系。

吴荪甫与朱吟秋既是同行又是朋友。他们是民族资本家同行，各自办有大型丝织厂，且都有着发展民族工业以振兴国家经济的雄心壮志；他们还是朋友，因吴荪甫家老太爷突然病故，朱吟秋还特意前往吴家吊唁以表哀痛。从常理上来看，吴朱二人有共同兴趣和志向，本应相互扶持鼓励以获得共同发展和进步。然而，当朱吟秋因资金短缺出现停产危机之时，吴荪甫却乘机落井下石，试图通过切断朱吟秋的资金供给致其破产，从而达到占有朱吟秋的大批生产原料和先进机器的目的。为此，吴荪甫向朱吟秋的资金供给者杜竹斋施压，并假以各种冠冕堂皇的理由："何必呢？竹斋，你又不是慈善家！况且犯不着便宜了朱吟秋。——你相信他当真是手头调度不转么？没有的事！他就是太心狠，又是太笨；我顶恨这种又笨又心狠的人！……这种人配干什么企业！他又不会管理工厂。他厂里的出品顶坏，他的丝吐头里，女人头发顶多；全体丝业的名誉，都被他败坏了！很好的一副意大利新式机器放在他手里，真是可惜！"（第84页）在这段洋洋洒洒的议论中，吴荪甫不厌其烦地列举了朱吟秋的种种缺点，小到嘲讽朱吟秋"又笨又心狠"的为人，大到抨击朱吟秋出品的丝因质量过差而败坏了"全体丝业的名誉"。但实际上，这诸多缺点都仅是吴荪甫找来掩饰自己真实意图的借口而已，他的最后一句话——"很好的一副意大利新式

---

① 本书关于《子夜》的引文，皆出自开明书店1951年第26版，不一一标注，仅在文中注明页码。

机器放在他手里，真是可惜!"——彻底暴露了心中的想法，即击垮朱吟秋以占有其原料和机器。由此可见，在利益和金钱的驱动之下，吴荪甫与朱吟秋的关系从昔日同一民族工业阵营的盟友演变成了你存我亡的敌人。

第二组：吴荪甫与杜竹斋之间合作伙伴兼亲人的关系。

吴荪甫与杜竹斋之间是合作伙伴亦是亲人。他们初到上海时，曾一起出资合力操纵公债交易行情，成功攫取了各自公债投机事业的第一桶金；他们之间还维系着浓浓的亲情，杜竹斋是吴荪甫的姐夫。但就是这看似坚不可摧的亲密关系，也很快被所向披靡的金钱和利益摧毁。首先被摧毁的是吴杜二人的合作伙伴关系。在吴荪甫与赵伯韬的公债投机大战中，杜竹斋最初出于保全自己利益的目的，解除了与吴荪甫的合作伙伴关系，静观吴赵两方争斗。由于得不到杜竹斋的资金支持，吴荪甫被迫将全部产业典押以换取充足资金对决赵伯韬。就在吴赵决战的关键时刻，金钱和利益的诱惑促使杜竹斋背叛了与吴荪甫的至亲关系，不仅没有帮助吴荪甫击败赵伯韬，反倒利用吴荪甫的信任套取机密从中获利，直接导致吴荪甫走向了彻底破产的境地。

从以上两组人物关系可以看出，无论是吴荪甫对朱吟秋的强取豪夺，抑或是杜竹斋对吴荪甫的临阵倒戈，本质上都是以牺牲他人来获得个人利益的非人道行为。这些行为张扬着贪婪利益欲望，阻碍了人们自我价值的实现，也远离了人与人和谐相处、共同发展的美好理想，从而遭到具有坚定人道主义信念的现实主义作家的批判和谴责。

个案二：论钱锺书小说中的现代知识分子批判

从历史上考察，中国知识分子自古就有弘道的传统，注重入世和修身。学者余英时深入考察了中国知识分子的历史，提出了知识分子与道的密切联系："知识人在古代中国叫作'士'，而'士'的出现则是和'道'的观念分不开的。"[1] 他认为，商周时期，"道"是一种抽象的原始观念，大体上指"天道"；而知识分子则是指具有一定知识技能且在政府中担任各种职事的底层贵族。如周代就将受过六艺（礼、乐、射、御、书、数）

---

① 余英时：《中国知识人之史的考察》，见《余英时文集·第 4 卷　中国知识人之史的考察》，桂林：广西师范大学出版社 2004 年版，第 1 页。

的人称为术士或儒。这些术士因具备特殊才能得以通天道，从而知晓人间的吉凶祸福。到了春秋战国时期，"道"的观念发生变化，"天道"与"人道"结合，具有"天人合一"的倾向；知识分子的社会地位也随着周代封建秩序解体发生了巨大变化，从贵族阶层脱离一跃成为四民（士、商、农、工）之首。知识分子的地位变化直接促成了思想解放，使其能够自由地超越自身和阶层去探求理想世界——"道"。知识分子的道之探求有两种途径：一是入世辅佐君王重建政治秩序，以"道"助"势"（政统）；二是返归自身注重自我精神修养，以"内圣"而"弘道"。如《孟子》所载"古之人，得志，泽加于民；不得志，修身见于世"①，就是此两种途径的形象描述。"得志"意味着享有参与国家政治事务的机遇，此时的"士"可通过政治的途径来实现"道"，使民众得到惠泽；"不得志"则意味着未享有参与国家政事的机遇，此时的"士"应以个体的内在道德修养来承载"道"，使其得以在世间彰显。自春秋战国至近代，中国知识分子一贯保持着弘道的传统，以入世或修身的方式承担着道的重任。因此，余英时一再强调，"中国知识分子入世而重精神修养是一个极显著的文化特色"②。

然而，进入 20 世纪后，中国知识分子却在新旧时代的交替中发生了弘道和弃道的不同分化。一部分知识分子群体继承弘道传统，或以入世精神担负重任而成为时代启蒙者，或注重修身完善自我理想人格而成为精神楷模；另一部分知识分子群体则放弃弘道传统，在现代社会的物质和金钱诱惑中自甘堕落，放松自身道德品行要求，失落了知识分子的独立精神品格。文坛对弘道和弃道不同知识分子群体的书写，形成了不同的文学思潮倾向。其一，表现知识分子弘道主题的文学作品属于主流的启蒙主义和革命古典主义，前者兴盛于 20 世纪初至 20 年代，主要批判封建伦理道德和愚昧思想，以达到建立科学、民主现代性精神的目的。具有代表性作家作品如下：小说类有鲁迅的《狂人日记》、郁达夫的《沉沦》、丁玲的《莎菲女士的日记》等；戏剧类有胡适的《终身大事》、田汉的《获虎之夜》、丁西林的《压迫》等；散文类有鲁迅的杂文等。后者兴盛于二十世纪三四十年代，主要描写抗日战争大背景下知识分子投身革命的崇高行为和英雄事迹，以达到建构现代民族国家的目的。具有代表性作家作品如下：小说

---

① 杨伯峻：《孟子译注》，北京：中华书局 1960 年版，第 304 页。

② 余英时：《中国知识分子的古代传统》，见《士与中国文化》，上海：上海人民出版社 1987 年版，第 122 页。

类有夏衍的《春寒》①、李广田的《引力》②、沙汀的《困兽记》③ 等；戏剧类有曹禺的《蜕变》④、夏衍的《法西斯细菌》⑤、陈白尘的《岁寒图》⑥ 等；诗歌类有艾青的《火把》等。其二，表现知识分子弃道主题的文学作品则属于非主流的后现实主义文学思潮，主要讲述现代社会中普通知识分子的生活遭遇，以揭示现代社会的物质化倾向进而达到批判社会弊病的目的。具有代表性作家作品如下：张爱玲的小说《沉香屑　第一香炉》⑦ 和散文《私语》、钱锺书的《围城》等。

钱锺书的小说以现代社会中的弃道知识分子为主角，批判其见利忘义、折腰于金钱的丑态人生，体现了后现实主义的现代性批判。他曾说"我想写现代中国某一部分社会、某一类人物"⑧。其中，"某一部分社会"指的是经济发达的现代城市，"某一类人物"则是指在现代城市中弃道忘义、迷恋金钱的知识分子。首先，钱锺书有意将主要故事地点设置在 19 世纪 40 年代前后以上海为代表的现代城市中。上海是中国较早开放的通商口岸，被称为"近代中国接受西方物质文明的一个窗口"⑨，大量复制和移植了国外城市基础设施以及现代生活模式，俨如西方现代社会的翻版。小说《围城》的首个地点便是一艘航行在海上的法国邮轮，这艘邮轮自法国开往上海，暗示着西方现代物质文明输入上海的近代史实，为全书铺设了一个现代社会的时代背景。法国邮轮到达目的地上海之后，钱锺书便通过主角方鸿渐的视角展示了上海的现代城市商业气息以及人们对金钱的看重：接船的方家兄弟图鹏是某银行的职员，为了不浪费金钱而擅自将方鸿渐要求发给家里的电报改为打长途电话；出资供方鸿渐留学的挂名岳父是点金银行的经理，本着"赔了这许多本钱，为什么不体面一下"⑩ 的金钱商业法则而坚持登报炫耀女婿的洋学位；拉亲家的张先生是美国花旗洋行从事

---

① 夏衍：《春寒》，《大众生活》，1941 年 10 月。
② 李广田：《引力》，《文艺复兴》，1946 年第 1 卷第 2 期至第 2 卷第 2 期。
③ 沙汀：《困兽记》，重庆：新地出版社 1946 年版。
④ 曹禺的戏剧《蜕变》创作于 1939 年夏天的江安，并于同年初冬在重庆首演，后由重庆的文化生活出版社 1946 年出版单行本。
⑤ 夏衍：《法西斯细菌》，上海：开明书店 1946 年版。
⑥ 陈白尘：《岁寒图》，重庆：群益出版社 1945 年版。
⑦ 张爱玲：《沉香屑　第一香炉》，见《传奇》，上海：山河图书公司 1946 年版。
⑧ 钱锺书：《围城》，上海：晨光出版公司 1947 年版，第 1 页。
⑨ 卢汉超：《西方物质文明在近代上海》，见唐振常、沈恒春编：《上海史研究》二编，上海：学林出版社 1988 年版，第 24 页。
⑩ 钱锺书：《围城》，上海：晨光出版公司 1947 年版，第 38 页。

商贸中介活动的买办，以金钱作为挑选女婿的门槛而否决了穷酸的方鸿渐。其次，钱锺书集中笔力描写了现代社会中不择手段追逐金钱的弃道知识分子。19 世纪 40 年代的中国正处于抗日救亡的水深火热之中，上海虽然内部已经基本完成了现代社会的转型，但其外部也同样面临着日本的亡国威胁。生活于这一时代的诸多知识分子积极入世弘道，或端起枪杆子亲赴战场，或拿起笔作武器书写正义。但一部分知识分子却背弃弘道传统，既不参与国家政事，也不注重个人道德修养，而彻底迷失在现代社会的物质金钱中。钱锺书的小说就是书写了这一部分弃道知识分子的生活，通过他们的弃道人生诘难现代社会的物质化生活方式和金钱至上观念，凸显了后现实主义的现代性批判倾向。

　　钱锺书对现代社会弃道知识分子的批判表现为三个方面：一是揭露知识分子背弃追求真知的立身根本，嘲讽无真才实学的假知识分子；二是揭露知识分子的道德沦丧，质疑放弃修身的道德伪君子；三是揭露知识分子弃道忘义追逐金钱的行为，否定现代社会的金钱奴隶。

一、嘲讽无真才实学的假知识分子

　　知识是知识分子区别于社会其他群体的标识。知识是一种对人类、社会、宇宙的认识和经验，是客观存在的"真"和"知"；知识分子学习、探求知识的活动实则就是一种求真和求知的活动，其本身是没有任何功利色彩的。然而，在现代社会物质化的影响下，知识不再是一种客观的"真"，而变成人们追逐名利的工具和手段，知识分子学习知识的活动也就披上了厚重的功利外衣，从求真、求知变成了求文凭和求名誉，由此产生了诸多徒有虚名而无真才实学的假知识分子。

　　钱锺书的小说采用讽刺的语调和写实的笔法详细罗列了现代社会知识分子的种种虚假面目，有的拥有真文凭却无真才识，有的干脆造个假文凭来掩盖其无真才识的真相。

　　（1）拥有真文凭的假知识分子。这类知识分子在钱锺书的小说中比比皆是，比如《猫》中的李健侯，金钱、文凭、名誉样样不缺——父亲有钱、自己曾留洋拿过外国学位、太太喜好举办家庭沙龙广交艺术界名流，唯独缺少一部可以证明自己才识的著作。为了完成这一著作，李健侯绞尽脑汁：先是考虑著作的内容，却发现自己头脑不太好，写不出好思想，"当学生时，老向同学借抄讲堂笔记，在外国的毕业论文还是花钱雇犹太人包工的"①；接着试图选择最适宜的体裁来弥补内容思想方面的不足，编名著的人名虽不费心却是大学生或小编辑员的事，写食谱虽切合自己的美食专长却因另一美食家的嘲讽而放弃，最后决定写欧美游记，因为"写游记可以请人帮忙，而不必声明合作；只要确曾游历欧美，借旁人的手来代写印象，那算不得什么一回事"②。此外，还有《围城》中的曹元朗和苏文纨，二人都以拥有洋学位的诗人或诗歌专家自居，但外在声誉却与内在才识相距甚远：前者在英国剑桥大学修读文学，效仿外国新古典主义讲究用典的诗风进行诗歌创作，生硬地将不同诗人诗句和中西文拼凑在一起，完全不理会诗歌的意义和整体美感，属于盲目崇拜外国文学却只学会了皮毛不得要领的假知识分子；后者是法国里昂大学的博士，读的专业是法国文学，毕业时却以论文《中国十八家白话诗人》获得博士学位，属于以本国文学糊弄外国人而得到外国学位的假知识分子。由此可见，文凭并非等同于知识，拥有文凭的知识分子所欠缺的恰恰可能是知识。

（2）拥有假文凭的假知识分子。钱锺书在《围城》中借方鸿渐之口点破了文凭的重要性："这一张文凭，仿佛有亚当、夏娃下身那片树叶的功用，可以遮羞包丑；小小一方纸能把一个人的空疏，寡陋，愚笨都掩盖起来。"③ 正是这一小小文凭的"遮羞包丑"功能，使得众多不学无术的假知识分子纷纷以一张假文凭来掩盖自己知识的不足。方鸿渐便是其中一员。他在挂名岳父的资助下得以出洋留学，但学习难度却一降再降：首先，因能力有限无法胜任土木工程类技术性学科的学习，便选择了容易蒙混过关的人文社科类学科；接着，在专业选择上避难就易，从社会学系转到哲学系再转到中国文学系，变成了"学国学的人出洋'深造'"④ 的滑稽之谈；再接着，在四年的时间里如同旅游观光般轮换了三个不同国家的大学——伦敦、巴黎和柏林，"随便听几门课，兴趣颇广，心得全无，生活尤其懒散"⑤。最后，为了给家人交差以及证明自己的才学便于找工作，方鸿渐花钱从一个爱尔兰人手里购买了一张美国克莱登大学博士学位文凭。事实上，这是一张子虚乌有的学位文凭，不仅文凭本身是爱尔兰骗子自己用打印机伪造的，而且根本不存在颁发文凭的克莱登大学。此外，还有一位同样拥有此假学位文凭的韩学愈，他依仗着手中的假文凭树立自己的学术权

---

① 钱锺书：《猫》，见《人·兽·鬼》，上海：开明书店 1946 年版，第 30 页。
② 钱锺书：《猫》，见《人·兽·鬼》，上海：开明书店 1946 年版，第 32 页。
③ 钱锺书：《围城》，上海：晨光出版公司 1947 年版，第 12 页。
④ 钱锺书：《围城》，上海：晨光出版公司 1947 年版，第 12 页。
⑤ 钱锺书：《围城》，上海：晨光出版公司 1947 年版，第 1 页。

威，轻易骗取了三间大学历史系主任的职位和高薪。可以说，假文凭不仅遮蔽了假知识分子的无知，还成为其沽名钓誉的有利工具。

二、质疑道德伪善的知识分子

修身是中国知识分子弘道的一个重要途径，也是其特有的一种文化色彩。"修身"最初是中国传统"礼"的一种规范，指个人对外在身体衣饰、仪表仪态的整理和修饰；春秋时期演变成为知识分子弘道的一种途径，指失势不得志的知识分子通过加强内在道德修养的方式来担当道义；后来，修身泛化为知识分子在日常生活中对自我精神、人格品质等的道德要求。尤其对于担任传道授业角色的教师知识分子而言，修身立德更是具有双重意义：于己能够保持知识分子理想人格、继承弘道传统；于生能够树立道德典范、规范学生言行。因此，中国的知识分子历来有着道德修养与知识学问并重的传统。然而，进入现代社会以来，在物质化生活方式和享乐主义潮流的强烈刺激下，知识分子的个体欲望日益膨胀，不断挤兑传统道德规范并冲破道德底线，最终导致了知识分子修身传统的瓦解以及个体道德的失落。

钱锺书的小说真实地展现了现代社会知识分子放弃修身、道德沦落的虚伪面目，既有普通知识分子的违背家庭伦理道德的偷情行为，也有教师知识分子违背师德的嫖妓、赌博和欺瞒等不良行为。

（1）普通知识分子的伪道德。《纪念》中的曼倩是一位受过大学教育的普通知识女性，结婚后成为专职太太照料家庭事务。丈夫才叔是其大学同学，是一个家庭出身穷苦、工作安守本分的办公室职员。由于战争爆发，曼倩和才叔新婚后不久便随任职机构搬迁到了内地的一个小山城。山城的闭塞落后和家庭生活的琐屑平淡，使得曼倩的婚后生活乏味、闷气，她经常"闲坐在屋子中间，看太阳移上墙头，受够了无聊和一种无人分摊的岑寂"[①]。虽然曼倩不改知识分子本色依然保持着爱读书的好习惯，但"只恨内地难得新书，借来几本陈旧的外国小说，终铺不满一天天时间和灵魂的缺陷"[②]。曼倩的沉闷生活持续了两年，直至丈夫表弟天健的出现。天健是一位身材高壮、善于交际的航天员，他与曼倩一家的首次会面便以幽默的谈吐博取了曼倩的好感。此后，天健不断找借口有意接近曼倩。一

---

① 钱锺书：《纪念》，见《人·兽·鬼》，上海：开明书店1946年版，第128页。
② 钱锺书：《纪念》，见《人·兽·鬼》，上海：开明书店1946年版，第128页。

个是精力旺盛的青年男子，另一个是耐不住寂寞的家庭主妇。叔嫂两人在表面看似正常的交往中，暗地里却潜藏着各自不可告人的肉体欲望。经过一段时间的相互试探和情感调拨，叔嫂二人最终冲破伦理道德底线有了不正当的男女肌肤之亲。故事最后，天健为国殉职，曼倩婚后两年一直没怀孕但此时发现意外怀上了天健的孩子，而蒙在鼓里的才叔却打算给未出生的孩子取名"天健"，以此纪念夫妇俩和天健这几个月的短暂相处。这一颇具戏剧性的结尾，暗含着作者钱锺书对知识分子逾越家庭伦理道德行为的嘲讽和否定。

（2）教师类知识分子的伪道德。《围城》叙述了一段三闾大学的教师教书的生活，展现了李梅亭、韩学愈等教师的伪善面目。三闾大学是战争时期新组建的大学，校址虽设在内地，教师职员却大多聘自上海等经济发达的现代城市。这些教员深受现代物质化生活方式的影响，追求个人享乐主义，还试图以严肃正经的道德伪面目掩饰其贪婪的内心欲求。李梅亭是中国文学系教授，后任校训导长。他上任后烧的第一把火便是提出了经自己改良的导师制计划："在牛津剑桥，每个学生有两个导师，一位学业导师，一位道德导师（Moral tutor）。他认为这不合教育原理，做先生的应当是'经师人师'，品学兼备，所以每人指定一个导师，就是本系的先生；这样，学问和道德就可以融贯一气了。"① 但颇具讽刺的是，李梅亭作为训导长向各教师提出的"经师人师"和"品学兼备"的要求，连他自己也无法做到——既无学问更无人品。在知识学问方面，李梅亭不具备真才实学而善于贩卖知识，他把所教课程的知识资料整理成卡片随身携带，声称"这是我的随身法宝，只要有它，中国书全烧完了，我还照样在中国文学系开课程"②，知识对其而言仅是外在卡片而非内在思想；在道德人品方面，李梅亭是言行不一、私生活糜烂的道德伪君子，他以训导长身份宣称"中西文明国家都严于男女之防，师生恋爱是有伤师道尊严的……男女同事之间来往也不宜太密，这对学生的印象不好"③，但实际上自己的私生活却劣迹斑斑，无论身处何地都不忘寻欢作乐，如在赴职途中主动亲近新丧夫的年轻寡妇和勾搭妓女王美玉，还在任职期间到镇上嫖土娼，俨然一个道貌岸然的伪君子。钱锺书在文章《论教训》中委婉批评了诸如李梅亭顶着训导长头衔却自身有着道德败坏的行为，他说道："有导师而人性不改

① 钱锺书：《围城》，上海：晨光出版公司1947年版，第59页。
② 钱锺书：《围城》，上海：晨光出版公司1947年版，第217页。
③ 钱锺书：《围城》，上海：晨光出版公司1947年版，第296–297页。

善，并不足奇；人性并不能改良而还有人来负训导的责任，那倒是极耐寻味的。"① 此外，三闾大学教师的伪道德面目还表现为待人不诚。同事之间的相处全无"君子坦荡荡"的知识分子古风，反而暗地里玩弄阴谋诡计，以达到欺压他人或增强自己势力的目的。历史系的韩学愈视方鸿渐为眼中钉，一是因为方鸿渐识破了自己假文凭的底细，二是因为方鸿渐顶替了本该属于自己夫人的英文钟点课。韩学愈为拔掉眼中钉使出了学生发难老师的计谋。他通过请客吃饭的方式成功拉拢几个学生到方鸿渐的课堂做间谍，详细记录方鸿渐的错误呈报学校，以此弹劾方鸿渐的授课资格。与韩学愈的排挤相反，中国文学系的汪处厚却出于培植自己亲信的目的极力拉拢方鸿渐。他不仅替方鸿渐牵线做媒，还向方鸿渐私授如何通过外校聘书提升自己地位的秘法。在这些工于心计的谋划和勾结之下，学校教师队伍分裂成了不同的派系组织，如粤派、少壮派、留日派等。教师们忙于同事之间的钩心斗角、阴谋算计，既无暇顾及教书育人的重任，也彻底抛弃了"以诚相待"的君子之礼。由此可见，三闾大学的知识分子们带着"品学兼备"的假面具传道授业、为人师表，实际却是私生活不检点、待人不诚的道德伪君子。

三、否定沦为金钱奴隶的知识分子

金钱是现代社会最重要的象征物，也是人们追逐的对象。传统社会以自然经济为主体，社会成员的生活必需品大多能够自给自足，少量剩余产品的交易遵循物物交换原则，金钱并非物物交换的必要条件；现代社会则以商品经济为主体，社会分工细化，商品交易遵循等价交换原则，金钱是商品交易的媒介——"它是一切的等价物，任何东西的等价物"②，其地位不可或缺。金钱一跃成为现代社会最重要的象征，成为人们竞相追逐的对象。现代社会的金钱至上观念对知识分子造成了极大的冲击。知识分子本是社会精神财富的创造者，以求真、求知为人生目的，承担追求道义、追求完善的道德人格。从古代至近代，知识分子既不因物质生活的穷困而放弃追求真知，如儒家圣人荀子所言"士君子不为贫穷怠乎道"③；也不会为

---

① 钱锺书：《论教训》，见《写在人生边上》，北京：中国社会科学出版社 1990 年版，第 51 页。

② 西美尔：《现代文化中的金钱》，见刘小枫编，顾仁明译：《金钱　性别　现代生活》，上海：学林出版社 2000 年版，第 8 页。

③ 王先谦：《修身篇·第二》，见《荀子集释》，北京：中华书局 1988 年版，第 28 页。

外在利益的诱惑而放弃独立精神人格，如晋代君子陶潜辞官所言"为五斗米折腰，拳拳事乡里小人邪"①；更不会为了金钱而放弃社会道义和爱国心，如新儒学大家徐复观所言"中国历史上的知识分子……其良心的归结，更明显地会表现在对国家的眷恋，对乡土的眷恋之上"②。但进入现代社会以来，金钱诱惑加剧，众多知识分子纷纷放弃真知、修身和社会责任的道义传统转向追逐金钱，沦为现代社会中的金钱奴隶。钱锺书的小说《围城》书写的正是这一部分弃道逐利的知识分子。

钱锺书的小说《围城》批判了20世纪40年代知识分子屈服于金钱的奴态。中国内外交迫的双重困境给同时代的知识分子提出了艰巨的历史重任：或在国家危难关头弘扬道统，积极抗日救亡承担历史责任；或在现代社会中拒绝金钱诱惑，完善自身道德修养以及坚持独立人格。但有一部分知识分子却逃避历史重任而自甘堕落于现代社会，走向了弃道忘义的第三种道路。钱锺书详细书写了这一部分弃道忘义的知识分子。一方面，钱锺书以同时代知识分子为对象，揭露了他们在金钱驱使下从彬彬君子转变为赤裸裸的金钱奴隶的过程；另一方面，钱锺书还通过夸张、讽刺等艺术手法展现了知识分子的金钱奴态，从而表达了对此类知识分子及现代金钱的否定和批判。具体来说，《围城》中的知识分子金钱奴态表现为两方面：一是不顾国家危难倒卖私货大发国难财；二是无视修身传统以玩牌赌钱来释放贪婪欲望。

知识分子金钱奴态一：倒卖私货发国难财。

二十世纪三四十年代，中国知识分子在抗日救亡洪流之外，还出现了倒卖私货发国难财的金钱奴隶。从1925年的五卅运动到1937年抗日战争结束，中国一直处于抵抗外敌入侵的战争状态，富有道义感的知识分子勇敢地承担起了抗日救亡的时代重任，李泽厚曾指出："救亡的局势、国家的利益、人民的饥饿痛苦，压倒了一切……五卅运动、北伐战争，然后是十年内战、抗日战争，好几代知识分子青年纷纷投入这个救亡的革命潮流中，都在由爱国而革命这条道路上贡献出自己，并且长期是处在军事斗争和战争形势下。"③ 然而，在抗日救亡的时代洪流中，还有一部分身处现代城市中的知识分子逆势而行，不顾民族危亡反而抓住战争商机大发国难

① 房玄龄等：《晋书·陶潜传》（第八册），北京：中华书局1974年版，第2461页。
② 徐复观：《知识良心的归结——以汤恩比为例》，见陈克艰编：《中国知识分子精神》，上海：华东师范大学出版社2003年版，第181页。
③ 李泽厚：《救亡与启蒙的双重变奏》，见《中国现代思想史论》，北京：东方出版社1987年版，第33页。

财。这些发国难财的知识分子大多生活在未受战争困扰的公共租界地区（如上海），通过倒卖私货的方式大发战争横财。具体来说，他们利用私人探亲、出差往返上海和内地的机会，随身携带大量购自上海的奢侈品和药品到内地贩卖。一来因内地交通封锁、物资匮乏而得以卖出高价钱，二来又以私人买卖方式逃避了贸易税，所得款项悉数装进自己腰包。这些带私货发国难财的知识分子，毫无知识分子弘道修身本色，尽显唯利是图的现代金钱奴态。

《围城》中的苏文纨便是在战争期间倒卖私货发国难财的知识分子之一。她是留学法国的文学博士，原本颇具知识分子儒雅风度：以读书求知为业，喜好评诗写诗，常与他人交流学问心得；以大家闺秀为重，与人交往保持矜持之态，说话得体；鄙视金钱与学问挂钩，称方鸿渐开银行的岳父是"俗不可耐的商人"①，批评其按照商品交易法则将读书视为钱与文凭交换的做法："只知道付了钱要交货色，不会懂得学问是不靠招牌的。"②然而，在现代社会金钱法则的驱使下，即使是自视清高的苏文纨也未能抗拒利益诱惑加入了淘金队伍中，在抗日战争期间大发国难财。一方面，以商人的眼光瞄准了战争期间内地物资短缺的商机，每次从上海飞到重庆探亲总要私带化妆品、高跟鞋、自来水笔等新上市的奢侈品到内地高价转卖；另一方面，还以银行家的敏感预测到战争将会引发本国通货膨胀及钱币贬值，劝身边朋友快买外汇以防财产缩水。苏文纨从儒雅知识分子到金钱奴隶的急剧转变，使熟悉其以往性情的人们大为诧异。方鸿渐与苏文纨交往甚密，两人曾是大学同学，后均出国留学并同乘一条船回国。在方鸿渐的眼中，苏文纨本是一位喜好吟诗赋对的知识分子，但抗战爆发后，方鸿渐却惊异地发现苏文纨已经堕落成为一名市侩的投机商人：

> 鸿渐惊异得要叫起来，才知道高高荡荡这片青天，不是上帝和天堂的所在了，只供给投炸弹、走单帮的方便，一壁说："怪事！我真想不到！她还要做生意么？我以为只有李梅亭这种人带私货！她不是女诗人么？白话诗还做不做？"③

钱锺书在这里使用了多个感叹句和反问句来表达方鸿渐的惊异。钱锺书曾对

---

① 钱锺书：《围城》，上海：晨光出版公司1947年版，第64页。
② 钱锺书：《围城》，上海：晨光出版公司1947年版，第64页。
③ 钱锺书：《围城》，上海：晨光出版公司1947年版，第405–406页。

问句的使用有过系统研究，他提出，"盖疑事之无而驳诘，'问'也；信事之有而追究，亦'问'也；自知或人亦知事之有无而虚质佯询（Erotesis），又'问'也"①。这里的三个问句属于第三种情况"自知事之有而虚质佯询"，即方鸿渐明知道事实却假装以不知情的语气反问，从而使问句带上了强烈的质疑语气。代表质疑的反问句与代表肯定的感叹句并列使用，传神地表达出了方鸿渐既难以相信又不得不相信苏文纨转变的惊异——难以相信是基于自己以往同苏文纨的交往、了解，认为苏文纨为人清高似乎不可能做出利用国难发财的行为；不得不相信则基于当前有目共睹、铁证如山的事实，确证苏文纨见利忘义大发国难财。事实上，小说人物方鸿渐的惊异恰是作者钱锺书的惊异，钱锺书借小说人物之口间接表达了对知识分子从儒雅君子沦为金钱奴隶的批评。

在战争期间倒卖私货发国难财的知识分子还有李梅亭。在钱锺书笔下，李梅亭是一个带有讽刺漫画色彩的投机知识分子。李梅亭本是教授先秦文学的上海教授，战争期间受聘前往三闾大学任职。他不惧旅途艰辛，费尽心思在行李中携带了大量西药。李梅亭用来装西药的行李箱极为夸张，那是一个与人齐高的大铁箱，被同行乘船的旅伴如此描述："李先生的大铁箱，衬了狭小的船首，仿佛大鼻子阔嘴生在小脸上，使人起局部大于全体的惊奇，似乎推翻了几何学上的原则。"② 就是这么一个外形夸张的大铁箱，箱内布置却极为精细：箱内整体空间全部分隔成口厨式的小抽屉，小抽屉里挤满原瓶封口的西药，瓶与瓶之间还小心地用棉花紧密填塞。原来这些西药是李梅亭准备贩到内地高价出售的，他为了减少长途奔波对药的碰撞才想出了如此周密的保护措施——坚固耐摔的大铁箱、独立的小抽屉以及棉花的填塞。甚至，李梅亭还更为细致地考虑到了开封的贵药（鱼肝油丸）与不开封的便宜药（仁丹）到底哪个更能卖出好价钱的问题。面对女性同伴孙柔嘉出现胃部受凉呕吐急需仁丹治疗的请求时，左右为难，居然为这一不值钱的仁丹进行了一番复杂的思想斗争：

> 他的药是带到学校去卖好价钱的，留着原封不动，准备十倍原价去卖给穷乡僻壤的学校医院。一包仁丹打开了不过吃几粒，可是封皮一拆，余下的便卖不了钱，又不好意思向孙小姐算账。虽然仁丹值钱无几，他以为孙小姐一路上对自己的态度也不够一

---

① 钱锺书：《管锥编》（第二册），北京：中华书局 1979 年版，第 624 页。
② 钱锺书：《围城》，上海：晨光出版公司 1947 年版，第 196 页。

包仁丹的交情；而不给她药呢，又显出自己小气。他在吉安的时候，三餐不全，担心自己害营养不足的病，偷打开了一瓶日本牌子的鱼肝油丸，每天一餐以后，吃三粒聊作滋补。鱼肝油当然比仁丹贵，但已打开的药瓶，好比嫁过的女人，减了市价。李先生披衣出房一问，知道是胃部受了冷，躺一下自然会好的，想鱼肝油丸吃下去没有关系……①

　　这一段文字淋漓尽致地揭示了李梅亭以金钱为重假仁假义的卑劣心理。最初，李梅亭考虑的不是人道主义立场的施药治病救人，而是从商品交易的角度衡量施药的利与弊：弊是自己损失了金钱，因为"一包仁丹打开了不过吃几粒，可是封皮一拆，余下的便卖不了钱，又不好意思向孙小姐算账"；利则是赢得了外人的称赞，因为"不给她药呢，又显出自己小气"。经过反复权衡算计后，李梅亭想出了一个折中的办法，保留原封的仁丹以便日后卖高价钱，提供已开封的日本鱼肝油丸来显示自己的仁慈，因为"鱼肝油当然比仁丹贵，但已打开的药瓶，好比嫁过的女人，减了市价"。虽然李梅亭经过思想斗争做出了施药的"善举"，但服药后的病人却更痛苦了——不仅病症未缓解反而又吐了一地，而且连刚吃下的药丸也全吐出来了。原来李梅亭所施的药功用在于补充营养，而病人的症状却是胃部受凉呕吐，以进补的药治疗呕吐的病自然是药不对症适得其反。最后颇让人意外的是，李梅亭的大铁箱子和药经过水上的轮船、公路的汽车和车夫拉的洋车等各式交通工具后，居然完好无损地到达了目的地三间大学，并经过李梅亭撕破脸皮公然与学校讨价还价之后最终还卖了高价钱。可以说，钱锺书以漫画式的笔法描写了李梅亭的所作所为，包括其设计的夸张大铁箱、为一剂小小仁丹所做的复杂思想斗争以及适得其反的"善举"等，极尽讽刺意味，也传达了他对投机倒把知识分子的厌恶。

　　知识分子金钱奴态二：玩牌赌钱。

　　赌博历来是中国社会的一大顽疾，它是一种试图以小投入赢取大量金钱或财物的投机活动，其活动结果具有偶然性和不确定性，或输个血本无归，或赢个盆钵满盈。赌博因迎合和助长了人们的贪婪欲望，自古就被提倡弘道修身的知识分子所鄙弃。明代一宦官入狱后反思自己的过失时称"内臣读书安贫者少，贪婪成俗者多，是以性好赌博"②，一针见血地指出

① 钱锺书：《围城》，上海：晨光出版公司1947年版，第251页。
② 刘若愚：《酌中志》，北京：北京古籍出版社1994年版，第182页。

了赌博导致其品性失衡——贪婪增多而安贫减少。但进入现代社会以来，金钱至上观念无限释放了人们的欲望，人们渴望以最小的投入迅速攫取大量金钱，赌博这一投机活动因此再度盛行于知识分子中间。

钱锺书在小说《围城》中揭露了 20 世纪 40 年代中国知识分子迷恋金钱嗜好赌博的陋习。青年钱锺书曾有过出国留学和回国在内地大学任教的经历①：钱锺书于 1935 年秋赴牛津大学和巴黎大学留学，1938 年 9 月因担心国内战争局势自法国乘船回国，并在海上航行一个多月后顺利抵达香港；钱锺书从香港上岸后随即前往昆明西南联大任职，1939 年冬另赴湖南蓝田国立师院组建外语系。钱锺书将自己的亲身见闻作为创作素材，在小说中摹写了留学生在回国法轮上聚众赌博以及内地大学教师打牌赌博的陋习。

（1）留学生聚众赌博陋习。这些留学生返程回国的时间是在 1937 年抗日战争爆发前夕，其时日本已占领中国东北正逼近北平和内地其他省份，大规模侵略战争一触即发。他们聚首在国家主权受到侵害的危难时刻，其身上延存的知识分子救国弘道传统一下被激发出来了："天涯相遇，一见如故，谈起外患内乱的祖国，都恨不得立即就回去为它服务。"② 然而，这一弘道壮志只是昙花一现，随即便被更具诱惑性的打牌赌博给代替了：

> 船走得这样慢，大家一片乡心，正愁无处寄托，不知哪里忽来了两副麻将牌。麻将当然是国技，又听说在美国风行；打牌不但有故乡风味，并且适合世界潮流。妙得很，人数可凑成两桌有余，所以除掉吃饭睡觉以外，他们成天赌钱消遣。③

留学生们为自己的嗜赌陋习找到了寄托乡心和"适合世界潮流"这两大充分理由，冠冕堂皇地开始了赌博的活动。赌博犹如一个鼓风机，不断膨胀着留学生们的内心欲望，致使其赌博行为愈演愈烈。初上船时，他们还能理性地压抑内心欲望，把赌博当作一项娱乐性"消遣"，正常地吃饭睡觉；临下船时，他们已经无法控制贪婪欲望，"拼命赌钱，只恨晚上十二点后餐室里不许开电灯"④，赌博甚至取代了睡觉这一正常人体需求。为了满足

---

① 《钱锺书年表》，见田蕙兰等选编：《钱锺书杨绛研究资料集》，上海：华中师范大学出版社 1997 年版，第 6－23 页。

② 钱锺书：《围城》，上海：晨光出版公司 1947 年版，第 2 页。

③ 钱锺书：《围城》，上海：晨光出版公司 1947 年版，第 2－3 页。

④ 钱锺书：《围城》，上海：晨光出版公司 1947 年版，第 26 页。

赌博的金钱欲望，留学生们暗地违反邮轮规定通宵打牌，后因打牌声音太大而被法国领事查到，还与法领事进行了激烈的争吵，全无知识分子的修养和礼节。

（2）大学教师打牌赌钱陋习。担任大学教师职位的知识分子肩负传道解惑授业重任，本该为人师表努力完善自我道德修养，以做好学生表率。但三闾大学的教师们一面在学生前提倡抗战时期的正当娱乐，一面却偷偷打牌赌钱。他们为了掩人耳目避免外界发现，还想出了所谓的"无声麻将"，即"桌子上盖毯子，毯子上盖漆布"①。三闾大学教师们的赌博活动危害重重，不仅影响了其正常的教学本职工作的开展，也与君子立德和立诚的优良传统相抵牾。赌博使知识分子迷恋于金钱投机游戏中无法自拔，反复印证了"玩物丧志"的古训：既销蚀了其为国服务的宏志，也吞噬了其求知修身的君子美德。

总的来说，钱锺书的小说以知识分子弘道传统为原点，批判了现代社会知识分子的弃道丑态，即无真才实学的假知识分子、放弃修身的道德伪君子和折腰于现代社会的金钱奴隶。这一批判不仅仅停留在知识分子身上，还直指其身后的现代社会——导致知识分子堕落的根本原因所在，从而引发人们深刻反思现代社会的金钱至上观念、物质生活方式等弊病。

个案三：论张爱玲小说中的现代意识

张爱玲是二十世纪三四十年代上海文坛最炙手可热的女性作家，其文学创作以传统文化为底蕴同时具有强烈的现代意识。从其小说题材上看，张爱玲善于描写新旧时代之间的封建家庭男女情爱故事。这是因为她成长于一个封建传统大家庭，自幼耳濡目染于传统大家庭中烦琐复杂的封建道德礼节和人情往来，熟悉一般平民百姓所从未听闻过的深闺大宅秘事、豪门恩怨情仇，这些都构成了张爱玲用之不尽的写作素材。此外，张爱玲少时喜爱阅读曹雪芹《红楼梦》、韩子云《海上花列传》等传统小说，培养起深厚的古典文学功底。因此，从古典文学中吸收到的词语和句子，加上感人至深的出身封建家族的男女爱恨情仇故事，此二者的组合使得张爱玲的小说充满了传统旧学之气息。然而，假若进一步深入阅读张爱玲的小

---

① 钱锺书：《围城》，上海：晨光出版公司1947年版，第340页。

说，透过这些娓娓道来的传统词汇、语句去观察其小说世界中的封建男女，便不难发现他们身上都骄傲地洋溢着一种现代社会所特有的现代意识，包括对现代资本——金钱的批判、对个体生存状况及心灵世界的审视等。这些现代意识的形成，与作者张爱玲生活的城市环境、独特的求学经历以及自立门户的职业写作等有着密切的关系。

以下，笔者将从"现代人的金钱反思"和"现代人的个体审视"两个方面探讨张爱玲小说中的现代意识。

一、现代人的金钱反思：金钱枷锁中的悲剧人生

在现代社会，金钱是一个矛盾性存在。一方面，金钱具有合法性和合理性。金钱在现代社会自建立伊始便具有天然的合法性，人们对金钱的原始追逐推动了前现代封建社会向现代资本社会的转型；金钱促使现代社会理性发展，人们为攫取更多的金钱而积极改革社会分工、技术工具、管理机构，形成一套高效、理性的发展机制以维持社会快速运转。与金钱的合法性和合理性相匹配的，是人们对待金钱的态度——人们追求金钱是正当的、合法的，韦伯将之概括为"特殊的资产阶级经济伦理"，即"个人有增加自己资本的责任，而增加资本本身就是目的"①。另一方面，金钱遮蔽了人们对人生意义、价值的终极追求。西美尔曾指出"金钱只是通向最终价值的桥梁，而人是无法栖居在桥梁上的"②，也就是说，金钱只是人们生存的一种手段而非终极价值，人们还应有更高的自由生存追求。自由生存是对金钱生存的超越，是自我个性的释放和幸福的来源，也是人生意义和价值所在。然而，在现实生活中，追求金钱的合法性往往遮蔽和掩盖了追求自由生存的超越性。人们停留在金钱带来的物质享受中，并错误将这一物质享受认同为自由与幸福，其结果必然是生存意义和价值的失落。

金钱引起的人生负面性遭到了现实主义文学思潮的强烈批判。现实主义文学思潮兴起于现代性快速发展的 19 世纪。它立足当下社会，客观揭示社会发展的多面性，批判其中的社会弊端，尤其指向金钱的负面性。现实主义大师巴尔扎克在其多篇部巨著《人间喜剧》中真实地展现了 19 世纪

---

① 马克斯·韦伯著，于晓、陈维钢等译：《新教伦理与资本主义精神》，北京：生活·读书·新知三联书店 1987 年版，第 35 - 36 页。

② 西美尔：《现代文化中的金钱》，见刘小枫编，顾仁明译：《金钱 性别 现代生活》，上海：学林出版社 2000 年版，第 10 页。

法国现代资本社会的风貌，通过资本家高老头、欧也妮·葛朗台等人的遭遇淋漓尽致地批判了金钱对亲情、人性的戕害。而在 20 世纪 40 年代的中国，也出现了具有现实主义批判倾向的作家——张爱玲。她的作品多以上海、香港等城市为背景，采用客观、冷静的笔触描写现代人的生活，通过叙述金钱枷锁中的人生故事来否定现代金钱法则。

张爱玲有着现代人的金钱意识和观念。这种意识观念首先孕育于其生活的城市环境。张爱玲于 1920 年在上海出生，2 岁时随家人迁居天津英租界，8 岁又举家迁回上海，19 岁赴香港入读香港大学文科，22 岁因太平洋战争爆发香港沦陷而返回上海，开始专职写作，直至 32 岁（1952）离泸赴港。① 从其早年经历可以看出，张爱玲从事写作之前主要生活在上海、天津、香港三地。这三个城市都是中国较早开放、经济相对发达的沿海城市。尤其是张爱玲生活时间最长的上海，是中国近代较早开放的通商口岸（1842 年《南京条约》签署的 5 个通商口岸之一）。贸易往来促进了资本的流通，再加上外国资本势力注入及民族资本兴起的共同作用，上海成长为民国时期具有初级资本社会特征的现代城市，被称为 20 世纪 30 年代的"国际大都会——世界第五大城市"②。现代城市的经济法则和金钱资本观念潜移默化地渗透到每一个市民身上，包括张爱玲。张爱玲置身于现代资本城市之中，在享受金钱资本带来的丰富物质产品的同时，也洞悉了金钱资本对人生意义的负面性。她曾说："现代都市居民的通病据说是购买欲的过度膨胀。想买各种不必要的东西，便想非分的钱，不惜为非作歹。"③在张爱玲的眼中，现代城市陷入了金钱的循环圈：生产者为了金钱而创造和出售更多的物质产品；消费者为了享受更多的物质产品而不择手段地追求金钱，"想非分的钱"，"不惜为非作歹"。在这一循环圈中，金钱成了人们的最终目的，完全遮蔽了自由、幸福等人生意义追求。

张爱玲将现代金钱批判贯穿其小说创作中。在小说集《传奇》的序言中，张爱玲以封面图案为例形象地说明了自己的创作意图："封面……借用了晚清的一张时装仕女图，画着个女人幽幽地在那里弄骨牌，旁边坐着奶妈，抱着孩子，仿佛是晚饭后家常的一幕。可是栏杆外，很突兀地，有个比例不对的人形，像鬼魂出现似的，那是现代人，非常好奇地孜孜往里

---

① 陈子善：《张爱玲年表》，见《说不尽的张爱玲》，上海：上海三联书店 2004 年版，第 244－260 页。

② 转引自李欧梵：《上海摩登：一种新都市文化在上海 1930—1945》，上海：上海三联书店 2008 年版，第 1 页。

③ 张爱玲：《道路以目》，见《流言》，上海：五洲书报社 1944 年版，第 62 页。

窥视。"① 张爱玲的小说就如同这一封面，是新旧过渡时期旧式家庭与现代人两者的并置：旧式家庭是小说故事主体，往里窥视的现代人则是写小说的作者，即一个具有现代金钱意识和观念的现代人。也就是说，张爱玲小说叙述的是现代人视野中的旧式家庭故事。这一特殊的新旧并置使其作品独立于以往的文学潮流之外，既不走鸳鸯蝴蝶派描写封建社会才子佳人的言情套路，也不赶启蒙主义批判封建礼教，争取民主、自由的潮流。张爱玲的现代金钱批判观具体表现为：她以新旧时代的城市生活为背景，展现了现代金钱法则冲击下的旧式家庭悲剧，并通过这些悲剧深刻地揭示了金钱对人性的扭曲以及由此引发的个体生存意义的失落。其批判金钱的小说主要有《金锁记》《沉香屑　第一香炉》《倾城之恋》及《花凋》等。

被誉为"中国从古以来最伟大的中篇小说"② 的《金锁记》③，是张爱玲批判金钱力度最重的一部文学作品。小说讲述了曹七巧主动戴上金钱枷锁并被金钱枷锁剥夺一生幸福的故事。故事开局便通过丫鬟之口交代了两个非常重要的信息：一个是因战乱举家迁到了上海，另一个是主人公曹七巧出身于麻油店之家。这两个信息的关键词——上海和麻油店——都与现代社会和金钱相关，上海是经济发达的初级现代资本城市，麻油店则是以赚钱为目的的前现代经济贸易体。张爱玲通过开局巧妙设置的"上海"和"麻油店"，既为故事铺设了现代社会的大背景，也将故事的发展缠绕到了"金钱"这一线索上。随后，主人公陆续登场，情节逐渐展开。开麻油店的曹家因贪恋姜家钱财，将七巧嫁给了患有先天骨痨病的姜二爷。这桩婚姻打一开始就建立在金钱的基础上，如同经济社会中的一桩商品交易，曹家得到了钱（财礼），姜家得到了人（曹七巧）。而被当作商品交易到姜家的曹七巧也有着自己的盘算，她出嫁前一直在自家麻油店站柜台负责麻油买卖，长期的买卖活动使其日常行为也染上了经济社会的特性——以金钱为目的。因此，七巧进入姜家后，并未屈从封建伦理的"三纲五常"，以夫君为重甘为人妻；而是遵从经济交换法则，以金钱为重，对丈夫的家产虎视眈眈，以此兑现自己作为商品所应有的经济价值。

在现代经济法则的驱使下，七巧开始了执着而迷狂的金钱追求，不惜以自由、爱情、亲情等为代价，一级一级地走向没有光的人生悲剧。悲剧

---

① 张爱玲：《有几句话同读者说》，见《传奇》，上海：山河图书公司 1946 年版，第 2 页。

② 夏志清：《中国现代小说史》，上海：香港大学出版社 1979 年版，第 343 页。

③ 张爱玲：《金锁记》，见《传奇》，上海：山河图书公司 1946 年版，第 110 – 151 页。文中关于《金锁记》的引文均出自此书，不再一一注明出处。

一，为金钱牺牲了自己的幸福。七巧进入姜家的目的只有一个，就是金钱，更确切地说是为了在丈夫死后继承他的财产。丈夫在世时，她为了得到金钱，押上了如花般的青春作为赌注，强行克制内在充沛的生命力和合理的生理欲求，服侍宛如"没有生命的肉体"的丈夫；丈夫去世后，为了守住金钱，她赔上了后半生，赶走了她爱过的三爷季泽，骂走了亲侄子春熹，如同一个厉鬼独自游荡在氤氲的鸦片烟雾中。金钱就如同一把枷锁，七巧从进入姜家的第一天便戴上了这黄金的枷锁，"她用那沉重的枷角劈杀了几个人，没死的也送了半条命。她知道她的儿子女儿恨毒了她，她婆家的人也恨她，她娘家的人恨她"。可见，金锁锁住了自由与青春，也锁住了爱情与亲情，终结了七巧所有的幸福。悲剧二，为金钱葬送了儿女的幸福。年轻的时候，七巧为了追逐金钱，主动扼杀了其作为一位正常女性被爱的权利和机会。得到金钱后，七巧变态性地将缺失爱情的仇恨报复到自己的儿女身上，亲手葬送了儿女的幸福。七巧对儿子的情感是独特的，既有母性的疼爱又掺杂着情人般的留恋。她把儿子视为生命中唯一的男人，容不得其他女性将他夺走，包括他的合法妻子。于是，七巧不择手段地破坏儿子美满的婚姻生活，通过讥讽、流言等方式相继逼死了他的两任妻子，还诱导他吸鸦片以便达到整夜陪伴自己的目的。七巧对女儿的情感却是错位的，她把女儿当成了自己的对立面来嫉妒。她因家里没钱而攀上富有的姜家，女儿却因家里有钱而将被别人高攀；她克制内心的爱欲拒绝了异性的追求，女儿却主动相亲并私自订婚。七巧所有渴望而不得的，轻易地就被女儿占有了。母女之间的巨大反差激起了七巧强烈的复仇欲望，她置亲情于不顾，挥动封建家长的权力强加干涉，生硬地取消了女儿的订婚，致使孤独的女儿成了"一个美丽而苍凉的手势"。

七巧的人生悲剧清晰地展现了金钱如何将一个正常人逼向疯狂边缘的过程。在出嫁前的姑娘时代，七巧的生活充满了人间烟火：或在自家的麻油店卖油，"馨香的麻油店，黑腻的柜台，……漏斗插在打油的人的瓶子里，一大匙加上两小匙正好装满一瓶——一斤半。熟人呢，算一斤四两"；或上街买菜，"蓝夏布衫裤，镜面乌绫镶滚……朝禄从钩子上摘下尺来宽的一片生猪油，重重的向肉案一抛，一阵温风直扑到她脸上，腻滞的死去的肉体的气味"。这时的七巧，置身在平常人家的生活空间中，感受着色香味一应俱全的生活气息，全身上下散发着勃勃生气。然而，出嫁后，七巧成了富贵的姜二奶奶，在姜家的深宅大院中过着与世隔绝的生活，守着残疾的丈夫，盯着丈夫身后的巨额金钱。从此，七巧的生活中除了金钱还是金钱——金钱既是她嫁到姜家的目的，也是她在姜家生活下去的希望与动力。金钱成为七巧心头最旺的一把欲火，熊熊燃烧着，对内摧毁了她所有正常的神经，对外逼走了每一个试图接近她的人。

为了真实地再现七巧的金钱欲火，张爱玲借鉴了戏剧表演的技巧，通过场景叙事来增强故事的可视性和画面感。随着不同场景的变换，七巧一步一步地从正常走向了疯狂：

场景一：七巧随姜家迁居上海后，兄嫂首次上门探望。（第121－124 页）

七巧一面对兄嫂冷嘲热讽，"我早把你看得透里透——斗得过他们（指姜家，笔者注），你到我跟前来邀功要钱，斗不过他们，你往那边一倒。本来见了做官的就魂都没有了，头一缩，死活随我去"，"你明知道钱还没到我手里，你来缠我做什么"。一面哀哭落泪，"嘴里虽然硬着，然不住那呜咽的声音，一声响似一声"。

出了姜家门，嫂子便说："我们这位姑奶奶怎么换了个人？……如今疯疯傻傻，说话有一句没一句，就没一点儿得人心的地方。"

场景二：七巧分得家产后搬出姜家在外居住，三爷季泽突然上门。（第129－131 页）

起初，七巧沉浸在季泽甜言蜜语的哄骗中，"低着头，沐浴在光辉里，细细的音乐，细细的喜悦"；然而，一旦识破了季泽的诡计，七巧便爆发了，"跳起身来，将手里的扇子向季泽头上滴溜溜掷过去……骂道：'你要我卖了田买你的房子？你要我卖田？钱一经你的手，还有得说么？你哄我——你拿那样的话来哄我——你拿我当傻子——'"。

临出门时，季泽吩咐七巧家的仆人："等白哥儿下了学，叫他替他母亲请个医生来看看。"

场景三：七巧请世舫到家里吃饭，设计离间世舫与女儿。（第149 页）

在阴森高敞的餐室里，世舫初见七巧，"门口背着光立着一个小身材的老太太，脸看不清楚，穿一件青灰团龙宫织缎袍，双手捧着大红热水袋，身旁夹峙着两个高大的女仆。……直觉地感到那是个疯人——无缘无故的，他只是毛骨悚然"。

在酒席间，七巧审时度势地制造了女儿在长安抽鸦片的谎言，她"有着一个疯子的审慎与机智。……她怕话说多了要被人看穿了。因此及早止住了自己，忙着添酒布菜。隔离些时，再提起长安的时候，她还是轻描淡写的把那几句话重复了一遍"。

在这些场景中，不变的是主角、主题和地点——七巧、钱和其居所，变化的是配角——兄嫂、季泽和世舫。通过不同配角的眼睛，读者得以清晰地观察到七巧内在的变化。第一个场景，嫂子看到的七巧，言语"疯疯傻傻"的。这是因为七巧初进姜家，盼钱而不得，还因平民的出身和市井化的谈吐而遭到了姜家从下人到老太太的冷眼看待，自然对娘家人有着复杂的情感：一方面是亲切的，怀着对出嫁前生活的美好回忆；另一方面又是怨恨的，出于当前的窘境。第二个场景，季泽看到的七巧，行为和言语都出现了非常人的倾向，需要"请个医生来看看"，这是因为七巧得到了梦寐以求的金钱，恃钱傲人，把自己以往因为没钱而在姜家受到的委屈和冷落，以一种复仇的心态变本加厉地返还给了姜家人。第三个场景，世舫一看到七巧，便"直觉地感到那是个疯人"。这是因为七巧与钱整整纠缠了三十年，曾经为了得到钱而不择手段，现在为了守住钱而使尽方法，在常人看来过于疯狂的金钱欲望在其身上已经完全常态化、合理化。可见，在一成不变、沉闷的生活空间中，七巧的生活因为金钱而愈演愈烈——从盼钱的言语疯傻，到得钱的言行异常，再到守钱的疯狂常态化，她言行举止已经完全脱离了正常人的模式，活脱脱一个神经异常的疯人。此外，金钱的欲火不仅摧毁了七巧的正常思维和行为，而且吞噬了其健康的躯体。在小说最后一个场景中，七巧躺在烟铺上，一面回忆三十年前的往事，一面"摸索着腕上的翠玉镯子，徐徐将那镯子顺着骨瘦如柴的手臂往上推，一直推到腋下。她自己也不能相信她年轻的时候有过滚圆的胳膊，就连出了嫁之后几年，镯子里也只塞得进一条洋绉手帕"。在这里，套着玉镯的手臂寓意着套着金钱枷锁的七巧的躯体，手臂的变化也显示了七巧躯体的变化。三十年过去了，手镯依然如初，可手镯中的手臂却由滚圆变为骨瘦如柴。七巧将手镯徐徐从腕上推至腋下的过程，宛如其三十年人生的缩影——金钱枷锁的重压使其躯体从健康、丰盈慢慢变为枯槁、干瘪。可见，这些场景记录了七巧在追逐金钱过程中从内在神经异常到外在肉体枯槁的变化，深刻地批判了金钱对人性的摧残。

张爱玲还在《沉香屑　第一香炉》《倾城之恋》和《花凋》等多部小

说中批判了金钱对个体完整性和家庭亲情伦理的戕害。《沉香屑　第一香炉》中的梁太太是一个"彻底的物质主义者"①，一心听从金钱的召唤，以自己的身体换取金钱与物质的享受。年轻时，她不惜以与家庭决裂为代价，嫁给了一个年逾耳顺的富人做四房姨太太；中年后，她将自己的金钱物质观念施加到亲侄女身上，以金钱为诱饵将其推上了为钱卖身的歧路。如果说《沉香屑　第一香炉》主要探讨了金钱导致的个体异化，那么《倾城之恋》和《花凋》则探讨了金钱引发的亲情沦丧。《倾城之恋》的白流苏不能忍受家庭暴力而离婚回到娘家，但兄弟们却从长远的金钱利益出发逼其离开娘家。就连母亲也站在儿子们的立场，并不怜悯其遭遇、不给予其温暖的归宿。在冷酷的金钱现实面前，白流苏不得不认清了这么一个事实："她所祈求的母亲与她真正的母亲根本是两个人。"②《花凋》中的川嫦一家也将金钱看得比亲情重，每人都有自己的金钱打算：川嫦父亲是一家之主，常常拿钱出去买风流；母亲主持家务事，常常中饱私囊从中捞点私房钱；姐姐们为新衣服、新丝袜明争暗斗。只有川嫦是全家中唯一缺乏金钱和物质观念的人，成了家人争夺金钱的牺牲品——姐姐们以"小妹适于学生派的打扮"③为由哄骗她不参与姐妹间各种时髦服饰的争夺，父亲也以节省嫁妆开销为由一拖再拖川嫦的婚照事。甚至在川嫦患病需要买药的关键时刻，其父母首先考虑的还是钱：父亲认为花在医药上的钱是冤枉钱，不愿牺牲自己的钱去买药；而母亲担心暴露自己的私房钱，也不愿掏钱买药。可见，在金钱与亲情的天平上，金钱这一端的砝码远远大于亲情的那一端。

　　总之，张爱玲以现代人的视角切入民国新旧交替时代的旧式家庭，展现了现代金钱对旧式家庭及其成员的冲击，通过曹七巧、梁太太、川嫦等人生悲剧揭示了金钱对人性的泯灭和对亲情伦理的分崩离析，深刻地批判了现代金钱观的种种弊端。

二、现代人的个体审视：书写普通人的生存故事

　　个体的独立是现代社会的产物。在前现代封建社会，个人是封建君权、族权的附属物，不存在独立的个体性。在层层包围的封建大家庭中，

---

① 张爱玲：《沉香屑　第一香炉》，见《传奇》，上海：山河图书公司 1946 年版，第 244 页。
② 张爱玲：《倾城之恋》，见《传奇》，上海：山河图书公司 1946 年版，第 156 页。
③ 张爱玲：《花凋》，见《传奇》，上海：山河图书公司 1946 年版，第 360 页。

外有象征国家最高权力的君权，内有象征家族最高权力的族权，个人并不具备作为一个独立个体所拥有的自我意识、话语权力、行为能力和生存意义。同样，在争取建立现代民族国家的革命战争年代，个人归属国家，个体依附在民族国家之下。民族国家涵盖了一切，个人的任何行为和意愿都指向民族国家这一最终目的，人的个体性被民族国家的巨大洪流掩盖。只有在前现代向现代过度的启蒙时代，个人才具备了独立的前提与条件。自由和民主的启蒙口号不断呼唤着大写"人"的觉醒，个人作为个体存在所应有的完整性和丰富性逐渐得到了普遍重视和认同。而到了现代社会发展的成熟期，个体不仅完全独立且获得了充分发展，成为现代社会的主人。现代社会成为一个个体的社会，其中的每一个普通人（小人物）都是一个独立的个体，拥有各自的价值和意义，由此形成了独特的现代主义个体视角。个体视角是现代主义区别于其他文学思潮的主要标志，这一个人视角着眼于现代社会中的个体生存境况，从个体的角度审视、判断和思考其所处的社会、时代和文明。比如现代主义大师卡夫卡的作品多以普通人为主角，通过推销员、土地测量员等个体的生存故事来折射整个社会。

20 世纪 40 年代的上海文坛，也因特殊的时代和区域环境而出现了一些关注个体生存的现代作家，张爱玲便是其中之一。一方面，20 世纪 40 年代的作家大多具有五四启蒙思想的印记，追求个体独立，书写个体生活故事。张爱玲自称，她在青少年时代便阅读了巴金的《灭亡》和穆时英的《南北极》等五四时期作品①。《灭亡》是一部有着明确五四启蒙主题的小说，小说借进步知识青年杜大心之口对封建礼教重压下的国人大声疾呼："不错，你们做了无数年代的奴隶，然而可曾有一个时候，你们想站起来做一个自由的人吗？"② 这一带有启蒙色彩的人之觉醒的呼喊，给成长中的张爱玲植入了个体独立的思想，深远地影响了她的一生，她自己也总结道："我想只要有心理学家荣（Jung）所谓的民族记忆这样东西，像五四这样的经验是忘不了的，无论湮没多久也还是在思想背景里。"③ 此后，张爱玲逐步走上了与大多数五四进步青年相似的个体独立之路：逃离封建家庭，进入大学接受教育，成为一名职业作家。取得个体独立并专事写作的张爱玲，自然在其写作中以自身的内在个体视角观察身外的其他个体，关注现实生活中的普通人。另一方面，上海作家处于沦陷区的政治高压环境

---

① 张爱玲：《童言无忌》，见《流言》，上海：上海五洲书报社 1944 年版，第 11 页。

② 巴金：《灭亡》，北京：人民文学出版社 1989 年版，第 38 页。

③ 张爱玲：《忆胡适之》，见《对照记》，北京：北京十月文艺出版社 2006 年版，第 98 页。

中，得以发表的作品大多避开了敏感政治题材而以普通个体生活为内容。早在张爱玲以普通人故事涉足文坛吸引人们阅读的 20 世纪 40 年代，傅雷便一针见血地指出了其作品盛行的特殊时局背景："在一个低气压的时代，水土特别不相宜的地方，谁也不存什么幻想，期待文艺园地里有奇花异卉探出头来。然而天下比较重要一些的故事，往往在你冷不防的时候出现。……张爱玲女士的作品给予读者的第一个印象，便有这情形。"① 在这里，"低气压的时代"显然隐喻了当时的抗日救亡的时代背景，"水土特别不相宜的地方"则暗指上海沦陷区内的政局关系，即作为统治者的日本政府与作为被统治者的普通中国民众。傅雷因与张爱玲处于同一时局，为通过政治审查而不得不采用暗指和隐喻的方式来提醒人们注意张爱玲作品盛行背后的非文学因素。时隔三十多年后，柯灵也以历史亲历者的身份，更为透彻地说明了成功塑造出曹七巧、白流苏等普通女性形象的张爱玲得以风行 20 世纪 40 年代上海文坛的原因："我扳着指头算来算去，偌大的文坛，哪个阶段都安放不下一个张爱玲；上海沦陷，才给她机会。日本侵略者和汪精卫政权把新文学传统一刀切断了，只要不反对他们，有点文学粉饰太平，求之不得……抗战胜利以后，兵荒马乱，剑拔弩张，文学本身已经成为可有可无，更没有曹七巧、流苏一流人物的立足之地了。张爱玲的文学生涯，辉煌鼎盛的时期只有两年（1943—1945），是命中注定：千载一时，'过了这村，没了那店'。"② 可以说，特殊的 20 世纪 40 年代和上海沦陷区的背景这两者作为文学发展的外因，催生了以个体为写作视角的文坛之风和以张爱玲为代表个体的写作潮流。

从其自身创作来看，张爱玲的个体写作偏离了时代的革命古典主义主潮，专注于乱世中的个体生存境遇。张爱玲的文学巅峰集中在 1943 和 1944 年③，正值抗日战争（1937—1945）末期。抗日战争期间，国家经历生死存亡的考验，争取主权、建立现代民族国家成为首要任务，文坛也形成了与之相应的革命古典主义主潮。革命古典主义潮流服务于建立现代民

① 迅雨（傅雷）：《论张爱玲的小说》，见陈子善编：《张爱玲的风气：1949 年前的张爱玲评说》，济南：山东画报出版社 2004 年版，第 3 页。

② 柯灵：《遥寄张爱玲》，见《百年悲欢》，上海：上海远东出版社 1996 年版，第233－234 页。

③ 据陈子善整理的《张爱玲年表》所示：1943 年，张爱玲发表了《沉香屑　第一香炉》《第二香炉》《心经》《封锁》和《金锁记》等小说，以及《到底是上海人》《公寓生活记趣》等散文，称为"张爱玲年"；1944 年，张爱玲发表《花凋》《红玫瑰与白玫瑰》等小说，8 月由上海杂志社版初版中短篇小说集《传奇》（9 月再版），还发表《烬余录》《童言无忌》《自己的文章》《私语》和《写什么》等散文，12 月由上海五洲书报社出版散文集《流言》。

族国家的政治理想，以宏大叙事为基本立场，强化国家意识形态，着重刻画时代英雄人物。然而，张爱玲的创作却独立于时代主潮之外，她坦言，"一般所说'时代的纪念碑'那样的作品，我是写不出来的，也不打算尝试……我甚至只是写些男女之间的小事情，我的作品没有战争，也没有革命"①。张爱玲避开了"时代的纪念碑"式的革命古典主义主潮，不写战争和革命，转而采用现代主义的个体视角，"写些男女之间的小事情"。她从时代的宏大叙事退回到日常生活叙事，放弃了国家意识形态和英雄人物，转而关注乱世中的个体命运，讲述他们的日常生活故事，通过这些个体来折射整个时代。

其一，张爱玲的散文传达了自我生命个体的真实感受。

个体的生命是血肉丰满的，其感受也是立体的，由多个侧面组成。张爱玲的散文大多以第一人称为主，如实地传达了其作为一个生命个体的本真感受。在其散文中，张爱玲娓娓而谈，谈人生经历，包括家族往事、童年回忆、求学生涯等，谈日常生活，包括吃、穿、住、行所有琐碎细节等。这些散文处处彰显张爱玲本色，流露其本真性情，坦诚而鲜活。

在人生经历类散文中，张爱玲记录了其处于新旧过渡期的个体挣扎感。张爱玲出身于一个新时代的没落封建大家庭，家庭之内依然恪守着旧时代的封建专制制度，家庭之外则运行着新时代的资本城市文明规则。张爱玲以个体的人生抉择浓缩了新旧时代的冲撞，记录了自我挣扎于新旧文明之中的独特人生感受。首先，张爱玲的个体挣扎感表现为新旧两种时代文明的并行体验。因幼年父母离异，张爱玲的成长期分裂成了两个并置的家：一个家以抽鸦片的父亲、后母和姨太太为主人，是腐朽的封建旧家庭；另一个家以留洋归来的母亲和姑姑为主人，是开明的新式家庭。张爱玲在散文《私语》②中细致地描写了两家迥异的居住环境和家庭氛围：父亲住在家族的旧房子，延续着以往旧时代的气脉，色调是昏暗的，父亲寂寞地沉浸在鸦片的云雾和大叠的小报中，与社会时代脱节；母亲则住在新式公寓，洋溢着新时代的气息，色调是明亮的，其主人母亲和姑姑都是经济独立的职业女性，密切接触外界社会，与时代保持着一致的发展步调。张爱玲在两个家中并行体验着新旧两种文明，并做出了自己的判断：一方面，她否定了父亲家所代表的封建旧时代，不仅以鄙弃的语气评价道"那里我什么都看不起，鸦片，教我弟弟做《汉高祖论》的老先生，章回小

---

① 张爱玲：《自己的文章》，见《流言》，上海：上海五洲书报社 1944 年版，第 20 页。
② 张爱玲：《私语》，见《流言》，上海：上海五洲书报社 1944 年版，第 150 – 165 页。

说，懒洋洋灰扑扑地活下去"，主动逃离父亲家与旧时代决裂；另一方面，她向往母亲家所代表的新时代文明，以肯定的语气说道"我所知道的最好的一切，不论是精神上的还是物质上的，都在这里了"，计划如母亲般外出留学走上新时代职业女性之路。其次，张爱玲的个体挣扎感还源于分裂的家庭。完整的家庭应是父母子女共同组合而成的家庭，和谐的家庭之爱也应是父母与子女互动的感情，即父母主动给予以及子女积极反馈。但成长期的张爱玲处在分裂的家庭环境中，完整的家庭因父母离异而一分为二，和谐的家庭之爱也因父母两家的互不往来而被中止。张爱玲不得不游走于父亲家与母亲家之间，以此索取作为子女本该享有的父母之爱。她如此这般描述自己的处境与感受："常常我一个人在公寓的屋顶阳台上转来转去，西班牙式的白墙在蓝天上割出断然的条与块。仰脸向着当头的烈日，我觉得我是赤裸裸地站在天底下了，被裁判着像一切的惶惑的未成年的人，困于过度的自夸与自鄙。"在这里，"一个人""转来转去"写出了其徘徊于父母两家之间无处落脚的窘境，而"赤裸裸""被裁判""惶惑"等词语则微妙地表达了其被迫脱离亲情温暖而过早感受到的被遗弃个体的孤独与惶恐。

在日常生活类散文中，张爱玲书写了其作为普通市民的个体世俗感。张爱玲一直生活在经济较发达的城市中，城市建立在社会分工基础上的现代资本运作模式取代了以往自给自足的封建经济模式，催生了以独立追求资本利益为特征的市民阶层。市民阶层的金钱资本本位思想使其具有朴素的现世感，关切当下日常生活品质，注重物质感官享受。张爱玲以个体的吃穿住行折射市民阶层的日常生活，书写了自我沉浸在世俗生活中的百味感受。首先，张爱玲的世俗感表现为强烈的现代金钱意识。张爱玲毫不隐瞒对金钱的态度，直言："我们都是非常明显地有着世俗的进取心，对于钱，比一般文人要爽直得多。"① 这一对金钱的"世俗的进取心"贯穿了其生命的每一阶段，她在散文《童言无忌》中详细记述了不同时期的金钱行为和感受：幼年时期，"抓周"抓了个小金磅，坦白道"从小似乎我就很喜欢钱"；少年时代，用画漫画挣的第一笔钱买了一支唇膏，叫嚷道"钱就是钱，可以买到各种我所要的东西"；成年后，专职写作养活自己，自豪地说道"充分享受着自给的快乐"。张爱玲还比较了母女两代人的金钱意识观念：成长于封建社会末期的母亲这代人，对待金钱是"清高"和

---

① 张爱玲：《我看苏青》，见《张爱玲散文全篇》，杭州：浙江文艺出版社 1992 年版，第265 页。

"一尘不染"的，"有钱的时候固然绝口不提钱，即至后来为钱逼迫得很厉害的时候也还把钱看得很轻"；而成长于现代资本城市中的张爱玲这一代人，却主动承认"我喜欢钱""我就坚持我是拜金主义者"，还举买衣服的例子来说明自己的小资产阶级式的金钱苦乐："眠思梦想地计划着一件衣裳，临到买的时候还得再三考虑着，那考虑的过程，于痛苦中也有着喜悦。钱太多了，就用不着考虑了；完全没有钱，也用不着考虑了。"可见，张爱玲具有世俗的现代金钱意识和行为，不仅追求金钱，而且沉浸在金钱带来的物质满足中。其次，张爱玲的世俗感还表现为日常生活的物质感官享受。张爱玲虽然出身于封建官宦知识分子家庭，自己也喜好文学并以此为职业，但没有传统知识分子以俗为恶的清高，而是积极融入日常生活，享受世俗人生的快乐。她曾说："我愿意保留我的俗不可耐的名字，向我自己作为一种警告，设法除去一般知书识字的人咬文嚼字的积习，从柴米油盐、肥皂、水与太阳之中去找寻实际的人生。"① 按照她的理解，人生并非书本上象征性的文字符号，而是实际生活中物质性的日常事物，如柴米油盐、肥皂、水和太阳等。张爱玲在《烬余录》《童言无忌》《公寓生活记趣》和《中国的日夜》等散文中生动地描述了其吃穿住行等日常生活细节，表达了物质化的世俗快感。《烬余录》记述了张爱玲在香港战争时期关于"吃"的经历，比如满街寻找冰淇淋、立在摊头吃滚油煎的萝卜饼以及在医院上夜班时吃牛奶面包等。《童言无忌》记述了张爱玲作为一名女性所特有的对"穿"的喜爱，幼时羡慕穿着漂亮衣服的母亲而渴望长大，少年时穿着继母的旧衣而憎恶和羞耻，成年后因经济能力许可而得以随心所欲地买衣服。《公寓生活记趣》记述了张爱玲关于"住"的趣事，比如因下雨而遭遇公寓房间进水的烦恼、因住在公寓高层而得以细听底下的喧闹市声以及因公寓内相互流通的空间环境而得以分享各家的日常生活秘密等。《中国的日夜》则记述了张爱玲行走在中国街道上的所见所闻，她看见了两个穿着旧棉袍的小孩、捧着寿面盘子的女佣、剁肉的肉店学徒以及买肉的衰年娼妓，还听到了挑担卖桔子商贩的吆喝声、道士敲竹筒的"托——托——"声、肉店老板娘的骂人声以及无线电里的申曲唱段等。这里的每一个关于吃穿住行的细节都与物质感官紧密联系，它们构成了实实在在的日常生活。

其二，张爱玲的小说临摹了日常生活中的个体生命。

张爱玲将写小说等同为描红。她曾以小说集《传奇》的再版封面图案

---

① 张爱玲：《必也正名乎》，见《流言》，上海：上海五洲书报社 1944 年版，第 37 页。

做比喻，托出了自己对小说的看法："炎樱只打了草稿。为那强有力的美丽的图案所震慑，我心甘情愿地像描红一样地一笔一笔临摹了一遍。生命是这样的罢——它有它的图案，我们惟有临摹。"① 也就是说，描红是对美丽图案的临摹，而写小说也是对个体生命图案的临摹。一方面，临摹是一种写实的技法。张爱玲把小说叙事建立在日常生活的根基上，细致观察生活，真实贴切地将日常生活中的人们摹写到文本中，形成了写实的创作特色。另一方面，个体生命是丰足生动的。张爱玲把日常生活中的个体生命一笔一笔地临摹到小说中，还原了个体不同的性格特点、身份地位，再现了个体琐碎的生活行为，在虚构的文本世界中建构出一个个血肉丰满的人物形象。

在张爱玲的小说中，人物个体的生命经历与日常生活紧密相连。任何人都生活在日常生活的包围中，日常生活场景是个体生命历程展开的背景舞台；而生活细节则显示了人们的生命特性，个体完整的生命历程就是由诸多日常生活片段相接而成。张爱玲通过截取个体日常片段来讲述不同阶层人物的生活。一类是以娄太太为代表的中等家庭主妇，生活富足却得不到家人尊重。小说《鸿鸾禧》中的娄太太是一位银行职员家庭的全职太太，家庭婚姻生活构成了她的全部生命。娄太太长相平庸，不擅长家庭内的事务和家庭外的应酬，与相貌和交际能力皆出众的丈夫形成了巨大反差。这一反差使得娄太太失去了丈夫和儿女们的认可和尊重。在大儿子结婚的重要时刻，娄太太本应是筹备婚礼的主心骨，却因能力无法胜任而以为儿媳妇做绣花鞋为由来回避责任。她全身心地投入做鞋中，细致地贴鞋面、描花样，一针一线地绣着鞋。绣花鞋设计华丽，鞋面是富贵的玫瑰红，鞋口滚着金边，还绣着平金的花朵，寓意着穿着此鞋的新娘子嫁入夫家后的荣华富贵。然而，娄家上下都不支持娄太太做鞋的行为，新娘子也不需要娄太太准备的绣花鞋。娄太太只得停下做鞋，将已完成大半的玫瑰红鞋面压在玻璃桌面下，太阳光一照便映射出一片光亮。在这玫瑰色的光亮中，娄家顺利完成了大少爷的婚礼仪式，娄太太也因做鞋而再次遭受到家人的奚落和排挤。小说详尽地描写了娄太太绣鞋这一日常生活行为，用未完成的绣花鞋暗喻未完成的荣华富贵，一举点破了其婚姻和生命的本质，即"繁荣，气恼，为难"②。"繁荣"指的是外人看来夫妻和谐生活富贵的婚姻假象；"气恼，为难"则是当事人娄太太的日常生活感受。"繁

---

① 张爱玲：《再版的话》，见《传奇》，北京：人民文学出版社 1986 年版，第 351 - 352 页。
② 张爱玲：《鸿鸾禧》，见《传奇》，北京：人民文学出版社 1986 年版，第 30 页。

荣"与"气恼，为难"两者的矛盾并存，真实地道出了生命和婚姻的复杂历程。可以说，《鸿鸾禧》以人生中最重要的婚礼事件作为背景，通过娄太太做绣花鞋这一日常片段浓缩了其婚姻和生命的漫长经历。

另一类是以丁阿小为代表的下层女仆，生活劳碌却品尝着婚姻的甜蜜。小说《桂花蒸　阿小悲秋》记录了女仆丁阿小一整天的日常生活。阿小一早便带儿子百顺挤电车赶到主人家，由此开始一天的工作和生活。阿小变换不同身份，游刃有余地处理日常事务，还灵活通融地应对突如其来的难题。作为一位生活在都市的女性，阿小注重自己的仪表，发型做成时新的样式，还在工作间隙照镜子以正仪表；作为女仆，阿小以勤快工作换取主人的满意，清洗衣物、买菜做饭、整理房间，甚至还练就了一身圆滑世故的接线员本领，能够充分领会主人的意图而为其推掉不喜欢的应酬；作为同乡，阿小以满腔热情给予好姐妹无私的帮助和真切的关心，推荐同乡到相熟的人家里工作，关心小姐妹的婚事，招待同乡们吃饭；作为母亲和妻子，阿小严厉管教儿子，照顾其起居饮食及监督学习，还温柔对待丈夫，无条件地满足其各种要求。从中可见，阿小生命的内容便是其劳碌的生活，她不断地穿行在日常生活的吃穿住行中，忙碌而充实。就连阿小与丈夫之间的情感交流，也建立在日常生活行为之上：

> 阿小给他端了把椅子坐着，太阳渐渐晒上身来，他依旧翘着腿抱着膝盖坐定在那里。下午的大太阳贴在光亮的，闪着钢锅铁灶白瓷砖的厨房里象一块滚烫的烙饼。厨房又小，没地方躲。阿小支起架子来熨衣裳。她给男人斟了一杯茶；她从来不偷茶的，男人来的时候是例外。男人双手捧着茶慢慢呷着，带一点微笑听她一面熨衣裳一面告诉他许多话。①

在这里，午后的太阳烘托着暖暖的氛围，映照着一幅普通夫妻的生活图景：女人熨衣服，男人慢慢呷茶；女人唠家常，男人微笑着细细听。他们虽然处于社会底层几乎不可能享受大红大紫的荣华富贵，但积极地寻找生命的意义，着眼日常生活的点滴细节，诠释平凡人生的宝贵真情。

总体上说，张爱玲以写实作为文学创作的基本态度，一方面秉承现实主义批判精神，直面现代社会城市弊病，反思现代金钱法则对人性的扭曲；另一方面又引入现代主义的个人视角，关切现代个体的生存状况，书

---

① 张爱玲：《桂花蒸　阿小悲秋》，见《传奇》，北京：人民文学出版社1986年版，第101页。

写普通人的真实人生。现实主义和现代主义两者融合，共同构成了张爱玲创作的后现实主义倾向，即带有现代主义色彩的现实主义思潮。

个案四：论张爱玲小说的电影镜头手法

张爱玲是二十世纪三四十年代上海文坛最当红的作家之一。张爱玲的作品之所以受到广大读者的喜爱，除了其中描写的男女情爱故事及揭示的人性之真面目，很重要的一个原因还在于她善于借鉴当时新兴的电影艺术技巧，将电影镜头手法引入其小说创作中，通过模拟电影全景镜头、特写镜头和镜头拼接等手法，为塑造人物性格、摹写人物心理活动、暗示时间流逝等服务，从而收获了极佳的形式意味和艺术效果。

一、电影镜头手法与张爱玲的小说创作

电影产生于19世纪末，是通过摄像机镜头来反映现实世界的一种现代艺术形式。电影与其他艺术最大的区别便在于其独特的"电影镜头表现手法"。电影镜头表现手法包含双重特性：一方面，镜头客观呈现现实世界，它以近似分毫不差的准确度客观地拍摄了被摄物的图像和声音；另一方面，镜头画面还具有多元形式意味，不同的镜头画面具有不同的形式意味和艺术效果，摄影师通过镜头的选择和运动来表达一定的思想和意义，全景镜头有利于表现被摄物的特点，特写镜头可以清晰地还原细微的物体运动，蒙太奇式的镜头拼接则起到了简洁表现被摄物和将摄影师思想施加于观众的作用。在这双重特性中，镜头画面的多元形式意味突现了电影作为一门艺术所具有的丰富表现力。为此，法国电影理论家马塞尔·马尔丹将电影视为一种"叙述故事和传达思想"的语言，他说："电影拥有它自己的书法——它以风格的形式体现在每个导演身上——它便变成了语言，甚至也从而变成了一种交流手段，一种情报和宣传手段。"[1] 总之，电影镜头手法具有丰富的表现力，既能忠实呈现现实世界，又能表达多元思想和观念。

---

[1] 马塞尔·马尔丹著，何振淦译：《电影语言》，北京：中国电影出版社1980年版，第4页。

电影镜头手法的丰富表现力启发了张爱玲的小说创作。张爱玲的小说创作与其生活经历有着密切的关系。张爱玲主要生活在上海和香港这两座摩登城市。她在上海居住的时间较长，中途到香港短暂求学。无论上海还是香港，都是 20 世纪上半叶引领中国电影艺术潮流之先的城市。1895 年由法国卢米埃尔兄弟拍摄的电影短片首次公映，宣告电影诞生。时隔 18 年之后，上海诞生了中国首部故事片《难夫难妻》，而中国第一部有声电影则是香港的明星电影公司和百代唱片公司合作的《歌女红牡丹》。置身于国内电影业最繁华的两座城市，张爱玲自然具备了内地作家所不具备的亲近、体验和感受电影艺术妙处的得天独厚条件，再加上受到她身边两位现代女性——敢于冲破传统藩篱留学国外的母亲和姑姑的影响，更是增添了紧跟现代潮流观看最新现代艺术形式——电影的兴趣。这些生活中的观影经历，为她搭建电影与文学二者互通的桥梁提供了可能性。她发现，电影和文学实则是两种既相似又相异的艺术。"相似"指二者都是对大千世界、人类情感的艺术性反映；"相异"指二者反映现实的媒介不同，电影使用镜头媒介，文学则使用文字媒介。张爱玲巧妙打通了二者的相异处，在作品中使用文字来模拟电影镜头，既客观地再现了现实世界，又收获了丰富的镜头形式意味和艺术效果。

在小说创作中，张爱玲通过两个步骤成功地实现了镜头模拟。第一步是通过人物视点观察外在世界，以达到摹仿电影镜头拍摄的目的。人物视点和电影镜头具有共同之处，二者都是视觉主体，均能观察外在世界。张爱玲利用二者的共同点进行相互切换，在故事叙述中借人物视点转切成电影镜头，人物通过其眼睛观察到的世界实际就是电影镜头拍摄到的世界。这一通过人物视点摹仿镜头拍摄的手法在其作品中较为多见：

> 然而风声吹到了七巧耳朵里。七巧背着长安吩咐长白下帖子请童世舫吃便饭。世舫猜着姜家是要警告他一声，不准他和他们小姐藕断丝连，可是他同长白在那阴森高敞的餐室里吃了两盅酒，说了一回话，天气，时局，风土人情，并没有一个字沾到长安身上。冷盆撤了下去，长白突然手按着桌子站了起来。世舫回过头去，只见门口背着光立着一个小身材的老太太，脸看不清楚，穿一件青灰团龙宫织缎袍，双手捧着大红热水袋，身旁夹峙着两个高大的女仆。门外日色昏黄，楼梯上铺着湖绿色花格子漆布地衣，一级一级上去，通入没有光的所在。世舫直觉地感到那是个疯人——无缘无故的，他只是毛骨悚然。长白介绍道："这

就是家母。"①

以上段落出自小说《金锁记》。段落主要采用了与整部小说一致的全知叙事模式，并借世舫之视点切入了电影镜头。全知叙事又称无所不知的上帝叙事，即叙述者不受任何限制、直接把故事中的人物和事件直接呈现在读者面前。从纵向的时间轴来看，贯穿整个段落的主线是全知叙事，叙述者依照时间次序讲述了七巧得知消息后请世舫吃饭、世舫赴约并与长白闲聊、世舫突见七巧、世舫见七巧后的感受等故事情节。但在"世舫突见七巧"这一情节点上，借世舫之视点横向插进了一个电影镜头，即"世舫回过头去，只见门口背看光立着一个小身材的老太太……通入没有光的所在"。这一电影镜头并不同于叙述者的讲述，前者是世舫的观察，所观察到的内容难免受其观察方位影响，如"背着光立着""脸看不清""一级一级上去，通入没有光的所在"等描述显然是世舫坐在阴森高敞餐室向外望的结果；后者则是无所不知的全知视角，并不存在观察方位的限制，能够清晰讲述人物形象和场景面貌。可见，张爱玲通过人物视点巧妙模拟了电影镜头的拍摄。

第二步是通过文字客观描述人物观察所得，以达到摹仿镜头真实再现物像的目的。电影镜头具有真实展现现实物像的优越性。法国电影大师巴赞早在 20 世纪 40 年代初就明确指出，"摄影的美学特性在于揭示真实。……摄影机镜头摆脱了我们对客体的习惯看法和偏见，清除了我的感觉蒙在客体上的精神锈斑，唯有这种冷眼旁观的镜头能够还世界以纯真的原貌"②，即是说，电影能够去除任何人为主观因素的影响，最真实地再现事物原貌。即便在当代，电影镜头的真实性依然被电影界奉为圭臬。好莱坞摄影师阿尔曼德罗斯坦言："我从写实主义出发。我打灯和观看事物的方式是写实的。我不会想象，我做研究，基本上，我呈现事物本来的面貌，而不加以扭曲。"③ 电影镜头的真实性和写实性成为张爱玲模拟电影镜头拍摄是否成功的关键，她试图通过文字来准确描述对象的颜色、形状、体积、质量，以达到原汁原味地还原视觉画面图像的目的。如在上一节引用的"世舫突见七巧"镜头中，张爱玲便最大限度地超越故事叙述者的口

---

① 张爱玲：《金锁记》，见《传奇》，上海：山河图书公司 1946 年版，第 148－149 页。
② 安德烈·巴赞著，崔君衍译：《电影是什么》，北京：中国电影出版社 1987 年版，第 13 页。
③ 丹尼斯·谢弗、拉里·萨尔瓦多著，郭珍弟等译：《光影大师——与当代杰出摄影师对话》，桂林：广西师范大学出版社 2003 年版，第 1 页。

吻和情感，通过文字客观描述世舫所观察到的七巧及其他景物：一是准确描述了观察者在其方位所能观察到的事物，由于世舫是在室内位置向门外张望，其观察受到了室内外光线反差的影响，不能细微看到人脸的五官和表情，却能粗略看到人的身材、衣着等；二是准确描述了事物的具体情况，如从颜色、图案和质量详细描述了七巧的"青灰团龙宫织缎袍"和楼梯上铺着的"湖绿色花格子漆布地衣"。这一客观准确的文字描述，有助于读者还原现实的原始图像，逼近镜头的真实。

具体来说，张爱玲在创作中分别模拟了全景镜头、特写镜头和镜头拼接三种电影镜头手法，并通过这些镜头手法的运用收获了极佳的形式意味和艺术效果。

二、全景镜头：烘托主题和塑造人物性格

全景镜头是指完整表现人物和景物的镜头，它具有多方面的形式意味：一是起到了客观再现整体的作用，全景镜头最大的特点在于画面的完整性，不仅镜头中的单个图像因素是完整无缺的——人物具有全身性、景物具有全貌性，而且各图像因素组成一个整体；二是起到了塑造人物形象和渲染主题的作用，全景镜头通过选择聚焦点的方式来突出其画面中的人物或场景物，聚焦人物的目的在于塑造人物性格，聚焦景物则利于渲染氛围及烘托主题。

张爱玲小说中的全景镜头再现了景物全貌，营造了故事氛围，铺设了故事情节发展的路径。全景镜头具有大视角和宽视野，既能够清晰地拍摄远处景物，还能够完整地容纳景物全貌。文学作品中的全景镜头并非纯粹再现景物全貌，它还起到了渲染故事氛围的作用，暗示了往后故事情节的发展方向。小说《倾城之恋》借白流苏之视点插入了一个全景镜头，交代了香港繁华触目的景物，也寓意了故事情节的急剧变化：

　　好容易船靠了岸，地方才有机会到甲板上去看看海景。那是个火辣辣的下午，望过去最触目的便是码头上围列着的巨型广告牌，红的，橘红的，粉红的，倒映在绿油油的海水里，一条条，一抹抹刺激性的犯冲的色素，窜上落下，在水底下厮杀得异常热闹。流苏想着，在这夸张的城里，就是栽个跟头，只怕也比别处

痛些，心里不由的七上八下起来。①

这一段节选文字暗含着一个讲故事的叙述者和一个拍摄香港景物的电影镜头。故事叙述者采用传统的第三人称叙述方式，讲述了白流苏从上海搭船初到香港的情形：流苏到甲板上看海景、流苏看到了香港码头的景致、流苏因眼前景致引发了内心的不安。在一连串的故事叙述中，借流苏的"望"切换进了一个电影全景镜头，即"码头上围列着的巨型广告牌……在水底下厮杀得异常热闹"。这一全景镜头立足于船上的甲板，远距离拍摄了对岸香港码头上的景致：码头上是颜色鲜艳的广告牌，"红的，橘红的，粉红的"；码头下是绿油油的海水，海面倒映着广告牌，两者的颜色既相冲又相交——"一条条，一抹抹刺激性的犯冲的色素，窜上落下，在水底下厮杀得异常热闹"。全景镜头如实再现了香港码头的景物，这些景物因颜色间的冲撞而呈现出了"触目"的特点，也使得流苏对这一夸张的城市产生了"七上八下"的不安感。这一全景镜头的插入，一方面完成了故事地点的转移，使之从上海转移到了香港；另一方面也营造了一种异于常态的触目和夸张的气氛，寓意了故事情节的急剧转变和超常态发展：在接下来的故事中，主人公的命运也如同其所初见的香港景物般触目，相继经历了前途的未知、希望的破灭、战争的生死考验等人生跌宕起伏，最后却因香港沦陷而意外地收获了一段真情和婚姻。因此，全景镜头具有再现景物和渲染故事氛围的双重作用。

全景镜头还具有塑造人物性格的作用。饮誉世界的俄国电影大师爱森斯坦认为，电影镜头采用截取景物和选择人物行为特征两种方法来塑造人物性格。他解释道："出场人物的性格，就是从一切可能的东西中只选择（依据社会和个性的前提）一系列的动作行为特征与因素。……总而言之这是一种选择。同别的东西分割开来。换个字眼来说，这也就决定着个性化方法的下一个功能：截取（取景）。这也就是性格描绘表现在镜头上的那一部分。确定性格的造型截取，是借以选择他个性上区别于（突出于）其他众多性格的那些特征的最高点。"② 具体就全景镜头拍摄而言，摄影师通过近远景聚焦、拍摄角度、构图造型和色彩搭配等方式来选取适宜的景物和人物行为，从而达到通过镜头画面塑造人物性格的目的。《金锁记》中的"世舫突见七巧"（具体引文详见上文）镜头便是一个成功的范例。

① 张爱玲：《倾城之恋》，见《传奇》，上海：山河图书公司1946年版，第165页。
② C. M. 爱森斯坦著，富澜译：《蒙太奇论》，北京：中国电影出版社1998年版，第18页。

这一镜头出自世舫之视点，世舫坐在阴森高敞的室内向外远望立在门口的
七巧及其背后的景物。镜头画面中的景物根据远近距离分为两个层面：近
景是门口处的七巧和仆人；远景是门外的日色和楼梯。其中，近景是镜头
聚焦点所在，蕴含着丰富的形式意味：从构图上看，画面由一个小身材的
七巧加上两个高大身材的仆人构成，造成了一种以高大反衬矮小的艺术效
果，突出了处在中心位置的小身材七巧的权力和威严；从色彩上看，画面
呈现出轻次重主的特点，作为次要人物的仆人被淡化，而作为重点人物的
七巧却得到了清晰再现——整身上下是缎袍的青灰色、身子的中间是热水
袋的大红色，这一大面积青灰夹杂一点红的配色方案超出了常人的预设，
暗示着七巧异于常人的乖张性情以及诡秘行为。远景是镜头的广阔背景，
照应了近景的主题，与其构成了一个完整的镜头画面：门外的昏黄日色弥
漫整个画面，成为镜头的底色，衬托着七巧的疯狂与暴戾；楼梯上铺着的
地衣一级一级走向没有光的所在，隐喻着七巧的人生也如地衣般一级一级
偏离常人轨道、走向没有光的毁灭之路。总之，颜色与构图的形式意味、
近景与远景的相互照应，这些方面的综合运用促成了镜头对人物性格的
塑造。

三、特写镜头：摹写人物心理活动

　　特写镜头是指局部表现人物和景物的镜头，它以某一事物或事物的某
一部分为拍摄对象，或者跟踪拍摄被摄物连续运动精确呈现其动态变化，
或者聚焦拍摄事物的某一局部细微呈现其外貌特征。特写镜头具有深刻的
艺术表现力。首先，特写镜头将人们注意力聚焦到被摄物的细节上。早在
1923 年，著名匈牙利电影理论家巴拉兹·贝拉便在其宣告电影哲学和美学
诞生的《可见的人：电影文化、电影精神》一书中深入论述了特写镜头的
细节表现力。他把特写镜头视为"电影最独具特色的表现手段"①，宣称
"电影的特写镜头是突出细节描写的艺术。它无声地展现了重要的、本质
的事物：不仅描写，而且也评价"②。特写镜头缩短了人们与被摄物之间的
观察距离，放大了被摄物的细部特征和细微变化，吸引人们注意和观察。

---

　　① 巴拉兹著，安利译：《可见的人：电影文化、电影精神》，北京：中国电影出版社 2000 年
版，第 47 页。
　　② 巴拉兹著，安利译：《可见的人：电影文化、电影精神》，北京：中国电影出版社 2000 年
版，第 48 页。

其次，特写镜头有助于展现人物的内心世界。德国著名艺术理论家本雅明曾以拍摄人物瞬间行走的摄影镜头作为例子，深入论述了特写镜头所揭示的人物无意识活动和内心想法。他认为，"摄影有本事以放慢速度与放大细部等方法，透露了瞬间行走的真正姿势。只有借助摄影我们才能认识到无意识的视像，就如同心理分析使我们了解无意识的冲动。……摄影在科学认知方面还开启了面相学的观点，揭露了影响世界的极微小之物——相当清晰也足够隐秘，足以在白日梦里觅得栖居之地。现在这些微小之物透过摄影改变了尺寸，放大到容易表述形容的地步"①。即是说，一方面，特写镜头采用放大细部和放慢速度的方法清晰地记录了事物的持续变化；另一方面，这一连续性的特写镜头还暗示了人物心理变化，从而将不可见、不可听的人物心理活动形象地用视觉画面呈现出来。

张爱玲在小说《金锁记》中借助动态特写镜头摹写了人物心理活动。七巧一家从姜家大家族独立出来后，季泽突然登门向她表白爱意。七巧因季泽的表白经历了喜悲两重天："喜"指七巧终于等到了季泽的爱之表白，她为此花费了十年的等待、流逝了花一般的青春年华；但很快，七巧从"喜"的高峰堕入了"悲"的低谷，因为她发现季泽表白的真实意图不在爱情而在谋取钱财。七巧看穿季泽谎言后恼羞成怒，不仅动手打翻了盛给季泽的酸梅汤碗，还大动粗口骂走了主动上门的季泽和劝架的仆人，最后只剩下酸梅汤滴伴其左右。小说在此处插入了一个酸梅汤滴的动态特写镜头描述七巧失去季泽的心情：

> 酸梅汤沿着桌子一滴一滴朝下滴，像迟迟的夜漏——一滴，一滴……一更，二更……一年，一百年。真长，这寂寂的一刹那。②

这一特写镜头通过酸梅汤的运动侧面展现了七巧刹那间的复杂心情。特写镜头由两个画面平行拼接而成，一个是以酸梅汤滴为拍摄内容的写实画面，即"酸梅汤沿着桌子一滴一滴朝下滴"，另一个是以夜漏报更为拍摄内容的虚幻画面，即"迟迟的夜漏"。写实画面与虚幻画面的交替出现，形成了奇特的蒙太奇效果：就表象而言，两个画面对接了酸梅汤滴与夜漏

---

① 瓦尔特·本雅明：《摄影小史》，见吴琼等编：《上帝的眼睛：摄影的哲学》，北京：中国人民大学出版社2005年版，第5页。

② 张爱玲：《金锁记》，见《传奇》，上海：山河图书公司1946年版，第131页。

的运动频率，以一滴等同于一更；但就深层意蕴而言，两个画面偷换了酸梅汤与夜漏的运动单位时间，将酸梅汤的瞬间一滴延长至夜漏的漫长一更，甚至延长至一年、一百年。经过平行拼接之后，写实画面中的酸梅汤滴仿佛具有了与虚幻夜漏一致的运动时间，让人瞬间产生汤滴犹如漫长一更的时间幻觉，现实时间似乎被拉长了，"真长，这寂寂的一刹那"。这一特写镜头所造成的时间幻觉，正是七巧在季泽离去后的瞬间心理活动写照。小说虽然没有正面描写七巧的内心世界，却通过特写镜头补白了七巧在瞬间翻腾起的巨大心海波澜。在这短短的酸梅汤滴时间内，七巧的思绪如同夜漏报更般漫长和繁重：她或许在默默感慨苦等季泽的十多年青春时光，或许在暗暗追悔刚才的失态言语和愚蠢行为，又或许在独自哀叹其寻觅不到真爱的悲剧人生等。可见，特写镜头通过视觉画面形象地比拟了无法捉摸的人物内心活动，极具生动性和感染力。

四、蒙太奇拼接镜头：突出人物性格和隐喻时间

"蒙太奇"一词源自法语，本意为"装配"，后成为电影专属名词，指剪辑和拼接电影镜头的手法。蒙太奇手法具有两个艺术特点：一是按照预设的顺序剪辑和拼接镜头，这一预设顺序实际由剪辑者精心设计而成，暗含其思想观念和美学意图，体现为某一个现实生活逻辑或推理想象次序。二是镜头经剪辑和拼接后产生隐喻艺术效果，法国电影理论家马塞尔·马尔丹曾解释道："隐喻，那就是通过蒙太奇手法，将两幅画并列，而这种并列又必然会在观众思想上产生一种心理冲击，其目的是便于看懂并接受导演有意通过影片表达的思想。这些画面中的第一幅一般都是一个戏剧元素，第二幅（它一出现便产生隐喻）则可以取自剧情本身，并预告以后的故事；但是，它也可以同整个剧情无关，只是与前一幅画面建立联系后才具有价值。"[①] 就具体效果而言，孤立的镜头画面经蒙太奇手法拼接后可产生隐喻人物性格特征和时间流逝的艺术效果。

张爱玲在小说《沉香屑　第一香炉》中模拟了电影蒙太奇手法，通过镜头拼接产生的隐喻效果达到了突出人物性格特点的目的。小说讲述了葛薇龙在姑妈家从一个纯洁女中学生堕落为奢靡交际花的故事。小说采用了有限全知叙事模式，叙述者立足于主角葛薇龙的视角，通过她的视觉、听

---

① 马塞尔·马尔丹著，何振淦译：《电影语言》，北京：中国电影出版社1980年版，第70页。

觉、内心想法来观察和评论外在世界。故事开篇便是葛薇龙为寻求读书资助主动撞入姑妈梁太太家的情节。在前往姑妈公馆之前，葛薇龙曾听闻各种关于姑妈腐朽生活的传言：她年轻时为钱牺牲爱情，嫁给了一个年近六十的富人；她待丈夫死后继承了大笔遗产却已不再年轻，便花钱求爱情——在自家公馆里奉养大批妙龄女子以吸引男性拜访，享受女皇般的尊贵地位和众星拱月般的非凡待遇。真正进入姑妈公馆后，葛薇龙亲眼看见了姑妈的浓艳妆容、与年轻男子的暧昧举动以及受到众女子热烈追捧等场面，证实了之前传言的真实性。紧接着，小说借葛薇龙之眼插入了两个镜头画面，并通过蒙太奇拼接产生的隐喻效果传神地勾勒出梁太太公馆里的人物特征：

> 　　薇龙一抬眼望见钢琴上面，宝蓝色磁盘里一棵仙人掌，正是含苞待放，那苍绿色的厚叶子，四下里探着头，像一窠青蛇，那枝头的一捻红，便像吐出的蛇信子，花背后门帘一动，睨儿笑嘻嘻走了出来。薇龙不觉打了个寒噤。①

这一段文字模拟电影蒙太奇手法，拼接了两个不同内容的镜头画面。第一个画面是一个景物特写镜头，即"钢琴上面……便像吐出的蛇信子"。画面非常简洁，拍摄对象简单，没有繁复的人物和景物，唯有一棵仙人掌；画面单一，没有全景镜头式的近景和远景多层画面，而是淡化了背景存在，仅仅突出仙人掌物像；颜色单纯，没有杂乱的色彩，只有叶片的苍绿和枝头的一捻红。简洁的镜头画面突出了被摄物的特征，即仙人掌的外形就像一条吐红信的青蛇。第二个画面是一个人物全景镜头，即"花背后门帘一动，睨儿笑嘻嘻走了出来"。经过蒙太奇拼接之后，第一个画面的景物成为第二个画面人物的隐喻，使人们自然将吐红信的青蛇联想为紧接着出场的睨儿。睨儿就如同一条吐着红信的美人蛇：既具有美人的媚态诱惑，吸引猎物进入蛇窝（梁太太公馆），又具有蛇的毒辣和凶险，吐着红信等待进入蛇窝（梁太太公馆）的猎物，吮吸精血、压榨财富。借助这一蒙太奇镜头，葛薇龙看清了公馆如同美人蛇窝的真面目，"不觉打了个寒噤"。因此，小说立足葛薇龙立场，借其眼睛模拟电影镜头拼接，既写出了其对姑妈公馆的亲身感受，又向读者交代了公馆里的人物特点。

　　《金锁记》则通过蒙太奇手法隐喻了时间的流逝。小说讲述了曹七巧

---

① 张爱玲：《沉香屑　第一香炉》，见《传奇》，上海：山河图书公司 1946 年版，第 220 页。

戴着黄金枷锁生活的故事，人物年龄跨度长达大半辈子——从最初面色红润、精力旺盛的姑娘时期到身体枯槁、苟且残存的老年时期。小说引入电影蒙太奇手法，采用两个镜头画面拼接的方式隐喻故事时间流逝和人物年龄跳跃：

> 风从窗子里进来，对面挂着的回文雕漆长镜被吹得摇摇晃晃，磕托磕托敲着墙。七巧双手按住了镜子。镜子里反映着翠竹帘和一副金绿山水屏条依旧在风中来回荡漾着，望久了，便有一种晕船的感觉。再定睛看时，翠竹帘子已经褪了色，金绿山水换了一张丈夫的遗像，镜子里的人也老了十年。①

这一段文字借用了电影镜头手法。对于文中的电影手法，文坛早在作品发表之初便有所注意，傅雷在 1944 年 5 月发表的《论张爱玲的小说》中不惜篇幅引用了整段文字，以赞许的语气评论道："这是电影的手法：空间与时间，模模糊糊淡下去了，又隐隐约约浮上来了。巧妙的转调技术！"② 具体来说，这一段文字插入了两个镜头画面，使用了镜头淡出和蒙太奇拼接两种技法。两个镜头画面都借助七巧的眼睛来模拟，第一个镜头画面是"镜子里反映着的翠竹帘……望久了，便有一种晕船的感觉"，采取了从清晰聚焦到逐渐淡出的拍摄技巧。镜头先是清晰聚焦拍摄了翠竹帘子和一幅金绿山水屏条，而后转为淡出，画面逐渐模糊。镜头的淡出处理隐含了时间流逝的信息。杰出电影理论家贝拉·巴拉兹在其写于 1923 年并由此宣告电影哲学和电影美学诞生的著作《电影美学》中说："淡出，即慢慢关上镜头快门，使画面逐渐暗淡下来。淡出本身既不是一个镜头，也不是一个画面，然而却能造成一种最富有表现力的气氛。逐渐淡出的画面就像一个说书人的忧郁的、渐趋微弱的声调，然后便是一片凄凉的沉默。这种纯技术的效果能使我们产生离情别绪和感触。……它永远象征着时间的消逝。"③ 紧接着，通过蒙太奇拼接出现了第二个镜头画面，即"翠竹帘子已经褪了色，金绿山水换了一张丈夫的遗像，镜子里的人也老了十年"。第二个画面不仅延续了第一个画面淡出所营造的时间消逝氛围，而且通过两个画面内容对比再次强化了时间消逝主题：经过长年累月的暴晒和风化，

---

① 张爱玲：《金锁记》，见《传奇》，上海：山河图书公司 1946 年版，第 124 页。
② 迅雨（傅雷）：《论张爱玲的小说》，《万象》，1944 年第 11 期。
③ 贝拉·巴拉兹著，何力译：《电影美学》，北京：中国电影出版社 1958 年版，第 98 页。

帘子从"翠绿"变成"褪了色";漫长的岁月消耗了人的青春和生命,使"金绿山水"换成了"丈夫的遗像",提示丈夫作古,也使七巧"老了十年"。因此,《金锁记》综合运用了淡出和蒙太奇拼接两种技法,巧妙完成了故事时间推移和人物年龄飞跃。

　　总的来说,张爱玲对电影镜头语言的借用,丰富了小说的写作技巧,体现了小说对同时代新兴艺术的吸收与融合,不仅构成现代小说发展进步的动力,同时也吸引着更多受现代艺术影响而形成新型艺术观和趣味的读者投身现代小说的阅读,积极推动现代小说的发展。从这个意义上看,张爱玲在小说创作中所使用的电影镜头手法,便具有了积极的文学史意义。

参考文献

[1] 韦勒克、沃伦著，刘象愚、邢培明、陈圣生等译：《文学理论》，北京：生活·读书·新知三联书店1984年版。

[2] 雷内·韦勒克著，章安祺、杨恒达译：《现代文学批评史》，北京：中国人民大学出版社1991年版。

[3] 特雷·伊格尔顿著，伍晓明译：《二十世纪西方文学理论》，西安：陕西师范大学出版社1986年版。

[4] 拉曼·赛尔登编，刘象愚、陈永国等译：《文学批评理论——从柏拉图到现在》，北京：北京大学出版社2003年版。

[5] 伍蠡甫主编：《西方文论选》，上海：上海译文出版社1979年版。

[6] 陆梅林选编：《西方马克思主义美学文选》，桂林：漓江出版社1988年版。

[7] 汪民安、陈永国、马海良主编：《后现代性的哲学话语——从福柯到赛义德》，杭州：浙江人民出版社2000年版。

[8] 张隆溪：《二十世纪西方文论述评》，北京：生活·读书·新知三联书店1986年版。

[9] 威廉姆斯著，许春阳等译：《艺术理论——从荷马到鲍德里亚》（第2版），北京：北京大学出版社2009年版。

[10] 戈德布拉特等编，牛宏宝等译：《艺术哲学读本》，北京：中国人民大学出版社2014年版。

[11] 克莱夫·贝尔著，薛华译：《艺术》，南京：江苏教育出版社2005年版。

[12] 康定斯基著，李政文、魏大海译：《艺术中的精神》，北京：中国人民大学出版社2003年版。

[13] 朱光潜：《西方美学史》，北京：人民文学出版社1979年版。

[14] 朱立元总主编：《二十世纪西方美学经典文本》，上海：复旦大学出版社2000年版。

[15] 司空图：《诗品二十四则》，北京：中华书局1985年版。

［16］黄宾虹、邓宝主编：《美术丛书》，杭州：浙江人民美术出版社 2013 年版。

［17］北京大学哲学系美学教研室编：《中国美学史资料选编》，北京：中华书局 1980 年版。

［18］宗白华：《美学散步》，上海：上海人民出版社 1981 年版。

［19］李泽厚：《美的历程》，北京：文物出版社 1989 年版。

［20］叶朗：《美在意象》，北京：北京大学出版社 2010 年版。

［21］杨春时：《走向后实践美学》，合肥：安徽教育出版社 2008 年版。

［22］袁济喜：《和：审美理想之维》，南昌：百花洲文艺出版社 2001 年版。

［23］朱良志：《南画十六观》，北京：北京大学出版社 2013 年版。

后 记

2002年9月，我考上广西师范大学文艺学专业硕士研究生，自此踏上了文艺批评的学术道路，延续至今。本书与2013年出版的个人专著《现代性与中国现实主义文学思潮（1928—1949.9）》，便是对我这十五年来主要学术研究成果的汇报。

回望我的学术成长道路，难忘莫其逊、杨春时两位恩师的谆谆教导。莫老师是我的硕士研究生导师，以严谨的治学态度和谦谦君子之风引领我走进学术的殿堂；杨老师是我的博士研究生导师，以深厚的学术涵养和刚正的知识分子风骨推动我进行学术反思、领悟思想真谛。两位恩师，犹如漫漫学术之路上的两盏明灯，给予我光明和力量。

陪伴我在学术道路上一路同行的，还有亲爱的家人们。我很庆幸，生长在一个尊重知识的家庭。幼时，只有中学文化程度的父母通过其订购的《少儿书画报》，教儿女看图识字，开启了我对知识的好奇与探索。在日后辗转桂林、厦门、北京等几地的求学路上，父母始终不计回报的支持与付出，让我得以全身心地追逐我的读书梦。除了父母，我的亲友团中还有三位重要的家人——相识近二十年的丈夫和即将步入学校生活的孪生儿子们，他们的存在，丰富了我的人生，激励着我毫无畏惧地阔步前进。

我愿以加倍的努力，回报恩师和家人！

梁冬华

2017年7月记于邕州南湖畔